aufbau taschenbuch

AUFBAU VERLAGSGRUPPE

TAAVI SOININVAARA, geb. 1966, arbeitete als Chefanwalt für bedeutende finnische Unternehmen. 2001 ließ er sich von allen beruflichen Verpflichtungen befreien, um sich ganz dem Schreiben zu widmen. Seine Romane um Arto Ratamo sind große Erfolge und wurden verfilmt. *Finnisches Requiem* wurde als bester finnischer Kriminalroman ausgezeichnet. Auf deutsch liegen außerdem *Finnisches Roulette* und *Finnisches Quartett* vor.

Noch weiß Arto Ratamo nicht, daß er eines Tages für die SUPO, die finnische Sicherheitspolizei, arbeiten wird. Vorerst ist er im Amt für Veterinärmedizin und Lebensmittelkontrolle angestellt und gilt als exzellenter Forscher. Als im Blut von Affen eine Form des tödlichen Ebola-Erregers gefunden wird, sind seine Fähigkeiten gefragt. Zu seiner Verblüffung wirkt das von ihm entwickelte Gegenmittel. Da es sich bei dem Erreger um eine potentielle Biowaffe handelt, muß der militärische Geheimdienst informiert werden. Nicht nur dessen oberster Chef, Generalmajor Siren, interessiert sich brennend dafür, sondern auch internationale Terrorgruppen. Infolge einer kaltblütigen Intrige wird Arto Ratamo verdächtigt, ein Mörder zu sein. Nur Riitta Kuurma und Jussi Ketonen von der SUPO zweifeln an seiner Schuld.

Taavi Soininvaara

Finnisches Blut

Kriminalroman

*Aus dem Finnischen
von Peter Uhlmann*

Aufbau Taschenbuch Verlag

Die Originalausgabe unter dem Titel
Ebola-Helsinki
erschien 2000 bei Tammi, Helsinki.

ISBN 978-3-7466-2282-8

Aufbau Taschenbuch ist eine Marke der Aufbau Verlagsgruppe GmbH

2. Auflage 2007
© Aufbau Verlagsgruppe GmbH, Berlin 2007
Copyright © 2000 Taavi Soininvaara
Umschlaggestaltung gold, Anke Fesel und Kai Dieterich unter Verwendung
einer Montage aus zwei Motiven, picture alliance & getty images
Druck und Binden C. H. Beck, Nördlingen
Printed in Germany

www.aufbau-taschenbuch.de

1

Im Lichtkegel der Autoscheinwerfer tauchte urplötzlich das Katzenauge eines Fahrrads auf. Ein lautes metallisches Klirren war zu hören und danach ein dumpfer Aufprall, als der Radfahrer auf der Motorhaube aufschlug. Generalmajor Raimo Siren trat auf die Bremse. Er riß das Lenkrad herum und sah, wie Blut über die Windschutzscheibe floß. Sein Wagen geriet ins Schleudern, mit Mühe und Not konnte er ihn auf der Straße halten.

Hatte er einen Menschen umgebracht? Wo zum Teufel war das Fahrrad plötzlich hergekommen? Würde der Unfall das Ende seiner Laufbahn bedeuten? Auf der Straße war doch niemand zu sehen gewesen, als er Joris Nummer im Speicher des Autotelefons gesucht hatte. Liefen auf dem Radweg Fußgänger? Hatte er auf der Straße Gegenverkehr gehabt? Das Abendessen, das sehr feucht gewesen war, hatte sich lange hingezogen und seine Sinne betäubt.

Der heftige Regen peitschte rhythmisch auf das Auto, und Sirens Puls hämmerte in den Schläfen. Er gab Gas und schaute im Rückspiegel auf die Straße, die im Licht der Straßenlaternen glitzerte: Das Opfer lag in einer unnatürlichen Stellung mitten auf der linken Fahrspur. Siren erstarrte, als er im Seitenspiegel sah, wie zwei Gestalten vom Radweg zu dem Überfahrenen rannten. Er spürte noch kurz eine warme Welle des Mitleids, die dann aber angesichts seiner Angst versiegte.

Der für die militärische Aufklärung Finnlands verantwortliche General geriet nicht in Panik, obwohl ihm klar war, welche Folgen es hätte, wenn man ihn überführen würde: Anklage, Entlassung, Schadensersatz, Gefängnis und eine große, eine außerordentlich große Schande.

Zu Hause in Marjaniemenranta schloß sich Siren in seinem Arbeitszimmer ein und ging stundenlang das Geschehene immer wieder durch, nur Musik von Sibelius begleitete ihn dabei. Am Ende mußte er den Tatsachen ins Auge sehen: Er wußte von Amts wegen, daß die Polizei über mehr als genug Mittel verfügte, ihm auf die Spur zu kommen, auch wenn er das Auto desinfizieren, die Schäden ausbessern lassen und die defekten Teile aus der Reparaturwerkstatt stehlen würde. Möglicherweise blieb das Opfer am Leben und sagte aus, was geschehen war. Es könnte sein, daß die Polizei Reifenspuren oder winzige Glassplitter oder Lackteilchen seines Wagens fand. Selbst wenn ein Wunder geschähe und die Polizei am Unfallort oder an seinem Auto nichts entdeckte, was ihn mit dem Geschehen in Verbindung brächte, würden doch die Augenzeugen seinen Untergang besiegeln. Sie hatten sein Auto bestimmt gesehen, vielleicht sogar die Nummer. Man würde ihn ausfindig machen, das war unausweichlich.

Er mußte etwas dagegen tun.

MITTWOCH
9. August

2

Arto Ratamo betrachtete die Langschwanzmakaken, die im Labor hinter einem unzerbrechlichen Plastikfenster in ihren Käfigen herumhüpften. Seine Augen waren aus Mangel an Schlaf gerötet. Es war nachts Viertel zwei, er hatte ein Gegenmittel gegen das Ebola-Killervirus, das die Affen in sich trugen, hergestellt und mußte noch testen, ob es wirkte.

Anfang Mai hatte man auf dem Flughafen Helsinki-Vantaa bemerkt, daß ein Teil der Affen, die der Helsinkier Zoo auf den Philippinen bestellt hatte, krank war. Nachdem die Tierärztin des Zoos die unter Quarantäne gestellten Affen gesehen hatte, informierte sie sofort die EELA, die Nationale Forschungsanstalt für Veterinärmedizin und Lebensmittelprüfung. Die Frau stand regelrecht unter Schock, weil von den fünfzehn bekannten Ebola-Epidemien fünf gerade unter philippinischen Affen gewütet hatten. Außerhalb von Afrika war das Virus sechsmal aufgetreten: Einmal auf den Philippinen, zweimal in Europa und dreimal in den USA. Nach Ansicht der Wissenschaftler lebte das Ebola-Virus in den Trägertieren auf dem afrikanischen Kontinent und auf den Philippinen. Von ihnen wurde es auf den Menschen übertragen und breitete sich über Blut und Körpersekrete schnell aus.

Der Leiter der Virologischen Abteilung der EELA, Eero Manneraho, stellte unverzüglich eine Forschungsgruppe aus Mitarbeitern seiner Einrichtung und Fachleuten der Virologischen

Abteilung des Staatlichen Gesundheitsamtes und des Instituts für Virologie der Universität Helsinki zusammen. Diese bestätigte zum Entsetzen der Behörden, daß drei Affen an Ebola erkrankt waren. Das von der Forschungsgruppe gefundene Virus war mit keinem einzigen der bis dahin bekannten vier Untertypen des Ebola identisch. Wahrscheinlich hatte eine geringfügige Änderung im Erbgut von Ebola-Zaire eine neue, die nächste Generation von Ebola-Stamms geschaffen. Sie wurde wie üblich nach dem Fundort benannt. Die Blut- und Zelltests der Forschungsgruppe bewiesen, daß Ebola-Helsinki auf den Menschen übertragen wurde. Es breitete sich nicht auf dem Luftweg aus, war aber dennoch extrem gefährlich. So wie Ebola-Zaire würde es neunzig Prozent der Infizierten töten – auch Menschen.

Um eine Katastrophe zu verhindern wurden die Sicherheitsmaßnahmen in der EELA bis aufs äußerste verschärft. Affen und Menschen sind biologisch fast identisch, und deshalb werden die meisten Krankheiten zwischen ihnen ohne Schwierigkeiten übertragen. Auch Ebola-Helsinki. Die Gesundheitsbehörden und die Polizei waren übereinstimmend der Auffassung, daß der Virenfund erst nach dem Ausbruch einer Epidemie veröffentlicht werden sollte oder wenn die Gefahr gebannt war. Man fürchtete, daß Panik ausbrechen und der Alltag empfindlich gestört werden könnte.

Nach Ablauf der Inkubationszeit bestätigte sich, daß nur zwei philippinische Affenjäger infiziert waren. Man hatte die beiden Männer jedoch rechtzeitig isoliert, und so konnte sich Ebola nicht ausbreiten. Eine Katastrophe war durch das rasche Handeln auf dem Flughafen Seutula und in der EELA sowie durch die modernen Verfahren beim Verladen von Flugfracht verhindert worden: Niemand auf den Flughäfen oder in Finnland hatte die Affen berührt.

Der Tiergroßhändler aus Manila, von dem die Affen für den Helsinkier Zoo stammten, hatte die Tiere bei verschiedenen Jägern erworben und jeden Affen in einem eigenen Käfig gehalten. Dadurch hatten sich die meisten Affen nicht angesteckt und konnten als Versuchstiere verwendet werden. Die Forschungsgruppe begann die Arbeit zur Entwicklung eines Gegenmittels für Ebola-Helsinki.

Als die Nachricht schließlich veröffentlicht wurde, verurteilten die Medien in scharfem Ton das Vorgehen der Behörden, die den Fall fast einen Monat lang verheimlicht hatten.

Die hermetisch dichte Stahltür des Kontrollraums schloß sich hinter Ratamo, und er betrat den Versammlungsraum. Der befand sich in der dritten Sicherheitsstufe, in der Krankheiten mit einem hohen Ansteckungsrisiko wie Milzbrand, Fleckfieber und HIV erforscht wurden. Im Versammlungsraum traf man die Vorbereitungen für den Übergang zur vierten Sicherheitsstufe, auch »die Front«, wie sie wegen der Lebensgefahr allenthalben hieß.

Ratamo war überzeugt, daß auch die Gegenmittelversion Nummer fünfhundertsieben nicht wirken würde. Die Forschungsgruppe schuftete schon seit drei Monaten fast vierundzwanzig Stunden am Tag, um ein Mittel gegen Ebola-Helsinki zu finden. Ein Teil der Gruppe betrieb wissenschaftliche Grundlagenarbeit, ein zweiter Teil stand in Kontakt mit anderen Forschern, ein dritter entwickelte neue Gegenmittel, die der vierte testete. Ratamo hatte sich auf die Herstellung von Gegenmitteln konzentriert.

Er war allein im ganzen Haus, und das ärgerte ihn. Wie üblich war er am Morgen viel zu spät gekommen, daraufhin hatte Manneraho ihn zu Überstunden verdonnert. Ratamo wollte das Gegenmittel, das er am Tag entwickelt hatte, noch testen, selbst wenn er dafür die ganze Nacht brauchen sollte. Früh würde er sich dann richtig ausschlafen, egal, was Manneraho dazu sagte.

Ratamos Bewegungen wirkten routiniert. Er rieb sich die Hände mit Talkum ein, zog dünne Gummihandschuhe an und befestigte sie mit Klebeband sorgfältig an dem aseptischen Operationsanzug; mit den Strümpfen verfuhr er an den Hosenbeinen genauso. Dann nahm er vom Kleiderständer den biologischen Raumanzug, auf dessen linkem Arm sein Name stand. Den unter Druck stehenden Chemturion-Anzug trug man beim Umgang mit äußerst gefährlichen und leicht ansteckenden Mikroben. Ratamo schob die Finger in die dicken, mit Dichtungen am Anzug befestigten Gummihandschuhe und zog den hermetischen Reißverschluß zu. Als letztes verband er einen Luftschlauch, der an der Wand hing, mit seinem Anzug, damit der durch die Körperwärme entstandene Dampf abgeleitet werden konnte.

Bevor er die dritte Sicherheitsstufe verließ, schraubte er den Luftschlauch ab und öffnete dann die Stahltür zur Luftschleuse, die an »die Front« führte. Dort wurden extrem infektiöse Viren wie Lassa, Hanta und Ebola untersucht. Diese Viren waren tödlich, weil es noch kein Heilmittel dagegen gab. Als sich die Tür geschlossen hatte, wurde er im ultravioletten Licht der engen Luftschleuse unter der Dusche mit Chemikalien besprüht, um Verunreinigungen zu entfernen. Die UV-Strahlung sollte das Erbgut der Viren zerstören und sie sterilisieren.

Einen Augenblick später öffnete sich die Tür zur »Front«, und Ratamo betrat das Labor. Er griff nach einem der an der Decke hängenden Luftschläuche und verband ihn mit seinem

Anzug, Geräusche von außen erreichten ihn nun nicht mehr. In seinem Helm rauschte die Luft laut und kitzelte im Ohr. Es dauerte einen Augenblick, bis die Schweißperlen auf seiner Stirn getrocknet waren. Ohne den Luftschlauch glich der Weltraumanzug einer Sauna.

Entschlossen schob Ratamo seine vom Anzug geschützten Füße in die Gummistiefel, die an der Tür standen. Die Affen in ihren Plastikkäfigen wurden nervös, als sie den Mann in seinem Raumanzug erblickten: Einer hämmerte an die Wände seiner Zelle, der zweite bewegte sich unruhig hin und her, und alle drei schrien laut. Sie waren so groß wie kleine Hunde, besaßen einen schlanken Körperbau und lange Gliedmaßen. Ihr Fell war auf dem Rücken cremegelb und auf der Brust weiß. Sie hatten eine hundeartige Schnauze, scharfe Eckzähne, einen langen, gebogenen, peitschenförmigen Schwanz und zierliche, menschenähnliche Hände.

Ratamo entnahm jedem Affen ein Reagenzglas voll Blut. Dann holte er mit der Pipette Ebola-Blut aus dem ersten Röhrchen, tropfte es auf den Objektträger und spritzte Gegenmittel darauf. Seine Hand zitterte leicht, als er die Glasscheibe behutsam unter das Elektronenmikroskop legte. Im Blut wimmelte es von »Würmern«, Ebola-Helsinki-Viren, die an Schnüre erinnerten. Ihm stockte der Atem, als ein Wurm nach dem anderen erstarrte.

Ratamo brüllte wie ein Verrückter, nachdem auch das letzte Virus in dem Bluttropfen gelähmt war. Das Gegenmittel wirkte! Er hatte ein Mittel gegen das Ebola-Virus gefunden. Gegen ein Virus, das auf höllische Weise fast alle Infizierten tötete. Gegen ein Virus, das als unbesiegbar eingestuft war. Ratamo jubelte in seinem Schutzanzug, er schwankte hin und her und hüpfte wie ein Schamane, der Regen beschwor.

Als er sich wieder beruhigt hatte, wurde ihm klar, daß die Arbeit noch nicht vollendet war. Er unterzog die Blutproben einem schnellen ELISA-Test, der endgültig bewies, daß sein Gegenmittel fähig war, Ebola-Helsinki während der Inkubationszeit zu töten. Er führte die Tests auch mit dem Blut der beiden anderen infizierten Affen durch. Dann wählte er aus einem Satz von Instrumenten auf dem Tisch diejenigen aus, die für die Entnahme von Proben erforderlich waren, und trat langsam an den nächstgelegenen Käfig. Er mußte sich vorsehen, damit ihm die Affen den Schutzanzug nicht zerkratzten, trotz des Gegenmittels wollte er sich einem Virusmonster wie dem Ebola nicht aussetzen. Vorsichtig gab er mit einer Injektionsspritze, die an einem langen Stab befestigt war, allen drei Affen Antiserum. In ein paar Stunden würden die Tiere gesund sein.

Ratamo tauchte die Instrumente in das hellgrüne Envirochem-Desinfektionsmittel und spülte damit die Handschuhe seines Raumanzuges so sorgfältig ab, wie es seine Erregung zuließ. Er lief möglichst schnell zu der Tür, die in die Luftschleuse führte, und stieß dabei die Stiefel von den Füßen. Auf dem Boden der Dusche plätscherte das Wasser, während Ratamo unruhig von einem Bein aufs andere trat. Die knapp zehn Minuten unter der Desinfektionsdusche kamen ihm wie eine Ewigkeit vor. Während das Envirochem über die Maske seines Raumanzugs floß, dachte er über die Bedeutung seiner Entdeckung nach. Schon die Lokalisierung des Ebola-Virus in Finnland war eine wichtige Nachricht gewesen, aber die Entdeckung eines Gegenmittels würde mit großen Buchstaben in das Geschichtsbuch der Virologie geschrieben werden. Für ihn selbst hatte die Entdeckung jedoch auch eine Bedeutung, die ganz banal war. Manneraho würde wochenlang damit beschäftigt sein, von einem Vortrag und Interview zum anderen zu rennen und von einer Konferenz zur nächsten zu reisen, dann könnte er selbst endlich Urlaub machen. Den ganzen Sommer hatte er wie ein Packesel in einem Bergdorf schuften müssen, obwohl er alles versucht hatte, um der Arbeit aus dem Wege zu gehen.

Die Dusche hörte abrupt auf. Ratamo kehrte in den Versammlungsraum zurück, zog den Raumanzug aus und hängte ihn wieder an den Ständer. Die Regeln für die vierte Sicherheitsstufe der EELA waren streng. Er hätte die Formel des Gegenmittels in das Untersuchungsprotokoll auf dem Computer eintragen müssen. Alle wesentlichen Informationen mußten als Originaldatei in den Räumen der EELA verbleiben, sie durften nicht aus der Forschungsanstalt hinausgebracht werden. Sogar das Kopieren von Dateien war nur in sehr begrenztem Maße möglich. Ratamo hatte die Zusammensetzung des Gegenmittels nur in sein Heft mit kariertem Papier geschrieben und war so erschöpft, daß er sich einfach nicht imstande sah, die Anforderungen der Bürokratie zu erfüllen. Das würde er später sofort nachholen, wenn er im Laufe des Tages wieder ins Institut käme. Er schrieb aber schnell noch eine Nachricht für die Forschungsgruppe:

»GEGENMITTEL GEFUNDEN! ARTO.«

Ein Luftstrom rauschte um ihn herum, als er hastig durch die Stahltür die Räume der zweiten Sicherheitsstufe betrat. Beim Öffnen der Türen zwischen den Abteilungen saugte der Unterdruck die Luft aus der Abteilung mit der niedrigeren Sicherheitsstufe in die der höheren Stufe und verhinderte so das Austreten möglicherweise verseuchter Luft.

Ratamo lief mit langen Schritten über den Hauptflur der zweiten Sicherheitsstufe, die für die Untersuchung von Krankheiten mittlerer Ansteckungsgefahr bestimmt war. Er ging wieder durch eine hermetische Tür und ein UV-Lichtbad und betrat die Abteilung der ersten Sicherheitsstufe. Dort erforschte man Krankheiten mit geringem Ansteckungsrisiko, deshalb waren die Sicherheitsbestimmungen hier schon bedeutend lockerer.

In der Garderobe zog er den Operationsanzug aus und schlüpfte in seine Zivilsachen, dann verließ er das Laborgebäude und brachte seine Notizen in sein Arbeitszimmer im Hauptgebäude der EELA.

Der Regen peitschte ihm ins Gesicht, als er zu seinem Auto ging. Er dachte an die Meteorologen, die schon die ganze Woche besseres Wetter versprochen hatten. Wie angenehm wäre doch so eine Arbeit, bei der man sich irren durfte. Bei Ebola-Helsinki konnte man sich keine Irrtümer leisten. Und es half nicht, wenn man sich etwas vormachte und glaubte, das Virus stelle nun keine Gefahr mehr dar, weil ein Gegenmittel gefunden war. Das Mittel wirkte nur während der Inkubationszeit, in der keine Symptome auftraten. Würde Ebola-Helsinki in dieser Zeit freigesetzt, dann könnte es sich über den Flugverkehr in der ganzen Welt ausbreiten. Wenn der erste Infizierte schließlich erkrankte und die Epidemie entdeckt wurde, wäre es für die Behörden unmöglich, alle Infizierten zu finden. Nur einem Bruchteil der Virusträger könnte das Gegenmittel rechtzeitig vor Ausbruch der Krankheit gegeben werden. Dennoch fühlte sich Ratamo ruhig und ausgeglichen. Er hatte kein Ungeheuer geschaffen, sondern ein Mittel dagegen entwickelt.

Ratamo setzte sich in seinen Käfer, Baujahr 1972 mit Schiebedach, steckte sich einen Priem unter die Oberlippe und startete sein getreues Gefährt. Die nächtliche Fahrt durch die leeren Straßen Helsinkis bis nach Hause zur Kapteeninkatu in Ullanlinna dauerte in dem heftigen Regen lange. Er spürte, wie die Müdigkeit kam, und genoß die Vorfreude, bald gut und lange schlafen zu können.

Nachdem er seinen Wagen auf dem Innenhof des Hauses geparkt hatte, fuhr er mit dem Aufzug in die erste Etage. Im Flur zog er sich so leise wie möglich aus, um seine Tochter und seine Frau nicht zu wecken, und schlich dann auf Zehenspitzen ins Kinderzimmer. Im Dämmerlicht der Nachttischlampe mit einem Mumin-Motiv gab er Nelli einen Kuß und berührte dabei nur ganz leicht ihre weiche Wange.

3

Raimo Siren, der Chef des Operativen Stabes im Generalstab der Streitkräfte, legte in seinem Büro in Kaartinkaupunki langsam den Hörer auf. Seine Uniformjacke hing auf der Stuhllehne, und die Hemdsärmel waren hochgekrempelt. In seinem angespannten Gesicht zuckte es, als er sich mit zitternder Hand Kognak eingoß und den ersten Schluck an diesem Morgen nahm. Es brannte im Magen.

Der Leiter der Abteilung Polizei im Innenministerium hatte Siren eben gebeten, zum Verhör bei der Kriminalpolizei zu erscheinen. Sie waren gute Bekannte und gehörten zur selben Freimaurerloge, deshalb hatte er Siren die unangenehme Nachricht selbst mitteilen wollen. Die Augenzeugen hatten das Auto und dessen Nummer am Unfallort gesehen. Um zu erreichen, daß sein Verhör auf einen Tag nach dem Wochenende verschoben wurde, hatte Siren all seine Überredungskünste aufbieten müssen.

Er fluchte, weil er es nicht geschafft hatte, die Augenzeugen aufzutreiben, bevor sie den Behörden und den Eltern des Mädchens berichten konnten, was sie wußten. Nun brauchte er gar nicht erst zu versuchen, die Zeugen zu bestechen. Selbst mit seinen Beziehungen würde es nicht mehr gelingen, die polizeilichen Ermittlungen aufzuhalten. Dafür würden mit Sicherheit die Eltern des gestorbenen Mädchens sorgen. Sein Leben würde schon bald zerstört sein.

Siren hielt sich für einen der wichtigsten Offiziere der Streitkräfte. Er leitete deren geheimsten Teil, den Operativen Stab.
Neben den Abteilungen für internationale Beziehungen und
für Informationstechnik, der Operativen Abteilung, der Pla-
nungs- und der Untersuchungsabteilung gehörten zu ihm auch
die beiden Nachrichtendienste der Streitkräfte, die Aufklärungsabteilung und die Sicherheitsabteilung. Letztere war für
die Gegenspionage gegen die Aktivitäten fremder Nachrichtendienste in Finnland zuständig. Diese beiden Einheiten
wurden im Generalstab auch als »Schlapphutabteilungen« bezeichnet. Sie befanden sich in den gleichen Räumen auf einem
abgeschlossenen und genau überwachten Flur im dritten, dem
obersten überirdischen Stockwerk des Generalstabs. Ihre Mitarbeiter sprachen sich nicht mit dem militärischen Rang an und
durften bei der Arbeit Zivilkleidung tragen.

Die Aufklärungsabteilung, Sirens liebstes Kind, war für die
militärische Auslandsaufklärung Finnlands verantwortlich.
Trotz ihrer geringen Größe hatte sie international einen guten
Ruf. Wie die militärischen Aufklärungsdienste der anderen
westlichen Länder verfügte sie in Krisensituationen über
äußerst weitreichende Befugnisse. Um Aktivitäten zu verhindern, die eine Gefahr für die Sicherheit des Landes darstellten,
führte sie Operationen unterschiedlicher Art durch, manchmal auch bewaffnete. Im Gegensatz zu vielen anderen Ländern
hatte man es hier mit Erfolg erreicht, daß die Aufklärungsabteilung für die Öffentlichkeit fast gänzlich unbemerkt blieb.
Der überwiegende Teil der Finnen hatte von ihr oder ihren Leistungen nie etwas gehört. Nur wenige wußten, daß sie überhaupt existierte, obwohl die Streitkräfte sie im offiziellen
Schema ihrer Organisationsstruktur vorstellten.

Siren warf einen Blick auf die gegenüberliegende Wand, an

19

der in drei Reihen die Fotos seiner Vorgänger hingen. Es schien so, als würden ihn die Offiziere mit vorwurfsvollem Blick aus dem Jenseits anklagen. Das Bild eines entlassenen, zu einer Gefängnisstrafe verurteilten Generals würde man nicht an die Wand hängen.

In seiner Bedrängnis dachte er wieder zurück an die Jahre in der Schlapphutabteilung. Er hatte als Aufklärer von der Pike auf gedient. Nach der Kadettenschule hatte er sich sofort für die Aufklärungsabteilung beworben. Der durchtrainierte junge Mann mit scharfem Verstand entwickelte sich schnell zum besten Agenten seiner Einheit, dem viele Einsätze in der Praxis übertragen wurden. Im Laufe der Jahre hatte er unterschiedliche Aufgaben auch in anderen Abteilungen erhalten und war dann 1996 im reifen Alter zum Generalmajor und Chef des Operativen Stabes befördert worden.

Die Arbeit in der Schlapphutabteilung hatte sich in den Jahren seiner Dienstzeit grundlegend geändert. Während der Amtszeit von Präsident Kekkonen durfte vor allem die Aufklärungsabteilung, von bestimmten Einschränkungen in bezug auf die Sowjetunion abgesehen, völlig ungehindert agieren. Später war durch mehr Offenheit im öffentlichen Sektor und durch die zunehmende Kontrolle die Handlungsfreiheit etwas eingeschränkt worden. Nach dem Zusammenbruch der Sowjetunion wirkten die neuen Bedrohungen auf die Aufklärungsabteilung wie eine Spritze mit einem Anregungsmittel. Man war der Auffassung, daß es sich lohnte, die Aktivitäten der neuen Aufklärungsdienste Rußlands genau zu beobachten, und außerdem wurde die Überwachung der kriminellen Organisationen, deren Zahl explosionsartig anstieg, und der Waffenhändler intensiviert.

Siren erhob sich und zog die Gardinen auf. Sein in dunklen Farbtönen eingerichtetes Zimmer wirkte immer düster. Das

Licht flutete herein und munterte den verkaterten Mann etwas auf.

Die Schuld nagte wie eine Fräsmaschine an dem General, der in einem strenggläubigen laestadianischen Zuhause aufgewachsen war. Die sechzehnjährige Gymnasiastin, die er überfahren hatte, war an ihren Verletzungen gestorben. Siren hatte vorher noch nie irgend jemandem Schaden zugefügt, außer bei dienstlichen Aufträgen, doch da war er dazu gezwungen gewesen. Er versuchte sich vorzustellen, welchen Schmerz die Eltern des von ihm getöteten Mädchens empfinden mochten, und spürte eine Woge des Mitgefühls. Er hatte herausgefunden, daß die Schülerin das einzige Kind ihrer Familie war. Genau wie Siiri. Sirens Tochter war schon dreißig, aber der Vater sah in seinem Kind immer noch das Engelsgesicht im geblümten Kleid, das ihn schüchtern um ein paar Münzen bat, mit denen es sich Bonbons kaufen wollte. Er konnte sich nicht vorstellen, was er bei Siiris Tod empfände. Seine Tat würde ihm nie vergeben werden.

Er schaltete den CD-Player ein und suchte auf der CD den »Valse Triste«. Sibelius hatte in seinem Werk Phantasien geschildert, in denen sich das Gefühl der Todesangst und das der Lebensfreude abwechselten. Siren fand, daß diese Melodien gut beschrieben, wie ihm in seinem Innersten zumute war. Er fragte sich, warum nur die Musik und der Schnaps seinen Lebensschmerz linderten. Einmal mehr gelangte er zu dem Ergebnis, daß mit wissenschaftlichen Untersuchungen nichts Wesentliches herausgefunden wurde.

Der sechzigjährige Generalmajor strich sich mit der Hand, die so groß war wie ein Brotlaib, über die kurzen blonden Haare, seufzte tief und trank noch ein Glas Kognak in einem Zug aus. Er hatte knapp vier Tage Zeit, um sich zu retten.

21

4

Von Nellis fröhlichem Kreischen wurde Ratamo wach. Mit geschlossenen Augen gähnte und räkelte er sich genüßlich. Aus der Küche drangen der Kaffeeduft und vertraute Geräusche ins Schlafzimmer. Das Familienleben hatte auch seine guten Seiten, sogar in einer Ehe, die allmählich verkümmerte.

Ratamo öffnete langsam die Augen. Ihm fiel wieder ein, was in der letzten Nacht geschehen war. Zuerst spürte er Stolz, und dann spielte ein Lächeln um seinen Mund, weil schon bald statt ungeliebtem Broterwerb ungetrübte Urlaubsfreude anstand. Der Kopf mit den blonden Zöpfen, der zur Schlafzimmertür hereinlugte, unterbrach seine Gedankengänge.

»Na, wen haben wir denn da«, sagte Ratamo und breitete die Arme aus.

Nelli juchzte frohgelaunt, rannte zum Bett, hüpfte auf ihren Vater und gab ihm mehrere Küsse auf die stopplige Wange.

»Geht mein Schätzchen jetzt in den Kindergarten?«

»Wir singen heute ›Tante Monika‹.«

»Ihr singt also das Lied von der ›Tante Monika‹. Das ist ja prima. Kannst du denn schon den Text?« Liebevoll betrachtete Ratamo seine Tochter, die auf seinem Bauch lag. Es verblüffte ihn jeden Tag aufs neue, wie stark die Gefühle waren, die das Kind in ihm weckte.

»Wir haben eine nette Tante, unsre Tante Monika«, sang Nelli aus tiefstem Herzen und vollem Halse.

»Arto, wenn du wach bist, kannst du dann Nelli die Kindergartensachen anziehen«, rief Kaisa aus der Küche und übertönte Nellis Gesang.

Ratamo stand auf und ging zu dem von Kindersachen überquellenden Flurschrank. Einmal mehr verfluchte er innerlich den Innenarchitekten, einen Freund Kaisas. Die von ihm entworfene minimalistische Wohnungseinrichtung enthielt erstaunlich wenig Stauraum. Die Wohnung erschien ihnen schon lange zu eng, aber beide hatten keine Zeit, geschweige denn Lust gehabt, eine geräumigere zu suchen.

»Warum mußt du hier drin immer splitternackt herumlaufen? Jeder kann dich durchs Fenster sehen, wenn es so hell ist«, schimpfte Kaisa. Sie hatte sich wie üblich, wenn sie zur Arbeit ging, schon bis ins kleinste Detail sorgfältig hergerichtet.

»Erstklassige Ware darf sich jeder ruhig anschauen, wenn es ihn interessiert. Übrigens, nur zu deiner Information, seit letzte Nacht steht mein Name im Geschichtsbuch der Wissenschaft«, sagte Ratamo mit ernster Miene.

»Ach, wieder einmal. Das ist ja wirklich toll. Was hast du denn jetzt erfunden. Eine Zeitmaschine?« spottete Kaisa, während sie ihren Sommermantel anzog.

»In diesem Falle wärest du wieder jung und schön. Schau in den Spiegel, und du wirst enttäuscht sein«, erwiderte Ratamo ihren Spott. »Ich habe ein Gegenmittel gegen Ebola-Helsinki gefunden«, sagte er, hob seine Tochter in ihrem roten Overall hoch und stellte sie neben die Wohnungstür.

Kaisa betrachtete ihren Mann einen Augenblick ungläubig. »Manchmal habe ich das Gefühl, daß ich ein Gegenmittel gegen dich brauche.«

»Hör auf. Ich meine es ernst.«

»Genau so ernst wie am Tag der Hochzeit in der Johanneskirche, oder?« sagte Kaisa und drängte sich an ihrem Mann vorbei zur Tür.

»Küßchen, Küßchen, Vati«, rief Nelli und hielt ihrem Vater den gespitzten Mund hin.

»Küßchen, Küßchen, mein Schatz.« Ratamo gab seiner Tochter einen Schmatz auf die Wange, bevor die beiden im Treppenflur verschwanden. Er hatte erwartet, daß diese Neuigkeit seine Frau interessierte, denn das bedeutete ja möglicherweise auch für sie Ruhm und Mammon, selbst wenn er ihr schon lange gleichgültig war.

Ratamo schlurfte durch die Wohnung zum Schlafzimmer und wich dabei den Spielsachen und Kleidungsstücken aus, die auf dem Fußboden herumlagen. Wenn sie genauso oft aufräumen würden, wie sie sich stritten, wäre es bei ihnen zu Hause so sauber wie im Labor der vierten Sicherheitsstufe.

Gegen Mittag drang das ohrenbetäubende Geräusch der Presse des Müllautos in Ratamos Bewußtsein. Noch halb im Schlafe suchte seine Hand automatisch nach der nackten Haut seiner Frau. Erst als er das kühle Laken spürte, begriff er, daß Kaisa schon lange gegangen war. Und er konnte mitten an einem Arbeitstag in aller Ruhe noch im Bett liegen, das war ein wunderbares Gefühl.

Ratamos gute Laune ließ nach, als ihm das morgendliche Gespräch mit Kaisa einfiel. Sie hatten sich allmählich so weit auseinandergelebt, daß es kaum noch gemeinsamen Gesprächsstoff gab.

Er hatte Kaisa vor acht Jahren bei einem Skiurlaub in Innsbruck kennengelernt. Nach Meinung aller gaben sie ein perfektes Paar ab: Beide stammten aus angesehenen Familien, beide waren Medizinstudenten, jung und schön. Die Frage, ob er Kaisa liebte, hatte er sich selbst jedoch nie beantworten kön-

24

nen. Und das hatte er schließlich so verstanden, daß er sie nicht liebte. Die Ehe wurde von der sechsjährigen Nelli zusammengehalten, seinem einzigen echten Lebensinhalt. Noch war er nicht bereit, dessen Verlust durch die Trennung von seiner Frau zu riskieren.

Ratamo hatte in der letzten Zeit viel über sein Leben nachgedacht und erkannt, daß er schon immer den Weg vorprogrammierter Entscheidungen gegangen war, auf dem auch die Ehe nur eine Etappe darstellte. Er hatte zugelassen, daß andere Menschen und die Wertvorstellungen der Gesellschaft über sein Leben, über die Wahl der Ehefrau, der beruflichen Laufbahn und des Wohnorts – kurz, über fast alles bestimmten.

Mit zwanzig Jahren hatte sich Ratamo für alles mögliche interessiert, nur nicht für Medizin und den Beruf des Wissenschaftlers. Nach dem Abitur und dem Wehrdienst war er etwa zwei Jahre lang kreuz und quer durch den Fernen Osten gereist. Wegen einer Frau war er fast ein Jahr lang in Hanoi geblieben. Fortgesetzt hatte er seine Reise erst, als Hoangs Vater überraschend mitteilte, daß er für seine Tochter einen Bräutigam besorgt hatte. Schockiert mußte Ratamo feststellen, daß Hoang sofort von dem Ehekandidaten begeistert war, als sie erfuhr, daß er ein Auto besaß. Hoang hatte er mittlerweile schon fast vergessen, aber Vietnamesisch konnte er immer noch, was allerdings in Finnland genauso nützlich war wie eine Sonnenbrille im dunklen Winter Lapplands. An seine Wanderjahre erinnerte er sich gern, es waren die besten Jahre seines Lebens. Nichts geht über dieses Gefühl der Freiheit, das ein Wanderer mit seinem Rucksack empfindet, wenn er auf der Karte sein nächstes Ziel auswählt.

Als er nach Finnland zurückgekehrt war, vertrieb er sich die Zeit mit Feiern, Sport und Lesen. Doch schließlich mußte er sich für irgendeinen Beruf entscheiden. Sein Vater, Professor für Virologie an der Universität, lamentierte ständig, daß die Talente seines Sohns ungenutzt blieben, wenn er eine andere Laufbahn einschlüge als die des Wissenschaftlers. Seine Mutter war an Krebs gestorben, als Ratamo sieben Jahre alt war. Der verbitterte Vater hatte sich danach ganz in seine Arbeit vergraben, das einzige, was er für seinen Sohn übrig hatte, war eine militärisch strenge Disziplin zu Hause. Selbst bei der Berufswahl hatte Ratamo keine eigene Entscheidung treffen können, sondern sich zu einem Medizinstudium überreden lassen. Schon bei der Wahl des Studiums wußte er, daß sie aus falschen Beweggründen zustande gekommen war: auf Druck seines Vaters und wegen des Geldes – und nicht durch sein eigenes Interesse.

Sein gutes Gedächtnis und der brennende Wunsch, die Schulbank zu verlassen, halfen Ratamo, das Studium schnell abzuschließen, wenn auch mit ziemlich schlechten Noten. Er hatte sich zwar auf die Virologie spezialisiert, war aber dennoch überrascht, als die Virologische Abteilung der EELA ihm die Möglichkeit anbot, Viren und Krankheiten zu erforschen, die von Tieren auf den Menschen übertragen wurden. Er vermutete, daß sein Vater dabei seinen Einfluß genutzt hatte, nahm die Arbeitsstelle aber an. Tiere mochte er schon immer, und außerdem wollte er sich die Mühe der Suche nach einer Stelle ersparen. Mit jedem Jahr, das verging, gefiel ihm seine Arbeit weniger, er wollte zurück ins wahre Leben, heraus aus dem engen und stillen Kämmerlein des Forschers. Morgens lag er oft noch lange im Bett und überlegte, wozu er überhaupt aufstehen und in die alltägliche Tretmühle steigen sollte.

Wie bisher immer beschloß er auch diesmal, seine Probleme irgendwann später zu lösen, erhob sich, schlurfte ins Bad und ging unter die Dusche.

Nach dem Waschen und Rasieren fühlte sich Ratamo frisch und munter. Er hatte keine Lust, die Kaffeemaschine zu benutzen, sondern kochte Wasser und brühte sich eine Tasse Kaffee auf. Mit einem Schinkenbrot in der Hand überflog er die Überschriften in der Tageszeitung. Im Kaukasus wurde immer noch Krieg geführt, und der Kurs von Nokia stieg weiter. Die Sportseiten las er genau. Ferrari war der Favorit für den Grand Prix vor Belgien am kommenden Wochenende. Venus Williams hatte die US-Open in New York gewonnen. Und dann fand Ratamo endlich das, was er gesucht hatte: In der Fußballmeisterschaft hatte HJK Helsinki Valkeakoski mit 2:0 besiegt. Der Tag fing gut an.

5

Helsinki badete im Licht der Augustsonne. Ratamo fuhr in Richtung Vallila, das Dach seines VW hatte er geöffnet. Er liebte den Sommer und fühlte sich locker und energisch. Aus den Autolautsprechern erklang J.J. Cales Countryblues, und er sang den Text des lässigen Songs mit. Die Kassette hatte er so oft abgespielt, daß sie schon etwas ausgeleiert war.

Der Käfer bog auf den Hof der Hämeentie 57 ab und schlängelte sich auf dem Weg über das weitläufige, eingezäunte Gelände der Veterinärmedizinischen Fakultät und der EELA bis zum Nordende des Grundstücks.

Ratamo parkte seinen Wagen vor dem Hauptgebäude und stieg die Treppen hinauf in die zweite Etage, in der sein Arbeitszimmer lag. Als erstes sah er auf seinem Stuhl ein Fax und griff danach.

Die Universität Manila bestätigte der Forschungsgruppe in Helsinki, daß sich die beiden Affenjäger, die an Ebola gestorben waren, bei den nach Finnland verschickten Affen angesteckt hatten. Die beiden Männer hatten Obst gegessen, das nach ihren Beobachtungen auch von den Affen berührt worden war. Laut dem Fax hatte man auf den Philippinen alle Kartierungen und Tests gemacht, außer den Affenjägern war niemand an Ebola erkrankt. Ratamo seufzte vor Erleichterung. Auch auf den Philippinen hatte sich das Virus nicht ausbreiten können. Allerdings bestätigte das Fax auch endgültig, daß

Ebola-Helsinki vom Affen auf den Menschen übertragen wurde, was wiederum bedeutete, daß auch Menschen einander anstecken konnten. Die Ergebnisse ihrer Tests stimmten also. Sie hatten ein echtes Killervirus gefunden.

Ratamo stand da und versuchte seine Gedanken zu ordnen. Sollte er die Formel des Gegenmittels und eine Zusammenfassung des Geschehens der letzten Nacht in das Untersuchungsprotokoll eintragen oder erst Manneraho informieren?

»Morgen!« sagte plötzlich eine junge, stark geschminkte Frau. Ratamo erschrak und machte ein Gesicht, als hätte er gerade einen Schneemenschen gesehen.

»Manneraho fragt schon den ganzen Vormittag nach dir, er ist echt wütend.« Sie setzte sich auf den Besucherstuhl.

»Hallo, Liisa. Erschrecke einen alten Mann nicht so. Das kann dir eine Anklage wegen Totschlag einbringen. Wie geht's?« Ratamo zog die linke Augenbraue hoch und schaute die Forschungssekretärin spitzbübisch an. Eine solche Mimik zeigte er auf Arbeit nur selten und nur wenigen. Manchmal hatte er das Gefühl, daß er es ohne Liisa nicht einen einzigen Tag in diesem Zimmer aushalten würde. Er redete kaum mit den Kollegen, aber Liisa war eine Ausnahme, sie beide plauderten oft auch noch nach der Arbeit in der Kneipe weiter. Liisa spielte ihm nicht irgendeine Rolle vor und konnte auch über anderes reden als über die Arbeit.

Auch Liisa mochte Ratamo, obwohl der sich nach Meinung der meisten anderen EELA-Mitarbeiter merkwürdig benahm. Er war ein ausgezeichneter Forscher – dann, wenn er sich ernsthaft mit seiner Arbeit beschäftigte, was allerdings selten vorkam. Doch er hatte eindeutig ein Problem mit seiner Einstellung. Er kam zu spät, vergaß die Termine von Treffen und verhielt sich den anderen gegenüber arrogant. Nur die wenigen, die ihn gut kannten, wußten, daß die Überheblichkeit sein Panzer war. Die Meinung anderer schien Ratamo jedoch gleichgültig zu sein.

»Einigermaßen«, antwortete Liisa. »Warum mußt du Manneraho immer die Stirn bieten, der Mann ist doch so nett. Glaub mir, du gehst am besten sofort zu ihm.«

»Dazu habe ich aber nicht besonders viel Lust. Vermutlich habe ich gestern gegen so viele Regeln verstoßen, daß der Alte bestimmt stinksauer ist.«

Liisa saß da und betrachtete Ratamos von braunen Jeans bedeckten Hintern und das breite Kreuz, auf dem sich das blaue Hemd an den Schulterblättern spannte. Sie drehte den Bleistift zwischen Zeigefinger und Daumen und überlegte, warum sie sich so stark zu Ratamo hingezogen fühlte. Der Mann war physisch genau nach ihrem Geschmack: groß, schlank und auf geschmeidige Weise muskulös. Das kurzgeschnittene schwarze Haar betonte sein kantiges Gesicht genau wie die pechschwarzen, dichten Augenbrauen. Auch die drei Zentimeter lange Narbe auf Ratamos linkem Backenknochen faszinierte Liisa. Ratamo trug keinen Bart, sein Kinn schien aber immer mit Bartstoppeln bedeckt zu sein. Ihrer Meinung nach sah er aus wie ein gebildeter Räuberhauptmann. Sie hatte Ratamo nie etwas von ihren Empfindungen gesagt, konnte aber nichts dagegen tun, daß sie sich insgeheim – an manchen Tagen mehr, an anderen weniger – wünschte, er käme auf den freien Markt. Zur Ehebrecherin wollte sie nicht werden, obwohl sie Gerüchte gehört hatte, wonach Ratamos Ehe nicht zu den allerglücklichsten gehörte. Sie seufzte, stand auf und ging lustlos an ihre Arbeit.

Ratamo brauchte nicht lange vor Mannerahos Zimmer zu stehen, denn der erwartete ihn schon auf dem Flur. Der Professor war Anfang Sechzig, hatte graues Haar und ein gerötetes Gesicht und als Folge seines Dolce Vita etwas Übergewicht.

»Rein mit dir, Ratamo, und zwar ein bißchen plötzlich! Was zum Teufel hast du angestellt? Die Arbeitsgruppe hat heute morgen die drei Affen im Labor der vierten Stufe getestet. Sie waren clean. Und auf dem Computer im Versammlungsraum steht, daß du ein wirksames Gegenmittel gefunden hast. Und dann kommst du um eins zur Arbeit. Hast du den Verstand verloren!« Manneraho schnaufte in seinem tadellos sitzenden italienischen Anzug aus Wollstoff. Sein Gesicht war so rot wie ein gekochter Krebs.

»Immer ruhig Blut bewahren. Alles ist in Ordnung«, sagte Ratamo betont gelassen und setzte sich hin. In dem Raum roch es so stark nach Rasierwasser, daß er am liebsten das Fenster geöffnet hätte.

Seiner Meinung nach war Manneraho dank seiner sozialen Fähigkeiten in ein wesentlich höheres Amt aufgestiegen, als es durch seine wissenschaftlichen Leistungen gerechtfertigt gewesen wäre. Der Professor war total von der Arbeit und den Ergebnissen der jungen, talentierten Forscher abhängig und nutzte sie ungeniert aus. An sich überraschte das Ratamo nicht. Er hielt das gegenwärtige Finnland für eine Durchschnittsgesellschaft, die aus Durchschnittsmenschen bestand, und die bevorzugten immer ihresgleichen. Verschiedenartigkeit und Individualität waren in der Welt des Durchschnitts verboten. Ratamo wußte, er hätte diese Abneigungen gegen Manneraho nicht haben dürfen, der Mann war doch schließlich nur auf dem normalen Dienstweg aufgestiegen, aber er konnte eben nicht aus seiner Haut.

Er machte es sich auf dem Sofa bequem und erzählte seinem

Chef, er sei letzte Nacht um halb vier so fix und fertig gewesen, daß er es einfach nicht mehr geschafft hatte, einen Bericht zu schreiben. Er habe ihn aber gerade eben angefangen. Ratamo tat nicht einmal so, als wäre er besorgt, sein Vorgesetzter könnte wütend werden.

Manneraho schien sich ein wenig zu beruhigen.

»Was hast du gefunden? Was ist gestern passiert? Erzähle jetzt endlich alles.«

Ein Anflug von einem Lächeln erschien auf Ratamos Gesicht. In der Forschungsanstalt war etwas Wesentliches passiert, und der Herr Professor kannte nicht alle Einzelheiten. Um jedoch den wissenschaftlichen Durchbruch für sich selbst nutzen zu können, mußte Manneraho im Bilde sein.

»Na ja, das ist an sich eine ziemlich lange Geschichte. Ich muß mir erst einen Kaffee holen, bevor ich nicht ein, zwei Tassen getrunken habe, kommt mein Motor nicht richtig in Gang«, sagte Ratamo.

Er holte sich einen großen Topf Kaffee schwarz, setzte sich bequem aufs Sofa und erzählte ausführlich, was in der zurückliegenden Nacht geschehen war.

Manneraho hörte sich den Bericht von Anfang bis Ende an. Er saß auf seinem Stuhl und rückte mehrmals seine gelbschwarze Seidenkrawatte zurecht.

»Du hast also ein Gegenmittel gegen Ebola-Helsinki gefunden?«

»Ja.«

»Herzlichen Glückwunsch. Aber warum mußtest du die Tests unbedingt allein vornehmen? Dabei darf man keine Ein-Mann-Show aufführen. Alles muß nach Protokoll unter kontrollierten Bedingungen ablaufen. Das weißt du doch«, tadelte ihn Manneraho und fuhr dann in schon versöhnlicherem Ton

32

fort. »Na ja. Andererseits hast du so gute Arbeit geleistet, daß ich diese Verstöße mal unter den Tisch fallen lasse.«

Der Deckel der Kautabakdose schnappte auf. Der Geruch von Kuhmist breitete sich schnell in dem Zimmer aus. Ratamo schob sich den Priem in aller Ruhe unter die Lippe, obwohl er wußte, daß sich sein Chef darüber aufregte. Oder vielleicht gerade deswegen.

Mannerahos mißmutige Miene verriet, was er dachte. Er schwieg aber, überlegte einen Augenblick und fragte dann, wohin Ratamo den Rest des Gegenmittels gestellt habe.

Der erklärte ihm, es gebe kein Gegenmittel mehr, bei den Tests in der vergangenen Nacht habe er alles aufgebraucht.

Der Professor bot seinem Kaffee schlürfenden Mitarbeiter Kekse an und stellte dann noch einige Zusatzfragen. Als er hörte, daß niemand außer Ratamo die Formel des Gegenmittels kannte, war er sichtlich erfreut. Er wies seinen Mitarbeiter an, unverzüglich das gesamte Material über das Gegenmittel zu holen.

»Hier ist alles eingetragen. Auf dieser Diskette sind die Fortschritte bei meinen Versuchen innerhalb der letzten zwei Wochen und der aktuelle Stand dokumentiert«, berichtete Ratamo wahrheitsgemäß und reichte seinem Chef die Diskette. »Und hier ist die Formel des Gegenmittels«, fügte er hinzu und riß zwei Seiten aus seinem Heft heraus.

Ratamo gab seine Originalnotizen nur ungern her, aber er wollte das Gespräch beenden und den Rest des Tages ganz entspannt verbringen, sollte sich doch Manneraho mit der Bürokratie herumschlagen. Die Formel für das Gegenmittel hatte er auf jeden Fall in seinem Gedächtnis.

Manneraho befahl seinem Mitarbeiter, die ganze Sache vorläufig zu vergessen. Ratamo dürfe auf gar keinen Fall die Formel des Gegenmittels erneut aufschreiben. Er solle seine sonstigen Arbeiten weiterführen, bis sein Chef ihm andere Anweisungen gab. Manneraho versprach, er werde ihm mitteilen, wenn er seine Hilfe benötige.

Ratamo wunderte sich über den Eifer des Professors, war aber angesichts der neuen Instruktionen zufrieden, denn die Untersuchung von Ebola-Helsinki war seine einzige Aufgabe. Jetzt könnte er seine Urlaubsvorbereitungen während der Arbeitszeit treffen. Und Manneraho durfte in aller Ruhe den Ruhm für die Entdeckung des Gegenmittels ernten.

Manneraho stand auf und schaute den jungen Wissenschaftler mit ernster Miene an. »Arto. Über diese Angelegenheit darfst du mit niemandem sprechen. Diesmal mußt du gehorchen. Die Sache ist sehr ernst. Wenn du das irgend jemandem weitererzählst, fliegst du, vielleicht hast du dann auch eine Anklage am Hals. Ist das klar?«

Die einen arbeiten, und die anderen reden, dachte Ratamo, begnügte sich jedoch damit, seinem Chef beim Verlassen des Zimmers einen weiterhin guten Tag zu wünschen. Er war sicher, daß Manneraho nun überlegte, wie er mit der Arbeit der anderen für sich selbst Punkte sammeln könnte.

6

Manneraho gefiel Ratamos überhebliches Verhalten nicht, aber er versuchte seinen jungen Wissenschaftler zu verstehen. Warum war Ratamo so aggressiv? Mit seinen anderen Mitarbeitern kam Manneraho gut aus. Vielleicht lag die Ursache also nicht bei ihm. Anscheinend konnte Ratamo überhaupt keine Autoritäten vertragen. Er selbst war vor langer Zeit auch ein talentierter junger Idealist gewesen, doch mit zunehmendem Alter hatte er begriffen, daß man die Dinge nicht unnötig ernst nehmen durfte. Man mußte das Leben genießen. Alles ließ sich leicht erledigen, wenn man die Leute gut behandelte und ein ausgedehntes Netz von Beziehungen knüpfte. Hoffentlich, überlegte Manneraho, würde der junge Mann noch rechtzeitig erkennen, was in seinem eigenen Interesse lag, und sich nicht seine Zukunft verbauen, indem er rebellierte.

Draußen krächzte eine Krähe, und Manneraho bemerkte, daß er an den Fingernägeln kaute. Er holte aus der Schublade eine Nagelfeile. Seit der Entdeckung von Ebola-Helsinki hatte er bei sich nach langer Zeit erstmals wieder Streßsymptome bemerkt.

Das Ebola-Virus war für ihn ein alter Bekannter. Im Jahre 1989 hatte er als Gastprofessor an der Universität Cornell im Bundesstaat New York Gelegenheit gehabt, das Affenhaus der Kleinstadt Reston in der Nähe von Washington D.C. zu besuchen und an Ebola erkrankte Langschwanzmakaken zu beobachten.

Innerhalb von zwei Tagen hatte er viele Tiere gesehen, die sich in verschiedenen Stadien der Krankheit befanden. Die teuflische Art und Weise, in der Ebola seine Opfer vernichtete, hatte ihn schockiert. Das Virus bildete im Blut Gerinnsel, wodurch sich der Blutkreislauf verlangsamte; das Blut verdickte, sammelte sich an den Gefäßwänden und blieb kleben. Wegen der Gerinnsel entstanden an verschiedenen Stellen des Organismus Nekrosen und subkutane Hämatome. Kleine Blasen entwickelten sich auf der Haut, die schließlich Risse bekam und das Blut hinausfließen ließ. Mit fortschreitender Krankheit bildeten sich blaue Flecken auf der Haut, die zu einem weichen Brei wurde. Bei einer heftigen Berührung bestand die Gefahr, daß sie zerriß und sich in großen Fetzen löste. Aus jeder Körperöffnung floß Blut, das nicht mehr gerann, da das Virus den Gerinnungsfaktor zerstört hatte. Die Oberfläche der Zunge und die Wände von Rachen und Luftröhre schälten sich ab. Das Herz blutete. Aus den Augen trat Blut aus. Die Blutpfropfen erschwerten die Hirnfunktion. Wenn sich die Därme mit Blut füllten, lösten sich die Darmwände, und das Opfer schied sie mit einer gewaltigen Blutmenge aus. Im Endstadium der Krankheit bekam der Patient heftige Krampfanfälle, bevor das Blut nach dem Versagen des Schließmuskels aus dem After und anderen Körperhöhlen herausfloß.

Den Menschen tötete Ebola genau so wie den Affen. Das Virus war in seiner ganzen Grausamkeit ein Meisterwerk der Natur – ein perfekter Killer.

Manneraho schaltete das Radio ein. Aus irgendeinem Grund schweiften seine Gedanken immer ab, wenn es still war. Wie könnte er aus der Situation für sich Nutzen ziehen? Über die Entdeckung des Gegenmittels hätte er seinen Vorgesetzten informieren müssen. Das wollte er jedoch nicht tun, weil er befürchtete, daß der einen Teil des Ruhmes für sich beanspruchte. Sollte er dem Operativen Stab der Streitkräfte die Entdeckung melden? Die EELA hatte strenge Vorschriften, die besagten, daß der Stab über alle Funde unterrichtet werden mußte, die sich für die biologische Kriegsführung eigneten. Manneraho verstand ganz ausgezeichnet, welche militärische Bedeutung Ebola-Helsinki und das Gegenmittel besaßen. Sie wären vortrefflich geeignet für irgendwelche Terrororganisationen, Unabhängigkeitsbewegungen oder kriegerische Diktaturen, die nicht über die Mittel oder das Knowhow verfügten, um sich Kernwaffen zu beschaffen.

Allmählich nahm in seinem Kopf ein Plan Gestalt an. Er beschloß, den Operativen Stab anzurufen, aber nicht den Verbindungsmann, den man der EELA angegeben hatte, sondern Raimo Siren, den Chef des Operativen Stabes. Er würde die Entdeckung als seine eigene Errungenschaft darstellen und so dafür sorgen, daß sich der General seinen Namen einprägte. Und er würde deutlich zu verstehen geben, welche Bedrohung das Virus und das Gegenmittel für die nationale Sicherheit bedeuteten. Die EELA war als Aufbewahrungsort nicht sicher genug, irgendeine Terrororganisation könnte sie womöglich sogar stehlen. Die japanische Sekte »Höchste Wahrheit« hatte 1995 auf einem U-Bahnhof in Tokio ein tödliches Nervengas austreten lassen und auch versucht, in den Besitz des Ebola-Virus aus Zaire zu gelangen.

Bei passender Gelegenheit würde er andeuten, daß er mit Blick auf die nächste Verleihung des Ehrentitels eines Akademiemitgliedes große Erwartungen hegte.

Als würde er beten, atmete er einige Male tief durch, bevor er zum Hörer griff und die Nummer der Zentrale des Generalstabs eintippte.

Das Gespräch verlief so, wie es sich Manneraho erhofft hatte. Siren hielt die Entwicklung des Gegenmittels für eine gefährliche Veränderung der Lage und war der Ansicht, daß sie das Virus zu einer Wunschwaffe für Terroristen machte. Der Generalmajor bat den Professor, abends zu ihm in den Generalstab zu kommen. Er sollte alles Material mitbringen, das mit dem Gegenmittel zusammenhing, und durfte vor ihrem Treffen mit niemandem ein Wort darüber sprechen.

Manneraho war so aufgeregt, daß er beschloß, das vereinbarte späte Dinner mit Eveliina abzusagen. Er fand die Telefonnummer seiner letzten Eroberung im Notizbuch, sah den verwirrend schönen Körper der Frau vor sich und machte seine Entscheidung rückgängig.

7

In dem Raum ohne Klimaanlage war es heiß, obwohl die Fenster sperrangelweit offenstanden. Sirens Stirn lag in Falten, und Schweißtropfen rollten über seine Schläfen, als er den Stift auf den Schreibtisch fallen ließ. Nach Mannerahos Anruf hatte er ungestört über zwei Stunden an seinem Plan gearbeitet. Seiner Sekretärin hatte er mitgeteilt, sie dürfe sich nur bei ihm melden, wenn die Ausrufung des Notstands drohte oder seine Frau anrief, was für ihn praktisch das gleiche war.

Siren glaubte Reettas monotone Stimme zu hören. Das ewige Gemecker seiner Frau war für ihn ein vertrautes Hintergrundgeräusch, so wie für den Fischer das Meeresrauschen. Als zwanzigjähriger Kadett hatte Siren die einzige Tochter eines geachteten Jägergenerals geheiratet. Die Liebe der Frischverheirateten war vor langer Zeit gestorben. Obwohl die Ehe unglücklich war, hatte er seine Laufbahn nicht durch eine Scheidung gefährden wollen, solange der Schwiegervater noch lebte. Teure Hobbys und ihre Vorliebe für Bälle und andere Festlichkeiten der höheren Gesellschaftsschichten hatten Reetta daran gehindert, ihren Mann zu verlassen. Nach dem Tod seines Schwiegervaters war Siren in seiner Ehe schon so abgestumpft, daß er nicht all das durchmachen wollte, was mit einem Scheidungsprozeß verbunden wäre. In der erzkonservativen Welt des Militärs hätte er außerdem zu Repräsentationszwecken eine neue Ehefrau gebraucht.

Siren hob langsam das Glas mit Kognak der Marke Hennessy XO an die Lippen. Das starke Aroma brannte in der Nase. Es fiel ihm immer noch schwer, zu begreifen, in was für eine totale Sackgasse er geraten war. Er wußte ganz genau, was geschehen würde, wenn er nicht selbst die Zügel in die Hand nähme. Beim Prozeß würden die Augenzeugen bestätigen, daß sie gesehen hatten, wie sein Prelude das Mädchen überfahren hatte, und Reetta würde von der Beule am Auto erzählen. Der Staatsanwalt würde Mikroskopaufnahmen vorlegen, die bewiesen, daß sein Auto mit dem Fahrrad zusammengestoßen war. Vielleicht gelänge es der Polizei, die Person ausfindig zu machen, die bei dem Abendessen mit ihm zusammengesessen hatte, und dann würde das Gericht erfahren, daß er stark angetrunken gewesen war. Die Liste seiner Vergehen wäre so lang wie der Gürtel eines Sumo-Ringers. Weswegen würde man ihn verurteilen? Auf jeden Fall, so vermutete Siren, wegen fahrlässiger Tötung, unterlassener Hilfeleistung, Trunkenheit am Steuer und Fahrerflucht.

Dazu kam noch, daß eine Gefängnisstrafe finanziell verheerende Folgen hätte. Reettas Bekleidungsgeschäft war in den Zeiten der Krise an den Rand des Konkurses geraten. Er hatte für die Kredite des Ladens gebürgt und mußte seitdem mit seinem eigenen Geld gewährleisten, daß die Boutique ihre Kredite abzahlen konnte. Ohne seine Unterstützung und ohne seine ständige Kontrolle würde Reetta ihr Geschäft in kürzester Zeit in den Konkurs treiben. Dann müßten die Kredite zurückgezahlt werden, und da er für sie gebürgt hatte, bedeutete das einen gerichtlichen Vergleich oder seinen persönlichen Konkurs.

Für Siren hatte es schon so ausgesehen, als könnte er einen Prozeß wegen des Unfalls nicht abwenden. Doch dann kam Mannerahos Anruf, wie auf Bestellung. Jemand anders hätte das vielleicht für ein Geschenk des Schicksals gehalten, aber Siren glaubte nicht an das Schicksal. Als er von dem Gegenmittel hörte, hatte er sofort begriffen, daß ihm auf dem silbernen Tablett eine Lösung serviert wurde. Jeder Gangsterstaat und jede Terroristenbande würde Ebola-Helsinki und das Gegenmittel haben wollen. Das Gegenmittel machte das Virus zu einem idealen Erpressungsinstrument. Das Versprechen, die mit Ebola infizierten Menschen zu heilen, war eine ganz andere Sache, als einem Staat mit dem Virus zu drohen. Und wer das Gegenmittel besaß, würde nie seine eigenen Leute durch das Virus verlieren.

Um sich zu retten, wurden von dem Generalmajor Dinge verlangt, die zu tun er sich nie hätte vorstellen können. Die Entscheidung, das in Angriff zu nehmen, war die schwerste in seinem ganzen Leben. Er war immer wahrhaft stolz darauf gewesen, ein General der weißen finnischen Armee zu sein. Und er fühlte sich zur Elite der Militärs dieser Welt zugehörig. Wären Alternativen in Sicht gewesen, dann hätte er alles dafür getan, seine Offiziersehre mit redlichen Mitteln zu bewahren, doch es gab keine Alternative. Er war gezwungen, seine Ehre zu verschlucken und seine Seele zu verkaufen. Nachdem er seine Entscheidung getroffen hatte, wollte er auch dazu stehen, so wie das nur ein finnischer Offizier vermochte. Um jeden Preis. Bis zum Ende.

Als er sich entschieden hatte, fühlte er sich jedoch nicht erleichtert. Er konnte sich nicht erinnern, jemals so eine Beklemmung und Bedrängnis empfunden zu haben, seit er sein engstirniges, strenggläubiges Elternhaus verlassen hatte und zur Armee gegangen war. Diese Bedrängnis war ein niederschmetterndes Gefühl, das ihn in die Flucht trieb und zugleich lähmte.

Siren überlegte, was ihn eigentlich quälte. Reettas Geld und ihre Freunde aus der Oberschicht, die gesellschaftliche Wertschätzung, die sein Amt mit sich brachte, und der Schnaps hatten über Jahrzehnte sein Wohlergehen garantiert, doch dieses beklemmende Gefühl war er nie gänzlich losgeworden. Lag die Ursache dafür etwa doch bei ihm? Hatte er schon als Junge falsch gehandelt, weil er das einfache, fromme Leben nicht zu schätzen wußte, sondern unbedingt kosten wollte, was die Welt zu bieten hatte? Seine Familie und die ganze Laestadianer-Gemeinde von Himanka hatten alle Verbindungen zu ihm abgebrochen. Mit Ausnahme eines einzigen Freundes.

Würde er seine innere Ruhe finden, wenn er doch gegenüber der Gesellschaft für den Tod des Mädchens Wiedergutmachung leistete? Bestimmt nicht. Falls er die Verantwortung für das Überfahren des Mädchens übernahm, bedeutete das Gefängnis und Bankrott. Er müßte alles aufgeben, wofür er gelebt und gearbeitet hatte, alles, was irgendeinen Wert hatte: sein Amt, sein Eigentum, die Wertschätzung der Gesellschaft. Und was würde ihm bleiben – seine Ehre? Ein Rentner, der im Gefängnis gesessen hat, besitzt keine Ehre. Er würde seine letzten Jahre als verachteter Nichtsnutz verbringen, der sich mit seiner Offiziersrente durchschlug.

Sirens Blick fiel auf das Bild Siiris, das am Rande seines Schreibtisches einen Ehrenplatz einnahm, und er schämte sich. Sein Mund war trocken, und er goß sich wieder Kognak ein. Der schmeckte nach Wasser. Der vierschrötige Offizier ging langsam auf und ab, seine Schritte wurden von dem blutroten Perserteppich gedämpft, den Reetta geerbt hatte.

Der Plan mußte so skrupellos wie möglich ausgeführt werden. Sonst brauchte er gar nicht erst anzufangen. Da nicht viel Zeit blieb, war er gezwungen, Maßnahmen zu ergreifen, die bis an die äußersten Grenzen seiner Befugnisse gingen. Auch einen Assistenten mußte er noch anwerben, denn er hätte auf keinen Fall die Zeit und auch nicht die Fähigkeit, alle Einzelheiten seines Plans selbst auszuführen. Vor dem Treffen mit Manneraho mußte er seine Strategie endgültig festlegen und die notwendigen Anrufe erledigen, damit die Theateraufführung am Abend gelang. Dann war wirklich alles bereit, und das Spiel konnte beginnen.

8

Nach dem Treffen mit Manneraho war Ratamo mitten in eine Champagnerparty geraten, die ganze Abteilung für Virologie feierte, weil nun ein Gegenmittel gefunden war. Der Held des Tages trank ein nicht ganz gefülltes Glas Sekt, verschwand dann still und heimlich und machte sich daran, den Poststapel auf seinem Schreibtisch abzuarbeiten. Lange konnte er sich jedoch nicht auf die Routinearbeiten im Büro konzentrieren. Nachdem sich der drei Monate dauernde Streß und die Anspannung entladen hatten, brauchte er erst einmal ein wenig Zeit für sich selbst.

Ratamo drehte den Lautstärkeregler seines Autoradios bis zum Anschlag. Es war Viertel vor fünf und unverändert drückend heiß, als er an der Post vorbei in Richtung des Sportzentrums von Töölö fuhr. Er genoß die Wärme und die fröhlichen Gesichter der Menschen auf der belebten Mannerheimintie. Immer wieder schaute er hinüber zu den leichtbekleideten Frauen auf den Fußwegen und war glücklich, daß von den in ihre Wintersachen eingewickelten griesgrämigen Mumien keine Spur mehr zu sehen war.

Am besten entspannte sich Ratamo beim Sport. Seit seiner Kindheit war er es gewöhnt, fast jeden Tag Sport zu treiben. Wenn er sich nicht in regelmäßigen Abständen physisch belasten durfte, würde er die Wände hochgehen. Er war mit seinem Freund Timo Aalto verabredet, sie wollten im ehemaligen

Sportzentrum des Finnischen Sportbundes gemeinsam Federball spielen.

Aalto war einer seiner ganz wenigen Freunde. Schon als kleiner Junge hatte Ratamo seine Zeit lieber für sich allein verbracht. Er hatte nichts gegen andere Menschen, fühlte sich aber
wohler, wenn niemand in seiner Nähe war.

Ratamo parkte sein grellgelbes Auto in der Topeliuksenkatu,
etwa hundert Meter von der Sporthalle entfernt. Das Stoff-
verdeck zog er hoch, obwohl am wolkenlosen Himmel die
Sonne schien. Doch ein Gewitter lag in der Luft. Ein überge-
wichtiger Dackel, der sein Frauchen ausführte, hob das Bein
an einem Reifen des VW, nachdem Ratamo seinem Auto schon
den Rücken gekehrt hatte. Timo Aalto öffnete gerade seine
Schnürsenkel, als Ratamo die Garderobe betrat.

»Ach, da haben wir ihn ja, den Himoaalto«, sagte Ratamo
und grinste.

»Grüß dich, Artsi. Wollen wir wetten, daß du heute eine
Packung kriegst?«

»Na klar. Ich spiele mit links und verbundenen Augen und
gewinne trotzdem den ganzen Einsatz.«

»Wer große Töne spuckt, kommt im Sport nicht weit. Beim
Abpfiff werden die Punkte gezählt.«

Beide hatten in ihrer Jugend gemeinsam Eishockey, Fußball
und Tennis gespielt und waren auch zum Schwimmen gegangen, bis sie sich dann als C-Junioren für eine Sportart entscheiden mußten. Sie hatten Federball gewählt.

Auf den anderen Spielfeldern hörten viele für eine Weile auf,
um Ratamos und Aaltos Badmintonrallye zu verfolgen. Wer
die zwei spielen sah, begriff sofort, daß es sich um mehr handelte als ein bloßes Spiel. Beide waren immer noch in Topform
und kämpften um jeden Ball, als wäre es das olympische Finale.

45

Der größere Aalto hatte Vorteile in der Reichweite. Doch Ratamo beendete viele Ballwechsel mit kurzen Stopps, die kurz hinter dem Netz herunterfielen. Aalto brachte seinen Körper einfach nicht schnell genug in Bewegung. Während des ganzen Matches spielte Ratamo ungewöhnlich aggressiv und konnte am Ende alle drei Sätze, die sie in ihrer Spielzeit schafften, knapp für sich entscheiden.

Keuchend zogen die von der Milchsäure ganz steif geworden Männer ihre pitschnassen Sachen aus, gingen unter die Dusche und dann in die Sauna.

»Was zum Teufel ist mit dir los? Du hast gespielt, als ginge es um Leben und Tod. Und hör endlich auf, so gekünstelt zu lächeln«, sagte Aalto halb im Ernst, als sie schließlich ermattet auf der Saunapritsche saßen.

»Die Trauben sind mir zu sauer ...«, erwiderte Ratamo, hörte aber mitten im Satz auf, als er Aaltos Miene ansah, daß die deutliche Niederlage ihn ernsthaft ärgerte.

Es war ein himmlisches Gefühl, die sanfte Berührung des feuchtheißen Aufgusses auf der Haut zu spüren. Genüßlich dehnte und streckte sich Ratamo. Die Schweißperlen auf der Haut wurden größer und schwerer und rollten durch die dichte, gekräuselte Behaarung. In der Sauna sitzen war seine Lieblingsbeschäftigung. Eine seiner ersten Kindheitserinnerungen hing mit der Rauchsauna des Sommerhäuschens der Großmutter zusammen. In der hatte er sich als Dreijähriger eingeschlossen, nachdem der Vater hinausgegangen war. Klein-Arto war seelenruhig in der Sauna sitzen geblieben und hatte weitergeschwitzt, obwohl der Vater beinahe die Tür aus dem Rahmen gerissen hätte. Ein paar kleine Jungs kicherten, als ein untersetzter Mann auf dem glatten Fußboden ausrutschte und sich um ein Haar den Hintern am Saunaofen verbrannt hätte.

»Wie geht's meinem Patenkind?« fragte Aalto.

»Nelli ist genauso lebhaft wie immer«, sagte Ratamo leise.

Aalto schaute Ratamo abwartend an und streckte die Hand nach der Schöpfkelle für den Aufguß aus. Die beiden kannten sich so lange, daß sie schon am Tonfall des anderen bemerkten, wenn irgend etwas nicht stimmte. Aalto wollte jedoch nicht nachfragen, was seinen Freund beschäftigte.

Und Ratamo wollte seine Privatangelegenheiten mit niemandem durchkauen. Er war es von klein auf gewöhnt, allein mit seinen Gefühlen klarzukommen. Auch über ihre Arbeit unterhielten sich beide nicht mehr. Ratamo hatte genug über Aaltos Abenteuer in der mystischen Welt der Computerprogrammierung gehört, und Aalto wußte schon genug über die Eigenschaften exotischer Krankheiten.

»Einen Aufguß noch als Nachschlag«, sagte Aalto schließlich. Als der heiße Dampf aufstieg, zogen beide den Kopf ein.

Unter der Dusche ärgerte sich Ratamo, daß sie in einer öffentlichen Sauna waren. Eine Grillwurst, auf dem Saunaofen in Folie gebraten, hätte jetzt wunderbar geschmeckt.

Die beiden trockneten sich in aller Ruhe ab, als ein schrilles Piepen ertönte. Aalto stürzte zu seinem Rucksack, holte einen Piepser aus der Seitentasche heraus und las die Nachricht voller Begeisterung. »O Mann! In Liminganlahti ist ein Schwarm Spitzschwanzstrandläufer gesichtet worden. Ich muß sofort los.«

Aalto zog sich an und packte seine Sachen ein, dabei bewegten sich seine Hände so schnell wie bei einem Beerensammler.

Amüsiert beobachtete Ratamo, wie begeistert der leidenschaftliche Vogelliebhaber war. Sein Saunabier mußte er nun offensichtlich allein trinken.

47

9

Das Taxi fuhr am prächtigen Paradetor des Generalstabs vorbei und hielt sechs Minuten vor sechs am Nebeneingang in der Fabianinkatu. Der Wachhabende fragte, mit wem Manneraho verabredet sei, überprüfte die Angaben, gab ihm eine Besucherkarte und beschrieb ihm den Weg.

Eine Frau in einem enganliegenden schwarzen Hosenanzug begrüßte Manneraho, als er den Fahrstuhl verließ.

»Der General kommt sofort. Folgen Sie mir in sein Zimmer, wo Sie bitte noch einen Moment warten«, sagte die Sekretärin höflich. Sie begleitete den Gast auf dem Flur der dritten Etage bis in Sirens Zimmer und bot ihm einen Kaffee an.

Manneraho schaute auf ihre Beine, als sie das Zimmer verließ. Der finnische Kaffee schmeckte bitter. Er trank meist nur Illy-Espresso.

Sirens Zimmer wirkte geräumig. Der Schreibtisch, die Bücherregale und der Couchtisch waren aus dunklem Holz, und an den Wänden hingen Gemälde, die Manneraho nicht kannte. Die schwarze Ledercouch und die Sessel waren alt und seiner Meinung nach schon zu abgenutzt. Der orientalische Teppich sah echt aus. Er fragte sich, ob sich die Streitkräfte so etwas leisten konnten.

Gerade als er eine Teppichecke anhob und dem Zertifikat des Importeurs entnahm, daß es sich um einen echten iranischen Hamada handelte, betrat Siren das Zimmer. Begleitet wurde er von einem kahlköpfigen, spindeldürren Mann, den Manneraho noch nie gesehen hatte. Ein Virologe war es jedenfalls nicht, denn dann hätte er ihn gekannt.

»Tag. Du hast anscheinend schon einen Kaffee bekommen«, sagte Siren in halb vertraulichem Ton und reichte ihm seine große Hand.

»Herr General.« Manneraho verbeugte sich leicht, während er Siren die Hand gab. Der Mann war eine beeindruckende Erscheinung. Er hatte markante Gesichtszüge, war groß, kräftig gebaut, blond und barsch.

»Sicherheitshalber habe ich Pekka Vairiala, den Chef der Aufklärungsabteilung, mitgebracht, ihr seid euch sicher noch nicht begegnet. Bei dieser Geschichte ist es am besten, sehr genau vorzugehen, damit kein Schaden entstehen kann«, erklärte Siren, während Vairiala dem Professor die Hand gab. Die zwei hochrangigen Geheimdienstoffiziere in ihren Uniformen betrachteten den Gast erwartungsvoll. Es fiel Manneraho schwer, seine Genugtuung zu verbergen, die er empfand, weil Siren dem Fall soviel Beachtung schenkte. Doch dann befiel ihn Unsicherheit. Diese Männer waren Profis, sie kannten die Viren, die sich für die biologische Kriegsführung eigneten. Und wenn ihnen nun der wahre Grund für seinen Besuch klar wurde?

»Also dann erzähle mal, Eero … Es ist dir doch recht, wenn ich dich duze?«

»Aber natürlich.«

»Ja, also dann erzähle die ganze Geschichte mal etwas ausführlicher. Ich habe Pekka nur einen kurzen Überblick gegeben, weil auch meine Informationen noch sehr lückenhaft sind«, sagte Siren und suchte sich auf seinem Sessel hinter dem Schreibtisch eine bequemere Haltung.

Manneraho erzählte alles, was er über das Ebola-Virus wußte

49

und was in der EELA seit Anfang Mai bis zum Morgen dieses Mittwochs geschehen war. Und er hob seine Rolle als Leiter der Forschungsgruppe hervor.

»Alles Material, das mit dem Gegenmittel zusammenhängt, befindet sich also in deinem Besitz?« erkundigte sich Siren, als Manneraho am Ende angelangt war.

Mit ernster Miene versicherte Manneraho, nur er besitze die Formel des Antiserums und niemand anders nirgendwo. Er überreichte Siren die Diskette, die Ratamo ihm gegeben hatte, und die einzige schriftliche Version der Formel des Gegenmittels.

»Hast du davon Kopien für dich angefertigt?« fragte Siren und starrte den Professor durchdringend an.

»Nein. Ich kenne die Formel auswendig«, log Manneraho.

Die Antwort kam so schnell und klang so aufrichtig, daß Siren glaubte, der Mann sage die Wahrheit.

»Sind diese noch übriggebliebenen vierzig Röhrchen mit Ebola-Blut in einem Zustand, daß man die Viren verwenden kann – oder anders gefragt, sind sie lebendig, oder wie nennt man das im Zusammenhang mit Viren, sind sie aktiv?« Siren wollte seine Frage möglichst genau formulieren.

Manneraho bestätigte, daß die Ebola-Helsinki-Viren aktiv waren, und zwar todsicher. Sie wurden im Gefrierschrank bei -120° Celsius aufbewahrt, wo sie sogar Jahrzehnte überlebten. Die Blutröhrchen seien in zwei Kühlboxen gepackt worden, für den Fall, daß sie für längere Zeit aus dem Gefrierschrank herausgenommen werden müßten. Die Boxen besäßen in hervorragender Weise die Fähigkeit, Kälte zu speichern, und dank des Kohlensäureeises, das in ihnen enthalten war, würde das Blut in den Röhrchen auch bei Zimmertemperatur einige Tage lang in erstklassigem Zustand bleiben.

»Haben Sie die Informationen Ratamos überprüft oder mit Gegenproben kontrolliert?« erkundigte sich Vairiala und strich über seine Glatze. Sein Fuß bewegte sich auf und nieder, wie die Nadel einer Nähmaschine.

Manneraho wünschte, er hätte die Ergebnisse der Gegenversuche abwarten können. Er hatte jedoch nicht gewagt, das Risiko einzugehen, daß in der Zwischenzeit sein Vorgesetzter die Virus-Angelegenheit an sich riß. Also verteidigte er den Ruf Ratamos als Wissenschaftler vor seinen Zuhörern fast ein wenig trotzig: Der Mann sei ein Profi und würde sich in so einer wichtigen Sache nicht irren. Es fiel Manneraho leicht, einen überzeugenden Eindruck zu hinterlassen, weil er sicher war, daß das Gegenmittel wirkte. Es hatte drei an dem Virus erkrankte Affen geheilt, und das war der bestmögliche Beweis.

Vairiala wollte wissen, ob Manneraho oder Ratamo die Struktur des Antiserums mündlich irgend jemandem verraten hatten.

Manneraho fand, daß Vairiala nervös wirkte. Fürchtete er möglicherweise seinen Vorgesetzten? Der Professor beteuerte, er habe niemandem gegenüber auch nur ein Sterbenswörtchen gesagt. Seiner Meinung nach hatte auch Ratamo keine Zeit gehabt, jemandem etwas von der Formel des Gegenmittels zu erzählen, höchstens seiner Frau. Er sagte, er habe bei einer Prüfung der Zugangskontrolle in der EELA festgestellt, daß Ratamo das Labor erst nachts um vier Uhr verlassen hatte und nach seinen eigenen Angaben gegen Mittag direkt aus dem Bett zur Arbeit und gleich in das Zimmer seines Chefs gekommen war.

Siren war offensichtlich mit den Antworten zufrieden. Nur drei Menschen kannten die Formel des Gegenmittels.

»Und diese vierzig Blutröhrchen würden also reichen, um

eine Massenvernichtungswaffe herzustellen?« fragte Siren, während Manneraho seinen Kaffee schlürfte.

Im Prinzip genüge auch ein Reagenzglas mit Blut, versicherte Manneraho. Ein wenig zugespitzt könne man sagen, daß es möglich sei, das Virus unendlich oft zu vervielfältigen. Dafür brauche man nur einen fachkundigen Virologen und ein anständiges Labor.

Vairiala hatte offensichtlich genug Fragen gestellt, denn er saß schweigend auf seinem Stuhl und machte sich Notizen.

Manneraho schaute Siren an und wartete, was nun kommen würde. Die Nase des Generals war seiner Meinung nach so groß, daß sie im Gesicht eines kleineren Mannes wie ein Rüssel ausgesehen hätte.

»Du hast dich ganz vorbildlich verhalten, Eero. Diese Entdeckung hätte zu einer Katastrophe führen können, aber jetzt sieht es so aus, als würden wir mit dem bloßen Schrecken davonkommen, und das ist dein Verdienst. Du kannst sicher sein, daß du dafür die dir zustehende Anerkennung erfahren wirst, wenn die praktischen Dinge erledigt und die Risiken endgültig eliminiert sind. Doch die Verantwortung für diese praktischen Fragen wird nun auf Pekka Vairialas Schultern ruhen«, sagte Siren feierlich.

»Ich hielt es für das beste, so zu handeln. Vielleicht ist das von Nutzen, wenn wieder einmal der Titel eines Akademiemitglieds verliehen wird«, erwiderte Manneraho sichtlich aufgeregt, bereute aber sofort, daß er sich so plump ins Spiel gebracht hatte.

Siren ließ einen Augenblick lang nachdenklich seine Finger knacken, dann bat er Vairiala, dem Professor vorläufige Verhaltensmaßregeln zu geben, bis man über alle erforderlichen Maßnahmen entschieden hätte.

Vairiala forderte Manneraho auf, anschließend auf dem kürzesten Weg nach Hause zu gehen, und versprach, einer seiner Mitarbeiter werde ihn am nächsten Morgen anrufen und informieren, was in der EELA getan werden sollte. Bis dahin sollte Manneraho in seiner Wohnung bleiben und durfte mit niemandem auch nur eine Silbe über die Angelegenheit reden.

Als Siren sich erhob und zu verstehen gab, daß die Begegnung beendet war, reichte Manneraho den Offizieren die Hand und folgte der Sekretärin zum Fahrstuhl.

Auf dem Hof blieb er erst einmal stehen und seufzte tief. Er hatte das besser als erwartet überstanden.

In Sirens Zimmer herrschte Schweigen. Warum, fragte sich Vairiala, hatte der Chef des Operativen Stabes selbst bei dem Gespräch dabeisein wollen. Sonst kümmerte er sich nie um die praktischen Dinge, sondern trat als Abstand haltende Autorität auf, die aber die Entscheidungen traf. Hatte der Generalstabschef Siren befohlen, sich persönlich der Virusangelegenheit anzunehmen? War das ein Mißtrauensvotum gegen ihn als Leiter der Aufklärungsabteilung?

Schließlich brach Siren das Schweigen: »Die Lage ist ziemlich ernst. So ein leicht zu kopierender Killervirus zusammen mit dem Gegenmittel wäre eine ideale Waffe für Terrororganisationen oder Diktaturen«, sagte er wie zu sich selbst.

Seiner Ansicht nach wäre die Anwendung einer biologischen Waffe von der Art des Ebola-Helsinki ein Kinderspiel. Das Blutserum brauchte nicht viel Platz und würde weder mit Hilfe von Hunden noch bei der Durchleuchtung, im Metalldetektor oder mit anderen herkömmlichen Kontrollgeräten entdeckt. Man könnte das Virus gefriertrocknen und zu Pulver verarbeiten, das sich über die Luft verbreiten ließ. Noch leichter wäre es, es beispielsweise in das Frühstücksbüfett eines Restaurants in einem dichtbesiedelten Gebiet einzuschmuggeln. Über die Menschen, die dort aßen, würde sich das Virus verbreiten und Tausende, ja sogar Hunderttausende Menschen anstecken, bevor man auch nur eine Ahnung von seiner Existenz hätte. Die Symptome von Ebola-Helsinki traten laut Manneraho erst zwei oder gar drei Wochen nach der Ansteckung auf. Bis dahin wären die Terroristen längst spurlos verschwunden. In den betroffenen Städten würden Panik und Chaos ausbrechen, nachdem man das Virus erkannt hatte. Wenn die Menschen die Arztsprechstunden stürmten und das Virus die Reihen des Pflegepersonals lichtete, käme es zum Zusammenbruch des Gesundheitswesens. Alle Medien, die etwas auf sich hielten, würden über den Fall berichten und zusammen binnen kurzem die ganze Menschheit in Panik versetzen.

»Ja, Ebola ist noch wirkungsvoller als eine Kernwaffe. Es ist keine Einwegwaffe, sondern vermehrt und verbreitet sich von allein.« Vairiala wollte zeigen, daß auch er gut über das Virus Bescheid wußte.

»Und das Gegenmittel macht es zu einem perfekten Erpressungsinstrument«, ergänzte Siren. Er glaubte, die Terroristen könnten als Preis für das Gegenmittel so gut wie alles fordern. Das Opfer der Erpressung wäre gezwungen, schnell auf die Forderungen einzugehen, denn nach der Inkubationszeit würde das Gegenmittel nicht mehr wirken. Jeder Staat, der Geld in seiner Kasse hatte, würde lieber die Forderungen der Terroristen erfüllen, als Millionen seiner Bürger sterben zu lassen. Die größte Gefahr bestand darin, daß sich das Virus mit Reisenden aus dem betroffenen Land in der ganzen Welt ausbreiten könnte. Wenn es zu einer globalen Epidemie käme, könnte man das Antiserum nur einem Bruchteil der Infizierten rechtzeitig geben.

»Das stimmt«, erwiderte Vairiala nachdenklich und schob sein viereckiges Brillengestell aus Metall zurecht.

»Die militantesten Kreise scheuen sich nur selten, den Tod unschuldiger Zivilisten in Kauf zu nehmen«, sagte Siren und beobachtete aus dem Augenwinkel Vairialas Reaktion.

»Auch das stimmt. Aber dieses Ebola-Helsinki dürfte kaum Probleme bereiten. Ein Gegenmittel ist gefunden, du hast das einzige Original der Formel, in fertig hergestellter Form gibt es das Mittel nicht, und die einzigen Reagenzgläser mit Ebola-Blut befinden sich in der EELA in Sicherheit. Du hast durch dein Vorgehen die Lage völlig unter Kontrolle«, entgegnete Vairiala und schmierte seinem Chef Honig ums Maul.

»Glücklicherweise ist es so. Jetzt nehmen wir am besten eine kleine Auszeit und überlegen in Ruhe, was wir tun sollen. Das besprechen wir dann morgen früh. Für den Augenblick dürfte es genügen, die Überwachung des Ebola-Blutes zu organisieren und sicherzustellen, daß sich die Formel für das Gegenmittel tatsächlich nur auf dem von Manneraho übergebenen Blatt Papier befindet und nirgendwo anders. Ja, und den Forscher, der die Formel auswendig kennt, müßte man vielleicht beschatten«, sagte Siren und ging dabei schon zur Tür.

Vairiala sprang vom Sofa auf.

»Soll ich also um acht hier sein?« fragte er.

»Punkt acht«, antwortete Siren und wartete mit ausdruckslosem Gesicht, bis sich die Tür hinter Vairiala schloß.

10

Der Hardrock vom vierten Album Led Zeppelins dröhnte mit solcher Lautstärke, daß Ratamo seinen eigenen Gesang nicht hörte. Er sang gern, aber schlecht. Der Couchtisch quoll über von Bierflaschen, CDs und leeren Fastfood-Verpackungen. Es war Ratamos erster freier Abend seit zwei Wochen, und er hatte schon fast vergessen, wie wunderbar es war, wenn man tun und lassen konnte, was man wollte.

Kaisa und Nelli waren noch nicht zu Hause, obwohl es schon fast neun war. Wahrscheinlich machten sie noch einen Besuch bei Kaisas Mutter Marketta Julin. Ratamo mochte seine Schwiegermutter, aber das Verhältnis seiner Frau zu ihrer Mutter verstand er nicht. Enge und herzliche Beziehungen zu den eigenen Eltern waren eine gute Sache, doch wenn sich eine Frau über Dreißig fast täglich mit ihrer Mutter traf, dann fand er das übertrieben. Er wußte nicht, wer von beiden in der Beziehung die aktivere Seite war, und danach fragen wollte er auch nicht. Damit hätte er nur einen Streit vom Zaun gebrochen.

Er schaltete die Stereoanlage aus und trank den Rest des Drinks, der für diesen Abend sein letzter sein sollte. Mit einem Glas vom teuersten Calvados, einem zwanzig Jahre alten Roger Groult, hatte er sich belohnen wollen, war dann jedoch schwach geworden und hatte schon ein Viertel der Flasche gesüffelt. Dem herben Geschmack des Apfelschnapses konnte man nur schwer widerstehen, und das angenehme Gefühl, allmächtig zu sein, wenn man allmählich betrunken wurde, begrub auf wirksame Weise alle Sorgen unter sich. Er wußte, wenn er noch ein paar Schnäpse trank, würde er sich nicht mehr zügeln können und eine Runde durch die Bars der Stadt machen. Also beschloß er, sich zu beherrschen, und trat vor den Spiegel. Er trug Jeans und ein T-Shirt und einen großen, aus Palmenzweigen und Bambus geflochtenen kegelförmigen Hut – einen *Non*, den die Vietnamesen auf ihren Reisfeldern benutzten.

Ratamo konzentrierte sich und machte unsicher einige verlangsamte Schattenboxbewegungen. Hoang hatte ihm *Thai cuc quyen* beigebracht. Diese Disziplin galt in Vietnam als Kunst und sollte die Kontrolle der Muskulatur und das Konzentrationsvermögen verbessern.

Die Tür knallte.

»Arto! Bist du zu Hause?« rief Kaisa.

»Im Wohnzimmer.«

»Die Sache von heute früh hat mir keine Ruhe gelassen. Ich habe nachgedacht und bin zu dem Schluß gekommen, daß du entweder den Verstand verloren oder die Wahrheit gesagt hast. Man hat dir angesehen, daß es keine deiner üblichen Geschichten gewesen ist.«

Ratamo versuchte, so gut es ging, sich zusammenzureißen, als Kaisa mit Nelli auf den Fersen im Wohnzimmer auftauchte.

»Es ist die Wahrheit. Auch wenn das normale Ebola-Virus aufgespürt wird, ist das in der Welt der Wissenschaft eine große Neuigkeit, wir aber haben ein neues Ebola-Virus gefunden, und jetzt habe ich dazu noch ein Gegenmittel entdeckt. Das ist das bedeutendste Ergebnis der Ebola-Forschung aller Zeiten«, sagte Ratamo und schaute seine Frau mit ernstem Gesicht an. Seine Lippen schienen geschwollen. Er hatte sich drei Prieme unter die Oberlippe und zwei unter die Unterlippe geschoben. Im Anfangsstadium der Betrunkenheit war das Verlangen nach Kautabak am größten.

»Du bist ja blau. Warum fängst du an einem Mittwochabend an zu saufen? Und schau dir diese Unordnung an. Kaum bin ich ein paar Stunden weg, schon verwandelst du das Wohnzimmer in einen Schweinestall.«

»Ich habe überhaupt nicht angefangen zu saufen. Ein Mann hat doch wohl das Recht, sich nach einer solchen Leistung zu belohnen«, erwiderte Ratamo zu seiner Verteidigung. Er bemerkte, daß er den *Non* immer noch auf dem Kopf hatte. Mit beiden Händen sammelte er den Abfall vom Couchtisch ein. Nelli betrachtete ihren Vater mit ernstem Gesicht, und Ratamo schämte sich.

»Du weißt ja wohl noch, daß wir morgen nach Kvarnö fahren wollten. Ich habe gerade mit Mutter vereinbart, daß sie Nelli morgen früh zu sich holt. Die Gäste sind bereits eingeladen. Auch die Cederlunds kommen. Mikael ist Direktor irgendeiner großen Investmentbank, den kann ich nicht einfach anrufen und absagen. Dann würde man uns nie mehr irgendwohin einladen.« Kaisa schien jeden Moment in Tränen auszubrechen.

Noch bevor Ratamo auch nur den Mund öffnen konnte, fuhr Kaisa in ihrem Wortschwall fort: »Du solltest einkaufen gehen und Nellis Sachen packen.«

Vor lauter Streß auf Arbeit hatte Ratamo völlig vergessen, daß sie in ihrem Ferienhaus auf einer der Inseln vor Tammisaari ein verlängertes Wochenende verbringen wollten. Er hatte sogar Anfang der Woche Manneraho gebeten, ihm zwei freie Tage zu genehmigen. Wochenlang hatte Kaisa ihn gebettelt, wenigstens ein verlängertes freies Wochenende im Ferienhaus zu verbringen, damit sie ihre snobistischen Freunde zu einer Party und zum Krebsessen einladen konnte.

»Beruhige dich. Wir fahren aufs Land, genau so, wie wir es vereinbart haben. Es ist doch erst neun. Ich wollte gerade anfangen einzupacken. Außerdem ist es viel besser, früh einkaufen zu gehen, wenn dort nicht so ein Gedränge herrscht. Da spart man Zeit.«

Ratamo wollte nicht, daß es sich allzusehr anhörte, als wolle er um Entschuldigung bitten. Daran würde Kaisa nämlich erkennen, daß er den ganzen Ausflug tatsächlich vergessen hatte. Auf das bevorstehende lange freie Wochenende freute er sich jedoch. Er würde sich erholen und mit Kaisa das Programm für den Sommerurlaub vereinbaren. Außerdem ließen sich wertvolle freie Tage sparen, wenn er die organisatorischen Urlaubsvorbereitungen in der nächsten Woche auf Arbeit erledigen könnte. »Sind die Geschäfte schon ab acht geöffnet?« fragte Kaisa zur Freude Ratamos ziemlich ruhig. Gerade wenn er solche Absprachen vergaß, explodierte Kaisa und suchte dann tagelang Streit. »Wenn wir in Tammisaari ankommen, sind sie garantiert geöffnet«, sagte Ratamo, zum Glück war ihm schnell eine Antwort eingefallen.

»So, Alter, jetzt fängst du aber an zu packen und überlegst dir, was du morgen im Alko-Geschäft kaufst. Ich will nicht wieder eine Stunde im Auto sitzen und warten, wenn du die Weine auswählst.« Die immer noch erboste Kaisa sah in ihrem gut sitzenden Hosenanzug von Narciso Rodriquez begehrenswert aus. Die Kreation hatte mehr gekostet als alle seine Sachen zusammen. Ratamo ärgerte sich, daß er seine Frau wütend gemacht hatte. Schon den ganzen Abend hatte er nämlich Lust auf Sex. Und die ständige Streiterei belastete ihn. Außerdem war er ja nicht mal betrunken, höchstens leicht beschwipst. Deswegen brauchte man sich nicht so aufzuregen. Und schließlich hatte er ja einen Grund zu feiern. Kaisa schien jedoch völlig zu ignorieren, daß er in den letzten Monaten unheimlich geackert und gerade eine bedeutende wissenschaftliche Entdeckung gemacht hatte. Solche Vorfälle ließen Ratamo mit jedem Tag mehr zu der Überzeugung gelangen, daß er sich einen Ruck geben und die Ehe beenden mußte, bevor Nelli durch den ewigen Streit ihrer Eltern bleibende psychische Schäden davontrug.

Nelli schaute ihren Vater an und machte einen Schmollmund. Es ist schlimm, dachte Ratamo, wieder einmal muß das unschuldige Kind leiden, weil die Erwachsenen nicht miteinander zurechtkommen. Er erinnerte sich nur zu gut, was ein Kind dabei fühlt.

»Wenn wir zurückkommen, geht Vati mit dir Eis essen und spielt mit dir den ganzen Abend«, sagte Ratamo zu seiner Tochter.

»Toll. Aber warum kann ich nicht mit ins Ferienhaus?« Nelli schaute den Vater mit ihren großen grünen, weit geöffneten Augen an. Ihre Verärgerung schien schon verflogen zu sein. Ratamo empfand grenzenlosen Stolz, daß er solch eine Tochter wie Nelli hatte. Sie war das größte Wunder auf der Welt, ein viel größeres als das Mittel gegen Ebola-Helsinki.

»Ach, weißt du, mein Schatz, manchmal müssen die Erwachsenen für eine Weile ganz unter sich sein. Du, es ist schon nach neun, jetzt wird es für kleine Mädchen Zeit, ins Bett zu gehen. Putz dir die Zähne, dann liest dir Vati noch ein Märchen vor.«

»Jaaaa!« rief Nelli und rannte mit dem Schwung einer Sechsjährigen in Richtung Bad. Fast jeden Abend las Ratamo ein Märchen vor, diese Minuten waren das, was Vater und Tochter am meisten miteinander verband. Der gemeinsame stille Augenblick, wenn die Hektik des Tages schon vorbei war. Auch Ratamo selbst kam zur Ruhe, während er die Märchen vorlas. Seit sie damit begonnen hatten, schlief er besser als je zuvor.

Mit dem *Non* auf dem Kopf ging er in Nellis Zimmer.

11

In Marjaniemenranta wurde es an diesem Mittwochabend schon allmählich dunkel, als Sirens Blick auf das kubistische Gemälde an der Wand seines Arbeitszimmers fiel. Das grelle Farbenchaos ärgerte ihn, und er überlegte, ob er es wagen sollte, das Bild auf die Müllhalde zu bringen. Er hatte gerade im Kopf die letzten Details seines Planes geklärt und belohnte sich nun dafür mit einem kräftigen Schluck von seinem Getränk für den Alltag, vom V.S.O.P.-Kognak, dem billigsten im Alko-Geschäft.

Eine großgewachsene, kräftig gebaute Frau um die Fünfzig betrat mit klappernden Absätzen das Zimmer und unterbrach Sirens Gedankengänge.

»Ich fahre jetzt mit den Mädchen nach Karjalohja. Es werden auch noch ein paar mehr von uns da sein. Zumindest vor Sonntagabend wirst du dort nicht gebraucht«, sagte die gut gekleidete und geschminkte Reetta Siren kühl.

»Als wüßtest du nicht, daß mich keine zehn Pferde dazu brächten, dort aufzutauchen, wenn du mit irgendeinem Hühnerhaufen da bist«, entgegnete Siren wütend. Seine künftige Ex-Frau verließ den Raum genauso schnell, wie sie gekommen war. Siren wunderte sich, daß Reettas Boshaftigkeit ihn immer noch verletzte.

Nachdem sie weggefahren war, konzentrierte er sich und ging im Kopf die Repliken des bevorstehenden Telefongesprächs durch. Dann nahm er den Hörer und wählte die Privatnummer des Chefs der Sicherheitspolizei.

Siren hielt Jussi Ketonen für einen knallharten Profi auf dem Gebiet der Aufklärung. Der Mann war offen, direkt und sozial, was viele annehmen ließ, er sei harmlos. Siren wußte jedoch, was hinter dem gemütlichen Äußeren steckte. Wenn es darauf ankäme, wäre Ketonen der schlimmste aller möglichen Gegner. Doch Siren mußte sich an ihn wenden, denn die Informationen, die er benötigte, konnte er von niemand anderem erhalten. Er wußte, daß er auf jedes seiner Worte achten mußte, um von Ketonen das zu bekommen, was er wollte. Jetzt war der Rat des chinesischen Kriegsphilosophen Sun Tzu angebracht: »Jeder Krieg beruht auf der Irreführung.«

»Grüß dich, Jussi, hier Raimo Siren. Entschuldige, daß ich so spät noch bei dir zu Hause anrufe, aber die Angelegenheit ist so wichtig, daß sie nicht bis morgen warten kann.«

»Du brauchst dich nicht zu entschuldigen, ich bin gerade aus dem Büro gekommen«, sagte Ketonen.

»Wie geht's Musti?« fragte Siren.

»Das Bein kann sie noch heben, auch beim Laufen, hol's der Teufel, sie ist besser in Form als ihr Herrchen«, antwortete Ketonen. Er war seit einigen Jahren Witwer und hütete den alten cremefarbenen Labrador wie seinen Augapfel. »Kann ich irgendwie helfen?«

In einem Land von der Größe Finnlands trafen sich die Beamten der Nachrichtendienste regelmäßig. Gute persönliche Beziehungen waren für beide Einrichtungen von Nutzen. Gegebenenfalls leistete man einander auch inoffiziell Amtshilfe.

»Der Pekka Vairiala mit seinen Leuten ist schon seit längerer Zeit mit einem Fall beschäftigt, und ich muß aus bestimmen Gründen Ereignisse, die damit im Zusammenhang stehen, ziemlich genau verfolgen. Jetzt sieht es so aus, als hätte Pekkas Abteilung die Sache nicht ganz im Griff. Wie du verstehen wirst, kann ich niemand anderen anrufen, da ihr die beiden Männer seid, die in diesem Staat die operative Aufklärungsarbeit leiten. Um eine zweite Meinung zu hören, würde ich, offen gesagt, gern erfahren, was du von einer bestimmten Sache hältst.« Siren strebte bewußt an, Vairialas Fachkenntnis in Zweifel zu ziehen. Nicht, weil Ketonen eitel gewesen wäre, sondern weil der Mann seine Arbeit äußerst ernst nahm.

»Na, dann erzähle erst mal, worum es geht«, murmelte Ketonen.

Siren runzelte die Stirn, als er hörte, wie ein Streichholz angezündet wurde. Ketonens ständiges Gequalme hatte ihn schon immer gestört.

Dann log er Ketonen vor, die Aufklärungsabteilung habe eine Routineüberwachung der russischen organisierten Kriminalität durchgeführt, weil sie einen Tip bekommen hatte, daß ein umfangreicher Schmuggel und Schwarzmarkthandel mit Waffen der russischen Armee im Gange sei. Organisiert würde er im Auftrag der russischen Mafia von irgendeinem Spezialisten des internationalen Waffenhandels. Und das schlimmste wäre, daß es Gerüchte gebe, wonach auch Finnen in dieses undurchsichtige Knäuel verwickelt seien. Die Nachrichtenabteilung habe versucht, von all ihren Kontaktpersonen und von den ihr bekannten Waffenhändlern Informationen in dieser Angelegenheit zu erhalten, das sei jedoch ein Schuß in den Ofen gewesen. Siren bat Ketonen, zu klären, ob an der Sache etwas dran sei, und ihm eine Liste von allen der SUPO bekannten russischen kriminellen Vereinigungen, ausländischen Waffenhändlern und Waffenkäufern zu schicken, damit er sie mit Vairialas Liste vergleichen könne. Er wolle wissen, ob Vairialas Abteilung bloß nicht imstande sei, dieses Problem zu klären, oder ob das Problem womöglich überhaupt nicht existiere. Siren wußte, daß Ketonen mühelos in der Lage war, ihm die gewünschten Informationen zu liefern. Die SUPO beobachtete den internationalen Waffenhandel und die russischen kriminellen Organisationen aktiv, besonders jene, von denen man annahm, daß sie Verbindungen zu Finnland oder zu Finnen besaßen.

In der Leitung herrschte für einen Augenblick Schweigen. Siren legte die Hand auf den Hörer und nahm einen Schluck Kognak. »Ja, und versuche, eine möglichst umfassende Liste aufzustellen, damit ich Vairiala zeigen kann, wie so etwas aussehen muß. Du weißt ja, Adressen, Kontaktpersonen, für welche Waffentypen die Käufer sich besonders interessieren, was für Geschäfte sie abgeschlossen haben und zu welchem Preis.«

»Ziemlich merkwürdig, daß Vairiala nicht imstande ist, dir so eine Liste zu liefern«, sagte Ketonen verwundert, während er eine dicke Rauchwolke durch die Nase ausstieß.

»Das finde ich auch.«

Ketonen versprach, die Liste am nächsten Morgen anzufertigen, und legte auf.

Siren entfuhr ein Seufzer der Erleichterung. Jetzt waren die Vorbereitungen getroffen. Alles weitere hing von ihm selbst ab. Doch ein Problem blieb immer noch ungelöst. Wie sollte er sich von Siiri verabschieden? Sie hatten stets ein gutes Verhältnis gehabt, obwohl er seine Gefühle nicht besonders gut zeigen konnte. Die Vorstellung, Siiri würde ihren Vater für einen Mörder halten, ertrug Siren nicht. Er wollte ihr seine eigene Version der Geschichte erzählen. Zum Glück blieb ihm noch etwas Zeit, sich auszudenken, wie er das am besten tun könnte.

Mit dem Kognakglas in der Hand betrat Siren das Kamin-zimmer im Erdgeschoß und zog sich aus, um in die Sauna zu gehen. Mit ernster Miene betrachtete er seinen grobknochigen nackten Körper im Spiegel des Umkleideraums. Wie ein Mann um die Dreißig, dachte er. Das tägliche Gewichtheben, die Übungen für die Bauch- und Rückenmuskulatur und drei Läufe über zehn Kilometer pro Woche sorgten dafür, daß er in Form blieb. Sein Selbstbewußtsein wuchs ein wenig, aber das ständige Gefühl der Bedrängnis ließ nicht nach. General Raimo Siren hatte Angst.

12

Am Mittwoch, zwanzig Minuten vor Mitternacht, hielt ein weißer Honda Prelude auf dem Parkplatz der Alten Oper an der Ecke von Bulevardi und Albertinkatu. Siren hatte sich möglichst unauffällig gekleidet: Er trug dunkle Baumwollhosen, einen blauen Blazer, ein dunkelblaues Basecap, das er tief ins Gesicht gezogen hatte, und einen kleinen schwarzen Rucksack. Die Nacht war hell und ziemlich kühl.

Siren ging in aller Ruhe auf der Fredrikinkatu in Richtung Süden und blieb gegenüber vom Eingang des Hauses 35B stehen. In fünf Fenstern der zweiten Etage des alten Hauses und im Dachgeschoß darüber brannte noch Licht. Professor Eero Manneraho war zu Hause.

Da auf der Straße niemand zu sehen war, ging Siren zur Haustür, die von einer dicken Säule im griechischen Stil verziert wurde, und öffnete das alte Abloy-Schloß mit einem Dietrich innerhalb weniger Sekunden. Er stieg die Treppe hinauf bis zu Mannerahos Wohnung und bemerkte, daß die Tür ein Sicherheitsschloß hatte. Möglicherweise hörte es der Professor, wenn er den Dietrich benutzte. Es konnte auch sein, daß er Besuch hatte. Nach Informationen der Sicherheitsabteilung war Manneraho seit Jahren geschieden, galt aber als großer Frauenheld, der die Gewohnheit hatte, aus Restaurants alle möglichen Frauen und zuweilen auch Gastarbeiterinnen auf dem Gebiet der Liebe mit zu sich nach Hause zu schleppen.

Siren horchte eine Weile an der Tür und traf dann eine Entscheidung. Er atmete ein paarmal tief durch und klingelte kurz. Erst herrschte Stille, die entnervend lange anhielt, dann hörte man in der Wohnung schlurfende Schritte und die gestammelte Frage: »Wer ist da?«

Erfreut stellte Siren fest, daß Manneraho eindeutig betrunken war.

»Kimmo Tiainen von der Polizei. Ich wollte mit Ihnen über die Sache von heute nachmittag sprechen«, flüsterte Siren mit tiefer Stimme so leise, daß Manneraho es seiner Meinung nach gerade noch verstehen konnte.

Aus der Wohnung war für einen Moment überhaupt nichts zu hören, doch dann wurde die Kette entfernt, und die Tür ging auf. Der Professor trug einen seidenen Bademantel, und seine Haare waren naß. Er öffnete den Mund und wollte gerade etwas sagen, verstummte aber sofort, als er den General erkannte.

Siren trat unaufgefordert ein. »Entschuldige die kleine Notlüge. Ich wollte nicht, daß sich Außenstehende, die das möglicherweise hören, Sorgen machen. In der bewußten Angelegenheit hat sich Neues ergeben. Ich wollte dich selbst darüber informieren, da Pekka Vairiala verhindert ist und du ja niemand anderen von uns kennst.«

Er log, aber es hörte sich ganz natürlich und überzeugend an. Unter gar keinen Umständen hatte er seinen eigenen Namen im Treppenhaus nennen wollen.

»Das ist ja interessant. Gemäß der Anweisungen Vairialas bin ich den ganzen Abend zu Hause geblieben. Ich habe mit meiner Freundin zu Abend gegessen, dann ist sie gegangen, und ich wollte ein Bad nehmen. Deshalb hat es eine Weile gedauert, bis ich an der Tür war«, sagte Manneraho und wirkte nun schon bedeutend nüchterner.

Der Professor war nicht so betrunken, wie Siren gehofft hatte. Dennoch schien er Glück zu haben: Manneraho war in der Badewanne gewesen.

Manneraho schloß die Wohnungstür, bedeutete Siren, näher zu treten, und folgte ihm ins Wohnzimmer. Das war mit dem Dachgeschoß verbunden, dadurch war das Zimmer über fünf Meter hoch. In der Mitte stand eine Couchgruppe »Alcantara« in Naturweiß, auf den Parkettfußböden lagen keine Teppiche, und alle Lichtquellen waren Halogenlampen. Auf den Fensterbrettern waren sorgfältig kleine Kunstgegenstände aufgestellt, und an den Wänden hingen Dutzende Gemälde.

»Ich belästige dich mitten in der Nacht, Eero, weil wir den begründeten Verdacht haben, daß im Zusammenhang mit der Angelegenheit, über die wir am frühen Abend gesprochen haben, jeden Moment Unannehmlichkeiten zu erwarten sind. Gut, daß noch nichts passiert ist.«

Manneraho starrte den General verdutzt an.

Siren betrachtete in aller Ruhe die mit viel Geld eingerichtete Wohnung. An einem zentralen Platz an der Wand entdeckte er eine schöne Ikone. Sie schien nicht zu den modernen Gemälden zu passen. War sie ein Mitbringsel aus Rußland? Aber warum hätte Manneraho bloß wegen eines Reisesouvenirs einen Stilbruch in seiner Kunstsammlung begehen sollen? Vielleicht war er gläubig. Siren überlegte, ob er danach fragen sollte. Nein, das könnte beim Professor Verdacht wecken. Und in ihm selbst auch.

»Es wäre am besten, wenn wir denselben Zustand wieder herstellen würden wie zu dem Zeitpunkt, als ich geklingelt habe«, sagte Siren im Offizierston. »Welches Licht war hier an, als du in der Badewanne lagst?«

»Ja, äh … Ich denke mal, das im Bad und in der Küche«, antwortete Manneraho, ohne zu verstehen, warum Siren danach fragte.

Siren bat den Professor, das Licht im Wohnzimmer und im Flur zu löschen.

»Ich weiß nicht, wie deine Wohnung beobachtet wird, es ist also möglich, daß man mich nicht bemerkt hat. Ich warte hier drinnen. Mal sehen, ob etwas passiert. Du gehst wieder ins Bad. Sicher ist dir deine Gesundheit so viel wert, daß du das genauso siehst«, sagte Siren mit überzeugender Stimme und schaute Manneraho an, als hätte er ihm einen Befehl erteilt.

»Willst du also, daß ich wieder in die Badewanne steige?« fragte der Professor wie ein Schuljunge, der auf die Anweisungen des Lehrers wartet.

»Ja.«

Verblüfft gehorchte Manneraho. Man hörte, wie das Wasser klatschte, als er sich wieder in die Wanne setzte.

Siren zog die Gardinen zu. «Bist du schon in der Wanne?« rief er im Wohnzimmer. Die Anspannung führte dazu, daß er unschlüssig wurde.

»Ja. Was ist denn eigentlich geschehen?« fragte Manneraho voller Angst.

Siren, der jetzt Handschuhe trug, betrat das Badezimmer, blieb an der Tür stehen und schaute sich schnell um. Der Fön hing am Kleiderhaken, der Stecker befand sich in der Dose. Bevor Manneraho begreifen konnte, was geschah, hatte Siren den Fön genommen, eingeschaltet und ins Wasser geworfen. In der Badewanne funkte und blitzte es. Mannerahos Körper schwankte und wurde mehrere Sekunden lang hin und her geworfen. Siren betrachtete den Todeskampf und spürte eine göttliche Macht.

Als Manneraho schließlich leblos ins Wasser rutschte,

tauschte Siren die Gummihandschuhe gegen Lederhandschuhe aus und blieb etwa eine Minute lang stehen. Dann zog er den Stecker des Mordinstruments aus der Dose und tastete nach Mannerahos Puls. Es war nichts zu spüren.

Das verzerrte Gesicht des Professors, den der Stromschlag umgebracht hatte, sah so aus, als hätte er sich zu Tode gelacht. Siren schauderte es. Das beschämende Gefühl der Allmächtigkeit, das er beim Töten gespürt hatte, war schon verschwunden. Statt dessen überfiel ihn ein stechendes Schuldgefühl und eine Bedrängnis, die noch stärker war als vorher. Jetzt war er ein Mörder. Es gab kein Zurück mehr. Als er das Schulmädchen überfahren hatte, war das ein Versehen gewesen, doch jetzt hatte er mit Absicht einen Menschen getötet. Er hatte etwas getan, was absolut verboten war. Das war die größte Sünde. Siren mußte sich das Gesicht mit kaltem Wasser abspülen, um sich zu beruhigen.

Er zog die Leiche in eine sitzende Stellung, schlug mit der Faust von allen Seiten auf den Oberkörper ein und ließ sie dann wieder ins Wasser gleiten. Anschließend inszenierte er in der Wohnung sorgfältig Anzeichen für eine handgreifliche Auseinandersetzung und sammelte Haare und Fasern in einen Minigrip-Beutel. Dann suchte er in der Wohnung ohne Erfolg nach Kopien von Ratamos Notizen oder nach anderem Material, das mit Ebola-Helsinki oder dem Gegenmittel zusammenhing. Er achtete darauf, nichts unnötig zu berühren.

Nachdem alles erledigt war, tippte Siren die Notrufnummer ein. Als sich die Zentrale meldete, legte er den Hörer auf den Tisch.

DONNERSTAG
10. August

13

Trotz des Verkehrslärms, der ins Schlafzimmer drang, hörte man die Vögel zwitschern. Es blieb anscheinend weiter so heiß. Ratamo war zufrieden, daß er ein paar Tage frei hatte, obwohl er sie mit Kaisas Bekannten verbringen mußte. Nachdem sich der monatelange Streß gelegt hatte, wurde ihm klar, daß er mehr denn je die Nase von seiner Arbeit voll hatte. Aus Scheiße macht man eben keine Pralinen.

Schon seit Jahren wollte er die Stelle als Forscher aufgeben. Doch die Annehmlichkeiten, die ein regelmäßiges Einkommen mit sich brachte, und der Mangel an Initiative und Entschlußkraft hatten die Entscheidung schon zu lange aufgeschoben. Warum hatte er es noch nicht gewagt aufzuhören? Was würde ihm fehlen? Seine Kollegen, die gegenseitig ihre Forschungsergebnisse ausspionierten und einander in den Rücken fielen, sooft sie konnten? Oder der rücksichtslose Wettstreit um die Forschungsstipendien? Oder das Netz von Beziehungen, das in einer Art und Weise geknüpft, unterhalten und ausgenutzt wurde, die eher an Schilderungen des höfischen Lebens im Mittelalter erinnerte. Was würde ihm die Laufbahn als Wissenschaftler geben? Dreißig stressige Arbeitsjahre unter Menschen, die anders als er waren, so, wie er nie werden wollte. Und danach angenehme Tage als Rentner und geistig längst abgestorbene Arbeitsmaschine? Er wollte ein neues, interessanteres Leben, frei vom Harnisch der Kleinbürgerlichkeit. Das

Problem bestand darin, daß er genau wußte, was er nicht wollte, aber nur vage Vorstellungen davon hatte, was er wollte. Vielleicht würde sich das klären, wenn er Zeit hätte, in Ruhe darüber nachzudenken.

Ratamo schrak zusammen.

»Vati, wach auf! Wach auf, Vati!« schrie Nelli aus vollem Halse und zog mit aller Kraft an der rechten großen Zehe ihres Vaters.

»Na, was ist denn das?« murmelte Ratamo, schnappte sich Nelli unter den Achseln und zog sie zu sich unter die Decke. Jetzt durfte er noch ein paar Minuten im Bett liegenbleiben. Er preßte den Mund auf Nellis nackten Bauch und blies so kräftig, daß es sich anhörte wie eine Trompete. Die Haut des Mädchens duftete gut und vertraut.

»Aua! Nicht, Vati, hör auf! Aua aua!« rief Nelli ganz ausgelassen. Sie strampelte so wild, daß die Decke herumgewirbelt wurde und ihr Nachthemd verrutschte.

Aus irgendeinem Grund fiel Ratamo ein, daß es seine Mutter in den letzten Monaten vor ihrem Tod mit ihm genauso gemacht hatte. Damals, als alles noch in Ordnung war. Ratamo hatte sich bei der Geburt Nellis geschworen, seinem Kind Vater und Mutter, ein glückliches Zuhause und eine glückliche Kindheit zu garantieren. Also alles das, was ihm versagt geblieben war.

»Fangt ihr schon wieder damit an«, schimpfte Kaisa auf ihrer Seite des Doppelbettes und drehte ihnen den Rücken zu.

»Pst. Mutti schläft noch. Jetzt bleibst du eine Weile in Vatis Arm, hältst still, und wir unterhalten uns. Ja?« flüsterte Ratamo seiner Tochter ins Ohr.

»Erzähl eine Geschichte«, verlangte Nelli, die morgens besonders lebhaft war. Die strohblonden langen Haare waren ihr ins Gesicht gerutscht.

»Hm. Kennst du den Unterschied zwischen einem Elefanten und einem Keks?«

»Kekse schmecken gut. Zumindest Schokoladenkekse. Und Elefanten werden nicht gegessen. Kekse sind außerdem kleiner«, zählte Nelli mit kindlichem Eifer auf und wurde jedesmal, wenn ihr ein neuer Unterschied einfiel, noch fröhlicher.

Ratamo mußte lachen. Die ungetrübte Freude, die das Kind empfand, wenn es ein Rätsel lösen konnte, war seiner Ansicht nach etwas Schönes und Lustiges.

»Ziemlich gut geantwortet. Aber Vatis Lösung lautet: Einen Elefanten kann man nicht in Kakao eintunken.«

»Na ja, das ist auch eine ganz gute Antwort«, entschied Nelli resolut.

Kaisa zog sich die Decke vom Kopf und schaute ihren Mann an. »Hast du gestern alles erledigt?«

»Ja. Ich habe meine und Nellis Sachen gepackt.«

»Du hast doch hoffentlich ein paar ordentliche Sachen dabei, die du anziehen kannst, wenn die Gäste kommen?«

Ratamo schnaufte. Er hatte nicht die Absicht, sich in seiner eigenen Sommerhütte bloß wegen Kaisas Yuppie-Gästen in Schale zu werfen. »Gleich nach dem Frühstück bin ich abfahrbereit. Mal sehen, wie lange du brauchst, bis du in einem vorzeigbaren Zustand bist.«

»Wie spät ist es?«

»Drei Viertel acht. Ich geh jetzt Frühstück machen.« Ratamo hob Nelli an den Armen hoch in die Luft und sorgte so für eine neue Lachsalve.

14

Kaisa Ratamos Auto mußte jeden Augenblick am Ausgang zur Pietarinkatu erscheinen. Siren ließ das Tor nicht aus den Augen, auf der Straße herrschte dichtes Gedränge, der Berufsverkehr lief auf vollen Touren. Er trommelte aggressiv auf dem Lenkrad des Autos seiner Frau. Nicht einmal das schicksalhafte Finale der Ersten Sinfonie von Sibelius konnte seine Anspannung und Nervosität lindern.

Es war acht Uhr zweiundzwanzig am Donnerstagmorgen, und Siren wartete schon knapp eine Stunde sehnlichst darauf, daß der VW-Golf endlich auftauchte. Nach dem Bericht, den er von der Sicherheitsabteilung angefordert hatte, traf Frau Ratamo ausnahmslos spätestens halb neun an ihrem Arbeitsplatz in der Chirurgischen Klinik ein. Da sich der Kindergarten ihrer Tochter in Taka-Töölö befand, hatte Siren ausgerechnet, daß sie spätestens zehn vor acht zu Hause losfuhren.

Siren schien es so, als würde sich wieder einmal Murphys Gesetz bewahrheiten. Gerade als er die Chirurgische Klinik anrufen wollte, kam ein weißer Golf vom Innenhof des Hauses, bog rechts ab und ein paar Meter weiter noch einmal nach rechts auf die Kapteeninkatu.

Siren beugte sich vor und kniff die Augen zusammen, um die Autonummer zu erkennen. VSV-691. In dem Wagen saßen zwei Personen – eine Erwachsene und ein Kind. Alles war in Ordnung.

Als die Digitaluhr seines Autos acht Uhr sechsundzwanzig anzeigte, stieg Siren aus. Er trug einen langen Popelinemantel, der bis oben zugeknöpft war, damit man die Uniform nicht sah. Ihm lief jetzt schon der Schweiß den Rücken hinunter.

Der Generalmajor trat an die Haustür der Kapteeninkatu 7A und holte denselben elektronischen Dietrich aus der Tasche wie in der Nacht zuvor. Einen Augenblick später öffnete er die Tür und ging in dem leeren Treppenhaus hinauf bis in die erste Etage.

Ratamo schluckte versehentlich Zahnpasta und verzog das Gesicht. Sorgfältig spülte er den Mund und trank danach etwas Wasser. Nach dem Aufstehen hatte er sich vergewissert, daß er am Vorabend in seinem angetrunkenen Zustand auch wirklich alle Sachen Nellis eingepackt hatte. Dann hatte er für seine Familie ein kräftiges Frühstück vorbereitet, aß aber selbst nur ein Butterbrot und trank eine große Tasse schwarzen Kaffee. Früh hatte er nur selten Appetit.

Kaisas Mutter war gerade mit Nelli losgefahren. Ratamo hatte seiner Schwiegermutter geholfen und Nellis Tasche zu Kaisas Auto getragen. Er hatte sich noch eine Weile mit Marketta unterhalten und ihr dafür gedankt, daß sie einmal mehr bereit war, auf Nelli aufzupassen. Wieder wunderte er sich, wie unterschiedlich Marketta Julin und ihre Tochter waren.

Ratamo ging ins Schlafzimmer und suchte in dem Durcheinander von Kleidungsstücken und anderen Sachen vergeblich nach den Autoschlüsseln. Sie mußten in der Küche sein.

Siren traf in der ersten Etage ein. Die Wohnungstür der Ratamos besaß nur ein normales Schloß der Firma Abloy. Der Hauseigentümer hielt es vermutlich für einbruchsicher und hatte weder ein zusätzliches Schloß noch eine Kette einbauen lassen. Siren öffnete mit dem Dietrich die Tür und betrat den

Flur, die Pistole in der Hand. Diesmal hatte er beschlossen, nicht zu klingeln. Er stand da und lauschte. Rechts in dem Zimmer, das teilweise zu sehen war, brodelte eine Kaffeemaschine. Plötzlich bemerkte er, daß Arto Ratamo links von ihm im Flur stand. Gleichzeitig hörte er einen Schrei. Er machte einen Schritt in Richtung Küche und begriff, daß er Kaisa Ratamo direkt in die Augen schaute. Die Frau mußte ihn im Flurspiegel gesehen haben.

Ratamos Herz ließ zwei Schläge aus. Der Einbrecher hatte eine Waffe. Würde der Mann sie erschießen? Mußte er sich auf den Kerl stürzen? Was zum Teufel sollte das?

Noch bevor er oder Kaisa eine Bewegung machen konnte, hob Siren seine Waffe, stützte seine rechte Hand auf die linke, ging ein wenig in die Knie und schoß Kaisa Ratamo aus drei Meter Entfernung zweimal mitten in die Stirn. Ihr Genick schnellte nach hinten, und ihre Arme und die Hände, die gerade noch die Zeitung gehalten hatten, fielen schlaff zur Seite. Ihr Kopf wurde weiter nach hinten geschleudert und schlug dumpf auf dem Küchentisch auf. Die Wände waren mit Blut und Gehirnfetzen bespritzt. In der Luft schwebte ein roter Blutnebel.

Im selben Augenblick, in dem sich Siren zu Ratamo umdrehte, rammte der ihn mit dem Kopf in die Seite. Sie krachten gegen die Wand und stürzten zu Boden – Ratamo nach hinten in Richtung Schlafzimmer und Siren zur Küche hin. Die Pistole flog in die Küche und blieb auf dem Fußboden liegen. Ratamo begriff blitzartig, daß der Killer seine Waffe wieder hätte, bevor er sich auf ihn werfen könnte. Hastig schnappte er sich seine Laufschuhe und stürzte zum Schlafzimmer. Die wenigen Meter im Flur erschienen ihm so lang wie ein Marathon. Siren war schon auf dem Weg in die Küche. In vollem

80

Tempo griff Ratamo nach der Klinke der offenen Tür, zog sie zu und drehte den Schlüssel um. Zum Glück hatte Kaisa bei der Renovierung den Einbau eines Schlosses verlangt, damit Nelli nicht im falschen Augenblick hereingerannt kam.

Ratamo war völlig in Panik. Im Flurspiegel hatte er gesehen, wie Kaisas Kopf explodierte. Und der Killer war nur ein paar Meter von ihm entfernt. Ihm wurde übel. Eine solche Angst hatte er noch nie empfunden. Das Stechen in den Muskeln, der Gallegeschmack im Mund und sein dröhnender Herzschlag, den er im ganzen Körper spürte – alles das war die Angst. Trotzdem mußte er jetzt handlungsfähig sein.

Er riß das Fenster auf. Bis hinunter waren es etwa drei Meter. Er mußte es wagen. Plötzlich prasselte und splitterte es, und Betonstaub wirbelte durch das ganze Schlafzimmer. Schnell stieg er aufs Fensterbrett, ging in die Hocke und ließ sich auf die Straße fallen. Hinter ihm krachte berstendes Holz. Er landete auf dem Asphalt, ohne sich zu verletzen, und blickte instinktiv nach oben. Der Kopf des Schützen verschwand gerade wieder im Schlafzimmerfenster. Ratamo rannte los in Richtung Zentrum, die Schuhe hatte er in der Hand.

Siren stand im Schlafzimmer und atmete ein paarmal tief durch. Er hatte beim Töten wieder eine übermenschliche Macht gespürt. Aber er fühlte sich jetzt noch viel schlechter als nach Mannerahos Tod. Vielleicht lag das daran, daß eine Frau das Opfer war. Doch er durfte noch nicht über seine Taten nachdenken. Die ganze Operation könnte mißlingen, wenn er sich seinen Gefühlen überließ.

Wie zum Teufel konnte es sein, daß Kaisa Ratamo noch zu Hause war? Wer hatte dann mit dem Kind in dem Golf gesessen? Das interessierte nun aber nicht mehr. Wichtig war nur, daß die Zielperson der Aktion entkommen war. Er hatte nicht damit gerechnet, daß Ratamo aus dem Fenster im ersten Stock springen könnte. Als nach mehreren Schüssen auf das Schloß die Tür endlich aufging, war der Mann schon hinausgesprungen. Und er konnte ihn ja schließlich nicht auf offener Straße erschießen.

Man braucht sich nicht mehr hinzuhocken, wenn man die Scheiße schon in der Hose hat, dachte Siren. Ratamo würde sicher sofort die Polizei rufen. Er nahm aus seinem Rucksack den Minigrip-Beutel, in dem sich die Fasern aus der Wohnung Mannerahos befanden, und verteilte den Inhalt an den geeigneten Stellen. Dann suchte er rasch in allen Räumen nach Material, das mit Ratamos Arbeit zusammenhing. Doch der nahm offenbar seine Unterlagen nicht mit nach Hause. Die Familie besaß auch keinen stationären Computer und keinen Laptop.

Siren steckte die Pistole in den Rucksack und warf ihn sich auf den Rücken. In der Wohnung konnte er sie nicht lassen, weil Arto Ratamos Fingerabdrücke nicht auf der Waffe waren, auch das hatte nicht geklappt. Rasch wählte er den Notruf und legte den Hörer auf den Tisch.

Er horchte eine Weile an der Tür, dann verließ er die Wohnung und ging mit ruhigen Schritten hinunter, das Treppenhaus war leer. Zum Glück hatte er eine fast geräuschlose Pistole P16 verwendet. Er war gezwungen gewesen, öfter zu schießen als geplant. Schüsse aus einer gewöhnlichen Waffe hätten die Nachbarn alarmieren können. Wenn ihn jemand beim Verlassen der Wohnung gesehen hätte, wäre möglicherweise der ganze schöne Plan im Eimer gewesen.

Im Laufschritt eilte er zum Renault Clio seiner Frau. Ihm fiel ein dunkel gekleideter Mann mittleren Alters auf, der neben dem Clio auf irgend etwas zu warten schien. Doch dann ging er weiter in Richtung Merisatamanranta.

Die kurze Fahrt bis zum Generalstab war für den Kleinwagen eine Tortur. Siren ärgerte sich schwarz. Wie konnte es ihm, einem Mann mit fünfzehnjähriger Erfahrung in der praktischen Arbeit eines Nachrichtendienstes, passieren, daß er an der Aufgabe scheiterte, zwei Zivilisten beim Frühstück zu töten? Warum hatte er nicht erst den Mann erschossen? Nun war die Liquidierung der wichtigsten Zielperson fehlgeschlagen, trotz des guten Planes. Eigentlich hatte er die Absicht gehabt, Arto Ratamo allein in seiner Wohnung zu überrumpeln, er wollte als Polizist auftreten und sagen, die Familie sei in unmittelbarer Lebensgefahr. Er hätte verlangt, daß Ratamo seine Frau anrief und aufforderte, nach Hause zu kommen, und ihn dann sofort nach dem Anruf erschossen. Seine Frau wäre an der Reihe gewesen, sobald sie nach Hause kam. Er wollte das Ganze so inszenieren, daß es aussah, als hätte Ratamo zuerst Manneraho, dann seine Frau und zum Schluß sich selbst umgebracht. Es wäre natürlich leichter gewesen, einfach nur in die Wohnung einzudringen und die ganze Familie hinzurichten, aber den Mord an einem unschuldigen sechsjährigen Kind wollte Siren denn doch nicht auf dem Gewissen haben.

Er war zu sentimental gewesen. Jetzt mußte er den Plan ändern.

15

Die Flucht der Zielperson hatte Siren nur kurz aus dem Konzept gebracht. Klar war, daß Ratamo so schnell wie möglich umgebracht werden mußte. Nach dem Tod von Eero Manneraho und Kaisa Ratamo war er der einzige, der die Formel für das Gegenmittel kannte. Und er könnte auch das Geschehen am Morgen in der Kapteeninkatu bezeugen. Beides würde Sirens Plan zumindest teilweise untergraben. Und wer weiß, womöglich hatte Ratamo ein Alibi für den Zeitpunkt des Mordes an Manneraho.

Siren hatte seinen Plan schon der neuen Lage angepaßt. Nun waren erneut überzeugende schauspielerische Leistungen gefragt. Und jetzt war er mehr von der Hilfe anderer abhängig, als ursprünglich gewollt. Er verfluchte sein Pech und Arto Ratamo.

Das Verlangen nach Alkohol wurde immer stärker. Seine Gedanken kehrten zu den Morden zurück, aber Siren verbannte diese Überlegungen aus seinem Bewußtsein und konzentrierte sich nur auf die anstehende Aufgabe. Er wählte die Handynummer des Leiters der Abteilung Polizei im Innenministerium.

Der Mann wirkte verlegen, als sich Siren erkundigte, wie es ihm gehe.

»Du, ich habe ein Problem«, sagte Siren, er kam sofort zur Sache.

»Du hast nicht nur ein Problem.«

»Das hängt mit dem Fall zusammen, wegen dem ich mein
Verhör auf Montag verschieben wollte. Ich habe gerade erfahren, daß zwei von uns observierten Personen etwas passiert
ist.«

»Um wen geht es?«

»Der eine ist Professor Eero Manneraho und der andere ein
junger Wissenschaftler der EELA. Er heißt Arto Ratamo.«

»Das ist ja schnell bei euch angekommen.«

»Na ja, unsere Jungs, die beide Wohnungen überwachen, haben gesehen, wie die Streifenwagen vorgefahren sind, und daraus haben sie ihre Schlußfolgerungen gezogen«, sagte Siren.

»Ich habe selbst gerade erst erfahren, daß dieser Manneraho
in seiner Badewanne gestorben ist. Jetzt kann ich noch nicht
sagen, ob es sich um einen Unfall, um Selbstmord oder Mord
handelt. Ratamos Frau wurde erschossen, und er ist verschwunden. Die Männer von der Kriminaltechnik sind derzeit
in beiden Wohnungen am Werk. Weißt du denn etwas über
diese Fälle?«

»Ja. Es geht, offen gesagt, um eine verdammt große Sache.
Arto Ratamo hatte ein glänzendes Motiv, Manneraho zu ermorden. Warum er seine Frau umbringen sollte, weiß ich nicht,
möglicherweise, um sie zum Schweigen zu bringen. Jedenfalls
würde ich großen Wert darauf legen, daß wir die Hauptver-
antwortung für die Fahndung nach Ratamo übernehmen können. Es tut mir leid, daß ich nicht über Einzelheiten reden
kann. Aber das wirst du ja verstehen.«

»Natürlich geht das aus unserer Sicht in Ordnung, da die Sache ja in eure Zuständigkeit fällt. Ich teile das erst mal vorläufig dem Polizeichef mit und bitte ihn, eine stille Fahndung nach
Ratamo einzuleiten.«

»Vielen Dank. Ich werde Pekka Vairiala, den Chef der Aufklärungsabteilung, beauftragen, sich um die praktischen Dinge
zu kümmern. Mach's gut«, sagte Siren.

Der erste Akt hatte wunschgemäß geklappt. Als nächstes
war Vairiala an der Reihe. Siren fühlte, wie er sich ein wenig
entspannte. Er ging im Kopf noch einmal seinen Rollentext
durch, bat seine Sekretärin, Kaffee zu bringen, und griff zum
Telefonhörer.

»Entschuldige, Pekka, daß ich nicht um acht wie vereinbart
da war. In dieser Sache mit dem Virus hat es eine wirklich über-
raschende Wendung gegeben. Kannst du sofort zu mir kommen?«

»Bin schon unterwegs.«

Vairiala und der Kaffee kamen gleichzeitig. Siren beobachtete seinen Mitarbeiter, während die Sekretärin die Tassen hin-
stellte. Vairiala trug wie üblich Zivilkleidung. Der abgewetzte
graue Anzug hing an dem mageren Mann wie eine Zeltbahn. Siren fragte sich, ob Vairiala sein Geld wohl für irgendeine Sünde
verschwendete oder einfach nur geizig war.

Siren hatte nicht lange überlegen müssen, wen er bei dieser
Probe seines Könnens als Helfer einspannen sollte. Vairiala war
ein ehrgeiziger und effizienter Soldat, der keine individuellen
Lösungen anstrebte. Siren konnte Vairiala ausnutzen, wenn es
ihm gelänge, den Mann mit seiner Geschichte zu überzeugen.
Das wäre nicht einfach. Vairiala durfte keinerlei Verdacht
schöpfen. Wenn er die Chance erhielte, einen Aufklärungs-
profi, der über mehr Erfahrung verfügte als er, aus dem Weg zu
räumen und dadurch selbst befördert zu werden, würde er
nicht zögern. Dafür gab es schon Beweise. Siren hätte es gern
vermieden, die Laufbahn seines Kollegen zu zerstören, aber ein
Bauernopfer mußte es in diesem Kampf geben.

Vairiala war in Rekordzeit zum zweitwichtigsten Mann in der Aufklärungsabteilung aufgestiegen und Oberst geworden. Zum Chef der Aufklärungsabteilung und Brigadegeneral hatte man ihn gemacht, da war er noch nicht mal vierzig. Siren selbst hatte ihn vor zwei Jahren für diese Aufgabe ausgewählt. Vairiala wußte das und fühlte sich ihm zu Dank verpflichtet.

Das Porzellan klirrte, als Siren seine Tasse abstellte und den zweiten Akt eröffnete. Mit schockierter Miene berichtete er Vairiala von den Morden an Eero Manneraho und Kaisa Ratamo und von Arto Ratamos Verschwinden.

Vairiala war mit so viel Eifer bei der Sache, daß er sich beinahe seinen Kaffee auf die Hose geschüttet hätte. Enthusiastisch erkundigte er sich nach Einzelheiten der Morde. Siren erzählte ihm seine Version und sagte, er habe die Informationen direkt vom Leiter der Abteilung Polizei im Innenministerium erhalten, die technischen Untersuchungen seien allerdings noch im Gange. Zum Schluß wollte er wissen, was Vairialas Meinung nach passiert sei. Er hoffte, daß es ihm gelungen war, seinen Untergebenen in die gewünschte Richtung zu lenken.

Vairiala strich eine geraume Weile nervös über seine Glatze. Plötzlich klärte sich seine Miene auf: »Ratamo ist jetzt der einzige, der die Formel des Gegenmittels auswendig kennt. Und Blut mit Ebola-Viren könnte er sich auch besorgen. Um Himmels willen, der Mann ist ja …«

Siren nahm die Zügel in die Hand: »Ruf deine Leute an, und gib ihnen den Befehl, die Röhrchen mit dem Ebola-Blut aus der EELA zu holen. Und schicke jemanden hin, der die Computerprogramme durchgeht und sicherstellt, daß die Formel für das Gegenmittel nirgendwo zu finden ist. Ja, und Ratamos Zimmer muß durchsucht werden.«

»Wäre es nicht einfacher, zwei Polizisten in Uniform anzufordern und die Röhrchen dort bewachen zu lassen?« schlug Vairiala vor.

»Zwei Schutzmänner sollen ein Killer-Virus bewachen! Diese Röhrchen mit allem, was dazugehört, werden hierher in die Gefriertruhe gebracht, und zwar auf der Stelle!« brüllte Siren. Vairiala begriff, daß darüber nicht diskutiert wurde.

Am Telefon erteilte er seinen Männern Befehle. Er sprach schnell und präzise. Als er das Gespräch beendete, lehnte sich Siren auf seinem Sessel zurück und verlieh seinem Gesicht einen besorgten Ausdruck. Er mußte den Handlungsfaden, den er sich ausgedacht hatte, weiterspinnen und bis zum Ende glaubwürdig bleiben. «Ich habe vorhin mit Ketonen gesprochen«, sagte er.

Vairiala wirkte sofort beunruhigt, als er Ketonens Namen hörte. Er war sich vollkommen bewußt, daß es in Finnland auf dem Gebiet der Aufklärung noch einen Mann und eine Organisation gab, die derartige Situationen meistern konnten.

Bei dem Gespräch mit Ketonen, log Siren, habe er erfahren wollen, ob der etwas wußte, was mit dem Ebola-Virus oder dem Gegenmittel zusammenhing. Überraschenderweise habe Ketonen wie aus der Pistole geschossen geantwortet, irgend etwas Großes sei im Anzug. Ein Finne habe auf dem illegalen internationalen Waffenmarkt einen Käufer für jene Biowaffe gesucht, die das Ebola-Virus und das Gegenmittel zusammen bildeten.

»Das kann nicht wahr sein. Meine Abteilung hätte davon gehört. Außerdem ist das Gegenmittel ja erst vorgestern nacht gefunden worden«, sagte Vairiala, um seine Ehre zu verteidigen. Er wagte es nicht, seinem Vorgesetzten direkt ins Gesicht zu sagen, daß er es nicht mochte, wenn sein fachliches Können in Frage gestellt wurde.

»So hat es Manneraho erzählt. Aber wir haben keinerlei Beweise dafür, wann Ratamo dieses Mittel in Wirklichkeit entwickelt hat. Möglicherweise hat er es ja schon vor geraumer Zeit gefunden und Manneraho erst jetzt gesagt, weil er gezwungen war. Oder vielleicht haben sie zusammengearbeitet und die Entdeckung erst jetzt publik gemacht, als Probleme auftauchten. Möglich ist alles«, behauptete Siren. Urplötzlich sah er das verzerrte Gesicht des toten Professors vor sich und zuckte zusammen. Er atmete tief durch und konzentrierte sich. Hatte Vairiala seine Reaktion bemerkt?

Doch der dachte über etwas ganz anderes nach und klopfte mit den Fingern heftig auf die Armlehne des Sessels.

In überzeugendem Ton sagte Siren, Ratamo habe sicher nicht begriffen, was für eine teuflische Waffe in der EELA entwickelt worden war oder wozu bestimmte Kreise bereit wären, um in ihren Besitz zu gelangen. Er habe den Verdacht, daß Ratamo Manneraho und seine Frau umgebracht habe und sich nun mit der Formel für das Gegenmittel und vielleicht auch mit Röhrchen voller Ebola-Blut irgendwo versteckt halte. Die Lage sei viel zu gefährlich. Die Angelegenheit müsse aus der Welt geschafft werden, bevor das Viruspaket in die falschen Hände gerate und das Ansehen der finnischen Wissenschaft und der Nachrichtendienste bleibenden Schaden erleide. Für diese Aufgabe brauche er den bestmöglichen Mann. »Glaubst du, daß du das besser erledigen kannst als Ketonen?« fragte Siren. Er spielte seine Rolle mit pedantischer Genauigkeit.

»Natürlich«, antwortete Vairiala sofort. »Aber was macht Ratamo mit der Formel für das Gegenmittel, wenn er gar kein Ebola-Blut hat?«

»Und wenn er es doch hat? Woher zum Teufel wollen wir wissen, wo dieses Blut überall ist. Ratamo hatte drei Monate

89

Zeit, alles mögliche anzustellen. Er hat eimerweise Ebola-Blut beiseite schaffen können«, antwortete Siren und wartete, bis Vairialas Gedanken in die Richtung gewandert waren, in die er sie lenkte.

»Du hast wahrscheinlich recht. Wir werden nie mit Sicherheit wissen, ob er irgendwo Blut gelagert hat, und die Formel für das Gegenmittel hat er im Kopf. Solange der Mann auf freiem Fuß ist, kann er mit dem Virus-Paket alles mögliche machen.«

Vairiala stand auf, um sich die Beine zu vertreten. Sirens Anspannung wuchs.

»Der Mann kann ja etwas auslösen, das zu einer Massenvernichtung führt. Er muß mit allen Mitteln gefunden werden«, sagte Vairiala schließlich. Ihm war klar, wessen Aufgabe es sein würde, Ratamo zu suchen.

Sirens Plan war gelungen: Vairiala glaubte seine Geschichte. Einmal mehr war Siren dankbar für seine begnadete Fähigkeit, Menschen zu manipulieren. Wenn man Ratamo gefaßt hätte, würde er mitteilen, daß er ihn zunächst allein verhören wolle. Er würde Ratamo umbringen und das Ganze so inszenieren, als sei es Notwehr gewesen. Alle würden ihm glauben, der Mann war schließlich ein Doppelmörder.

Siren verlangte, daß Vairiala auf der Stelle die notwendigen Maßnahmen ergriff. Ratamo mußte sofort oder möglichst noch schneller gefunden werden.

Um Zeit zu sparen, wollte Vairiala mit Ketonen darüber sprechen, was die SUPO in der Angelegenheit alles herausgefunden hatte, aber der Vorschlag wurde von Siren sofort abgeschmettert. Das sei ein Risiko. Außenstehende dürften nicht erfahren, was die Aufklärungsabteilung plante. Siren gab zu verstehen, daß er Ketonen nicht in derselben Weise vertraute wie Vairiala. Ganz zu schweigen von Ketonens Helfern. Über die Sache durfte man nur mit denen reden, die unbedingt davon wissen mußten.

Jetzt war Siren an der Reihe, aufzustehen. »Diese Angelegenheit muß absolut geheim bleiben. Ganz Finnland gerät sofort in Panik, wenn die Medien berichten, daß sich in Helsinki ein Doppelmörder herumtreibt, der Ebola-Blut besitzt. Ich informiere kurz den Kommandeur der Streitkräfte und den Generalstabschef. Dem Leiter der Abteilung Polizei habe ich so viel erzählt, daß er dir die volle Unterstützung der Kriminalpolizei zugesagt hat. Es läuft eine stille Fahndung nach Ratamo. Die Einzelheiten mußt du mit dem Polizeichef vereinbaren. Anderen Außenstehenden sagst du nichts.«

Vairiala saß mit ernster Miene da und nickte.

Siren wollte noch wissen, ob Vairiala bereit wäre, Ratamo zu töten. Er goß seinem Gast Kaffee nach und fragte fast beiläufig, ob Vairiala die Eliminierung Ratamos als Überschreitung der Befugnisse seiner Abteilung ansehen würde.

Die Antwort kam stockend. In Friedenszeiten habe die Aufklärungsabteilung nicht ausdrücklich das Recht, jemanden zu töten, aber ihre Aufgabe bestand darin, eine militärische Bedrohung Finnlands von innen oder außen in extremen Situationen mit allen Mitteln abzuwenden. Normalerweise wurde bei Fällen von Spionage und Verrat der Verdächtige dem Gericht übergeben. Die Anklage lautete dann: Spionage, Verrat von Staatsgeheimnissen oder ein anderes Verbrechen, um das es sich im jeweiligen Fall handelte. Vairiala war der Auffassung, daß man jedoch gerade in der jetzigen Situation die Genehmigung zum Töten gebraucht hätte. Ratamo habe sich als unzuverlässig erwiesen und könnte auch weiterhin jederzeit die Formel für das Gegenmittel verkaufen oder möglicherweise die

Röhrchen mit dem Ebola-Blut stehlen. Und selbst wenn er kein finnisches Ebola-Blut besäße, könnte es anderswo zugänglich sein, beispielsweise auf den Philippinen. Das Viruspaket würde in der Zukunft genauso töten wie jetzt. Und es würde sowohl Finnen als auch andere töten. Selbst wenn man Ratamo nicht einfach so liquidieren könnte, sollte doch die Schwelle für den Waffengebrauch bei der Verhaftung des Mannes niedrig sein. Immerhin hatte der Wissenschaftler schon zwei Menschen brutal getötet.

»Diese Situation muß ehrenvoll gemeistert werden. Ich will nicht, daß man unseren Aufklärungsdienst als inkompetent brandmarkt«, sagte Vairiala zum Schluß.

Siren war mit der Antwort seines Untergebenen mehr als zufrieden. Er hätte ihm keine bessere diktieren können. Vielleicht würden Vairialas Männer ihm sogar die Arbeit abnehmen und Ratamo umbringen.

»Ich bin der gleichen Auffassung. Wir müssen Verantwortung übernehmen. Unsere Position verdanken wir der Tatsache, daß wir in Finnland die besten Männer für derartige Situationen sind und sie am besten meistern«, sagte Siren und legte dann noch nach: »Und es kann sein, daß Ketonen nicht mehr glaubt, die Nummer eins unter den Nachrichtenleuten in Finnland zu sein, wenn sich die Formel für das Gegenmittel und die Röhrchen mit dem Ebola-Killerblut in meiner Gewalt befinden. Vor allem dann, wenn ich ihm sage, daß du sie mir beschafft hast.«

»Eine gute Idee«, sagte Vairiala und strahlte.

Soso, eine gute Idee, dachte Siren amüsiert und mußte sich auf die Lippe beißen. Das Problem, das durch Ratamos Flucht entstanden war, hatte er jetzt im Griff. Nicht auszudenken, was geschehen wäre, wenn auch die Ermordung von Kaisa Ratamo oder Eero Manneraho mißlungen wäre.

Siren schob seine graue Armeekrawatte zurecht.

»Du meldest es mir sofort, wenn Ratamo gefunden wird. Der Mann darf nicht verhört werden, bevor ich da bin«, er schaute Vairiala mit der Autorität des Vorgesetzten an.

Siren sah nicht, daß Vairiala beim Verlassen des Zimmers lächelte.

Noch ehe sich die Tür hinter Vairiala schloß, hatte Siren einen Deziliter Kognak hinuntergeschüttet. Er mußte schnell aus Finnland weg. Innerlich war er so am Boden, daß er schon Mühe hatte, Primitivreaktionen zu unterdrücken. In diesem Zustand war er nicht in der Lage, Siiri anzurufen. Er würde das dann tun, wenn der Streß nachließ.

16

Pekka Vairiala schaute durch das Fenster seines Zimmers hinüber auf die andere Seite der Fabianinkatu, wo auf dem Sandplatz der Schule Fußball gespielt wurde. Die Jungs schienen mit Freude und Begeisterung bei der Sache zu sein. Für ihn hingegen war der Sportunterricht in der Schule eine Demütigung gewesen. Der Lehrer hatte immer die zwei besten Spieler der Klasse die Mannschaften wählen lassen. Jeder Name wurde extra aufgerufen, in der Reihenfolge nach der Spielstärke der einzelnen. Doch den Namen des Letzten, des Schlechtesten, rief man nicht auf. Vairiala wurde rot, als er sich an das Gefühl erinnerte, unter den verächtlichen Blicken der anderen allein auf dem Platz zu stehen.

Er hatte Sirens Zimmer mit gemischten Gefühlen verlassen. Irgend etwas am Verhalten des Chefs störte ihn. Was war Sirens Motiv, so aggressiv in den Virus-Fall einzugreifen? Früher hatte er sich nicht mit derartigem Eifer in Angelegenheiten der Aufklärung eingemischt. Doch andererseits verstand Vairiala, wie ernst die Lage war. In Finnland hatte es in den letzten Jahren keinen auch nur annähernd mit dieser biologischen Massenvernichtungswaffe vergleichbaren Fall für die Aufklärung gegeben. Vairiala vermutete, daß in Siren der alte Jagdinstinkt erwacht war.

Eine blaue Tablette gegen das Sodbrennen verschwand in seinem Mund. In der Regel trank er keinen Kaffee, aber er hatte sich nicht getraut, das seinem Vorgesetzten zu sagen. Er rutschte auf dem Stuhl ein Stück nach vorn, um bequemer zu sitzen.

Warum hatte der Chef des Operativen Stabes den Abteilungsleiter Polizei selbst angerufen und gesagt, er werde den Kommandeur der Streitkräfte und den Generalstabschef informieren, ihm aber gleichzeitig verboten, mit Ketonen oder jemand anderem zu sprechen, ausgenommen den Polizeichef? Siren ließ ihm kein Mittel, die Einzelheiten seines Berichtes zu überprüfen. Wenn er beim Verstoß gegen einen Befehl erwischt würde, bekäme er wahrscheinlich neue, sicher weniger interessante Aufgaben. Siren war überzeugt gewesen, daß sein Untergebener nicht wagte, eine andere Meinung zu haben als ein Mann, auf dessen Kragenspiegeln ein Löwe mehr glänzte als auf seinen eigenen.

Und warum hatte Siren gefragt, ob er Ratamos Tötung für ungesetzlich halten würde?

Vairiala kannte Siren seiner Meinung nach gut. Der Mann war wortkarg und zurückhaltend, aber ein kompetenter Offizier, der dank seiner Intelligenz und seines Ehrgeizes allerbeste Voraussetzungen gehabt hätte. Doch letztlich hatte sein Privatleben das Aufrücken in allerhöchste Ämter verhindert. Alle wußten, daß Siren den Streß mit der traditionellen finnisch-ugrischen Medizin – mit Schnaps – behandelte. Und Siren war einfach zu oft gestreßt. Das war jedoch seine einzige Schwäche.

Das Medikament bewirkte, daß Vairiala gedämpft rülpste. Er hatte seiner Phantasie freien Lauf gelassen. Siren war ein finnischer Mann mit Rückgrat, der nur einen schlechten Tag hatte. Vairiala wußte, daß er nun gezwungen war, Verantwortung zu übernehmen, und versuchen mußte, aus der Situation möglichst Nutzen zu ziehen. Es war sinnlos, noch länger zu grübeln, jetzt mußte er sich auf den Fall Ratamo konzentrieren.

Diese Aufgabe würde ein Wendepunkt in seiner Laufbahn sein, dachte Vairiala und wurde sofort nervös. Ratamo mußte schnell gefunden werden. Man durfte nicht zulassen, daß die Ebola-Viren und die Formel für das Gegenmittel auf den internationalen Waffenmarkt gelangten. Vairiala seufzte tief und strich sich langsam über die Glatze. Wem sollte er die Suche nach Ratamo anvertrauen? Siren hatte ihm ungewohnt deutlich klargemacht, daß keine Informationen über den Fall nach außen dringen durften. Allein würde er den Mann nicht finden. Den Einsatz seiner jungen Agenten, die vielleicht eifriger und effizienter wären, zog er erst gar nicht in Erwägung. Vielmehr überlegte er, wem er im Ernstfall absolut vertrauen konnte. Er entschied sich für ein Kommando, das nur aus zwei Mann bestand.

Für seinen zuverlässigsten Mitarbeiter hielt Vairiala Major Jarmo Leppä, seinen alten Freund. Leppä war ein Mann, der absolut zu seinem Wort stand. Wenn er ihm das Versprechen entlocken könnte, mit niemandem über den Auftrag zu reden, dann wäre darauf Verlaß.

Die Wahl des zweiten Agenten erwies sich als schwieriger. Bei keinem seiner anderen Untergebenen war Vairiala von der Zuverlässigkeit überzeugt. Zumindest nicht in dem Maße, daß er ihm seine Zukunft anvertraut hätte. Schließlich entschied er sich für den knallharten Risto Parola, den stellvertretenden Leiter der Untersuchungsabteilung. Vairiala wußte, wie er ihn motivieren konnte. Der Oberst hatte über zwanzig Jahre in der Schlapphutabteilung gedient, den größten Teil der Zeit war er vor Ort im Einsatz gewesen und hatte im Laufe der Jahre viele anspruchsvolle Aufklärungsoperationen sowohl im Inland als auch im Ausland durchgeführt. Bei einem Gespräch in der Sauna war dem angetrunkenen Mann einmal herausgerutscht, daß er gern in Rente gehen würde, sobald es irgendwie möglich wäre. Diese Möglichkeit wollte Vairiala ihm gegebenenfalls andeuten. Er würde ihm versichern, die Angelegenheit so zu regeln, daß Parola seine volle Rente bekäme, vorausgesetzt, er führte diesen Auftrag tadellos und absolut zuverlässig aus.

Vairiala vergewisserte sich sofort bei Siren, daß er über Parola verfügen konnte, und bat danach Leppä, in sein Zimmer zu kommen. Er wollte zunächst mit jedem der beiden allein sprechen.

Ganz unten in seiner alten, abgewetzten Ledertasche fand sich ein Becher Pflaumenjoghurt. Für das Frühstück hatte Vairiala keine Zeit mehr gehabt, weil er zu lange im Internet gewesen war und den Anstieg der Kurse an der Börse von Tokio verfolgt hatte. Leppä erschien in der Tür, gerade als er sich die Mundwinkel abwischte.

Vairiala tat sein Möglichstes, um zu erreichen, daß die Männer ihren Auftrag freiwillig übernahmen. Das war unabdingbar, weil die Maßnahmen, die er plante, nicht mit den Dienstvorschriften übereinstimmten, und es könnte sein, daß die Männer unter Zwang Informationen preisgaben. Er sparte in seinem Bericht alles aus, was sie nicht unbedingt wissen mußten, und erzählte beiden, daß durch ihren Einsatz eine ernste militärische Bedrohung abgewendet werden sollte, die sogar zum Einsatz von Massenvernichtungswaffen führen könnte. Siren sei über die Situation informiert, und man habe der Aufklärungsabteilung alle Vollmachten für die erforderlichen Maßnahmen erteilt. Der Auftrag sei absolut vertraulich, gegenüber Außenstehenden dürfe über den Fall kein Wort gesprochen werden. Zum Schluß gab Vairiala zu verstehen, daß diese Operation für beide eine große persönliche Auszeichnung sei, und daß es auch andere Freiwillige gäbe, wenn sie den Auftrag ablehnten. Er hatte Erfolg. Beide Agenten hielten die Lage für so ernst, daß sie voller Eifer mit Handschlag annahmen. Vairiala brauchte bei Parola nicht einmal den Rentenköder blinken zu lassen.

Sie unterhielten sich noch eine Weile zu dritt über die Einzelheiten. Für die Planung blieb weniger Zeit als normalerweise, und die Sache mußte sofort in Angriff genommen werden. Das und die Tatsache, daß die Gruppe kleiner war, als es die Dienstvorschrift vorsah, führte zu Problemen. Nachdem eine Lösung gefunden war, verließen Leppä und Parola den Raum, um die erforderlichen Vorbereitungen zu treffen. Sie kamen gut miteinander aus und waren auch im Zivilleben Freunde.

Nun beginnt die Zeit des Wartens, dachte Vairiala. Er schob die Brille auf der Nase weiter nach unten. Jetzt mußte er Eila anrufen, weil er keine Zeit hatte, die Kinder aus dem Kindergarten abzuholen oder einzukaufen. Sonst bemühte sich Vairiala, die Lebensmitteleinkäufe für die Familie selbst zu erledigen, weil seine Frau dabei zuviel Geld verschwendete.

Er hatte das Gefühl, daß er die Umsetzung von Sirens Befehl auf effiziente Weise in Angriff genommen hatte. Dennoch war er nervöser als je zuvor in seiner ganzen Laufbahn.

17

Ratamo irrte wie im Traum durch die Straßen und versuchte zu verstehen, was geschehen war. Erst als der Schock allmählich nachließ, konnte er wieder einigermaßen klar denken und begriff, daß er zur Polizei gehen mußte.

Die Entgegenkommenden wichen dem Mann aus, der vor sich hin starrte und alles andere gar nicht zur Kenntnis nahm. Das grüne T-Shirt hing über den braunen Jeans, und die Schnürsenkel der Schuhe waren offen. Ratamo näherte sich der Punanotkonkatu und dem Polizeigebäude von Kaartti. Er hatte nicht die geringste Ahnung, was er der Polizei sagen sollte. Das schien alles keinen Sinn zu ergeben. Ein Mann im Popelinemantel war in ihre Küche gekommen und hatte Kaisa erschossen. Das war eine Tatsache. Aber warum wollte jemand sie umbringen?

Ratamo ging im Foyer des Polizeigebäudes zu dem Schalter, hinter dem der Diensthabende saß.

»Meine Frau ist erschossen worden.« Er stieß die Worte hervor und versuchte sein dunkles, kurzgeschnittenes Haar in Ordnung zu bringen.

»Bedauerlicherweise haben wir hier nur Abteilungen der Verwaltungspolizei. Gewaltverbrechen werden in der Regionalabteilung bearbeitet. Die befindet sich zwei Häuserblocks weiter, die Adresse lautet: Pieni Roobertinkatu 1–3. Bis dorthin sind es etwa zweihundert Meter«, sagte der Polizist mittleren

Alters und lächelte freundlich, als hätte Ratamo nach der nächsten Bushaltestelle gefragt.

Die Situation war so absurd, daß Ratamo keine Erwiderung einfiel. Er schaute den Mann einen Augenblick verdutzt an, machte auf den Hacken kehrt und rannte zum Polizeigebäude in der Pieni Roobertinkatu. Er lief schnell die Treppe hinauf und fand rechts den Raum des Diensthabenden, in dem hinter einem Schalter ein Polizist saß und die Zeitschrift »Welt der Technik« las.

»Man hat gerade versucht, mich umzubringen, und meine Frau ist erschossen worden«, rief Ratamo. Der junge Polizist schaute ihn verwundert an und brachte kein Wort heraus.

»Gottverdammich! Nun mach was, verflucht noch mal!« brüllte Ratamo.

Der Polizist zuckte zusammen und fragte schnell nach Namen und Adresse. Dann rief er die Kriminalpolizei von Helsinki an. »Von der Abteilung für Gewaltverbrechen kommt jemand her und wird Sie in ein paar Minuten befragen. Folgen Sie mir, ich bringe Sie in den Verhörraum. Sie können sich hinsetzen und bekommen eine Tasse Kaffee.«

Ratamos Gedanken gewannen an Klarheit, als er die Treppe hinaufstieg in die zweite Etage. Jetzt hatte die Polizei die Lage unter Kontrolle, und er befand sich nicht mehr in Lebensgefahr. Die Realität traf ihn wie ein Hammerschlag. Der Puls hämmerte in seinen Schläfen. Sein Mund war trocken wie Knäckebrot, und die Augen brannten wie bei einem Sandsturm. Kaisa war ermordet worden. Auch ihn hatte man versucht zu ermorden. Er atmete tief ein und kämpfte gegen die Panik an, die weiter anhielt.

Der Polizist führte ihn in den karg eingerichteten Verhörraum und verschwand wortlos. Einen Augenblick später kehrte

100

er zurück und brachte ihm Kaffee in einem Pappbecher mit Henkel. »Warten Sie hier einen Augenblick. Gleich kommt jemand von der Abteilung für Gewaltverbrechen«, sagte er und verließ den Raum.

An der Wand des Raumes las er auf dem oberen Teil einer großen Digitaluhr »DONNERSTAG« und auf dem Display die Ziffern 09.51. Die großen roten Zahlen erinnerten Ratamo an die Blutrinnsale in der Küche an der Wand. Er saß auf einem unbequemen Metallstuhl und berührte mit den Zähnen den Rand des Kaffeebechers. Die Minuten vergingen, und der Mann von der Kriminalpolizei ließ auf sich warten. Er hatte immer noch das Gefühl, daß ein Gürtel um seinen Kopf geschnallt war, aber jetzt hatte er sich schon besser im Griff. Dennoch war er nicht imstande, die Ereignisse an diesem Morgen zu begreifen. Unterschiedliche Vermutungen schossen ihm durch den Kopf. War der Eindringling ein Einbrecher gewesen? Wohl kaum. Der Mann hatte wie ein kaltblütiger Profi getötet. Hatte sich der Killer in der Zielperson geirrt? Ganz sicher nicht. Nur ein absoluter Amateur hätte versehentlich den falschen Menschen ermordet.

Plötzlich packte ihn heftiges Verlangen nach Kautabak. Er war noch nicht dazu gekommen, seine morgendliche Dosis unter die Lippe zu schieben. Rasch holte er die Dose aus der Tasche und nahm einen der kleinen, mit Kautabak gefüllten Beutel heraus. Es waren nur noch acht übrig. Angewöhnt hatte er sich das schon vor über zwanzig Jahren in der Juniorenfußballmannschaft. Die Jungs waren überzeugt gewesen, daß sich Kautabak nicht so auf die Lunge und die Leistungsfähigkeit auswirkte wie Zigaretten.

Ratamo stand auf und ging in dem kleinen Raum hin und her. Es mußte einen Zusammenhang zwischen dem Mord und der Entdeckung des Gegenmittels geben. In seinem Leben war in der letzten Zeit sonst nichts Anormales geschehen. Jedenfalls ganz sicher nichts, was irgend jemandem einen Grund gäbe, ihn zu ermorden. Und Manneraho? Was hatte er mit den Originalnotizen gemacht? Oder war Kaisa die wichtigste Zielperson des Killers gewesen? Sie hatte er ja zuerst erschossen.

Ein dunkelhaariger, großgewachsener Mann um die Vierzig betrat den Verhörraum. »Arto Ratamo?«

»Ja. Das hat aber gedauert.«

»Ich komme aus Pasila. In der Stadt gab es einen Stau.«

»Könntest du mir mal erklären, was passiert ist. Heute früh ist bei uns ein Mann eingebrochen und hat meine Frau erschossen. Wie zum Teufel ist so was möglich?« fragte Ratamo in schroffem Ton, obwohl er wußte, daß der gerade erst eingetroffene Polizist überhaupt noch keine vernünftige Antwort geben konnte. Ratamos Wangen glühten. Sein Herz schlug so schnell, daß er spürte, wie sich der Hemdkragen bewegte.

»Ich verstehe natürlich, daß du schockiert bist, aber wir kommen hier nicht weiter, wenn du dich nicht für einen Augenblick zusammenreißt. Bitte, setz dich hin«, sagte der Kriminalist ganz sachlich.

Ratamo zwang sich, ganz ruhig zu sein, und setzte sich wieder auf den unbequemen Stuhl.

Der Mann nahm Ratamo gegenüber Platz. Er stellte sich als Kriminalkommissar Seppo Hämäläinen vor und sagte, er sei gekommen, um seine Aussage entgegenzunehmen. Ein wenig stotternd berichtete Hämäläinen, die zu Ratamos Wohnung geschickte Streife habe bestätigt, daß Kaisa Ratamo tot aufgefunden worden sei. Er brachte sein aufrichtiges Beileid zum Ausdruck, schaute Ratamo aber nicht in die Augen. Zwar verstehe er, wie schrecklich die Situation für Ratamo sei, dennoch müsse er ihn bitten, jetzt sofort eine Aussage zu machen. Vom Standpunkt der Ermittlungen aus sei das wirklich wichtig, weil laut Statistik unmittelbar nach einem Verbrechen die Chance, die Schuldigen zu fassen, am größten sei.

»Natürlich mach ich das. Rate mal spaßeshalber, ob ich will, daß diese Sache schnell aufgeklärt wird. Soll ich erzählen, was passiert ist, oder was willst du hören.«

Hämäläinen begann mit der Frage nach seinen Personalien und bat ihn dann, die Ereignisse am Morgen zu schildern.

»Also, ich wollte mit meiner Frau zusammen heute morgen aufs Land fahren. Wir hatten beide den Donnerstag und Freitag freigenommen, damit wir etwas länger bleiben konnten. Auf der Arbeit war so viel Streß, daß man sich ins Ferienhaus zurückziehen muß, um überhaupt noch ein Familienleben zu haben.« Er bemerkte, daß er aus alter Gewohnheit die Rolle eines Mannes spielte, der in einer glücklichen Ehe lebte. Zu seiner Überraschung empfand er Erleichterung, als ihm klar wurde, daß mit Kaisas Tod die Kulissen eingestürzt waren und er nicht mehr zu schauspielern brauchte.

»Ich bin drei Viertel acht aufgewacht, als meine Tochter Nelli ...«, Ratamo brach mitten im Satz ab. Erst jetzt begriff er, daß die arme Nelli ihre Mutter am Morgen das letzte Mal gesehen hatte. Wie sollte er seiner Tochter am besten erklären, daß ihre Mutter tot war? Als Kaisas Vater vor etwa drei Jahren starb, war Nelli noch zu jung gewesen, um zu verstehen, was geschah. Jetzt würde sie sich nicht mit der Erklärung zufrieden geben, daß die Mutter im Himmel war. Ratamo wußte genau, wie man das einem Kind nicht beibringen durfte. Er war damals nur ein wenig älter als Nelli gewesen, als sein Vater ihm wie einem Erwachsenen mitgeteilt hatte, daß Mutter eingeschlafen war und nie mehr nach Hause zurückkäme. Ratamo

103

erinnerte sich, daß er allein in seinem Zimmer stundenlang geweint hatte. Über die Mutter wurde danach kein Wort mehr gesprochen.

Ratamos Gedankengang wurde unterbrochen, als ein Polizist in Uniform den Raum betrat, ohne anzuklopfen, und sagte, der Kommissar werde am Telefon verlangt.

Hämäläinen glaubte seinen Ohren nicht zu trauen, als er hörte, daß der Chef der Aufklärungsabteilung mit ihm sprechen wollte. Ihm war nicht klar, was der Brigadegeneral einem gewöhnlichen Kommissar zu sagen haben könnte.

»Entschuldigung. Es dauert nicht lange«, sagte er und verließ den Raum.

Ratamo wußte, daß die Aufklärungsabteilung der militärische Nachrichtendienst Finnlands war, denn die EELA mußte ihr Bericht erstatten, wenn auf dem Gebiet der Tierkrankheiten, Viren und Bakterien etwas gefunden wurde, was für militärische Zwecke verwendet werden könnte. Er fragte sich verwundert, was die Aufklärungsabteilung einem Kommissar, der einen Mord untersuchte und ihn verhörte, Eiliges mitteilen wollte. Hatte Manneraho der Aufklärungsabteilung schon von dem Gegenmittel erzählt? Seine Verwirrung wurde immer größer. Wie hatte der Killer das dann erfahren? Oder hing der Mord doch mit dem Ebola-Virus zusammen?

18

Vairiala beugte sich weit vor. Die sengende Sonne blendete trotz der weißen Vorhänge, so daß es schwierig war, den Text auf dem Monitor zu lesen. Er surfte auf den Börsenseiten, wurde aber vom Klingeln des Telefons unterbrochen.

Der Anrufer war Leppä. Er hatte von der Polizei erfahren, daß sich Ratamo auf der Polizeistation in der Pieni Roobertinkatu befand, irgend jemand von der Abteilung für Gewaltverbrechen der Kriminalpolizei verhörte ihn gerade.

Vairiala schnellte hoch, als hätte er eine Sprungfeder im Hintern, seine Brille rutschte auf die Nasenspitze. Wie war es möglich, daß Ratamo so schnell gefunden wurde. Er hatte noch nicht einmal den Polizeichef angerufen. Der Kommissar durfte Ratamo nicht verhören.

»Seht zu, daß ihr dahin kommt, verdammich, und zwar ein bißchen plötzlich. Wo seid ihr?«

»Wir waren auf dem Weg nach Pasila, haben aber gewendet. Jetzt sind wir an der Kreuzung von Sturenkatu und Helsinginkatu. Wir brauchen noch reichlich fünf Minuten.«

»Holt Ratamo da raus. Ihr meldet euch sofort bei mir, wenn der Mann in eurem Auto ist. Ich rufe diesen Polizisten an und erkläre ihm die Lage. Wie heißt der?« fragte Vairiala.

»Wer?«

»Na der Kollege von der Kriminalpolizei, verdammt noch mal!« brüllte Vairiala.

»Seppo Hämäläinen«, sagte Leppä und beendete das Gespräch.

Ohne den Hörer hinzulegen, tippte Vairiala die Nummer des Diensthabenden der Polizeistation in der Pieni Roobertinkatu ein und rief in das Telefon: »Hier ist Brigadegeneral Pekka Vairiala, Chef der Aufklärungsabteilung des Operativen Stabs der Streitkräfte. Bei Ihnen befindet sich ein Mann namens Seppo Hämäläinen von der Kriminalpolizei, der Arto Ratamo verhört. Holen Sie Hämäläinen ans Telefon, und zwar *sofort*!«

Vairiala klang so beeindruckend, daß der Diensthabende nicht einmal antwortete. Man hörte nur ein Krachen, als der Hörer auf den Tisch fiel. Der Polizist mußte hinauffahren und Hämäläinen in einen anderen, leerstehenden Raum auf dem Flur bringen, weil es im Verhörraum der zweiten Etage kein Telefon gab.

Danach rannte er zurück ins Erdgeschoß. Ohne ein Wort zu sagen, verband er Vairiala mit Hämäläinen, legte das Telefon auf und wischte sich den Schweiß von der Stirn.

Vairiala hörte ein unsicheres Hallo. Er fragte als erstes, ob Hämäläinen Arto Ratamo in seiner Gewalt hatte.

Der Kriminalkommissar bestätigte, daß er gerade begonnen hatte, Ratamo im Zusammenhang mit einem Gewaltverbrechen zu verhören, das am Morgen in der Kapteeninkatu begangen worden war. »Dieser Ratamo hat nicht nur in der Kapteeninkatu viel Schlimmes angestellt. Aus Gründen der nationalen Sicherheit darfst du das Verhör nicht weiterführen. Paß auf den Mann auf, bis unsere Jungs da sind. Wir wollen ihn vor euch verhören. Das ist mit dem Leiter der Abteilung Polizei im Ministerium abgesprochen. Wenn du willst, rufe ich im Anschluß den Polizeichef an, er kann meine Anweisung bestätigen«, rief Vairiala im Befehlston. Was Hämäläinen bis dahin schon mit Ratamo gesprochen hatte, ließ sich nicht mehr ändern. Jetzt mußte verhindert werden, daß Ratamo noch mehr erzählte. Zum Glück schien es so, als wäre das Verhör erst am Anfang gewesen.

Hämäläinen erwiderte, ihm gegenüber habe niemand etwas von der Aufklärungsabteilung erwähnt, und er verstehe nicht, was der Mord an Kaisa Ratamo mit der nationalen Sicherheit zu tun haben könnte. Für den Fall sei die Kriminalpolizei zuständig, und man habe ihm befohlen, das zu übernehmen. Das Verhör wolle er nicht abbrechen, die ersten Stunden direkt nach dem Mord seien die allerwichtigsten, denn die Eindrücke der Zeugen wären dann noch ganz frisch.

Hämäläinens Widerspenstigkeit bewirkte, daß Vairialas Glatze rot wurde, er war es schließlich nicht gewöhnt, daß er seine Befehle begründen mußte. Wütend brüllte er ins Telefon, der Verhörte habe selbst seine Frau und wahrscheinlich auch Professor Manneraho umgebracht und sei eine Gefahr für die nationale Sicherheit, weil er versuchte, Staatsgeheimnisse zu verkaufen. Der Mann müsse im Zusammenhang mit einem Spionagefall sofort verhört werden. Erst danach bekäme die Polizei ihn zurück. Vairiala drohte Hämäläinen, er werde künftig Strafzettel wegen falschem Parken ausschreiben, wenn er nicht sofort das machte, was er ihm sagte.

Die Lage änderte sich, als Hämäläinen das Wort Staatsgeheimnis hörte. Er versicherte, Ratamo würde unverzüglich der Aufklärungsabteilung übergeben werden.

Vairiala lächelte so, daß sein Zahnfleisch zu sehen war. Und er hatte doch tatsächlich befürchtet, der Auftrag könnte für ihn mit einem Mißerfolg enden. Siren wäre überglücklich, wenn Ratamo schon ein paar Stunden nach seinem Befehl gefaßt wurde. Und er selbst bekäme eine neue Feder an seinen

Hut. Jetzt brauchte er nicht einmal mehr den Polizeichef anzurufen.

Mit einem Mausklick kehrte er zu den Börsenkursen zurück. Nokia war seit gestern schon vier Prozent gestiegen. Er überlegte, ob es sich bereits lohnte, alle Aktien zu verkaufen und das Geld in Zinsfonds oder kombinierten Fonds in Sicherheit zu bringen. Die Kurse der Technologieaktien schwankten so stark, daß er den Einschätzungen der Analysten nicht mehr traute. Die Ereignisse des Jahres 1991 durften sich nie wiederholen, der Crash an der Börse damals hatte sein Vermögen um ein paar hunderttausend Finnmark verringert. Zum Glück hatte er wenigstens nicht mit Krediten spekuliert, das hätte ihn ruiniert. Er wäre genauso arm geworden wie seine Eltern früher, doch Mangel wollte er nie wieder erleben.

Vairialas einziges Hobby bestand darin, Geld zu verdienen. Dafür verwendete er seine ganze Freizeit und alles verfügbare Geld. Seine Frau behauptete zwar, er sei schon zu geizig und geldgierig geworden, aber sie verstand nichts von Geld. Ein Kleid für zweitausend Finnmark bedeutete Kosten, die sich nicht rentierten, aber wenn man das gleiche Geld in Aktien investierte, konnte das den Einsatz in kürzester Zeit verdoppeln.

Ein Diamant entsteht unter großem Druck, sagte sich Vairiala und beschloß, noch zu warten.

19

Als Hämäläinen das Zimmer verlassen hatte, hielt es Ratamo nicht mehr aus, er stand auf und lief unruhig um den Tisch herum. Der Chef der Aufklärungsabteilung erklärte Hämäläinen womöglich gerade, warum Kaisa ermordet worden war, und ihn ließ man hier in dem trostlosen Raum warten. Allmählich hatte er genug.

Ratamo öffnete die Tür und schaute verstohlen hinaus. Da niemand zu sehen war, ging er zu dem Zimmer, an dessen Tür eine gelbe Lampe leuchtete und anzeigte, daß ein Telefongespräch geführt wurde.

Er lauschte angestrengt. »... was hat der Mord mit der nationalen Sicherheit zu tun. ... ist doch eine Mordsache. Die ... die ersten Stunden direkt nach dem Mord sind die allerwichtigsten ...«

Es trat eine Pause ein. Ratamo hatte Hämäläinens Stimme erkannt und zog die Tür noch ein paar Zentimeter weiter auf. Er sah die Hälfte vom Hinterkopf des Kommissars.

»Was! Ratamo hat seine Frau und seinen Vorgesetzten umgebracht und Staatsgeheimnisse verkauft! Na, warum zum Teufel hast du das nicht gleich gesagt. So ein Hochverräter muß natürlich euch übergeben werden.«

Um ein Haar hätte Ratamo vor Überraschung laut aufgeschrien. Er glaubte, sein Herz bliebe stehen. Hämäläinens Worte hallten in seinen Ohren wider: ... *seine Frau und seinen*

109

Vorgesetzten umgebracht und Staatsgeheimnisse verkauft ...
Ratamo machte auf dem Absatz kehrt und stürzte los in Richtung Fahrstuhl. Unterwegs holte er sich schnell aus dem Verhörraum Hämäläinens seidenen Sommermantel und rannte dann die Treppe hinunter. Vor dem Foyer, in dem der Diensthabende saß, zwang er sich, langsam zu gehen, und passierte den Schalter, ohne zur Seite zu blicken. Wo sollte er hingehen? Jedenfalls mußte er das Zentrum verlassen. Er lief in aller Ruhe an den Polizeifahrzeugen vorbei, die vor dem Gebäude standen, bog in die Kasarmikatu ab und rannte los, so schnell er konnte.

Ratamo hatte das Gefühl, daß er allmählich durchdrehte. Manneraho war also auch tot. Und man versuchte das Ganze so zu inszenieren, daß es aussah, als wäre er an beiden Morden und noch viel schwererwiegenden Dingen schuld! Auch die Polizei war nicht auf seiner Seite. Er kapierte überhaupt nichts mehr. Beim Studium wurde man auf so etwas nicht vorbereitet. Schritt für Schritt wurde ihm jedoch immer klarer, in welcher Gefahr er sich befand. Kaisa war von jemandem ermordet worden, der Macht, Insiderwissen und Fachkenntnisse besaß. Nicht jeder beliebige Killer wäre imstande, die Polizei und die Aufklärungsabteilung zu manipulieren. Dieser Mann hatte schon bewiesen, daß er skrupellos genug war, jedes Mittel einzusetzen, um seine Ziele zu erreichen. War wenigstens Nelli vor dieser unbekannten Gefahr in Sicherheit? Sie mußte sofort in ein Versteck gebracht werden.

Während Ratamo rannte, überlegte er, wo er anrufen könnte. Um diese Zeit an einem Donnerstag waren alle seine Bekannten, die in der Nähe wohnten, schon zur Arbeit gegangen. Er hatte kein Geld und kein Handy, also mußte er in irgendeinem Geschäft telefonieren. An der Kreuzung von Kasarmikatu und

Tehtaankatu blieb er stehen. Plötzlich fiel ihm ein, daß es in der Nähe einen kleinen Lebensmittelkiosk gab. Der Weg dahin führte an seiner Wohnung vorbei. Das Haus zu sehen schmerzte.

In dem Kiosk schaute sich Ratamo schnell um. Die Uhr an der Wand zeigte neunzehn Minuten nach zehn. Es duftete nach frischem Gebäck, das in einer Glasvitrine auslag.

»Gibt es hier ein Telefon?« fragte er die grauhaarige Verkäuferin.

»Wir haben nur dieses Telefon, das zu dem Kiosk gehört«, sagte die Frau ganz gelassen, »und das ist eigentlich nicht für die Öffentlich…«

»Du gehst jetzt hinaus und läufst in aller Ruhe zweimal um den Häuserblock. Wenn du zurückkommst, bin ich weg. Hast du das kapiert?« Ratamo schaute die Kioskinhaberin mit einem psychopathischen Blick an. Die dunklen Bartstoppeln und die Narbe, die sich deutlich in dem braungebrannten Gesicht abzeichnete, verstärkten den Eindruck. Er wollte nicht, daß die Frau hörte, was er seiner Schwiegermutter sagte.

Die übergewichtige Kioskinhaberin starrte ihn einen Augenblick mit vor Verwunderung weit aufgerissenen Augen an, dann lief sie mühsam zur Tür, schob, ohne ein Wort zu sagen, einen Jungen in Hiphop-Sachen beiseite, der gerade hereinkommen wollte, und trat auf die Straße hinaus. Ratamo drohte dem Teenager, der hinter der Glastür stand und hereinlugte, mit der Faust, woraufhin der sich trollte.

Jetzt war Eile geboten. Zum Glück war die Frau nicht gerade eine gute Läuferin, es würde eine Weile dauern, bis sie die Polizei informiert hätte. Ratamo drehte das Telefon zu sich hin und tippte die Nummer des Handys seiner Frau ein. Er war Kaisa dankbar dafür, daß sie ihre Mutter, die alle elektronischen Geräte haßte, gezwungen hatte, das Handy mitzunehmen.

Ratamo wußte nicht, ob seine Schwiegermutter das Handy benutzen konnte oder ob es überhaupt an war. Eigensinnig, wie sie war, hatte sie das Telefon vielleicht nur mitgenommen, um ihre Ruhe zu haben, und es dann sofort ausgeschaltet, kaum daß sie nicht mehr in Kaisas Sichtweite war. Ratamo hatte wegen Nelli Angst.

Zu seiner Erleichterung meldete sich endlich jemand.

»Marketta, hier ist Arto. Wo seid ihr?«

»Wir sind gleich zu Hause in Kauniainen. Unterwegs waren wir noch in ein paar Geschäften. Du hörst dich so an, als kämst du gerade vom Joggen. Es ist doch nichts passiert?«

»Doch. Es ist wirklich etwas passiert.« Ratamo konnte nur mit Mühe verhindern, daß ihm die Stimme versagte. Zum Glück war Marketta eine ruhige Frau mit scharfem Verstand. »Ist in der Nähe eine Stelle, wo du anhalten kannst?«

»Hier kommt gerade eine Tankstelle, aber nun sag mir, lieber Arto, was passiert ist.« Die Schwiegermutter hörte sich jetzt schon sehr besorgt an.

»Sobald du angehalten hast.«

Für einen Augenblick hörte man nur, wie der Blinker von Kaisas Golf tickte. Als der Motor endlich abgestellt war, wurde auch der Empfang besser.

»Marketta, es tut mir leid, aber Kaisa ist tot«, sagte Ratamo. Es klang mitfühlend, und das kam aus tiefstem Herzen. Seine Schwiegermutter tat ihm so sehr leid, daß es schmerzte. Die Frau hatte gerade ihr einziges Kind verloren.

In der Leitung war es für eine Weile ganz still. Ratamo fürchtete schon, daß die Schwiegermutter in Ohnmacht gefallen war.

»O Gott. Was ist Kaisa passiert? Erzähle es mir sofort.« Markettas Stimme verriet, daß sie es nicht glauben konnte, und man spürte den Schock und ihre Angst.

Ratamo überlegte einen Augenblick. »Ein Mann ist heute früh in unsere Wohnung eingebrochen, hat Kaisa erschossen und versucht, auch mich zu erschießen. Das ist alles. Mehr weiß ich nicht«, sagte er und begriff sofort, wie idiotisch sich das anhören mußte. Zum Glück hatte er immer ein gutes Verhältnis zu seiner Schwiegermutter gehabt. Manchmal hatte er sogar eine Art Seelenverwandtschaft mit Marketta empfunden. Die Schwiegermutter sah viele Dinge genauso wie er. Vielleicht würde sie ihm vertrauen.

»Hast du getrunken oder …?«

»Ich habe nie in meinem Leben etwas so ernst gemeint wie jetzt. Die Lage ist die, daß du mir ganz einfach glauben mußt. Etwas Schreckliches ist passiert, und ich glaube, daß etwas noch Schrecklicheres passieren wird, wenn du mir jetzt nicht vertraust.«

Ratamo klang überzeugend. Marketta Julin glaubte ihm, daß er bei vollem Verstand war und es ernst meinte. »Du mußt sofort zur Polizei gehen«, sagte sie.

»Jetzt sind wir genau an dem Punkt, an dem du mir einfach vertrauen mußt. Die Polizei verdächtigt mich nämlich, daß ich Kaisa und meinen Chef ermordet und wer weiß was sonst noch alles getan habe. Das hört sich verrückt an, aber ich kann jetzt einfach nicht mehr sagen. Ich rufe aus dem Kiosk in der Tehtaankatu an, und die Polizei wird gleich hier sein. Marketta, bei allem, was mir heilig ist, schwöre ich dir, daß ich weder Kaisa noch irgend jemand anderem etwas Böses getan habe. Alles, was du in den nächsten Tagen im Radio oder Fernsehen über das, was ich getan haben soll, hören wirst, sind Lügen derjenigen, die Kaisa umgebracht haben.«

»Arto, um Himmels willen, was …« Ratamo unterbrach seine Schwiegermutter unsanft. Er sagte ihr, sie solle mit Nelli

nach Karjaa fahren und das Auto auf irgendeinem gebühren-
freien Parkplatz abstellen, auf dem auch andere Fahrzeuge
standen. Danach sollten sie den Bus nach Tammisaari nehmen
und von dort mit dem Taxi bis in die Nähe der Bootsanlege-
stelle des Dorfes Sandnäsudd fahren. Marketta wußte, daß
Eelis, der Mann im Dorfladen, die Reserveschlüssel von Ratamos Boot besaß. Auf gar keinen Fall durften sie in Ratamos
Ferienhaus gehen, sie sollten statt dessen zur Insel Bastö fahren, wo Ratamos Bekannte, die Heinonens, ihre Hütte hatten.
Marketta war schon auf Bastö zu Besuch gewesen und wußte,
wie man mit dem Boot dahin kam. Die Schwiegermutter versicherte, sie habe die Anweisungen verstanden.

»Paß auf, daß Nelli nichts passiert«, sagte Ratamo noch und
knallte den Hörer so heftig hin, daß er hochgeschleudert
wurde, zu Boden fiel und das ganze Telefon mitriß. Einen
Augenblick später rannte Ratamo auf der Tehtaankatu in Richtung Punavuori. Die Polizei würde bald hinter ihm her sein, er
mußte sich also irgendeinen Ort einfallen lassen, wo er unra-
siert und in T-Shirt und Jeans sitzen konnte, ohne etwas zu tun,
und wo ihm keine Bekannten über den Weg liefen. Er entschied
sich für die Gaststätte »Salve«, eine maritime Kneipe am Ufer
von Hietalahti, die um die Zeit schon zur Hälfte mit Stamm-
kunden gefüllt sein würde.

20

Der Lada 1500 S hielt um zehn Uhr neunzehn mit quietschenden Reifen vor der Polizeistation in der Pieni Roobertinkatu. Seit dem Telefongespräch zwischen Vairiala und Hämäläinen waren sechs Minuten vergangen.

Leppä und Parola brauchten sich nicht erst über ihre Arbeitsteilung zu verständigen. Als auch Parola noch in der Aufklärungsabteilung gewesen war, hatten sie zu zweit als Partner viele anspruchsvolle Aufträge ausgeführt.

Während Parola den Wagen in Ermanglung freier Parkplätze auf dem Fußweg abstellte, kam ein dunkelhaariger, großer Mann aus der Polizeistation herausgerannt. Er blieb mit verblüfftem Gesichtsausdruck auf der Straße stehen, schaute ein paarmal nach links und rechts und gab einige deftige Flüche von sich. Schließlich griff er nach dem Polizeifunkgerät an seinem Gürtel und sagte etwas. Dann ging er gleichzeitig mit Leppä und Parola wieder in das Gebäude hinein.

Im Gänsemarsch lief das Trio zum Raum des Diensthabenden. Dort befand sich nur ein Polizist, der gerade eine Verlustanzeige von einer großgewachsenen jungen Frau entgegennahm, die ihr Handy vermißte. Leppä bat um Entschuldigung und unterbrach die Amtshandlung, daraufhin drehte sich die Frau um und stieß Leppä versehentlich ihre Brust ins Gesicht.

Leppä, der rot geworden war, stellte sich dem Diensthabenden vor und fragte, wo Seppo Hämäläinen zu finden sei.

115

»Ach, ihr seid die Leute von der militärischen Aufklärung. Ich bin Hämäläinen«, sagte ganz locker und entspannt der dritte Mann, der mit ihnen hereingekommen war. Er betrachtete seine Gäste leicht amüsiert. Parola war klein, dunkelhaarig und dick, Leppä hingegen war klein, blond und dünn. Beide trugen cremefarbene Hemden und graue Hosen aus Wollstoff, dazu schmale blaue Schlipse.

»Ihr seid ein bißchen zu spät gekommen. Ratamo ist gerade abgehauen«, sagte Hämäläinen in ganz alltäglichem Ton.

»Abgehauen? Verdammt, hast du Ratamo etwa entkommen lassen? Das darf doch nicht wahr sein«, rief Parola mit verzerrtem Gesicht, er sah so aus, als wollte er sich auf Hämäläinen stürzen. Leppä schaute seinen Partner an und schüttelte den Kopf, um ihn zurückzuhalten.

Hämäläinen erzählte ganz ruhig, daß er Ratamo wegen des Anrufs von General Vairiala allein lassen mußte. Ein paar Minuten später habe er festgestellt, daß der Mann aus dem Verhörraum verschwunden war. Deswegen habe er eben angeordnet, die stille Fahndung nach Ratamo wiederaufzunehmen, er sei überzeugt, daß man Ratamo bald finden werde. Anscheinend machte er sich deswegen keine großen Sorgen.

Parola konnte sich vor Wut nicht mehr beherrschen. Er schlug mit der Faust so heftig auf den Tresen des Diensthabenden, daß der Polizist von seinem Stuhl aufsprang. »Gottverdammter Idiot. Du scheinst wirklich nicht zu kapieren, was das für ein Kerl ist.«

Leppä übernahm die Schlichterrolle und stellte sich zwischen Parola und Hämäläinen. »Ist Ratamo zu Fuß verschwunden? Hat jemand gesehen, in welche Richtung er gegangen ist?« fragte er.

»Wahrscheinlich ist er direkt hier hinausgerannt. Ich bin noch nicht dazu gekommen, irgend jemanden zu befragen.«

Ratamo war verschwunden wie ein Kind im Spielzeugladen. Die Fahndung lief, also konnten Parola und Leppä nichts weiter tun, als zu warten. Sie warfen Hämäläinen wütende Blicke zu und gingen hinaus. Parola wäre um ein Haar mit einem Fahrradboten zusammengestoßen, der auf dem Fußweg Slalom fuhr, er fluchte laut und vernehmlich.

»Rate mal spaßeshalber, ob General Bierernst vor Wut in den Teppich beißt, wenn er das erfährt«, sagte Leppä mit einem Stöhnen, während er sich auf den Beifahrersitz des Lada setzte, in dem es so warm war wie in einer Sauna.

21

Das kürzlich renovierte Hauptquartier der Sicherheitspolizei in der Ratakatu 12 sah nach außen hin still und ruhig aus. Zusammen mit der Ratakatu 10 verbarg das über hundert Jahre alte Gebäude in seinem Inneren viele der bestgehüteten Geheimnisse Finnlands. Jussi Ketonen schaute aus der obersten, der vierten, Etage auf den Innenhof, wo immer noch das hundert Jahre alte Holzhaus eines Schmiedes stand. Er langweilte sich. Musti schlief in ihrem Rattankorb neben dem Schreibtisch und bewegte die Beine, als würde sie im Traum das Tempo beschleunigen.

Die von Ketonen geführte Sicherheitspolizei trug die Verantwortung für die Abwehr und Untersuchung von Verbrechen, die eine Gefahr für Finnlands innere und äußere Sicherheit darstellten. Ihre wichtigste Aufgabe war es, die Tätigkeit ausländischer Nachrichtendienste in Finnland zu überwachen. In der SUPO gab es zwei Hauptbereiche: den für die operative Arbeit und den für Entwicklung. Zum operativen Bereich gehörten die Abteilung für Gegenspionage, in deren Zuständigkeit die Abwehr von Spionage und illegaler Aufklärung fiel, sowie die Sicherheitsabteilung, die verantwortlich war für die Terrorismusbekämpfung und die Abwehr anderer Aktivitäten, die Finnlands innere Sicherheit und seine internationalen Beziehungen gefährdeten. Dazu kamen noch die Überwachungsabteilung sowie die Abteilung, die für die Regionalbüros in zwölf Orten zuständig war. Zum Hauptbereich Entwicklung gehörten das Büro für Verwaltung und Begutachtungen sowie die Abteilung für Informationsmanagement. Außerdem stand Ketonen eine Stabsabteilung zur Verfügung. Alles in allem hatte er etwa zweihundert Mitarbeiter.

Auch der Blick auf den Innenhof konnte nichts daran ändern, daß er sich langweilte. Das Bild war ihm seit fast dreißig Jahren vertraut. Nach der Polizeischule hatte er fünf Jahre bei der Kriminalpolizei gearbeitet und in dieser Zeit ein Jurastudium absolviert. In jenen Jahren freundete er sich mit dem stellvertretenden Chef der Kriminalpolizei an, der ihn mitnahm, als er im Frühjahr 1972 zur SUPO ging. Das war eine stürmische Zeit, sowohl die KPFi als auch die orthodoxen Kommunisten brachten damals eine Gesetzesinitiative zur Abschaffung der SUPO ein, deren Chef der umstrittene Arvo Pentti wurde. Ketonen hatte im Laufe der Jahre zahlreiche unterschiedliche Aufgaben in verschiedenen Bereichen übernommen, die heute als Abteilungen für Gegenspionage und Sicherheit bezeichnet wurden. Er kannte die SUPO und ihre Aufgaben also wie seine Westentasche. Im Jahre 1996 wurde er dann zum Chef der Sicherheitspolizei ernannt.

Ketonen seufzte und setzte sich hin. Er konnte nicht einmal eine Wette abschließen. Heute gab es kein einziges Fußballspiel, das auf dem Wettschein stand, und auch das Qualifying für das Rennen der Formel 1 am Wochenende fand erst am Sonnabend statt. Er spielte, um sich die Zeit zu vertreiben, wenn er frei hatte, nicht wegen des Geldes, das hatte ihn nie sonderlich interessiert. Schon als junger Mann hatte er gelernt, daß das letzte Hemd keine Taschen hat.

Wenn um ihn herum etwas los war, dann lebte er auf. Für den sechzigjährigen kinderlosen Witwer war die Arbeit der einzige

Lebensinhalt. Die Aufgaben des Chefs der Sicherheitspolizei boten einem Workaholic zumeist glänzende Möglichkeiten, aber zur Zeit herrschte im Büro Ruhe, und das schon die dritte Woche. Diese ruhigen Zeiten waren für Ketonen auch deshalb eine Plage, weil er dann vor allem mehr aß und rauchte. Die Taille des kleinen, untersetzten Mannes hatte in den letzten Wochen so zugenommen, daß die Hosenträger allmählich zu kurz wurden.

Musti wachte auf und räkelte sich gründlich wie immer. Auch sie hat gewissermaßen ihren kriminellen Hintergrund, dachte Ketonen. Ihre ersten Lebensjahre hatte sie in der Familie eines Mannes verbracht, der seinen Hund mit Schlägen erzog. Das hatten die Nachbarn schließlich der Tierschutzbehörde gemeldet, und Musti war ins Tierheim gebracht worden. Erst nachdem sie schon ein paar Jahre bei ihm war, hatte sie zugelassen, daß ihr neues Herrchen ihre empfindlichsten Stellen, den Kopf und den Bauch, berührte. Ketonen wünschte sich zum hundertsten Male, er hätte diesen Mistkerl in die Finger bekommen, der seine Männlichkeit damit beweisen wollte, daß er einen bedauernswerten, gutmütigen Hund schlug.

Ketonen überlegte gerade, ob seine Ahnung trog, daß Sirens Anruf vom Vorabend das Ende der Untätigkeit bedeuten könnte, da klingelte das Telefon entnervend laut. An dem alten Apparat konnte man die Lautstärke nicht einstellen.

Der Anruf kam aus der rund um die Uhr besetzten Überwachungszentrale der Sicherheitspolizei, die als Alarmzentrale diente und zugleich alles erledigte, was mit der Telekommunikation zusammenhing, sie koordinierte beispielsweise die Telefongespräche aller Ermittler, die vor Ort im Einsatz waren, sie unterhielt geschützte Verbindungen und übernahm das Abhören von Telefonen. Höflich fragte der Diensthabende, ob Ketonen einen Augenblick Zeit habe.

»Nun hör mal zu, mein Freund. Wenn der Diensthabende der Überwachungszentrale etwas mitzuteilen hat, dann braucht er niemanden zu fragen, ob er Zeit hat«, entgegnete Ketonen mürrisch.

Der Beamte sagte, er rufe an, weil Ketonen am Vorabend angeordnet hatte, die Aktivitäten der Aufklärungsabteilung zu beobachten. Irgend etwas sei tatsächlich im Gange, aber es sehe so aus, als wüßten nur Siren, Vairiala und ein paar von seinen Agenten, um was es ging. Die Angelegenheit würde aus irgendeinem Grund strenggeheim gehalten. Die Kontaktperson der SUPO in der Aufklärungsabteilung habe jedoch herausgefunden, daß eine Person namens Arto Ratamo irgendwie mit diesem Fall zusammenhing. Auch die Polizei hatte eine stille Fahndung nach Ratamo eingeleitet. »Ich muß einen Augenblick überlegen«, sagte Ketonen. Es knisterte, ein Streichholz wurde angezündet. Er schwieg eine Weile und rauchte ein paar Züge. »Bringt in Erfahrung, was für einer dieser Ratamo ist und was er gemacht hat. Und beobachtet die Aufklärungsabteilung weiter«, sagte er und legte auf. Ratamo? Den Namen hatte er schon irgendwo gehört, aber er wußte nicht mehr, in welchem Zusammenhang.

Ketonens Gedanken kreisten wieder um Sirens Anruf. Die Geschichte des Generals hätte jeden mißtrauisch gemacht – und Ketonen verfügte immerhin über die Erfahrung von dreißig Jahren Arbeit beim Nachrichtendienst und bei der Polizei. Nach dem Anruf Sirens hatte er seiner Organisation sofort den Auftrag erteilt, die Nachrichtenabteilung mit den Methoden der niedrigen Aktivitätsstufe zu beobachten und möglichst herauszufinden, was da vorging. Er hatte auch einen Bericht über den Schwarzhandel mit russischen Waffen verlangt, um zu erfahren, ob an Sirens Geschichte etwas dran war.

Am Morgen hatte ihm seine Organisation bestätigt, daß kein derartiges Geschäft im Gange sei.

Ketonen fragte sich, ob Vairiala so einen schweren Irrtum begehen könnte: Die Beobachtung der militärischen Aktivitäten Rußlands war ja eine der Hauptaufgaben der Aufklärungsabteilung. Eine erste Kontaktaufnahme neuer russischer Schmuggler mit internationalen Waffenhändlern würde automatisch in der ganzen Aufklärungsszene bekannt werden. Die Schmuggler, die ihre Kontakte bereits geknüpft hatten, wurden schon von allen Nachrichtendiensten, die etwas auf sich hielten, ständig überwacht. Laut dem von Ketonen angeforderten Bericht habe jedoch niemand anders etwas von dem Projekt gehört, über das Vairiala Siren informiert hatte. Und der illegale Waffenhandel, der sich nach dem Machtwechsel 1991 von Rußland aus wie eine Flutwelle ausgebreitet hatte, gehörte schließlich zu den Dingen, die alle westlichen Nachrichtendienste besonders genau beobachteten.

Ketonen hielt Vairiala für einen Fachmann, hatte aber Gerüchte gehört, wonach er den unbeherrschbaren Ehrgeiz eines allzu selbstsicheren, überheblichen Mannes besaß, der in kurzer Zeit viel erreicht hat. Ketonen hatte den Verdacht, daß sich Vairiala um seines eigenen Vorteils willen dazu hinreißen lassen könnte, etwas Unüberlegtes zu tun. Hatte Vairiala Siren in bezug auf den Waffenhandel belogen? Irgend etwas Merkwürdiges war jedenfalls im Gange. Er beschloß, Vairiala in die *Box* zu nehmen, das bedeutete, eine Person rund um die Uhr zu überwachen.

Es war zehn Uhr siebenundzwanzig am Donnerstagvormittag.

22

Parola parkte den Lada auf dem Innenhof des Generalstabsge-
bäudes. Er und Leppä hatten während der ganzen Fahrt von
der Polizeistation bis hierher keinen Ton gesagt. Im Aufzug
brach Parola das Schweigen mit einem lauten Furz.

Leppä mußte lachen: »Menschenskind, mit der Leistung hät-
test du sogar bei den Knastbrüdern einen Preis gewonnen.«

»Der Frühstücksbrei und die Buttermilch machen sich be-
merkbar«, entgegnete Parola fast stolz. Es war halb elf, als die
beiden an Vairialas Tür klopften und den Befehl »Herein« hörten. Sie setzten sich wie zwei Schuljungen auf das alte Sofa vor
dem Schreibtisch, so als hätte der Schuldirektor sie zu einer
Strafpredigt bestellt. Das laute Ticken der Wanduhr verstärkte
noch diesen Eindruck.

Vairiala sah erbost aus, er betrachtete sie eine Weile abfällig
über den Brillenrand und seufzte tief. Dann schaute er an ihnen
vorbei und konstatierte lakonisch, wie zu sich selbst: »Nun erzählt doch bloß mal, warum zwei Männer, die seit Dutzenden
Jahren beim Nachrichtendienst arbeiten, nicht in der Lage sind,
einen Wissenschaftler aus einer Polizeistation abzuholen.« Gegenüber seinen Untergebenen selbstsicher aufzutreten war Vairiala schon immer leichter gefallen, als gegenüber seinen Vorgesetzten.

Die beiden Männer rutschten verlegen auf ihrem Platz hin
und her.

»Ratamo war schon verschwunden, als wir dort ankamen. Da konnten wir nichts mehr tun«, erwiderte Leppä zu ihrer Verteidigung und breitete die Arme aus.

»Jarmo, keine Erklärungen. Sag nur, was passiert ist«, entgegnete Vairiala müde. Für einen Augenblick hatte er schon geglaubt, Ratamo könnte sofort gefaßt werden und sein eigenes Wappenschild würde frisch poliert in noch hellerem Glanz erstrahlen. Doch nun war seinem Gesicht wieder der Streß anzusehen, unter dem er lebte. Er fuhr sich über die Glatze, als würde er seine Haare suchen. »Wir sind mit durchgetretenem Gaspedal dahin gefahren, und in der Polizeistation hat uns dann dieser Hämäläinen angeguckt wie Pik Sieben und erklärt, daß Ratamo abhauen konnte, während er mit dir am Telefon gesprochen hat. Es wäre ja wohl sinnlos gewesen, dem Mann zu Fuß hinterherzurennen. Versuch das mal zu verstehen.« Vairialas Gesichtsausdruck verriet, daß Mitgefühl jetzt nicht im Angebot war. Parola bemühte sich, Vairiala zu besänftigen, indem er das Thema wechselte und erzählte, daß man das Gefriergerät aus der EELA geholt und in die Waffenkammer der Schlapphutabteilung gebracht hatte.

Leppä seinerseits berichtete, was die Kollegen bei ihrem Besuch in der EELA erreicht hatten. Die einzige Überraschung bestand darin, daß in der Nacht vorher jemand die Dateien des Ebola-Helsinki-Projekts im Zentralcomputer geöffnet haben mußte. Doch von den Mitarbeitern der EELA hatte das niemand zugegeben.

Nachdem Parola und Leppä von den Ereignissen am Vormittag berichtet hatten, saßen sie schweigend da und erwarteten ihr Urteil.

Der Brigadegeneral ging zum Fenster. Der Schulhof lag jetzt leer und verlassen da. Nach einem Schweigen, das ewig zu dauern schien, sagte er ganz ruhig: »Ratamo muß schnell gefaßt werden. Bei der Suche müssen wir so aggressiv vorgehen, daß er keine Zeit hat, seine Geschichte irgendeiner glaubwürdigen Seite zu erzählen.« Vairiala konnte nicht verraten, daß seine größte Sorge darin bestand, wie er Siren erklären sollte, warum man Ratamo nicht gefaßt hatte.

Vairiala setzte sich hin, legte die Beine auf den Tisch, schob seine fusselige Wollkrawatte gerade und richtete den Blick auf seine Untergebenen. Er sagte, er werde mit der Polizei sprechen und sie darum bitten, alle nur erdenklichen Ressourcen einzusetzen, um Ratamo zu lokalisieren. Wenn man den Mann fand, dürfte ihn die Polizei nicht verhaften, sondern müßte Parola und Leppä den Aufenthaltsort mitteilen. Bis sie ihn abholten, würde man Ratamo im Auge behalten. Es dürfte auf keinen Fall irgendeine Großfahndung eingeleitet werden, nur die Polizeistreifen und Beamte in Zivil sollten nach einer Person suchen, auf die all diese Erkennungszeichen zuträfen. Eine Großfahndung würde die Medien auf den Plan rufen, und wenn die erst jede ihrer Bewegungen verfolgten, wäre es noch schwerer, Ratamo zu schnappen.

Parola und Leppä waren unschlüssig, ob sie nun gehen sollten oder nicht. Da fiel Vairiala noch etwas ein. Er befahl seinen Männern, eine Gruppe mit Scharfschützen und allem anderen, was dazugehörte, zu bilden, die sich als Reserve zu allen Tages- und Nachtzeiten bereithalten sollte. Ratamo aus dem Verkehr zu ziehen wäre jedoch weiterhin in erster Linie die Sache von Parola und Leppä. Da keiner von beiden Fragen hatte, konnten sie endlich den Raum verlassen.

»Kopf hoch, Männer. Schnappt euch diesen Kerl!« rief Vairiala ihnen nach.

Vairiala drückte in seiner Faust den orangefarbenen Streßball zusammen. Er überlegte, wen von beiden er zuerst anrufen sollte, Siren oder den Helsinkier Polizeichef. Falls Siren zufällig versuchen sollte, ihn zu erreichen, und von dem ganzen Fiasko erfuhr, würde er in Wut geraten. Andererseits war es unwahrscheinlich, daß Siren ihn anrief, er hatte ja ausdrücklich den Befehl erteilt, erst dann auf den Fall zurückzukommen, wenn der Auftrag erledigt war.

Vairiala vermutete, daß es leichter wäre, Siren von Parolas und Leppäs Mißerfolg zu berichten, wenn er die Unterstützung des Polizeichefs besaß. Zum Glück hatte Siren das Grundsätzliche schon mit dem Abteilungsleiter für Polizei vereinbart, das würde seine Aufgabe sehr erleichtern. Vairiala kannte den Polizeichef nicht, aber er hoffte, daß der Mann bereit war, zu kooperieren.

23

Etwa hundert Meter vor dem »Salve« blieb Ratamo stehen und atmete ein paarmal tief durch. In der Gaststätte mußte er seine Panik unter Kontrolle haben. Er steckte die Hände in die Manteltaschen, und in der linken fühlte er etwas, einen abgestempelten Nahverkehrsfahrschein und vierzig Finnmark. Das reichte für ein großes Bier und ein paar Telefongespräche.

Mit hängenden Schultern betrat Ratamo das Lokal und bemerkte sofort, was für eine gute Idee es gewesen war, hier Zuflucht zu suchen. Er ging durch die saubere Speisegaststätte hindurch bis in den hinteren Teil, wo sich die Kneipe befand. Hier hockte bei einem Bier etwa ein Dutzend Leute, von denen einer heruntergekommener aussah als der andere. Die süßlich riechende, vom Zigarettenrauch ganz graue Luft hing wie ein dichter Nebel in dem Raum, obwohl sich die Ventilatoren an der Decke auf Hochtouren drehten. Die Schwüle ließ Ratamos Gedanken einen Augenblick lang abschweifen, er dachte an seine Wanderung zu Fuß am Mekong entlang von Laos nach Kambodscha. Dabei hatte er literweise Flußwasser getrunken und war an Malaria erkrankt.

Am Tresen zeigte Ratamo den Gesichtsausdruck eines apathischen Mannes mit einem Kater. Das war nach den Ereignissen des vergangenen Abends und des Vormittags nicht schwierig. Seine kurzen Haare wirkten ungekämmt, und die rußschwarzen Bartstoppeln zu Ehren des freien Tages waren deutlich zu sehen.

»Ein großes Helles. Und gib mir für den anderen Zwanziger Fünfmarkstücke.«

Eine müde aussehende künstlich Blondierte um die Vierzig nahm die Scheine und reichte Ratamo ein gefülltes Glas, das schon eine Weile gestanden hatte, und das Wechselgeld. Die Kellnerin sagte kein Wort und schaute ihren Kunden auch nicht an.

Ratamo setzte sich an einen Tisch. Es war der einzige, von dem aus man den Eingang sehen konnte. Er hob das Glas, trank mit einem Schluck die Hälfte und konzentrierte sich auf den Tango, der aus der Musikbox erklang und vor Gefühl und Wehmut nur so triefte.

Ohne Vorwarnung tauchte Kaisas zerschossener Kopf vor ihm auf. Das Bild war so deutlich, daß er selbst die kleinsten entsetzlichen Details sah. Er fürchtete, daß sich der Anblick für immer in seine Netzhaut eingefressen hatte, so wie das Gesicht seiner Mutter auf dem Totenbett. Angstschauer liefen ihm den Rücken hinunter.

Es war ihm unmöglich, all das zu begreifen, was während der letzten anderthalb Tage geschehen war. Erst die sensationelle wissenschaftliche Entdeckung. Dann der Mord an Kaisa. Die Behauptung, er wäre ein Landesverräter und noch alles mögliche andere. Die Polizei war ihm auf den Fersen. Er wußte ganz einfach nicht, was er denken sollte. Allmählich machte es ihn wütend, daß man mit ihm umsprang, als wäre er ein Idiot. Er wurde gezwungen, ein Spiel mitzumachen, bei dem es um sein Leben ging, dessen Regeln man ihm aber nicht verriet. Ratamo trank einen Schluck Bier und versuchte sich zu beruhigen.

Das wichtigste war, einen Ort zu finden, wo er in Sicherheit war. Um sich zu verstecken, brauchte er jedoch Geld und Kleidung. Doch wo sollte er sich das besorgen? Er war sicher, daß die Polizei bereits seine Freunde überwachte. Und Liisa? Vielleicht wußte die Polizei nicht, daß sie auch außerhalb der Arbeitszeit Kontakt hielten. Ratamo war sicher, daß die Frau alles für ihn tun würde. Sie könnte ihm jedoch keine Männersachen besorgen. Zu seiner Überraschung spürte Ratamo eine Art Sehnsucht, als er an Liisa dachte. Ein- oder zweimal, als es zu Hause noch schlechter lief als gewöhnlich, hatte er sogar überlegt, ob er ein Verhältnis mit ihr anfangen sollte. Er fragte sich, was er mehr gefürchtet hatte, den Verlust von Kaisas oder von Nellis Vertrauen.

Das Bier begann zu wirken. Als Ratamo spürte, daß er etwas ruhiger und lockerer wurde, merkte er auch, wie extrem angespannt er gewesen war. Er sank fast auf den Tisch, als sich die Muskelspannung löste. Eine zahnlose Oma mit rotem Haar, die am Tisch gegenüber saß, lächelte ihm zu. Ratamo überlegte, ob die Frau eine Perücke trug.

Plötzlich fiel ihm ein, daß Liisa wußte, wo Manneraho seine Ersatzschlüssel aufbewahrte. Auf einer Auslandsreise waren ihm die Schlüssel und die Wertsachen gestohlen worden. Manneraho hatte ihn auf Arbeit angerufen und gebeten, seinen Ersatzwohnungsschlüssel aus dem Schreibtischfach in seinem Arbeitszimmer auf den Flugplatz zu bringen. Ratamo war aber schon fast auf dem Heimweg gewesen und hatte die unangenehme Aufgabe einfach frech an Liisa weiterdelegiert.

Aus Mannerahos Wohnung könnte er eine ganze Garderobe voll Sachen bekommen. Aber war die Polizei oder die Aufklärungsabteilung dort noch zu Gange? Glaubten sie womöglich, er würde an den Tatort zurückkehren? Er kam zu dem Schluß, daß sie ihn nicht für so simpel halten konnten. Er beschloß jedoch, vorsichtig zu sein und sich zu vergewissern, daß Mannerahos Wohnung nicht observiert wurde.

Ratamo tippte an dem Telefon in der Kneipe Liisas Nummer ein, die er auswendig kannte. Trotz des Stresses versuchte er, sich von seiner charmantesten Seite zu zeigen.

»Wo bist du? Hier haben sich den ganzen Morgen Bullen rumgetrieben und Fragen gestellt, sie wollten alles mögliche über dich wissen. In der Nacht ist hier eingebrochen worden. Hast du irgend etwas damit zu tun?« fragte Liisa, ihre Stimme klang wegen der Anspannung und der Neugier schriller als sonst.

»Natürlich nicht. Ich werde ja wohl nicht auf meiner eigenen Arbeitsstelle einbrechen. In dem Trubel gestern habe ich vermutlich vergessen zu erzählen, daß ich heute und morgen Urlaub habe. Mach dir keine Sorgen, Manneraho weiß selbstverständlich Bescheid. Was haben die Polizisten gesagt?«

»Daß sie im Zusammenhang mit irgendwelchen Verbrechen nach dir suchen. Ist noch etwas anderes geschehen als dieser Einbruch?«

Ratamo war erleichtert. Liisa wußte also nichts von Mannerahos Tod, und die Polizei posaunte nicht öffentlich aus, daß sie ihn der Morde verdächtigte. Selbst Liisas Loyalität hätte vielleicht ihre Grenzen, wenn sie gebeten wurde, einem Killer zu helfen.

Es klang überzeugend, als Ratamo ihr vorlog, er wisse nicht das geringste von dem Einbruch und von anderen dunklen Machenschaften. Erst sei er mit Manneraho zusammen bei einem Arbeitsessen gewesen, und danach hätten sie noch in allzu vielen Gaststätten Station gemacht. Es wäre so ein wüstes Besäufnis geworden, daß Manneraho irgendwo seine Schlüssel verloren hatte. Und er selbst habe sich nicht getraut, nach

Hause zu gehen, weil ihre Sauferei bis zum frühen Morgen gedauert hatte. Also waren sie in der nächstgelegenen Kneipe gelandet, um zu überlegen, was sie tun sollten.

»Seit wann gehst du denn mit Manneraho Bier trinken? Du kannst den Alten doch nicht ausstehen.«

»Na ja, freiwillig wäre ich ja wohl auch nicht mitgegangen. In der Situation war ich dann aber einfach dazu gezwungen.«

Ratamo wechselte schnell das Thema, ehe Liisa noch mehr Fragen stellen konnte. »Hör mal, wir sitzen hier in der Gaststätte ›Salve‹ am Markt von Hietalahti.«

»Ist das nicht irgend so eine Spelunke?«

»Hm, sie paßt ganz ausgezeichnet zu unserem derzeitigen Zustand. Könntest du Manneraho einen Gefallen tun und ihm seine Ersatzschlüssel bringen, dann kann er nach Hause gehen. Und noch etwas. Könntest du mir ein bißchen Geld borgen? Meine Plastikkarte habe ich in irgendeinem Restaurant hinterlegt und dann vergessen mitzunehmen. Nach Hause will ich aber erst, wenn durch ein paar Bier der Kater nachläßt. Kaisa geht bestimmt die Wand hoch. Könntest du mir, sagen wir, fünfhundert bringen.«

»So viel? Ich bringe mit, was ich auftreiben kann. In einer halben Stunde bin ich da. Komm vor die Tür der Kneipe, ich habe keine Lust, da reinzugehen.«

»Natürlich. Bis gleich.«

Ratamo schaute auf die Uhr, Liisa würde kurz nach elf hier sein. Zum Glück wollte sie nicht hereinkommen, dadurch brauchte er ihr nicht zu erklären, warum Manneraho nicht da war. Ihm war nicht wohl bei dem Gedanken, daß er Liisa ausnutzte, obwohl er dazu gezwungen war. Er wollte ihr gewiß nicht weh tun.

Ratamo ging zur Toilette, kehrte danach in die Kneipe zurück und leerte sein Glas. Das Telefon hatte nur ein Fünfmarkstück geschluckt, er hatte also noch das Geld für ein zweites Glas, während er auf Liisa wartete.

Durch die entspannende Wirkung des Biers war Ratamo nun imstande, die Ereignisse des Tages realistischer als bisher zu betrachten und über seine Lage nachzudenken. Je länger er überlegte, um so merkwürdiger erschien es ihm, daß in der Stadt keine Anzeichen einer Großfahndung zu erkennen waren. Wenn im Zentrum von Helsinki ein Mann frei herumlief, der des Hochverrats und des Mordes an zwei Menschen verdächtigt wurde, sollte man annehmen, daß überall zu sehen und zu hören wäre, wie nach ihm gesucht wurde. Im Herbst 1997 waren bei der Fahndung nach einem Polizistenmörder in der ganzen Stadt Hubschrauber, Straßensperren und jede Menge Polizisten aufgetaucht. Vielleicht wollte die Aufklärungsabteilung nicht, daß die Sache an die Öffentlichkeit kam, bevor sie ihn gefaßt hatte. Möglicherweise war es ihre Absicht, die Fahndung in aller Stille ablaufen zu lassen. Aber warum? Hing das mit denen zusammen, die Manneraho und Kaisa umgebracht hatten? Oder mit dem Hochverrat, den die Aufklärungsabteilung angedeutet hatte? Oder vielleicht hatte man die Fahndung ganz einfach noch nicht begonnen. Er hatte viele Fragen, aber sehr wenig Antworten.

Die Oma mit den roten Haaren zwinkerte ihm zu und hob ihr Glas zum Gruß. Ratamo mußte lachen, wandte seinen Blick aber von ihr ab. Er war jetzt nicht in der richtigen Plauderstimmung.

Sobald er seinen Gedanken freien Lauf ließ, kehrten sie zu Kaisa zurück. Er hatte für seine Frau nicht jene Liebe empfunden, die nach seiner Kenntnis in der Regel die Grundlage einer Beziehung war, aber sie hatten schließlich viele Jahre gemeinsam verbracht und kannten einander genau. Er spürte schmerzliche Trauer wegen Kaisas Tod und noch mehr, weil nun ihre gemeinsame Tochter keine Mutter mehr hatte. Er wußte sehr gut, was es im schlimmsten Fall bedeutete, ohne Mutter aufzuwachsen. Kaisas Tod konnte er nicht rückgängig machen, aber er durfte nicht so reagieren wie sein Vater. Er würde alles dafür tun, daß Nelli nicht so leiden mußte wie er damals. Deshalb wollte er versuchen, ihr sowohl Vater als auch Mutter zu sein. Dennoch hätte Nelli zu Hause niemanden, der mit ihr über Frauenangelegenheiten reden würde oder Verständnis hätte für Mädchengeschichten. Noch entsetzlicher wäre es, wenn das arme Kind zur Vollwaise würde. Ratamo nahm sich vor, daß es dazu nicht kommen durfte.

24

Vairiala suchte die Durchwahl des Polizeichefs in Teil 2 des Helsinkier Telefonbuches, das interne Telefonverzeichnis der Polizei war ihm irgendwann abhanden gekommen. Die Sekretärinnen oder die Frauen in der Vermittlung brauchten nicht zu wissen, mit wem er telefonierte. Die Durchwahl war im Telefonbuch jedoch nicht angegeben, also mußte er es über die Zentrale versuchen.

Nachdem Vairiala ein paar Sekunden lang eine Version der Melodie von »El Condor Pasa« gehört hatte, wurde er verbunden, und eine ruhige Männerstimme meldete sich.

Vairiala stellte sich offiziell vor, während der Polizeichef ihn ganz ungezwungen grüßte.

Die beiden kannten einander nicht, und Vairiala fiel nichts ein, worüber sie als Einstieg hätten reden können. Also kam er sofort zur Sache. »Bei uns in der Aufklärungsabteilung ist eine große Sache im Gange, und ich brauche in dem Zusammenhang die Unterstützung der Polizei.« Vairiala arbeitete schon lange genug in bürokratischen Institutionen und wußte eins ganz genau: Wenn du willst, daß jemand etwas für dich tut, dann mußt du dein Anliegen vernünftig vortragen und dafür sorgen, daß sich der andere wichtig und als Fachmann fühlt.

»Natürlich. Der Leiter der Abteilung Polizei hat heute früh schon angerufen und die Vermutung geäußert, es könnte sein, daß sich im Fall Ratamo jemand von euch meldet. Wie kann ich helfen?« sagte der Polizeichef bereitwillig.

Vairiala seufzte erleichtert. Er erzählte, daß die Aufklärungsabteilung Ratamo schon längere Zeit beobachtete. Die Überwachung des Mannes stünde im Zusammenhang mit dem Verdacht, daß brisante Daten illegal außer Landes gebracht würden. Es handele sich um einen Fall, der in den Sektor der Aufklärungsabteilung fiel, genaue Einzelheiten dürfe er nicht erzählen. Als der Mann durchgedreht sei und höchstwahrscheinlich seine Frau und Professor Eero Manneraho ermordet habe, hätten sie gerade beabsichtigt, Ratamo festzunehmen und zu verhören. Die Angelegenheit sei sehr brisant und dürfe auf gar keinen Fall an die Öffentlichkeit gelangen.

»Das hört sich an, als wäre es eine ziemlich große Sache. Und welche Art von Unterstützung würdest du brauchen?« fragte der Polizeichef und fürchtete schon, Vairiala könnte ihn um etwas bitten, wofür er keine Befugnisse hatte. Er beruhigte sich, als Vairiala mitteilte, er wolle nur, daß die Suche nach Ratamo auch weiterhin als stille Fahndung lief und daß der Polizeichef seine Männer aufforderte, noch intensiver als sonst nach dem Mann zu suchen. Vairiala betonte mehrmals die Brisanz der Angelegenheit, die Bürger und die Medien durften keinesfalls Wind von der Fahndung bekommen. »Wir wollen nicht, daß in dieser Angelegenheit weitere Fehler gemacht werden. Der Mann konnte schon einmal aus einer Polizeistation entwischen«, sagte Vairiala als Drohung.

Der Polizeichef war jedoch erleichtert, als der Aufklärungsoffizier nichts Komplizierteres verlangte. Am kommenden Dienstag wollte er mit seiner Frau in die Toskana fahren. Das wäre ihr erster Urlaub zu zweit seit sieben Jahren. Er sicherte Vairiala jede nur erdenkliche Unterstützung der Polizei zu und versprach, die Maßnahmen auch mit der Verkehrspolizei und der Kriminalpolizei zu koordinieren.

Das Gespräch verlief so gut, daß sich Vairiala beruhigte. Der Polizeichef hatte sogar versprochen, die Maßnahmen der Polizei zu koordinieren, bevor er überhaupt dazu gekommen war, das vorzuschlagen. Vairiala betonte, er habe nur deswegen über die Rolle der Aufklärungsabteilung gesprochen, damit man die Hintergründe des Falles besser verstehen konnte. Die Fakten, die er geschildert hatte, würden sich in den Datenbanken der Polizei nicht finden.

»Noch eine Sache«, sagte Vairiala, so als wäre ihm zum Schluß noch ein geringfügiges Detail eingefallen. »Wenn ihr Ratamo findet, dann ist es unter Berücksichtigung der Bedeutung dieser Sache am besten, ihr überwacht den Mann nur und ruft uns dorthin. In unserer operativen Zentrale sitzt ständig jemand in Bereitschaft.«

Der Polizeichef willigte ein und beendete das Gespräch. Zum Glück wollte die Aufklärungsabteilung die Verhaftung selbst übernehmen. In einer solchen Angelegenheit wäre ein Mißerfolg nicht gerade von Vorteil für die eigene Karriere.

Vairiala war zufrieden. Die Entscheidung, erst den Polizeichef anzurufen und danach Siren, hatte sich als richtig erwiesen. Bevor er die Nummer seines Vorgesetzten wählte, wiederholte er im Kopf, wie er seine Nachricht vorbringen wollte. Dabei bemerkte er, daß er mit den Füßen auf den Fußboden trampelte.

»Siren!« Die Stimme des Generalmajors dröhnte sofort in Vairialas Ohr.

»Hier Pekka. Hast du einen Augenblick Zeit?« fragte Vairiala in ernstem Ton. Er hatte die Achtung vor Autoritäten so sehr verinnerlicht, daß sie tief und unauslöschlich in ihm saß.

Er hatte schon immer Schwierigkeiten gehabt, Vorgesetzten seine Gedanken vorzutragen.

»Ist die Lage unter Kontrolle?« erkundigte sich Siren.

»Ja. Insgesamt ist sie unter Kontrolle, aber nicht alles ist so verlaufen, wie ich es geplant hatte.« Vairiala konnte die Unsicherheit in seiner Stimme nicht verbergen.

»Ist die Ausführung unseres Plans in Gefahr?«

»Auf gar keinen Fall. Es handelt sich um eine kleine Verzögerung bei der Ausführung eines Auftrags. Auch der wird aber jeden Augenblick erledigt sein.«

»Welcher Auftrag?«

»Ra..., Ratamo«, stotterte Vairiala.

Siren schnaufte, murmelte irgend etwas Unverständliches und sagte dann, er müsse jetzt zur Besprechung der Stabchefs. Er forderte Vairiala auf, um drei zu ihm zu kommen, und fügte hinzu, er hoffe, die Angelegenheit sei bis dahin erledigt.

Vairiala fluchte innerlich, es war verdammtes Pech, daß dieser Ratamo aus der Polizeistation entkommen konnte. Wenn er um drei noch auf freiem Fuß wäre, würde Siren ihm den Kopf abreißen. Vairiala nahm ein Lakritzbonbon aus der Packung auf seinem Schreibtisch. Süßigkeiten waren sein einziges sichtbares Laster. Er spürte einen Schmerz im Backenzahn links unten, obwohl er das Bonbon auf der rechten Seite kaute. Den Zahnarztbesuch schob er schon wochenlang vor sich her. Die Reparatur der Kauwerkzeuge würde möglicherweise ein paar Tausender kosten.

Es war alles Mögliche unternommen worden, um Ratamo zu finden. Vairiala mußte jedoch Sirens Wunsch berücksichtigen, in dieser Angelegenheit äußerst unauffällig vorzugehen. Deswegen konnte er Ratamos Foto nicht an die Öffentlichkeit geben. Denn dann würden sich die Medien wie ein

Schwarm Hornissen der Polizei und Ratamo an die Fersen heften, und es wäre unmöglich, den Mann unbemerkt zu verhaften. Im schlimmsten Fall könnte der ganze Konflikt in die Schlagzeilen geraten.

Daß bei dem Fall Ketonen im Hintergrund lauerte, bereitete Vairiala Sorgen. Die Situation erinnerte in vieler Hinsicht an einen Spionagefall vor einiger Zeit, bei dem ein Regierungsrat im Verteidigungsministerium Informationen an die Russen verkauft hatte. Der Mann hatte von seiner Verhaftung Wind bekommen und konnte sich rechtzeitig absetzen. Die SUPO hatte ihn eher aufgespürt als die Aufklärungsabteilung, und bei der Informationsveranstaltung des Verteidigungsrates hatte Ketonen Vairiala wie einen Amateur behandelt. Der Präsident und auch der Ministerpräsident waren anwesend gewesen. Vairiala schämte sich immer noch.

Außerdem plagte ihn noch eine neue Sorge. Ihm war klargeworden, daß er nicht mit Sicherheit wußte, wer alles die Formel des Gegenmittels kannte. Vielleicht versuchte außer Ratamo noch jemand anders, das Ebola-Helsinki-Virus und die Formel zu verkaufen. Ratamo besaß seit dem frühen Mittwochmorgen die Möglichkeit, mit jedem beliebigen Menschen über seine Entdeckung zu sprechen. Vielleicht hatten sie sich zu sehr auf Mannerahos Aussage verlassen, wonach nur er selbst, Arto Ratamo und möglicherweise dessen Frau die Formel des Gegenmittels kannten. Nur Ratamo selbst könnte sagen, wer wirklich die Formel kannte. Möglicherweise wußte er auch, wer sich letzte Nacht in der EELA an den Ebola-Dateien zu schaffen gemacht hatte.

Ratamo mußte gefaßt werden. Mit allen Mitteln.

25

Ratamo saß immer noch beim zweiten Bier in der Kneipe. Er steckte seinen achtletzten Priem unter die Oberlippe und warf den alten weg, der längst seinen Geschmack verloren hatte. Die meisten Männer waren der Ansicht, die kleinen, einzeln in dünnem porösem Stoff verpackten Kautabakportionen wären etwas für Frauen. Ratamo jedoch hatte schon vor langer Zeit von dem normalen losen Kautabak, der aussah wie Humus, buchstäblich die Schnauze voll gehabt, denn der breitete sich im ganzen Mund aus und zwang ständig zum Ausspucken. Er strich über seine dunklen Augenbrauen und überlegte, um sich aufzumuntern, was er tun würde, wenn sich alles aufklärte und ein gutes Ende nahm. Als Wissenschaftler würde er jedenfalls nicht mehr arbeiten, und dann befände er sich fast ohne eigenes Zutun in einer Situation, von der er schon lange geträumt hatte: Er wäre Junggeselle und außerdem nicht mehr an die Werktagsroutine von neun bis siebzehn Uhr gebunden. Das alles war jedoch so überraschend und aus derart undurchsichtigen Gründen geschehen, daß er sich noch nicht imstande sah, genauer darüber nachzudenken. Erst mußte er diesen Albtraum überstehen. Er käme nicht mehr in den Genuß der zum Greifen nahen Freiheit, wenn es jemandem gelang, ihn umzubringen.

Als er Liisas Micra erblickte, der aus Richtung des Marktes von Hietalahti kam, schreckte Ratamo aus seinen Gedanken auf. Der Kleinwagen ruckte ein paarmal heftig, als Liisa mitten auf dem Fußweg anhielt. Ratamo stand auf und ging wie versprochen hinaus. Es tat gut, Liisa zu sehen.

»Warum sitzt du an deinem freien Tag hier herum? Du trinkst doch sonst nie«, sagte Liisa, sah ihn mit großen Augen an und wartete auf eine Antwort. Ratamo tat ihr leid. Der Mann sah so aus, als wäre er völlig versackt.

»Na ja, wie gesagt, der gestrige Abend ist eben versehentlich etwas lang geworden. Das ist aber eine Ausnahme, und die bleibt es auch, zumindest mit Manneraho.« Ratamo zog die linke Augenbraue hoch und schaute Liisa schelmisch an. »Hast du das Geld mit?« Er wollte Liisa wieder loswerden, bevor sie allzu schwierige Fragen stellte.

»Ja, ja. Aber so dick habe ich es auch nicht, daß ich mit Hundertern um mich werfen kann. Du mußt es spätestens am Montag zurückzahlen«, sagte Liisa, obwohl sie nicht daran zweifelte, daß sie das gepumpte Geld von Ratamo zurückbekäme. Sie gab ihm die Scheine und Mannerahos Schlüssel.

»Na klar. Habe ich schon mal mein Wort gebrochen?«

»So war das ja nicht gemeint. Du, ich muß jetzt wieder zurück. Ruf mich irgendwann an«, erwiderte Liisa. Sie versuchte immer, Ratamo an sich zu binden, wenn sich dazu eine Möglichkeit ergab.

»Aber wir könnten doch noch ein paar Bierchen trinken und Händchen halten«, witzelte Ratamo.

»Hör mal, das ist ein Arbeitstag. Wenn du das mal am Wochenende sagen würdest«, entgegnete Liisa und meinte es ernst.

Einen Augenblick lang fürchtete Ratamo schon, daß Liisa tatsächlich mit in die Kneipe kommen würde.

»Wir sehen uns ja dann spätestens am Montag«, sagte er schnell, obwohl er überzeugt war, daß er am Montag nicht an seinem Arbeitsplatz erscheinen würde. Er bekam sofort Gewissensbisse. Liisa war zur Zeit die einzige Frau, für die er etwas empfand, wenn er auch nicht genau wußte, was. Und was tat er? Er belog sie gerade wie Baron Münchhausen. Gern hätte er ihr alles erzählt und seine Angst mit ihr geteilt, aber das durfte er nicht tun. Liisa konnte ihm ohnehin nicht helfen und geriet möglicherweise selbst in Gefahr, wenn sie zuviel wußte.

»Rate mal spaßeshalber, wer am Montag ein Verhör unter verschärften Bedingungen über sich ergehen lassen darf? Vielleicht sogar im Zimmer des obersten Chefs«, sagte Liisa fröhlich, während sie in ihr Auto stieg.

»Die Hunde bellen, und die Karawane zieht weiter«, rief Ratamo ihr hinterher und schaute zu, wie Liisa Gas gab und mit aufheulendem Motor in Richtung Werft fuhr. Dann kehrte er in die Kneipe zurück. Er ließ den Rest seines Bieres stehen und vergaß Hämäläinens Mantel absichtlich an der Garderobe. Der Tag war so warm, daß er mit Jeans und T-Shirt sehr gut auskommen würde. Die zahnlose Oma schaute Ratamo sehnsüchtig hinterher.

Ratamo lief in Richtung Mannerahos Wohnung. Er ging gemächlich durch Nebenstraßen bis zur Viiskulma und dann weiter in Richtung Bulevardi. Es herrschte absolute Windstille, und die heiße Luft glich einem dichten, feuchten Schleier. Es war ein Wunder, daß sich noch kein Gewitter zusammengebraut hatte.

Als er sich der Fredrikinkatu 35 B auf etwa zweihundert Meter genähert hatte, ging er auf die andere Straßenseite, von hier konnte man das Haus besser beobachten. Alles sah ruhig aus. Es war kein Polizeiauto und auch sonst nichts Ungewöhnliches zu entdecken. Langsam näherte er sich dem Gebäude so weit, daß er die Fenster von Mannerahos Wohnung deutlich sehen

konnte. Die Gardinen waren aufgezogen, aber von unten ließ
sich keinerlei Bewegung feststellen. Sollte er es wagen hinein-
zugehen? Er hatte genug Krimis gelesen, um zu wissen, daß
die Polizei in der Regel den Ort eines Mordes noch lange nach
der Bluttat überwachte, in der Hoffnung, der Täter würde an
den Tatort zurückkehren. Wie verhielte sich der von Harrison
Ford gespielte Held in dieser Situation? Ratamo schaute sich
genau um. Gegenüber von Mannerahos Haustür stand ein
großer schwarzer Mercedes, in dem zwei Männer saßen. Ihnen
entging es nicht, wenn jemand Aufgang B betrat oder verließ.
Der Wagen besaß ein blaues Nummernschild wie bei Diplo-
maten. Beobachtete man aus dem Auto Mannerahos Wohnung? Waren die beiden Männer, die auf der Straße standen
und sich unterhielten, Polizisten in Zivil? Im Laderaum des
kleinen Transporters einer Glaserfirma könnte jemand darauf
lauern, daß er auftauchte.

Nachdem Ratamo die Straße eine Weile aufmerksam be-
trachtet hatte, kam ihm alles verdächtig vor. Er gab den Plan
auf, in Mannerahos Wohnung zu gehen. Das Risiko war zu
groß. Zwei Menschen waren schon ermordet worden, es
könnte sein, daß man auch ihn umbrachte …

Ratamo schaute sich einen Augenblick das Schaufenster
eines Herrenbekleidungsgeschäfts an, warf einen Blick auf seine
Uhr und ging dann in aller Ruhe zurück in die Richtung, aus
der er gekommen war. Merkwürdigerweise genoß er den Sonnenschein und den Spaziergang durch vertraute Straßen, obwohl er doch in Lebensgefahr war. Diese Minuten kamen ihm
vor wie ein Stück normales Leben mitten im Chaos. Über ihm
kreischte eine Möwe. Durch diese Straßen war er als kleiner
Junge oft gelaufen, wenn er allein sein wollte. Allerdings hatten sich damals hier ganz andere kleine Geschäfte befunden.

Da drüben, im Souterrain dieses Hauses, war der Spielzeugladen von Helander gewesen, in dem er sich Schiffsmodelle und Knaller gekauft hatte. Und hinter diesen Erkerfenstern lag damals der Kuchen der Bäckerei Siitonen. Er war oft kurz vor Ladenschluß in den Laden gegangen, weil die Leckerbissen dann zu einem Spottpreis verkauft wurden. Doch statt einer Bananenschnitte erblickte er nun einen Vibrator. Das rote Werbeschild des King's Sex Shop blinkte im Rhythmus seines Herzschlags.

Sein Gehirn funktionierte wieder besser. Ratamo dachte darüber nach, welchen Zusammenhang es zwischen dem Mörder seiner Frau und der Aufklärungsabteilung gab. Seltsamerweise brachte die Aufklärungsabteilung nicht an die Öffentlichkeit, daß er unter Mordverdacht stand. Und wie war es möglich, daß sie schon von dem Mord an Kaisa wußte, als er zur Polizeistation in der Pieni Roobertinkatu kam? Die Schüsse in ihrer Wohnung konnte niemand gehört haben. Steckte die Aufklärungsabteilung hinter den Morden? Aber die würde doch wohl kaum Finnen in deren Wohnung hinrichten. Vielleicht benutzte sie ihn als Köder, um den Mörder zu fassen. Aber wer steckte dann hinter allem? Und welches Motiv besaß der Mörder? Das mußte alles mit dem Gegenmittel zusammenhängen. Er selbst kannte natürlich die Formel. Manneraho hatte seine Originalnotizen, er hätte die Formel auswendig lernen können, und Kaisa theoretisch auch. Die Formel des Antiserums war also das Verbindungsglied zwischen ihnen. Vielleicht wollte jemand, der die Formel des Gegenmittels besaß, alle anderen, von denen er annahm, daß sie die Formel kannten, eliminieren. Oder vielleicht wollte jemand, daß man das Gegenmittel nie anwenden könnte. Aber warum? Er konnte sich nicht vorstellen, wer dazu fähig wäre. Er wußte nur, daß die Aufklärungsabteilung ihre Hände im Spiel hatte.

Plötzlich fiel ihm Nelli ein, und sofort kehrte die Panik zurück. Wenn er immer nur grübelte und sich den Kopf über seine Lage zerbrach, würde das nicht weiterhelfen. Jetzt mußte er sich auf das Wesentliche konzentrieren, den Kampf ums Überleben. Daß Nelli und Marketta in Sicherheit waren, konnte er nur hoffen. Er spürte das brennende Verlangen, die Stimme seiner Tochter zu hören, beschloß aber, erst etwas später anzurufen. Nachdem er Hilfe gefunden hatte.

Beim Warten auf Liisa hatte Ratamo in der Kneipe mechanisch die Abendzeitung »Iltalehti« durchblättert und dabei so etwas wie eine Idee gehabt. Er mußte dafür sorgen, daß in der Öffentlichkeit über diese Ereignisse gesprochen wurde, weil er von den Behörden keine Hilfe erwarten konnte. Beim Fernsehen gab es kompetente investigative Reporter, die dann und wann die Finnen mit ihren Enthüllungen schockierten. Er hatte jedoch Bedenken, das Fernsehen in die Sache hineinzuziehen. Wollte man ihn dann während der ganzen Ermittlungen zu dem Fall filmen? Würde man ihn und Nelli wie Tiere öffentlich zur Schau stellen? Die Presse ließe sich da vielleicht leichter kontrollieren. Die Abendzeitungen könnten schnell auf die Situation reagieren, doch würden sie Interesse an Ermittlungen in einem komplizierten Fall haben, die sich womöglich über Tage hinzogen? Er konnte sich nicht erinnern, in der Boulevardpresse gute Berichte über Verbrechen gelesen zu haben, diese Blätter konzentrierten sich auf kurze Blitznachrichten. Deswegen fürchtete er, daß er sie nicht dazu bewegen konnte, seine Geschichte zu veröffentlichen. Plötzlich fiel ihm Pirkko Jalava von der Zeitschrift »Suomen Kuvalehti« ein. Oft hatte er voller Interesse ihre Artikel gelesen, die Verbindungen von Wirtschaft, Korruption und Kriminalität enthüllten. Man sah den Texten an, daß sich die Frau ernsthaft damit auseinandergesetzt und gründlich recherchiert hatte. Wenn Jalava auf seiner Seite wäre, wüßte sie dann schon, wie man die Nachricht am besten an die Öffentlichkeit brächte, und sie wäre auch in der Lage, die Hintergründe des Falles zu durchleuchten und sich festzubeißen, wenn sie eine Spur fand. Um ein Haar hätte Ratamo einen Freudenschrei ausgestoßen: Jalava war sein Strohhalm.

Mit großen Schritten lief er die Yrjönkatu entlang. Am Hotel »Torni« blieb er stehen. Im Foyer befand sich vermutlich ein öffentliches Telefon, das sicher auch funktionierte. Er betrat das Hotel, bemerkte aber das Telefon im Windschutz des Haupteinganges nicht, und so blieb ihm nichts anderes übrig, als an der Rezeption danach zu fragen. Nachdem er die Nummer von »Suomen Kuvalehti« im Telefonbuch gefunden hatte, mußte er entnervend lange warten, bis sich die Zentrale meldete und er darum bitten konnte, mit Pirkko Jalava verbunden zu werden.

Ein freundliches Fräulein in der Vermittlung erklärte ihm, sie sei nicht in ihrem Zimmer, verband ihn aber mit ihrem Handy. Erst nach dem sechsten Ruf meldete sich Pirkko Jalava mit dunkler Stimme.

»Wenn du mir hilfst, bekommst du als Gegenleistung die Story deines Lebens. Im wahrsten Sinne des Wortes«, sagte Ratamo. Er hatte beschlossen, seinen Namen erst zu nennen, wenn er einen Eindruck von der Frau gewonnen hatte und überzeugt war, daß sie ihn nicht für verrückt hielt.

»Entschuldigung, mit wem spreche ich denn da?« fragte Pirkko Jalava ziemlich gleichgültig.

»Man will mir durch eine geschickte Inszenierung die Schuld an zwei Morden in die Schuhe schieben, und das von mir entwickelte Gegenmittel gegen das Ebola-Helsinki-Virus könnte in die falschen Hände gelangen. Der Aufklärungsdienst der Armee weiß von der Sache.« Ratamo faßte seine Informationen und Vermutungen in einem Satz zusammen, um Jalavas Interesse zu wecken, bevor sie einfach auflegte.

»Entschuldige. Aber ich kann dieses Gespräch nicht fortsetzen, wenn du deinen Namen nicht nennst und irgendeine konkrete Information angibst, die ich überprüfen kann. Ich erhalte jeden Tag viele Anrufe, an denen nichts Verwertbares dran ist.«

Ratamo war gezwungen, seine Karten auf den Tisch zu legen. Er sagte seinen Namen und forderte Jalava auf, mit Hilfe ihrer Kontakte herauszufinden, was mit Eero Manneraho und Kaisa Ratamo geschehen war. Dann bat er sie, in einer halben Stunde in den Imbiß im Restaurant des Kaufhauses Stockmann zu kommen, und beschrieb sich, damit sie ihn erkennen konnte. Er wartete auf eine Antwort, aber es war nichts zu hören.

»In dem Imbiß sind immer so viele Leute, daß ich dir da nichts antun kann, falls du das befürchtest. Ich bin nicht irgendein verwirrter Idiot, sondern Wissenschaftler an der Forschungsanstalt für Veterinärmedizin und Lebensmittelprüfung. Das ist die Story deines Lebens und der schlimmste Albtraum meines Lebens«, sagte Ratamo in überzeugendem Ton.

Am anderen Ende der Leitung herrschte immer noch Schweigen.

»Na gut. Ich überprüfe das. Ich habe viele Artikel über dieses Ebola-Virus gelesen, das man in Finnland gefunden hat. Wenn den beiden Personen, die du erwähnt hast, etwas zugestoßen ist und ich das Gefühl habe, daß an dem Fall etwas faul ist, dann komme ich um zwölf in den Stockmann-Imbiß. Weißt du übrigens, wie ich aussehe?« fragte Jalava.

»Nein. In deinen Artikeln war nie ein Foto von dir.«

»Na gut, wenn das so ist, dann suche ich dich.«

146

Ratamo bat Pirkko Jalava noch, ihm ein Handy und ein paar Kleidungsstücke mitzubringen. Bei einem Anruf von einem öffentlichen Telefon wäre das Risiko sehr groß.

Sie versprach zu prüfen, was sich da machen ließe.

Es war achtundzwanzig Minuten nach elf am Donnerstag.

26

Vairiala steckte die Nagelfeile in die Tasche seines grauen, abgetragenen Anzugs. Er wartete in seinem asketisch eingerichteten Zimmer darauf, daß Ratamo gefunden wurde, bevor er zu Siren gehen mußte. Auf irgend etwas anderes konnte er sich jetzt ohnehin nicht konzentrieren.

Die Zeit verging so langsam wie in der Schlange am Bankschalter. Plötzlich zerbrach ein Zahnstocher, mit dem er eine Erbsenschale herauspicken wollte, die zwischen den Zähnen steckengeblieben war. Er aß nur donnerstags in der Kantine, weil man die Erbsensuppe für zwölf Finnmark bekam. Die Zahnschmerzen hatten zum Glück aufgehört, dennoch wagte er es nicht, als Nachtisch eine Praline zu essen, obwohl er großen Appetit hatte.

Das Telefon klingelte. Vairiala zuckte zusammen und griff nach dem Hörer wie ein Ertrinkender nach dem Rettungsring. Die Brille, die er auf die Stirn geschoben hatte, fiel auf die Nasenspitze.

»Hier Leppä, grüß dich. Kannst du reden?«

»Natürlich kann ich reden, verdammt noch mal. Stell nicht so blöde Fragen. Was gibt's?«

»Unsere Kontaktperson im Hotel ›Torni‹ hat Ratamo eben erkannt. Sie sagt, im Foyer stehe ein Mann am Telefon, auf den die Personenbeschreibung der Fahndung genau zutreffen würde.«

»Ist Parola bei dir?« fragte Vairiala hastig. Sein Glück schien wieder eine Kehrtwendung zu machen.

»Na klar. Wir sind unzertrennlich wie Pech und Schwefel.«

»Ihr seid doch hoffentlich schon auf dem Weg zum ›Torni‹?«

»Wir sind in zwei Minuten da.«

»Hast du sichergestellt, daß jemand Ratamo bis dahin im Auge behält, damit es nicht wieder schiefgeht«, sagte Vairiala. Das Adrenalin schoß ihm schon ins Blut, und seine vom Schweiß glänzende Glatze wurde rot.

Leppä berichtete, daß die Kontaktperson Ratamo folgen würde, sollte er das Hotel verlassen.

Vairiala verlangte, daß sie ihn sofort informierten, wenn sie Ratamo in ihrer Gewalt hatten. Also würden sie den Wissenschaftler doch noch vor seinem Treffen mit Siren erwischen. Vairiala war zufrieden. Er spürte, wie sein Selbstvertrauen zurückkehrte.

»Bierernst macht ja mächtig Druck«, sagte Leppä. Parolas Miene verfinsterte sich. »Hoffentlich wird das keine Katastrophe«, erwiderte er.

Leppä fand, daß Vairiala ein ziemliches Risiko einging, weil er auf der Jagd nach einem Doppelmörder nur eine Gruppe von zwei Mann einsetzte. Der Mann gefährdete auch ihn und Parola.

Der Lada bog gerade von der Mannerheimintie in die Lönnrotinkatu ab, als Parolas Handy klingelte. Es dauerte einen Augenblick, bevor er es aus der Brusttasche unter dem Sicherheitsgurt herausgeholt hatte.

Ihre Kontaktperson meldete, daß der Mann, der aussah wie Ratamo, das Hotel verlassen habe. Sie selbst trage die Hotellivree mit Weste und Fliege und folge der Zielperson, die derzeit auf dem Bulevardi noch ungefähr einhundertfünfzig Meter vom Erottaja entfernt sei.

Parola war währenddessen von der Lönnrotinkatu nach links in die Yrjönkatu abgebogen und fuhr in Richtung Bulevardi. Im Zentrum herrschte lebhafter Verkehr. Plötzlich sah er eine freie Parktasche, bremste heftig und lenkte den Wagen schnell in die Lücke. So schnappte er sie einem tollen Geländewagen, der schon auf den Platz gelauert hatte, direkt vor der Nase weg. Der Fahrer drohte ihm mit der Faust.

»Komm, das letzte Stück gehen wir zu Fuß«, sagte Parola und stieg aus.

27

Die Luft war warm wie eine Daunendecke, und eine leichte Brise brachte angenehme Abkühlung. Die Gefahr eines Gewitters schien überraschenderweise vorüber zu sein. Ratamo lief langsam durch die Straßen im Zentrum und wartete darauf, daß die halbe Stunde bis zum Treffen mit Pirkko Jalava verging. Er hatte vollauf damit zu tun, den fast im Laufschritt dahinhastenden Menschen auszuweichen. Ob wohl jemals einer von ihnen innehielt und überlegte, warum er es eigentlich so eilig hatte? Ratamo vermutete, daß sich das nur wenige fragten und noch weniger eine Antwort wußten. Er hätte gern jeden, der an ihm vorbeistürzte, für einen Monat nach Myanmar geschickt, wo er auf einer der menschenleeren Paradiesinseln des Mergus-Atolls, angewiesen auf die Früchte der Natur, in dem Rhythmus leben müßte, den die Sonne bestimmte, so wie er es seinerzeit getan hatte. Wie viele hätten danach noch Sehnsucht nach dem Helsinkier Lebensrhythmus?

Ratamo wischte sich den Schweiß von der Stirn und konzentrierte sich auf das Treffen mit Pirkko Jalava. Letztendlich hatte sie den Vorschlag überraschend schnell angenommen. Andererseits konnte es sein, daß sie ihr Interesse nur vorgetäuscht hatte, um das unangenehme Telefongespräch zu beenden, und in Wirklichkeit überhaupt nicht daran dachte, ins Stockmann zu kommen. Doch diese Möglichkeit wollte sich Ratamo nicht einmal vorstellen. Er brauchte unbedingt Hilfe.

Und wenn Pirkko Jalava nun nichts herausfand, überlegte Ratamo. Er besaß keinen einzigen Beweis, mit dem er sie von der Richtigkeit seiner Behauptungen, also von seiner Unschuld, was die Morde anging, von der Entdeckung des Gegenmittels oder der Rolle der Aufklärungsabteilung, überzeugen könnte. Um nachzuweisen, daß sein Gegenmittel wirkte, hätte er Ebola-Blut und ein paar Stunden im Labor der vierten Sicherheitsstufe gebraucht, und das war in dieser Situation unmöglich. Und wenn er ihr nur die Formel des Gegenmittels gab, würde das überhaupt nichts nützen. Ratamo fürchtete, daß nicht einmal eine anerkannte investigative Reporterin imstande wäre, den Wahrheitsgehalt seiner Geschichte zu überprüfen. Nur für Kaisas und Mannerahos Tod könnte sie eine Bestätigung bekommen, bei allem anderen wäre sie gezwungen, selbst zu suchen und die Wahrheit irgendwie auszugraben. Ratamo konnte nur hoffen, daß eine Journalistin dieser Qualität über Mittel und Quellen verfügte, von denen er keine Ahnung hatte.

Als er von der Annankatu auf den Bulevardi abbog, schaute er auf seine Uhr. Es war zehn vor zwölf. Er beschloß, schon ins Stockmann zu gehen.

»Arto, grüß dich. Lange nicht gesehen. Was machst du so?«

Ratamo war in Gedanken versunken, und es dauerte einige Sekunden, bis er begriff, daß ihn jemand ansprach. Er wandte den Blick in die Richtung, aus der die Stimme kam. »Grüß dich, Simo. Ja also, nichts Besonderes. Ich will gerade einkaufen gehen«, sagte Ratamo. Er ging an seinem alten Studienkameraden vorbei und lief langsam weiter. In dem Zustand war er nicht in der Lage, mit Bekannten über Belanglosigkeiten zu plaudern.

»Hör mal, wir müßten uns nach langer Zeit wieder mal treffen. Komm doch mit Kaisa abends mal zum Essen vorbei«, rief der Mann, der einen dünnen pfefferminzgrünen Anzug trug, ihm nach.

»Gute Idee. Ich melde mich«, erwiderte Ratamo, ohne sich umzudrehen.

Der Gedanke an das Familienidyll des Bekannten weckte in Ratamo mit Angst vermischte Empfindungen. Er hatte das Gefühl, total allein zu sein. Wenn sich dieses Knäuel von Problemen nicht entwirren ließ, müßte er ins Gefängnis – falls er das alles überhaupt überlebte. Wer würde sich dann um Nelli kümmern? Vielleicht könnte sich das Kind daran gewöhnen, daß die Mutter fehlte, aber der gleichzeitige Verlust beider Elternteile, wenn der eine im Grab und der andere im Gefängnis verschwand, könnte das Mädchen zerstören. Er hatte zwar eine Veränderung in seinem Leben gewollt, aber nicht so. Die Angst um Nellis Sicherheit kehrte zurück und wurde stärker. Er würde Marketta anrufen, sobald er Pirkko Jalava getroffen hatte.

Ratamo betrat das Kaufhaus Stockmann von der Mannerheimintie aus, sprang im letzten Moment noch in den Aufzug, verließ ihn in der fünften Etage wieder und ging in das Restaurant. Er setzte sich so an den Bartresen, daß er den einzigen Eingang im Auge hatte. Rundum erklang lebhaftes Stimmengewirr. Bevor Ratamo etwas bestellen konnte, erhob sich schräg hinter ihm eine etwa dreißigjährige dunkelhaarige Frau und kam auf ihn zu.

»Arto Ratamo?« sagte sie mit tiefer Stimme. Die Frau hatte verblüffend dunkle Augen und langes, gewelltes nußbraunes Haar. Sie trug eine kurze hellblaue Hemdbluse und enge Jeans, die ihre üppigen Formen betonten. Und sie hatte ein sehr gewinnendes Lächeln. Ratamo fand, daß sie genau wie eine orientalische Bauchtänzerin aussah. Er stand vom Barhocker auf.

»Gehen wird dort an den Tisch in der Ecke«, sagte er, als sie sich die Hand gaben. Pirkko Jalava stellte sich nicht vor.

Zum ersten Mal seit den grauenhaften Ereignissen am frühen Morgen sah Ratamo einen Hoffnungsschimmer. Vielleicht konnte ihm diese Frau aus dem Labyrinth heraushelfen, in das man ihn gestoßen hatte.

Pirkko Jalava kam sofort zur Sache und erzählte, sie habe inzwischen nach ein paar Anrufen bestätigt bekommen, daß Kaisa Ratamo und Eero Manneraho tatsächlich tot waren und Arto Ratamo unter dem Verdacht stand, beide ermordet zu haben. Seine Behauptung, man habe es so inszeniert, daß er wie der Schuldige aussah, würde hingegen durch nichts gestützt. Von dem Gegenmittel gegen das Ebola-Virus habe auch niemand gehört. Pirkko Jalava sagte, sie sei nur deswegen zu dem Treffen gekommen, weil die Polizei Anweisung hatte, sofort Verbindung zur Aufklärungsabteilung aufzunehmen, wenn Arto Ratamo gefunden wurde. Das wäre zweifellos eine Bestätigung von Ratamos Geschichte.

Ratamo winkte den Kellner heran. Er war schon zufrieden, daß Pirkko Jalava wenigstens etwas gefunden hatte, was seinen Bericht bestätigte.

»Wie konnte es eigentlich zu so einem verworrenen Drama kommen?« fragte Jalava verwundert.

Ein Kellner mittleren Alters mit krebsrotem Gesicht erschien am Tisch und wartete schweigend darauf, daß die Gäste ihm ihre Bestellung mitteilten. Seine Hände zitterten.

»Ich möchte etwas essen«, sagte Ratamo.

Der Kellner antwortete apathisch, er hole die Speisekarte, und machte kehrt.

»He, warte. Die Karte brauche ich nicht. Ich nehme Nudeln. Bring irgend etwas, was ihr dahabt, und ein Bier«, erklärte

Ratamo und wandte sich dann Pirkko Jalava zu. »Ich habe heute noch nichts weiter gegessen als eine Scheibe Brot zum Frühstück. Oh, entschuldige, ich habe dich ganz vergessen. Was möchtest du?«

»Danke, nichts«, sagte Jalava ungeduldig. »Wenn du Hilfe haben willst, mußt du deine ganze Geschichte erzählen. Alles, was du von den Morden, von Ebola und der Aufklärungsabteilung weißt. Alles.«

Jalava war genau auf jene natürliche Weise schön, die Ratamo mochte. Sie trug keinen Schmuck und kein Make-up. Wenn sie ihn anschaute, wirkte das frohgelaunt und ehrlich, dennoch lag in ihrem Blick etwas Hartes und offen Aggressives, was Ratamo faszinierte, aber auch ein wenig verwirrte. War diese Kälte nur ein Panzer, der mit dem Beruf zusammenhing, oder irgend etwas anderes?

Plötzlich schrie jemand auf, und alle Gäste hörten auf zu kauen und schauten sich um. Der zitternde Kellner hatte einem Mädchen die Wasserkanne auf den Schoß fallen lassen und versuchte nun trotz ihrer Proteste, sie mit seiner Serviette zwischen den Beinen trockenzutupfen.

Ratamo war glücklich, daß er endlich sein Herz ausschütten konnte, und erzählte jedes einzelne Detail, an das er sich erinnerte, von der Entdeckung der Affen, die das Ebola-Virus in sich trugen, bis zu dem Moment, in dem Pirkko Jalava am Tresen seinen Namen gesagt hatte. Den Namen der Insel, auf der sich Nelli befand, erwähnte er jedoch nicht. Der Kellner hatte sich während Ratamos Bericht deutlich zusammengerissen und brachte nun mit ausdrucksloser Miene das Essen. Ratamo verschlang seine Nudeln und redete dabei weiter, nur ein wenig langsamer.

»Was glaubst du, wer die Röhrchen mit dem Ebola-Blut und

die Formel des Gegenmittels jetzt hat?« fragte Pirkko Jalava schließlich.

Ratamo sagte, er habe die Blutröhrchen zuletzt im Gefrierschrank des Labors der vierten Sicherheitsstufe gesehen. Wo sie sich befanden, wußten viele, unter anderen auch Manneraho. Die einzige niedergeschriebene Version der Formel des Gegenmittels habe er Manneraho gegeben. Ratamo vermutete, daß der den Aufbewahrungsort des Blutes mit den Ebola-Viren entsprechend den Vorschriften der EELA der Aufklärungsabteilung mitgeteilt und ihr auch seine Notizen übergeben hatte.

Ratamo wischte sich die kohlrabenschwarzen Bartstoppeln mit der Serviette ab und lobte seine Pasta mit Fetakäse.

Als Jalava eine Weile das soeben Erfahrene verdaut hatte, wurde ihre Miene ernst. »Ich habe ja auch früher schon merkwürdige Storys gehört, aber deine Geschichte ist wirklich eine Klasse für sich. Sie ist so merkwürdig, daß man sie einfach glauben muß. Die einzige Alternative wäre nämlich, daß du den Verstand verloren hast, aber einen verwirrten Eindruck machst du eigentlich nicht.« Ihre Blicke trafen sich und blieben für einen Augenblick aneinander hängen. Ratamo war überrascht, daß er sich mitten in diesem Chaos und nur ein paar Stunden nach Kaisas Tod irgendwie von einer Frau angezogen fühlte. Er überlegte, ob das nur daran lag, daß er so erleichtert war, endlich Hilfe zu bekommen.

»Hilfst du mir dabei, meine Geschichte und mein Bild sofort in die Medien zu bringen? Ich bin in ständiger Lebensgefahr, bis mein Fall veröffentlicht wird. Dir vertrauen die Medien«, bat Ratamo.

Pirkko Jalava antwortete nicht. Sie schien nachzudenken. »Was ist übrigens da an deinem Backenknochen passiert?« fragte sie überraschend.

»Eine alte Sportverletzung. Beim Hobeln fallen ja immer Späne«, sagte Ratamo, zog die linke Augenbraue hoch und schaute Pirkko Jalava an. Er erzählte nicht gern, daß die Narbe eine Erinnerung an ein zwischenmenschliches Problem war, das er in seiner Jugend mit dem Chef einer Clique aus Punavuori gehabt hatte.

Pirkko Jalava starrte einen Augenblick auf die Narbe. Dann versprach sie mit entschlossener Stimme, sie werde die Abendzeitungen dazu bringen, die Story sofort zu veröffentlichen, wenn sie zumindest ein paar Fakten gefunden hatte, die Ratamos Geschichte belegten. Die Presse würde schneller auf die Nachricht reagieren als das Fernsehen, und Ratamo brauchte nicht selbst Verbindung mit den Zeitungen aufzunehmen, falls sie als Vermittlerin wirkte. Wenn Ratamo Redakteure und Kamerateams vom Fernsehen treffen müßte, könnte das für ihn gefährlich werden. Sie nahm an, daß sie die Geschichte spätestens in der Wochenendnummer unterbringen könnte. Eine umfangreichere Reportage käme dann in »Suomen Kuvalehti«, die nächste Woche am Freitag erschien. Vorläufig müßte Ratamo in einem Versteck bleiben und dürfte mit niemandem über die Sache sprechen. Sie fragte, ob Ratamo so einen Unterschlupf besaß, in dem er ein paar Tage in Sicherheit wäre.

Ratamo war überrascht, daß er der Fähigkeit Jalavas, die Situation zu regeln, so bedenkenlos vertraute. Er sagte, er sei sicher, daß die Polizei oder die Aufklärungsabteilung sein Ferienhaus überwachte. Höchstwahrscheinlich würden auch die Ferienwohnungen seiner Verwandten und nächsten Freunde observiert. Andere mögliche Verstecke fielen ihm nicht ein. Auf die Insel, auf der Nelli war, würde er keinesfalls gehen, fügte er resolut hinzu, weil er fürchtete, daß er das Mädchen damit in Gefahr brachte.

Ohne viele Worte forderte Pirkko Jalava ihn auf, anschließend in ihre Wohnung zu gehen. Er sei in Gefahr, solange die Öffentlichkeit noch nichts von dem Fall wußte, bis dahin wäre er dort in Sicherheit. Sie holte ihre Wohnungsschlüssel aus der abgenutzten Poppana-Handtasche und schärfte Ratamo ein, er dürfe niemandem die Tür öffnen und sich nur melden, wenn das Handy klingelte. Falls sie Ratamo bitten würde, die Wohnung zu verlassen, sollte er die kugelsichere Weste anziehen, die im obersten Fach des linken Spiegelschranks im Schlafzimmer lag. Sie sei ein Souvenir von einer kriminellen Organisation aus Moskau, über die sie vor längerer Zeit einen Artikel geschrieben hatte.

Bei dem Gedanken an die kugelsichere Weste im Schlafzimmer mußte Ratamo grinsen. Unwillkürlich kamen ihm die Spiele von Sadomasochisten in den Sinn.

Pirkko Jalava holte aus einer Reisetasche ein altes Nordisk Mobil Telefon der 450er-Serie. Journalisten verwendeten es, wenn sie in abgelegenen Gegenden oder auf den Schären unterwegs waren, wo sich das GSM-Netz als zu schwach erwies. Jalava fand es genauso praktisch wie einen Schleudersitz im Hubschrauber, aber es war das einzige freie Telefon in der Redaktion gewesen. Auf der Rückseite des Handys sah Ratamo einen Aufkleber, auf den die Nummer des Telefons und ihre Nummer in der Redaktion gedruckt waren. Sie reichte Ratamo auch die abgenutzte Tasche mit ein paar Sachen, um die er sie gebeten hatte.

Pirkko Jalava gab Ratamo die Hand und verließ die Gaststätte. Ratamo schaute ihr nach. Er überlegte, an wen sie ihn erinnerte. Seine Jugendfreundin Kitti war von ihrem Wesen her genauso stark gewesen, und Liisa wirkte auf die gleiche Weise natürlich. Ratamo fragte sich, ob die Frauen irgendeinen

Charakterzug gemeinsam hatten, oder lag es einfach nur am Bier, daß Pirkko Jalava so anziehend wirkte.

Wenig später stand er auf und bezahlte die Rechnung am Bartresen. In der Männertoilette zog er das blaue Hemd und den dünnen hellen Sommermantel an, die Pirkko ihm mitgebracht hatte. Er steckte das Handy in die alte Tasche, schwenkte sie über die Schulter und verließ das Stockmann-Warenhaus.

28

An der übernächsten Straßenkreuzung heulte ein kleiner Junge herzzerreißend. Sein Eis war ihm heruntergefallen, die Mutter streichelte ihn, aber das konnte ihn anscheinend auch nicht trösten.

Ratamo hastete an dem Jungen vorbei – und sehnte sich nach seiner Sonnenbrille. Es war so heiß, daß er den Mantel wieder auszog und um die Hüfte band. Von der Wohnung Jalavas aus würde er Marketta anrufen.

An der Kreuzung von Erottajankatu und Yrjönkatu, am Kino »Diana«, quietschten plötzlich Bremsen, ein schwarzer Mercedes Benz mit Diplomatenschild hielt direkt vor ihm, und zwei Männer in dunklen Anzügen stiegen aus. Bevor er begreifen konnte, was mit ihm geschah, hatten sie ihn unter den Achseln gepackt und zu dem Mercedes geführt. Sie öffneten die linke hintere Tür und stießen ihn auf den Rücksitz. Ein großgewachsener, breitschultriger Mann mit albinoweißem Haar folgte ihm durch dieselbe Tür ins Auto. Der jüngere, dunkelhaarige Mann ging um den Wagen herum und setzte sich auf seine andere Seite, die Tür war noch gar nicht richtig zu, da ruckte das Auto schon an und beschleunigte enorm.

Ratamo saß erstarrt da wie ein Jagdhund, der die Beute erblickt hat. Er wollte rufen und schreien, bekam aber kein Wort heraus. Was mochte es für ein Gefühl sein, wenn die Kugel in den Körper eindrang? Hätte er dann noch Zeit, Schmerz zu spüren und etwas zu denken, wenn man ihm in den Kopf schoß wie Kaisa? Einmal war er beim Eishockey mit solcher Wucht an die Bande geprallt, daß er geglaubt hatte, er sei gelähmt. Damals hatte er sich selbst ganz ruhig beobachtet wie ein Außenstehender. Wäre er imstande, dem Tod genauso gelassen zu begegnen? Ratamo atmete tief durch und beruhigte sich. Er nahm sich vor, um sein Leben zu kämpfen, obwohl der Gegner übermächtig schien. Die Männer wußten ganz genau, was sie taten. Er wunderte sich über das Nummernschild mit dem CD. War es dasselbe Auto, das er vor dem Haus von Manneraho gesehen hatte? Benutzten die Entführer ein Auto mit Diplomatennummernschild, um mögliche Augenzeugen zu täuschen?

Ratamo saß still da, eingeklemmt zwischen den zwei breitschultrigen Männern. Der Mercedes fuhr auf der Tehtaankatu in Richtung Südhafen. Kurz vor dem Olympiaterminal nahm der dunkelhaarige Mann einen schwarzen Beutel aus seiner Tasche und zog ihn Ratamo über den Kopf. Dann klickten Handschellen um seine Handgelenke, und der Sicherheitsgurt wurde angelegt.

Trotz der Angst konnte sich Ratamo vorstellen, wie das Auto zur Uferstraße von Sörnäinen und dann über die Brücke nach Kulosaari fuhr, aber da er sich in Osthelsinki nicht auskannte, wußte er nicht, wo sie vom Itäväylä abbogen.

Plötzlich machte der Fahrer eine Notbremsung, und Ratamo wurde nach vorn geschleudert. Der Sicherheitsgurt spannte sich bis zum Anschlag, und in seiner Brust schmerzte es. Das Auto vollführte eine Wendung um einhundertachtzig Grad und fuhr zurück in die Richtung, aus der es gekommen war. In den nächsten Minuten holte der Chauffeur alles aus dem Motor heraus. Er beschleunigte den Mercedes auf eine enorme Geschwindigkeit und fuhr wie über eine Slalom-strecke. Immer wieder bremste er heftig, und eine scharfe Kurve folgte der anderen. Dann war die Rallye zu Ende, der Mercedes hielt an, und Ratamo wurde in ein anderes Auto ge-bracht. Die Fahrt ging danach noch mindestens zehn Minuten weiter, und Ratamo wußte nicht, ob er in Helsinki, Espoo oder Vantaa war. Der Wagen hielt ein paarmal kurz, rollte schließ-lich langsam abwärts und blieb stehen. Ratamo wurde einen Flur entlanggeführt, bis man ihn an den Schultern auf einen Stuhl drückte. Die Kapuze und die Handschellen wurden ab-genommen. Er saß in einem fensterlosen Raum mit nackten Betonwänden, drei Stühle und zwei kleine Tische mit einem Belag aus Birkenlaminat bildeten das Mobiliar. Auf dem einen Tisch stand eine leistungsstarke Lampe und auf dem anderen eine Kanne Wasser und übereinandergestellte Gläser. Am hin-teren Ende des Raumes befand sich noch ein schmales Bett und ein WC-Becken. Muffiger Kloakengestank stieg ihm in die Nase.

Ratamo wurde genau untersucht. Sein Mantel und seine Ta-sche lagen auf dem Tisch an der Wand.

Der dunkelhaarige Mann schob Ratamos Stuhl näher an den Tisch heran, so daß sein Bauch gegen die Tischkante gedrückt wurde. Ihm gegenüber saß der blonde Mann mittleren Alters mit ausdruckslosem Gesicht. Der andere setzte sich weiter ent-fernt hin und beobachtete Ratamo. Keiner von beiden sah wie ein Finne aus, obwohl ihre Haut sehr hell war. In ihrem leeren Blick und ihren geröteten Gesichtern lag etwas, das Ratamo nicht mit finnischen Männern in Verbindung brachte. Um so überraschter war er, als der ihm gegenüber sitzende Blonde in perfektem Finnisch sagte: »Ich bedaure, daß wir gezwungen waren, Sie auf so unhöfliche Weise zum Verhör abzuholen, aber leider ist durch sie eine derart unangenehme Situation entstanden, daß es keine Alternative gab.«

»Sind Sie von der Aufklärungsabteilung oder ...?« fragte Ratamo und merkte selbst, wie dumm die Frage war. Der Mann würde ihm nur das sagen, was er wollte, und wahrscheinlich auch ihn dazu bringen, zu sagen, was er wollte.

Der Blonde stand auf. »Das brauchen Sie nicht zu wissen. Sagen wir einmal, um das Gespräch zu vereinfachen, daß ich einen effizienten Nachrichtendienst vertrete. Wir haben die Situation, die durch Sie ausgelöst wurde, beobachtet, seitdem gestern abend maßgebliche Herren im Generalstab über Ihre Entdeckung diskutiert haben. Wenn Sie erlauben, darf ich unsere Organisation insofern loben, als es in Ihrem Land nur wenige Orte gibt, die wir nicht abhören könnten, wenn wir es wollten.« Der Mann ging mit erhobenem Kinn hin und her.

»Wir sind wirklich überrascht gewesen, daß Sie so dumm waren, noch einmal in der Nähe von Mannerahos Wohnung aufzutauchen. Von da an haben wir Sie verfolgt, konnten Sie aber erst auflesen, als es keine Augenzeugen gab.«

»Ich dachte ...«

»Können wir uns darauf einigen, daß Sie nur dann reden, wenn ich Sie dazu auffordere!« unterbrach der Blonde Ratamo und brachte ihn damit zum Schweigen. Er ging immer noch in dem Raum auf und ab, die Hände auf dem Rücken. Seine Haltung war die eines Soldaten. »Wir wollen von Ihnen nur eines: die Formel des Gegenmittels, das sie entwickelt haben. Wir waren auf Ihrer Arbeitsstelle in der EELA, haben die Formel aber nicht gefunden, obwohl wir die Dokumente im Zentralcomputer und in Ihrem Computer durchsucht haben. Tragen Sie die Formel bei sich?«

Er blieb stehen und schaute Ratamo von oben herab an.

Ratamo überlegte fieberhaft, wie er Zeit gewinnen könnte. Er sagte, die Formel für das Gegenmittel habe er zum Teil im Kopf und zum Teil in seinen Notizen. Die Formel sei so kompliziert, daß er sie nicht insgesamt auswendig kannte. Die ganze Formel habe er nur auf jene Seiten geschrieben, die er seinem Vorgesetzten gegeben habe, zu mehr sei keine Zeit gewesen. Um die Formel neu zu schreiben, brauche er die Unterlagen, die sich in seinem Arbeitszimmer befanden. Er war stolz auf die Lüge, die ihm so schnell eingefallen war.

»Sie werden sicher verstehen, daß Sie diesen Raum nicht verlassen, bevor wir die Formel für das Gegenmittel haben. Lügen ist gänzlich sinnlos«, sagte der Blonde und schien zufrieden zu sein, daß sich Ratamo kooperativ zeigte. Er schaute zu seinem Kollegen und zeigte mit der Hand auf die Tür. Sie verließen den Raum.

Wer waren die Kidnapper, fragte sich Ratamo verwirrt. Sie behaupteten, für irgendeinen Nachrichtendienst zu arbeiten. Auf derselben Seite wie die Mörder von Kaisa und Manneraho standen sie nicht, ansonsten hätte man auch ihn schon umgebracht. Ratamo hatte das Gefühl, daß er völlig auf dem Schlauch stand. Er war Wissenschaftler, und von den Methoden der Nachrichtendienste hatte er nicht die geringste Ahnung.

Die beiden Männer kehrten in das Zimmer zurück. Der Blonde sagte, sie hätten sich ein aufgezeichnetes Gespräch angehört. Eero Manneraho habe behauptet, er sei im Besitz der einzigen schriftlichen Version der Formel des Gegenmittels. Anscheinend hatte Ratamo also die Wahrheit gesprochen. Der Blonde zupfte mit den Fingern an seiner Oberlippe, die so schmal war wie ein Strich.

Was für ein Band hatten die Männer abgehört, fragte sich

Ratamo verwundert. Wenn sie selbst an dem Gespräch teil-
genommen hätten, bei dem Manneraho die Diskette und die
Notizen übergeben hatte, dann brauchten sie nicht zu überprüfen, was bei dem Treffen gesagt worden war. Waren hier
tatsächlich mehrere Organisationen involviert? Oder war auch
das ein Täuschungsmanöver? Ratamo schien es so, als hätte er
seinen inneren Orientierungssinn völlig verloren.

Seine Gedanken kehrten in die Gegenwart zurück, als der
Blonde auf ihn zuging, das Knallen seiner Absätze hallte durch
den Raum.

»Gut. Nehmen wir einmal an, daß Sie wirklich Ihre Notizen
brauchen. Wir werden sie selbst in der kommenden Nacht
holen, eine andere sichere Methode ist uns nicht eingefallen.
Wo sind sie?«

»Mein Arbeitszimmer ist in der zweiten Etage, gleich ...«

»Wir wissen, wo Ihr Arbeitszimmer ist! Wo sind die Notizen zum Gegenmittel?« Ratamo antwortete blitzschnell, daß
sich die Unterlagen, die er brauche, in einem Hängeordner im
untersten Teil des Aktenschranks hinter seinem Schreibtisch
befanden, auf dem Etikett stand AD-V507.

Der Blonde schmunzelte zufrieden, nahm eine Metalldose
aus der Tasche und steckte sich etwas in den Mund. Dann trat
er vor Ratamo hin, beugte sich nach vorn und starrte ihm in die
Augen. »Kennt jemand anders außer Ihnen die Formel des Gegenmittels?« fragte er.

Ratamo bemerkte, daß der Mann blutunterlaufene Augen
hatte. »Natürlich nicht. Nicht einmal die zwei unschuldigen
Menschen kannten sie, die Sie schon umgebracht haben. Meine
Frau wußte die Formel nicht, und Professor Manneraho hätte
sich nie die Mühe gemacht, sie auswendig zu lernen«, erwiderte
er schroff.

Der Blonde lächelte: »Wen haben Sie im Café von Stockmann getroffen?«

Ratamo fiel es schwer, sich nichts anmerken zu lassen. Wenn Pirkko Jalava umgebracht würde, wäre er wieder allein.

»Eine Bekannte aus der Bank. Sie hat mir Geld gebracht. Ich konnte nicht in die Bank gehen, ich habe ja kein einziges Personaldokument.« Ratamo wurde wütend, weil ihm keine bessere Lüge einfiel. Wenn die Männer Jalava gefolgt waren, könnten sie sehr schnell überprüfen, ob die Frau in der Bank arbeitete oder nicht. Vielleicht hatten sie das schon getan.

»Wie heißt diese Bekannte?«

»Karavirta, Seija Karavirta.«

»Na ja, das werden wir noch überprüfen. Wir verfügen hier über ein Serum, mit dem wir selbst einen Politiker dazu bringen, die Wahrheit zu sagen«, sagte der Blonde und zeigte ein eisiges Lächeln.

Die Lüge war also gerade noch durchgegangen. Die Männer hatten Jalava nicht gefaßt. Am liebsten hätte Ratamo vor Erleichterung laut geseufzt.

Die beiden verließen den Raum. An der Tür sagte der Blonde, Ratamo würde möglicherweise etwas zu essen bekommen, wenn sie erst sehr spät wiederkämen. Sie wollten dafür sorgen, daß er in der Lage wäre, zu arbeiten, wenn ihm dann seine Notizen zur Verfügung stünden.

Der unbequeme Stahlrohrstuhl knarrte, als Ratamo sich zurücklehnte und zusammensank. Er war ein toter Mann. Den Tod fürchtete er nicht, weil er nicht glaubte, daß er ein schlimmerer Zustand war als das Leben. Zumindest als sein jetziges Leben. Er trauerte jedoch seinen ungenutzten Möglichkeiten nach. Die ganze Zeit hatte er ein vorprogrammiertes Leben geführt und könnte nun nicht einmal mehr die einzige Frucht dieses Lebens genießen, Nelli. Wenn er doch nur noch Zeit gehabt hätte, Marketta vor seiner Entführung anzurufen. Nun mußte er den ganzen Donnerstag in seiner Todeszelle leiden, ohne zu wissen, ob Nelli in Sicherheit war.

Eine Weile saß er ganz in Trauer versunken da, doch dann kehrte sein Lebenswille zurück. Er mußte fliehen. Ansonsten würde er diesen Raum ganz sicher mit ausgestreckten Beinen verlassen.

Ratamo untersuchte den Verhörraum systematisch. Daraus, wie man ihn hierhergebracht hatte, ließ sich schließen, daß der Raum in einer unterirdischen Etage lag. Fenster gab es nicht, und die Tür hatte innen nur eine Klinke. Da er kein Schloß sah und ein metallisches Klirren gehört hatte, als die Männer gingen, mußte außen ein Riegel oder ein Vorhängeschloß sein. Die Tür sah stabil aus. Und am Rand konnte man nichts hindurchstecken, selbst wenn er etwas gehabt hätte, um es zu versuchen. Plötzlich fiel Ratamo ein, daß er nicht wußte, ob die Männer das Handy in der Tasche gelassen hatten. Er stürzte zum Tisch und fand das Telefon. Der Balken, der den Netzempfang anzeigte, war jedoch nicht zu sehen. Er versuchte dennoch, Pirkko Jalavas Nummer anzurufen, die auf der Rückseite stand. »Keine Verbindung zum Netz« war auf dem Display zu lesen.

Er setzte sich wieder auf den steinharten Stuhl. Es war erst halb zwei, und in der EELA arbeitete immer irgendein einsamer armer Teufel bis zum späten Abend. Ratamo legte die Arme auf den Tisch und den Kopf auf die Arme. Vielleicht würde man ihm irgendwann etwas zu essen bringen – zum Tode Verurteilten wurde meist eine Henkersmahlzeit vorgesetzt.

29

Der Computermonitor erlosch, als Leppä und Parola das Zimmer ihres Chefs betraten. Der HEX-Index war auf die Rekordhöhe des Monats gestiegen. Vairiala hatte sich entschlossen, am nächsten Tag die Hälfte seiner Aktien zu verkaufen, falls Ratamo bis dahin gefaßt war. Dann hätte er Zeit, seine Investitionen neu zu ordnen.

Seine in Zivil gekleideten Untergebenen saßen auf dem Sofa wie auf der Anklagebank. Als Vairiala seine Männer anstarrte, verfärbte sich sein Gesicht allmählich rot. »So. Wer von euch will diesmal alles erklären? War der Biorhythmus durcheinandergeraten, oder hat die Sonne geblendet? Das ist schon das zweite Mal, daß ihr diesen verdammten Ratamo habt entwischen lassen!« Vairiala tobte wie ein Seeräuberhauptmann.

Bierernst brüllte, die Wanduhr tickte, und Parola war nahe daran zu schreien. Man hatte ihn schon lange nicht mehr wie einen Anfänger behandelt.

Leppä versuchte sich als Anwalt der Verteidigung: »Wir konnten uns den Mann schließlich nicht mitten im Zentrum schnappen. Gerade als er in eine etwas weniger belebte Gegend kam, wurde er in einen schwarzen Mercedes gezogen. Valasvuo folgte uns mit dem Lada, also konnten wir uns dem Mercedes an die Fersen heften. Alles ging gut, bis er vom Itäväylä nach Herttoniemi abbog und dann Schlängellinien wie bei einer Rallye fuhr, so daß wir mit dem Lada keine Chance hatten dranzubleiben. Und nun sag mal, wo wir einen Fehler gemacht haben?« Er schaute Vairiala fast flehend an.

»Na beispielsweise in dem Moment, als ihr euch Ratamo nicht geschnappt habt, bevor man ihn in den Mercedes gezogen hat!« Vairialas Glatze war schon so rot wie eine frische Preiselbeere.

»Ach, mitten in der Stadt! Da waren Dutzende Leute in Sichtweite. Du hast ja selbst gesagt, daß die Sache unauffällig erledigt werden muß«, sagte Leppä mit hochgezogenen Augenbrauen.

»Wem gehört der Mercedes?«

»Das wissen wir nicht. Er hatte ein gefälschtes CD-Schild.«

Vairiala demonstrierte erneut mit seinem Gesichtsausdruck, was er vom Vorgehen der Männer hielt. Draußen heulte irgendwo die Alarmanlage eines Autos, er stand auf und schloß das Fenster.

»Habt ihr nicht mal gesehen, wer aus dem Auto gestiegen ist? Im Archiv finden sich Bilder von jedem Agenten, der in Finnland arbeitet.«

»Der Mercedes war zu weit weg. Zu Fuß wollten wir Ratamo nicht zu nahe kommen.«

»Na, und wo ist die Frau aus dem Stockmann? Oder ist das Fräulein den Herren auch entwischt?« spottete Vairiala.

Leppä und Parola wurden noch blasser, das reichte als Antwort. Vairiala lockerte seine unordentliche Krawatte und goß Mineralwasser in sein Glas. Siren war ein ausgesprochener Glückspilz, weil er alle anspruchsvollen Aufgaben an ihn weitergeben konnte, und er mußte sich dann damit herumschlagen. Wo sollte er anstelle dieser Tölpel wenigstens einen einzigen kompetenten Untergebenen finden. Er hatte nicht die Zeit, alles selbst zu machen.

Leppä trug indes das nächste Plädoyer der Verteidigung vor. »Die Gruppe, die sich als Reserve bereithält, hat die Frau schon im Warenhaus aus den Augen verloren. Wir haben keinen blassen Schimmer, wer sie ist. Zum Glück habe ich wenigstens ein Foto gemacht. Nach der Art, wie sie verschwunden ist, zu urteilen, könnte sie gut ein Profi sein.«

»Na ja, das werden wir ja vielleicht niemals erfahren.«

Parola knirschte mit den Zähnen. Am liebsten hätte er gebrüllt, Bierernst solle doch seine Drecksarbeit selber machen, wenn er glaubte, er könnte es besser. Alle waren schon so in Rage, daß Vairiala versuchen mußte, seine Männer und vor allem sich selbst zu beruhigen. In dem Raum herrschte eine Hitze wie in einem Backofen. Er hätte gern das Fenster geöffnet, aber die Alarmanlage heulte immer noch. Die sengende Sonnenhitze drang herein. Vairiala zog die Gardinen zu, goß seinen Männern Wasser ein und beruhigte sich allmählich. Parola und Leppä hatten schon zuviel Zeit vertan. Ratamo mußte gefunden werden, bevor Siren ihn für einen totalen Stümper hielt. Er hatte jedoch Bedenken, seine Männer zu sehr unter Druck zu setzen. Überstürztes Handeln führte oft zur Fahrlässigkeit.

»Na gut. Vielleicht waren die Anweisungen, die ich gegeben hatte, zu streng. Ihr könnt künftig bei der Fahndung auch die Hilfe anderer und nicht nur der Reservegruppe in Anspruch nehmen.«

Vairiala starrte abwechselnd Parola und Leppä in die Augen. Zum fünften Mal innerhalb einer Minute schob er seine Brille zurecht. Das Ticken der Wanduhr beherrschte immer noch die Atmosphäre in dem Raum.

»Und macht diese Tussi aus dem Stockmann ausfindig, schaut unter jeden Stein, wenn es sein muß. Noch Fragen?«

Die Männer schüttelten den Kopf.

In der Regel behandelte Vairiala seine Untergebenen schlechter. Aber diesmal wagte er es nicht, er wollte sie nicht zu sehr verärgern. Das könnte ihre Arbeitsmoral beeinträchtigen, und das wiederum schadete womöglich seiner Karriere. Die beiden saßen brav da und warteten auf seine Anweisungen. Wie sehr er doch die Macht genoß. Er dachte in aller Ruhe über die Lage nach. »Der Befehl war also klar. Da ihr, liebe Kollegen, aber nicht ganz perfekt seid, folgt jetzt ein ergänzender Befehl. Wenn ihr das nächste Mal Ratamo in Sichtweite habt und ihn nicht erwischt, dann beschafft ihr euch seine Tochter und erpreßt den Papi mit Hilfe des Kindes, so daß er auftauchen muß. Trotzdem bleibt der Befehl Nummer eins weiterhin gültig: Sucht Ratamo mit allen Mitteln! Raus!« Leppä und Parola verließen Vairialas Zimmer und hatten es dabei so eilig wie Landarbeiter auf dem Feld, die den Gong zum Mittagessen gehört haben. Als sie die Schlapphutabteilung verlassen hatten, schauten sie sich mit ernster Miene an und gaben sich die Hand.

»Verdammte Idioten. Als der Verstand ausgeteilt wurde, haben die sich als letzte angestellt«, schimpfte Vairiala. Die Entführung von Ratamos Tochter war ihm schon vorher durch den Kopf gegangen. Er hatte jedoch den Befehl, nach dem Kind zu suchen, nicht erteilt, weil er nur ungern ein kleines, sechsjähriges Mädchen schockieren wollte. Aber jetzt stand seine Karriere auf dem Spiel. Wenn Ratamos Kidnapper Blut mit Ebolaviren und das Gegenmittel in ihre Gewalt brächten, könnte sein Mißerfolg zu einer Katastrophe führen. Die Last auf seinen Schultern wurde allmählich zu schwer, er hatte Angst. Und wenn er nun gar nicht imstande war, zu verhindern, daß die Blutröhrchen mit dem Virus und das Gegenmittel in die falschen Hände gelangten? Er griff zum Telefonhörer.

30

Die bedrückende Stille nahm ein Ende, als die patriotischen Melodien der Karelia-Suite von Sibelius aus dem CD-Player erklangen. Siren hatte nach den Ereignissen des Vormittags zuviel Zeit gehabt, über seine Taten nachzudenken. Die Bedrängnis war so stark geworden, daß sie ihn fast lähmte. Das erste Mal seit Jahren hatte er Beruhigungstabletten nehmen müssen und deshalb nicht gewagt, Kognak zu trinken, während er auf Vairiala wartete. Trotz des Diapam waren seine Nerven so angespannt, daß er das Gefühl hatte, so leicht entzündlich zu sein wie eine in Benzin getauchte Schnur neben einem Lagerfeuer.

Siren, der seine Uniform trug, starrte im Stehen auf das Porträt von Marschall Mannerheim an seinem Ehrenplatz, als Vairiala das Zimmer eine Minute vor drei betrat. »Dann kommen wir mal sofort zur Sache«, sagte er.

»Ich wollte dich über die Lage informieren, obwohl wir vereinbart hatten, daß ich mich erst melde, wenn alles klar ist«, sagte Vairiala höflich als Einleitung. Er hatte sich auf das Ledersofa gesetzt und drehte seinen schäbigen Schlips zwischen den Fingern.

»Die Benutzung des eigenen Gehirns gehört zu den wichtigsten Fähigkeiten eines Offiziers«, stellte der Chef des Operativen Stabes fest.

»Soll ich alle Details nennen oder nur die Ergebnisse?«

Siren bat ihn, nur über die wichtigsten Dinge zu berichten, wenn er zu einem Thema zusätzliche Informationen brauchte, würde er nachfragen.

Vairiala begann damit, daß der Besuch in der EELA ohne Probleme verlaufen war. Was Manneraho berichtet hatte, stimmte in jeder Hinsicht. Material zu den Tests in der Nacht vom Dienstag zum Mittwoch wurde nicht gefunden. Das Gefriergerät hatte man am Vormittag in die Waffenkammer der Schlapphutabteilung gebracht. Es enthielt zwei Kühlboxen, in denen sich jeweils zwanzig Röhrchen mit Ebola-Helsinki-Blut befanden.

Vairiala blickte kurz zu Siren hin, der nickte und darauf wartete, mehr zu hören. Das erhobene kantige Gesicht des Generalmajors wirkte ernst und gab deutlich zu verstehen, daß er Vairialas Leistung mit dem Recht des Vorgesetzten bewertete. Vairiala schluckte und bemerkte, daß er mit der Hand das Sofakissen preßte.

»In bezug auf Ratamo ist etwas Pech im Spiel ...«, sagte Vairiala, und sofort richtete sich Siren auf und warf ihm einen vernichtenden Blick zu. »Wir haben den Mann überwacht, aber dann wurde er in ein anderes Auto gezerrt und entführt. Meine Mitarbeiter konnten das nicht verhindern.« Siren starrte ihn mit weit aufgerissenen Augen und wutverzerrtem Gesicht an. Er sprang auf, stellte sich vor Vairiala hin und brüllte: »In ein anderes Auto geschleppt! Wieso in ein anderes Auto? Wie ist das möglich! Ständig passiert hier etwas, wer zum Teufel macht solchen Blödsinn?«

Die Reaktion lähmte Vairiala. Was war mit Siren los? Worum ging es bei diesem Fall wirklich? Irgend etwas stimmte hier nicht. Er riß sich zusammen und berichtete mit zitternder Stimme von den Ereignissen des Tages. Am Ende erzählte er

173

von seinem Gespräch mit dem Polizeichef und sagte, er sei sicher, daß die Entführer und Ratamo bald gefunden würden. Er redete immer schneller, damit Siren ihn nicht unterbrechen konnte. »Ich habe zwei Teams in Bereitschaft, die Ratamo sofort holen, wenn er gefunden wird. Es ist nur eine Frage der Zeit.« Die letzten Sätze spuckte er aus wie ein Sportreporter.

Siren bereute seinen Wutausbruch. Er fürchtete schon, daß seine Psyche das brennende Schuldgefühl nicht ertragen könnte.

»Ratamo wird doch nicht irgendwie Kontakt zu den Medien bekommen?« fragte er.

Vairiala antwortete, er habe sofort nach der Entführung Ratamos den Befehl gegeben, in aller Stille das Computerprogramm für Krisenzeiten in Betrieb zu nehmen. Mit dessen Hilfe wurden die Telefonleitungen der finnischen Medien überwacht. Das Überwachungssystem erinnerte an das Echelon, das weltweite Kontrollsystem der NSA, der Nationalen Sicherheitsbehörde der USA, war aber in seinen Möglichkeiten wesentlich bescheidener. Er hatte seinen Männern erzählt, daß es sich um eine Übung handelte. Alle Gespräche, in denen die Worte Ratamo, Bio, Ebola, Virus, Medikament, Gegenmittel, Anti oder Waffe erwähnt wurden, würden automatisch aufgezeichnet.

Siren stand einen Augenblick schweigend da und schaute auf die Fabianinkatu. Die Feuerwehr sprühte Schaum auf ein qualmendes Auto. Es sah so aus, als würde ein präzisionsgesteuerter Schneeschauer das Wrack treffen. Gegen Fehler, die schon passiert waren, konnte man nichts mehr tun, und zumindest teilweise schien Vairiala die Situation ja unter Kontrolle zu haben. Der Brigadegeneral hatte ganz offensichtlich Angst und spielte ihm wohl kaum etwas vor, um eine mögliche Doppel-

174

rolle zu verbergen. Außerdem hatte er selbst einfach keine Zeit mehr, Vairiala durch jemand anderen zu ersetzen. Die Zeit war aber jetzt das A und O. Niemand durfte ihm auf die Spur kommen, bevor sein Plan das zuließ. Es gefiel ihm nicht, daß er von einem seiner Untergebenen abhängig war.

Siren bat um Entschuldigung für seinen Zornesausbruch und fügte zu seiner Verteidigung hinzu, derzeit seien drei mit viel Streß verbundene Operationen im Gange. Er betonte, daß er Vairiala vertraue, und forderte ihn auf, sofort anzurufen, wenn Ratamo gefunden würde. Zum Schluß befahl er ihm, mit allen Mitteln sicherzustellen, daß die Kidnapper nicht in den Besitz der Formel des Gegenmittels gelangten und mit niemandem über die Virusangelegenheit sprechen konnten. Er warf Vairiala einen anerkennenden Blick zu, um den Mann auf den nächsten Punkt vorzubereiten.

Vairialas Anspannung ließ ein wenig nach, obwohl er nicht glaubte, daß die Ursache für Sirens Wutausbruch der Arbeitsstreß war. Er betrachtete seinen Vorgesetzten nun mit ganz anderen Augen. »Erinnerst du dich noch, Pekka, heute morgen haben wir darüber gesprochen, daß jemand in Finnland zum Verkauf des Viruspakets Erkundigungen eingezogen hat?«

»Ja, natürlich.«

Ketonen sei der Ansicht, log Siren, daß mit Sicherheit Ratamo, vielleicht auch Manneraho dahintersteckte. Der SUPO-Chef mache sich Sorgen, weil die Möglichkeit bestand, daß nun alle möglichen Gangsterstaaten und Terroristen nachforschten, ob die Viren und das Gegenmittel tatsächlich existierten und wo sie sich befanden. Die SUPO hätte sich deshalb einen Plan ausgedacht, durch den möglicherweise alle ihr Interesse an dem Fall verlören.

Vairiala war sofort anzusehen, wie er sich ärgerte, sobald der Name des Chefs der Sicherheitspolizei erwähnt wurde.

Siren fuhr fort, Ketonen sei als Entdecker des Gegenmittels aufgetreten und habe an drei Interessenten für das Viruspaket Briefe geschrieben. In denen würde umständlich erklärt, warum das Geschäft noch nicht abgeschlossen werden konnte, und außerdem würde die Werbetrommel gerührt, es stünden noch viel mehr genauso brauchbare Dinge zum Verkauf. Wer den Brief las, käme laut Ketonen automatisch zu dem Schluß, daß der Verfasser einen Dachschaden hatte und die ganze Geschichte von Anfang an nur das Hirngespinst eines verwirrten Daniel Düsentrieb war. Ketonen hätte den Briefen noch unverständliche Formeln beigefügt, denen auch ein Kind ansah, daß sie unsinnig waren. Später könnte man mühelos noch mehr ähnliche Briefe verfassen, wenn sich irgendein neuer Käufer allzusehr für das Viruspaket interessierte. »Was meinst du? Schicken wir die Briefe ab?« Siren nahm bewußt das Risiko in Kauf, daß Vairiala dafür wäre, die Briefe an übereifrige Käufer abzusenden.

Vairiala mußte sich bemühen, keinen allzu begeisterten Eindruck zu machen. Die Möglichkeit, daß Ketonens Ruf Schaden nahm, würde sich verbessern, wenn die Briefe abgeschickt wurden. Vielleicht würde sie irgend jemand bis zur SUPO zurückverfolgen. Und möglicherweise verbrannte sich auch Siren beim Stochern im Ameisenhaufen die Finger.

»Die Yankees oder Briten könnten dahinterkommen, daß ein finnischer Wissenschaftler in der ganzen Welt Killerviren verkauft und unsere Nachrichtendienste von der Sache keinen blassen Schimmer haben. Das wollen wir natürlich nicht. Durch diese Briefe würden die Empfänger ja das Interesse an der ganzen Virusgeschichte verlieren«, sagte Vairiala.

Das Stöckchen hatte der Hund zurückgebracht, dachte Siren, jetzt war es Zeit für die Belohnung. »Gut, daß wir der gleichen Auffassung sind. Ich wundere mich allerdings allmählich über Ketonen. Hat er überhaupt eine Ahnung, was unser Freund Ratamo im Moment treibt? Anscheinend hat Ketonen die Sache nicht mehr im Griff. Man wird sehen, ob sie den Mann auswechseln, wenn du diese Angelegenheit in jeder Hinsicht bis zu Ende gebracht hast und wir sowohl den Virus als auch die Formel des Gegenmittels haben«, erklärte Siren ganz gelassen.

»Na, man braucht Jussi ja nicht gleich auszuwechseln. Sein Verantwortungsbereich ließe sich jedoch ein wenig einschränken. Vielleicht hätte er dann genug Zeit, sich genauer mit den Dingen zu beschäftigen«, erwiderte Vairiala und strahlte. Nach dem katastrophalen Anfang wurde das Treffen für ihn allmählich zu einem Erfolg.

Vairiala hatte den Köder geschluckt. Jetzt war es an der Zeit, das Gespräch zu beenden. Aus Erfahrung wußte Siren, daß die Leistungsbereitschaft eines Untergebenen besser war, wenn er irgend etwas anstrebte, was er nicht für sicher, aber für eindeutig erreichbar halten konnte. Er hütete sich, seine Zufriedenheit zu zeigen, und stand einen Augenblick da, ohne eine Miene zu verziehen. Dann sagte er, es sei am besten, wenn Vairiala einen seiner Männer beauftragte, die Briefe an die Kaufkandidaten nach London zu bringen. Er wolle, daß ein Mann bei dem ganzen Projekt die Fäden in der Hand hielt – Vairiala.

Siren zeigte auf drei Kuverts, die auf seinem Schreibtisch lagen. Auf jedem war eine Londoner Adresse angegeben. Er sagte, laut Ketonen befände sich unter jeder dieser Adressen ein Verbindungsbüro, das rund um die Uhr besetzt sei. Daß er beim Berühren der Briefe und Kuverts Handschuhe benutzt

177

hatte, erwähnte er nicht. »Diese Briefe müssen unverzüglich überbracht werden«, sagte er zum Schluß und schaute Vairiala so an wie ein Vorgesetzter, der einen Befehl erteilt. Eine Hand zeigte noch auf die Briefe, und die andere reichte er Vairiala schon zum Abschied. Da die Zeit knapp war, hatte er das Wichtigste bis zuletzt aufgehoben. So würde es in Vairiala noch nachwirken.

Vairiala strahlte vor Zufriedenheit. »Jawoll«, sagte er resolut und drückte Sirens ausgestreckte Hand männlich. Dabei überlegte er schon, ob er Leppäs und Parolas Einsatz abbrechen oder den Generalstabschef anrufen sollte.

31

Siren ließ den Hörer auf das Telefon fallen. Eben hatte er Risto Parola angerufen und ihn gebeten, über Vairialas Maßnahmen zu berichten. Parola hatte eine Schwäche für Hochprozentiges, aber als Oberhaupt einer Großfamilie mit fünf Kindern konnte er es sich nur selten leisten, in besseren Gaststätten zu sitzen. Siren wiederum sponserte gern jene wenigen Offiziere des Nachrichtendienstes, die noch bereit waren, mit ihm gemeinsam zu trinken. Er wußte, daß Parola Vairiala nicht mochte, und hatte deshalb gewagt, ihn um diesen ungewöhnlichen Gefallen zu bitten.

Siren holte die Dose mit dem Diapam aus der Tasche seiner Uniformjacke. Er wunderte sich, warum die Pillen nicht wirkten. Die Bedrängnis nahm ihm wieder den Atem.

Für die Briefe war der ganze Donnerstagvormittag draufgegangen. Am Morgen hatte er von Ketonen eine sehr genaue und umfassende Liste der aktiven Käufer auf dem internationalen Waffenmarkt erhalten. Darin wurde auch erwähnt, ob sie an biologischen Waffen interessiert waren. Er hatte drei Kandidaten ausgewählt, die man alle in London erreichen könnte. Alle verfügten laut Ketonens Bericht über jede Menge Geld, und alle hatten schon früher große Waffengeschäfte abgeschlossen und weder die Verkäufer verraten noch bei der Bezahlung betrogen. Die ausgewählten Kaufkandidaten waren die fanatisch-islamistische Terrororganisation Jihad, die Neue

Befreiungsfront Tschetscheniens und die LTTE, die Guerilla-Organisation der Tamilen.

Die Organisation Jihad, die steinreichen arabischen Spendern nahestand, besaß nach Sirens Kenntnis ein Motiv und die Fähigkeit, sich die Viruswaffe zu beschaffen. Er wußte auch, daß die Tschetschenen Geldgeber hatten, die mit allen Mitteln die Unabhängigkeitsbestrebungen der Region unterstützten. Sobald der Staat unabhängig wäre, würden sich die Finanziers auf seine umfangreichen Bodenschätze stürzen. Die Tschetschenen hatten das brennende Verlangen, sich an Rußland wegen dessen Brutalität in den Kriegen der neunziger Jahre zu rächen. Die verlorenen Kriege bestärkten die Tschetschenen nur in ihrem Wunsch, sich zu befreien und einen unabhängigen Staat zu gründen, ohne erst noch auf eine möglicherweise flexiblere Haltung von Mütterchen Rußland irgendwann in der Zukunft zu warten. Jetzt stand ihnen nur noch der Weg des Terrorismus offen. Nach Ketonens Hintergrundbericht war die Errichtung eines islamischen Imanats im Kaukasus seit Mitte des neunzehnten Jahrhunderts versucht worden, als der legendäre Freiheitskämpfer Imam Shamil die Bergstämme von Tschetschenien und Dagestan zu einer leistungsfähigen Guerilla-Armee vereinte. Damals brauchte das russische Imperium ein Vierteljahrhundert, um die zähen Bergbewohner niederzuschlagen. Ketonens Bericht war zu entnehmen, daß die russischen Nachrichtendienste die Tschetschenen verdächtigten, für zahlreiche Terroranschläge der letzten Zeit verantwortlich zu sein.

Daß die Tamilen-Tiger in Ketonens Material auftauchten, stellte für Siren eine Überraschung dar. Die Organisation LTTE hatte seit 1983 für die Errichtung eines unabhängigen Staates im Nordteil der Inselrepublik Sri Lanka gekämpft. Die Organisation verfügte über eine außergewöhnlich gut bewaffnete Guerilla-Armee. Sie besaß Luftabwehrraketen, Radar und schwere Waffen und war vermutlich die einzige Guerilla-Bewegung, die eine eigene Flotte hatte. Bisher waren in den Kämpfen zwischen der LTTE und den Streitkräften Sri Lankas fast sechzigtausend Menschen gestorben. Die Organisation nutzte ein internationales Netz von Unterstützern, um Geld zu sammeln und Waffen zu beschaffen.

Die CD war zu Ende, der Player schaltete auf das Radio um, und auf dem Kanal von Radio Suomi war monotones Techno-Gedröhn zu hören. Siren spielte die CD von Sibelius noch einmal von Anfang an. Er überlegte, ob er beim Abfassen seiner Briefe mit der Bitte um ein Angebot alles Erforderliche beachtet hatte. Der Inhalt der Briefe an die drei Kandidaten lautete folgendermaßen:

Zum Kauf angeboten werden das Ebola-Helsinki-Virus (= Killervirus) und die Formel für das Gegenmittel. Das Virus tötet etwa 90 % der Infizierten, auch Menschen.

Das Angebot muß spätestens am Freitag, dem 11. August, um 03.00 Uhr (Greenwich Mean Time) unter folgender Internetadresse abgegeben werden:

http://www.talkcity.com/
- choose: Discussions
- folder: Business & Finance
- add folder: Roses for Sale

Das Angebot ist mit folgendem Text abzugeben:

* * * * *
_____ *Rosen.*

SOKRATES
* * * * *

181

Das Angebot darf keinen weiteren Text enthalten.

Die Anzahl der Rosen entspricht dem Angebot in US-Dollar.

Dem ausgewählten Anbieter werden bis 04.00 Uhr (Greenwich Mean Time) an die Adresse dieses Briefes eine positive Antwort, zwanzig Expl. Blutröhrchen, die das Killervirus enthalten, und die Anweisungen für die Zahlung der ersten Rate überbracht.

Die Formel des Gegenmittels wird innerhalb von vierundzwanzig Stunden nach Zahlung der ersten Rate übergeben.

Zahlungsbedingungen:

1. Rate:

5 % des Kaufpreises sieben Stunden nach Ablauf der Angebotsfrist in bar und zwar folgendermaßen:

35 % der Rate in Scheinen zu 500 US-Dollar
35 % der Rate in Scheinen zu 100 US-Dollar und
30 % der Rate in Scheinen zu 50 US-Dollar.

Alle Banknoten dürfen nicht markiert sein und müssen über zufällig gewählte Seriennummern verfügen.

2. Rate:

95 % des Kaufpreises 60 Tage nach Übergabe der Formel des Gegenmittels.

Genauere Anweisungen für die Zahlung der zweiten Rate werden später erteilt.

Niemand anders verfügt über die Formel für das Gegenmittel. Sollte das Gegenmittel anderswo gefunden werden, entfällt für den Käufer die Zahlung der zweiten Rate.

Das Gegenmittel vernichtet das Killervirus während der Inkubationszeit, die zwei bis drei Wochen beträgt.

In den Briefen hatte Siren den Kandidaten Namen gegeben. Die Tschetschenen waren Sokrates, der Jihad Platon und die Tamilen Aristoteles.

Durch die Zahlungsbedingungen wollte er zwei Dinge sichern: die schnelle Bezahlung der ersten Rate und sein eigenes Leben. Die Formel des Gegenmittels würde er behalten, bis die erste Rate bezahlt war. Er vertraute blind darauf, daß der Käufer das Gegenmittel unbedingt haben wollte. Was immer der Käufer vom Zielobjekt seines Anschlags mit der Viruswaffe auch forderte, seine Verhandlungs- und Erpressungsmöglichkeiten würden sich um ein vielfaches verbessern, wenn er über das Gegenmittel verfügte. Dann würde der Käufer es wagen, das Virus überall freizusetzen. Gegebenenfalls könnte man seine Ausbreitung einschränken, die Angesteckten heilen und, was das allerwichtigste war, den Tod der eigenen Soldaten verhindern. Zusammen mit dem Gegenmittel wäre Ebola-Helsinki für den Käufer eine echte kontrollierbare Massenvernichtungswaffe. Siren glaubte, daß der Käufer deswegen gern die erste Rate bezahlen und den Empfänger des Geldes nicht kidnappen oder töten würde, um die Übergabe der Formel nicht zu gefährden. Sicherheitshalber hatte er als Summe für die erste Rate nur armselige fünf Prozent vom gesamten Kaufpreis festgelegt. Er vermutete, daß sich der Kaufpreis auf Hunderte Millionen Dollar belaufen würde, also ging es bei der ersten Rate nur um ein paar Millionen Dollar. Das würde den vermögenden Terroristen nicht weh tun, ihm aber reichte es.

Die Gründe für Sirens Bescheidenheit waren der Zeitmangel und Arto Ratamo. Er mußte so schnell wie möglich untertauchen – und dafür brauchte er Geld. Zeit zu warten, daß der Käufer das Gegenmittel testete und den ganzen Kaufpreis bezahlte, hatte er nicht. Die erste Rate würde er schon sieben Stunden nach Ablauf der Frist für die Angebote erhalten – sobald sich der Käufer vergewissert hatte, daß das Virus wirkte. Und ob er die zweite Rate erhielt, war in jedem Fall unsicher. Da Ratamo immer noch lebte, war Siren gezwungen gewesen, in die Bitte um Angebote einen Punkt aufzunehmen, der besagte, daß der Käufer die zweite Rate nicht zu zahlen brauchte, falls auch andere über das Gegenmittel verfügten. Das könnte der Käufer in Erfahrung bringen, indem er das Virus versuchsweise einsetzte. Wenn die Terroristen annahmen, daß er versuchte, sie zu betrügen, hätte er sie auf dem Hals, und das wollte er vermeiden.

Für seine Gesundheit war es hilfreich, wenn dem Käufer klar wurde, daß er ein glänzendes Geschäft gemacht hatte, auch wenn sich das Gegenmittel anderswo fände. Die erste Rate wäre ein Spottpreis für eine Massenvernichtungswaffe, selbst wenn das Gegenmittel weltweit in jeder Hausapotheke stünde. Ebola-Helsinki war dennoch eine schreckliche Waffe. Falls man gleichzeitig eine große Anzahl Menschen damit infizierte, wäre die Erkrankung Tausender Menschen, die sich in den ersten Tagen angesteckt hatten, schon zu weit fortgeschritten. Wurde das Ebola-Virus nach Ablauf der Inkubationszeit diagnostiziert, würde das Gegenmittel nicht mehr wirken.

Siren fand es fast amüsant, daß die ernsthafteste Gefahr für die Zahlung der zweiten Rate von einem gewöhnlichen Zivilisten ausging. Ratamo war der einzige, der die Formel des Gegenmittels verraten könnte. Siren empfand so etwas wie Hochachtung für den zähen Wissenschaftler. Es erforderte von einem gewöhnlichen Sterblichen ziemlich viel Kampfgeist und

Willenskraft, sich im Alleingang gegen die Polizei und die Aufklärungsabteilung zu behaupten. Die Hinrichtung des Mannes mußte jedoch sichergestellt werden. Siren wollte Helsinki am Abend verlassen und konnte keinen Augenblick länger darauf warten, daß Vairiala Ratamo zu fassen bekam. Er war gezwungen, einen Profikiller zu bezahlen.

Ein hellgelber Zitronenfalter landete auf Sirens riesigem Handrücken. Er schüttelte seine zerbrechlichen Flügel, faltete sie zusammen und blieb zitternd sitzen. Darin lag eine mythische Schicksalhaftigkeit. Siren erschien es so, als sei er auserwählt worden. Seine Selbstsicherheit kehrte zurück. Er vertraute auf seinen einfachen Plan. Wenn dessen Umsetzung im zeitlichen Rahmen verlief, könnte ihm ganz einfach niemand rechtzeitig auf die Spur kommen.

Ein Bild einer jungen Frau am Meeresufer hatte auf seinem Schreibtisch einen Ehrenplatz. Siren nahm es in seine großen Hände und strich über den massiven Silberrahmen. Das blonde Haar und das rote Sommerkleid der achtzehnjährigen Siiri flatterten im Wind. Sie lächelte, es war das lebensbejahende Lächeln eines Mädchens, das gerade zur Frau geworden war. Siren beneidete seine Tochter. Seine eigene Ausgangsposition auf dem Weg zum Erwachsensein war viel schlechter gewesen. Er mußte ihr seine Geschichte erzählen, sobald er sich in Sicherheit befand. Das Telefon schrillte. Siren nahm den Hörer nicht ab, als er sah, daß der Anruf vom Verwaltungschef kam.

Was machte Ketonen wohl gerade?

32

Jussi Ketonen ging auf dem Flur in der vierten Etage der Ratakatu 12 hin und her und entspannte seine Hände unter den Hosenträgern, Musti trottete neben ihm her. Er suchte jemanden, mit dem er sich unterhalten konnte. Büroarbeit mochte Ketonen nicht, und deshalb versuchte er immer, sein Zimmer zu verlassen und unter Menschen zu kommen, wenn die Situation das zuließ. Alle Räume auf dem Flur waren jedoch leer. Die Männer saßen bei Besprechungen oder befanden sich im Einsatz. Die Artikel zum Formel-1-Rennen in Belgien am Wochenende hatte er auch schon alle gelesen. Ihm fiel nichts ein, was er tun könnte.

»Jussi! Telefon!« rief Ketonens Sekretärin am Ende des Ganges.

Ketonen lief so schnell in sein Zimmer, daß die Schlüssel in seiner Tasche klirrten. Die alte Musti rannte ihrem Herrchen glücklich hinterher. Die Sekretärin betrachtete amüsiert, wie das Maskottchen der SUPO-Mitarbeiter ausgelassen den Flur entlangsprang. Schnaufend nahm Ketonen den Hörer ab. Das Übergewicht behinderte ihn jetzt schon bei normalen Bewegungen.

»Hier Raimo Siren, einen schönen guten Tag«, sagte der Generalmajor freundlich. Er hätte sich gewünscht, daß jemand Chef der Sicherheitspolizei wäre, mit dem man leichter umgehen konnte als mit Ketonen. Irgendeiner der zahlreichen

Jasager, die er kannte und die nicht imstande waren, selbst Entscheidungen zu treffen, sondern die Meinung der Autoritäten übernahmen. Jussi Ketonen war zu Sirens großem Ärger keiner von denen, die beim Skilaufen immer der Spur anderer folgten.

»Ich wollte dir für den Bericht von heute morgen danken. Der war viel umfassender als Vairialas Liste. Ich habe ihn Pekka gezeigt, und der hat verlegen gemurmelt, er werde die ihm unbekannten Namen auf deiner Liste überprüfen. Vielleicht hätte ich ihm nicht erzählen sollen, daß ich mich an dich gewandt habe, aber ich dachte mir, daß ihm ein kleiner Denkzettel nicht schaden kann. Da wird er künftig wohl etwas genauer arbeiten«, sagte Siren zum Schluß seiner Geschichte.

»Wir machen doch nur unsere Arbeit. Hat Vairiala noch mehr über diesen Schwarzhandel mit Waffen der russischen Armee gesagt? Wie du sicherlich bemerkt hast, habe ich diese Gerüchte nicht kommentiert. Es sieht nämlich ganz danach aus, als wäre das nur eine Ente. Ich würde gern erfahren, woher Vairiala solche Gerüchte gehört hat«, erwiderte Ketonen in scharfem Ton.

Siren erschrak. Ketonen durfte sich nicht zu sehr für die Sache interessieren. »Die ganze Geschichte ist vermutlich in der Tat nur eine Ente. Pekka meinte, seine Leute von der Aufklärung seien wahrscheinlich getäuscht worden. Aber ich verspreche, mich zu melden, wenn ich etwas höre. Ganz im Sinne einer Koordinierung«, sagte Siren und beendete das Gespräch, bevor Ketonen zu weit mit in dieses Durcheinander hineingezogen wurde.

Mit dem Anruf wollte er eigentlich vorsichtig sondieren, ob Ketonen seine Geschichte vom Vorabend glaubte, und sich vergewissern, daß der Mann keine übereifrigen Maßnahmen ergriffen hatte. Es war ja auch nichts über den Entführer von Ratamo bekannt. Hinter Ketonens alltäglicher Wesensart steckte ein laserscharfer Verstand, Siren hatte schon vor Jahren gelernt, deswegen auf der Hut zu sein.

Ketonen hatte einen ruhigen Eindruck gemacht, aber seine Fragen bereiteten Siren Kopfschmerzen. Hatte Ketonen irgendeinen Verdacht? Siren dachte eine Weile darüber nach, kam aber dann zu dem Schluß, daß Ketonen niemand anderen verdächtigen könnte als Vairiala. Auch das war natürlich ein Risiko, würde jedoch kaum seinen Plan gefährden. Auf gar keinen Fall wollte er Ketonen noch mehr Lügen erzählen. Wenn man dessen Neugier zu stark reizte, würde er anfangen auszuspionieren, was Vairiala tat.

Ketonen saß entspannt in seinem Sessel und betrachtete den schönen alten Kachelofen. Im Winter ärgerte es ihn oft, daß er nicht mehr geheizt werden durfte. Trotz der Sanierung vor ein paar Jahren war das Zimmer bei starkem Frost zu kalt für seine alten Knochen. Er legte die Beine auf die Schreibtischkante und kämmte sich die grauen Haare aus der Stirn. Am Vormittag hatte er von seiner Organisation erfahren, daß die Aufklärungsabteilung Jagd auf Arto Ratamo machte, den man der Spionage und des zweifachen Mordes verdächtigte. Er wußte, daß der Mann an der Erforschung des Ebola-Virus beteiligt war, den man in Finnland gefunden hatte. Von einem Spionagefall war in der SUPO allerdings nichts bekannt. Das hielt Ketonen, der sich vollkommen auf das fachliche Können seiner Leute verließ, für merkwürdig. Und weshalb wollte Vairiala Siren weismachen, daß er russische Waffenschmuggler jagte? Ihm war nicht klar, was für ein Spiel Vairiala trieb. Ketonen steckte sich eine Zigarette an und bekam Gewissensbisse. In der Regel genehmigte er sich nur sieben Zigaretten pro Tag, aber dies war schon die achte, und das am Nachmittag. Seit er gehört hatte, wie im gleichen Zusammenhang von Rußland und Viren gesprochen wurde, machte er sich Sorgen. Unter Nutzung von Viren konnten Biowaffen hergestellt werden, mit denen man zur globalen Kriegsführung fähig war, genau wie mit Kernwaffen. Trotz des internationalen Vertrags zum Verbot biologischer Waffen von 1972 hatte er immer den Verdacht gehabt, daß die Sowjetunion und die Vereinigten Staaten über geheime Biowaffenprogramme verfügten. Die Großmächte waren gezwungen, mit der Entwicklung Schritt zu halten, weil von Zeit zu Zeit Problemstaaten auftauchten, die sich nicht um internationale Verträge kümmerten. Gegen Biowaffen, die sie entwickelten, mußte man sich verteidigen können.

Sein Verdacht hatte sich als richtig erwiesen. Präsident Jelzin bestätigte nach seiner Machtübernahme, daß Rußland das geheime Biowaffenprogramm »Biopreparat« von der Sowjetunion geerbt hatte. Ab 1974 hatten ein Jahresbudget von mehreren Milliarden Rubel und über fünfzigtausend Mitarbeiter fast unbegrenzte Arbeitsmöglichkeiten garantiert. Im Laufe der Jahre waren Dutzende unterschiedliche Biowaffen entwickelt worden. Zu den schlimmsten gehörten die aus Milzbrand- und Pockenerregern und dem mit Ebola verwandten Virus Marburg hergestellten Pulver, die ihre tödliche Krankheit auf dem Luftweg verbreiten und in Gefechtsköpfen interkontinentaler Raketen eingesetzt werden konnten. Das genetische Meisterwerk von »Biopreparat« war eine äußerst infektiöse und tödliche Kombination von Ebola und Pocken.

Nach dem Zerfall der Sowjetunion verließen viele Forscher von »Biopreparat« das Land und folgten dem Ruf des Geldes und besserer Lebensbedingungen. Die Nachrichtendienste waren der Ansicht, daß auf diesem Wege Spitzentechnologie und Forschungsergebnisse auf dem Gebiet der Biowaffen nach dem Irak und Iran, nach China, Libyen, Syrien und Nordkorea, vielleicht auch nach Pakistan und Indien gelangten. Ketonen graute bei dem Gedanken, welche Zerstörung diese Staaten heutzutage herbeiführen könnten.

Er drückte seine Zigarette aus, wischte sich den Schweiß vom Gesicht und trank ein Glas Wasser. Wenn es nach ihm ginge, dürfte die Hitzewelle zu Ende sein.

Er glaubte nicht, daß Jelzin der Biowaffenentwicklung in Rußland ein Ende bereitet hatte. »Biopreparat« existierte immer noch. Es war heutzutage ein börsennotiertes Unternehmen, das sich auf die Herstellung von Medikamenten und die pharmakologisch-medizinische Forschung konzentrierte und mit seinen Tochterunternehmen zusammen fast einhunderttausend Menschen beschäftigte. Die Nachrichtendienste und die Experten für biologische Kriegsführung waren übereinstimmend der Auffassung, daß Rußland insgeheim, wenn auch in geringerem Maße, die Erforschung und Entwicklung von Biowaffen fortsetzte. Durch die betrübliche wirtschaftliche Lage sei das Land aber beinahe gezwungen, auf billige Biowaffen zu setzen. Ketonen überlegte, ob Putin »Biopreparat« endlich schließen würde.

Vor Hunger knurrte ihm der Magen, der durch die Völlerei der letzten Zeit so sehr ausgeweitet war, daß er ständig Appetit hatte. Er nahm schon wieder einen Schokoladenkeks aus der Packung, die auf dem Tisch lag, steckte sich die Hälfte in den Mund und gab Musti den Rest. Die Biowaffen gingen ihm immer noch durch den Kopf. Zur Sicherung ihrer Existenz schienen Staaten genau der grauenhaften Brutalitäten fähig zu sein, die ihre Waffen ermöglichten. Und wofür das alles – für ein tausendjähriges Reich? Nach Ketonens Ansicht genügten selbst geringe Geschichtskenntnisse, um zu beweisen, daß Staaten so sicher wie Ebbe und Flut entstanden, untergingen und neue Grenzen erhielten. Den Staaten fiel es leicht, brutal zu sein. Sie kannten kein Mitleid und keine Trauer. Und sie brauchten nicht auf den roten Knopf zu drücken – das mußten Hände tun. Für die Menschen war das Überleben fast genauso wichtig wie für Staaten. Deshalb gab es nur wenige Individuen, die lieber ihr Leben opferten, als auf den Knopf zu drücken. Um nicht zu töten, brauchte man oft mehr Mut als zum Töten, überlegte Ketonen. Jedenfalls war ihm klar, wohin solcher Mut führen würde, wenn er sich überall fände.

Das entnervend laute Telefon schreckte Ketonen aus seinen Gedankengängen auf.

»Hier Origo. Kann ich sprechen?« fragte Erik Wrede, der Oberkommissar, der in Ketonens Auftrag Vairiala observierte. Die SUPO-Mitarbeiter benutzten Codenamen, wenn sie am Telefon ohne Vermittlung der Überwachungszentrale über brisante Angelegenheiten sprechen mußten, und erwähnten gegebenenfalls, ob das Telefon abgehört werden konnte oder nicht. Wrede rief von einem GSM-Telefon an, das abzuhören war in Echtzeit praktisch unmöglich.

»Ja.«

»Die Zielperson hat den Chef getroffen. Sie hat angeordnet, daß ein Bote eine weite Reise unternimmt. Bekomme ich Anweisungen?«

In der Leitung herrschte für einen Augenblick Stille, weil Ketonen nachdachte. »Wechsle die Zielperson, und finde den Grund für die Reise heraus«, sagte er schließlich.

Wrede bestätigte, daß er verstanden hatte, und beendete das Gespräch.

Ketonen war zufrieden, daß Wrede zur Verfügung gestanden hatte. Mit zunehmendem Alter würde Wrede ein außergewöhnlich guter Ermittler werden, davon war Ketonen überzeugt. Der siebenunddreißigjährige Mann hatte in den letzten Jahren die meisten besonders anspruchsvollen Aufträge der SUPO ausgeführt und war schon jetzt praktisch der Ermittler Nummer eins der Abteilung für Gegenspionage.

Ketonen saß an seinem Schreibtisch, runzelte die Stirn und dachte eine ganze Weile darüber nach, was Vairiala wohl planen mochte – und an wen er selbst sich wenden müßte, um ein neues Telefon zu bekommen, das etwas leiser klingelte.

33

Erik Wredes Gesicht brannte wie Feuer. Mit der einen Hand lenkte er sein Auto, in der anderen hielt er eine Plastikflasche und versuchte Nivea-Lotion herauszudrücken. Die Flasche rutschte weg, und Wrede fluchte. Er war vor zwei Tagen mit seiner Familie aus Madeira zurückgekehrt, wo es ihm wieder einmal geglückt war, sich einen Sonnenbrand zu holen. Der rothaarige Mann vertrug den Sonnenschein nicht. Zu seinem Pech waren in den letzten Tagen schattige Plätze auch in Helsinki Mangelware.

Wrede observierte Vairiala seit dem vorhergehenden Abend. Ketonen hatte ihn, ohne Gründe anzugeben, beauftragt, dem Mann überallhin zu folgen und zu berichten, was er tat und wen er traf. Wrede war überzeugt, daß der Chef des anderen einheimischen Nachrichtendienstes nicht wegen irgendeiner Kleinigkeit überwacht wurde. Vor einer Stunde hatte die Informationsquelle der SUPO in der Aufklärungsabteilung gemeldet, daß Vairiala bei Siren gewesen war, danach sofort etwas mit Hauptmann Rautio besprochen und ihn auf Dienstreise ins Ausland geschickt hatte.

Sowohl die Aufklärungsabteilung als auch die SUPO verfügten über ihre Informationsquellen in der anderen Organisation. Die Maulwürfe arbeiteten in unbedeutender Stellung, ihre Aufgabe war es nur, ganz allgemein über interne Ereignisse im Lager der Konkurrenz zu informieren, sie sollten nicht etwa die Arbeit des Dienstes stören, bei dem sie beschäftigt waren. Der Informationsaustausch beruhte auf Freiwilligkeit und auf persönlichen Beziehungen, Geld wurde nicht gezahlt.

Wrede hatte Ketonen routinemäßig Rautios Auslandsreise gemeldet. Um ein Haar hätte er seine Zunge verschluckt, als Ketonen ihm befahl, statt Vairiala nun Rautio zu beschatten und herauszufinden, warum er ins Ausland geschickt wurde. Wrede hatte sofort seine Sekretärin angerufen und sie gebeten, Rautios Buchung zu ermitteln und auch für ihn ein Ticket für denselben Flug zu besorgen. Der SUPO stand ein ähnliches Flugreservierungssystem zur Verfügung wie auf Flughäfen. Darin fanden sich die Daten aller Flüge ab Helsinki-Vantaa und der Passagiere.

Sowohl die Aufklärungsabteilung als auch die SUPO besaßen sogenannte Blanko-Pässe, die bei brisanten Operationen im Ausland verwendet wurden, um Scheinidentitäten zu schaffen. In dem Paß waren Seriennummer und Name des Besitzers bereits eingetragen; nur das Foto des jeweiligen Benutzers wurde eingefügt. Wredes Sekretärin erfuhr von der Kontaktperson in der Aufklärungsabteilung, unter welchem Namen Rautio diesmal reiste.

Am Ende der Mäkelänkatu in Käpylä schloß Wrede das Fenster fast ganz, obwohl es im Auto heiß wie in einem Backofen war. Sein Gesicht brannte so, daß er am liebsten angehalten hätte.

Das Telefon klingelte. Seine Sekretärin teilte ihm mit, daß ein Ticket für den Flug AY835 um neunzehn Uhr dreißig nach London am Finnair-Schalter bereitlag und daß Rautio unter dem Namen Jari Tolsa reiste. Die Sekretärin hatte die unter Rautios Tarnnamen vorgenommene Buchung im Flugreservierungssystem schnell gefunden, weil im Falle von Auslandsreisen

Pässe und Tickets beim Abholen der Bordkarte kontrolliert und sowohl der Paß als auch die Bordkarte bei der Paßkontrolle überprüft wurden. Deswegen mußte die Buchung unter dem Namen vorgenommen werden, der im Paß eingetragen war.

Auf dem Flughafen stellte Wrede sein Auto auf dem Parkplatz für Langzeitparker ab. Als erstes hob er die Nivea-Flasche auf und cremte sein Gesicht ein. Rautio war er noch nicht begegnet, aber mit Hilfe von Fotos hatte er sich die Gesichter aller Agenten der Schlapphutabteilung eingeprägt. Er vermutete, daß auch Rautio sein Gesicht kannte, setzte sich deshalb eine Brille mit breitem Gestell auf die Nase und versteckte seine auffälligen rostroten Haare unter einer flachen blauen Sommermütze. Wrede nahm Kurs auf das funkelnagelneue mittlere Auslandsterminal und den Ticketschalter von Finnair.

»Für mich ist auf den Namen Jukka Haapanen ein Ticket reserviert«, sagte Wrede. Gemäß dem Paß, den er diesmal benutzte, war er Jukka Sakari Haapanen aus Jämsä.

Ein junger Mann, der so aussah, als hätte er sein Leben satt, fand die Buchung im Computer und fragte, wie Haapanen bezahlen wolle.

Wrede reichte dem Angestellten zwei Tausend-Finnmark-Scheine. Die Dienstvorschriften der SUPO verlangten, daß bei Operationen, die als geheim galten, alle Zahlungen bar erfolgten.

Wrede steckte das Wechselgeld in sein Portemonnaie. Zum Glück handelte es sich um einen Flug innerhalb von Europa. Die Mitarbeiter der SUPO saßen in der Touristenklasse, deren enge und unbequeme Sitze für den breitschultrigen Wrede bei interkontinentalen Flügen eine einzige Plage waren. Er ging weiter zum Check-in der Finnair für die Touristenklasse und hielt Ausschau nach Rautio. »Nach London«, sagte Wrede mit

195

einem Lächeln zu der schönen Blondine, die hinter dem Schalter saß. Er reichte ihr seinen Paß und das Ticket.

»Hat denn mein Kollege Jari Tolsa schon eingecheckt?«

»Einen Augenblick ... Ja. Er sitzt in Reihe zehn. Möchten Sie neben ihm sitzen?«

»Nein, lassen Sie mal. Ich sitze lieber ganz hinten. Dort ist es angeblich sicherer«, sagte Wrede und schaute die Angestellte ein wenig ängstlich an. Er wollte einen Platz möglichst weit weg von Rautio, der ihn auf keinen Fall erkennen durfte.

Die Frau reichte ihm die Bordkarte und den Paß. Wrede steckte sie in die Brusttasche seines Hemdes, verließ den Schalter und blieb stehen, um zu überlegen, was er als nächstes tun sollte. Rautio war offensichtlich schon durch die Paßkontrolle gegangen. Wrede wollte es vermeiden, daß der Mann ihm über den Weg lief, und beschloß deshalb, noch einen Kaffee zu trinken. Geld brauchte er nicht zu wechseln, weil er bei Observierungseinsätzen immer die Valuta, die man am häufigsten brauchte, also finnische und deutsche Mark, Kronen, Dollars und Pfund, im Wert von ein paar tausend Finnmark bei sich hatte.

Das Café war bis auf den letzten Platz gefüllt. Wrede holte sich dennoch einen Cappuccino und wollte sich gerade auf seinen Pilotenkoffer setzen, als eine Gruppe angetrunkener junger Leute nach dem Aufruf ihres Charterflugs lärmend aufstand.

Wrede setzte sich an den Tisch und überlegte, was in London wohl passieren würde. Wenn Rautio über Nacht blieb, mußte auch er sich ein Hotelzimmer besorgen. Das Observieren und Durchsuchen von Rautios Sachen würde übermäßig erschwert werden, wenn er kein Zimmer im selben Hotel bekam. Vom Schlafen ganz zu schweigen. Er konnte in der Sache aber noch nichts tun. Geduld war Trumpf.

Nach London reiste Wrede gern. Er sammelte Küchenmesser und träumte schon seit Jahren davon, ein Sushi-Messer, hergestellt von einem japanischen Messermeister aus speziellem Stahl, zu finden, das möglichst günstig angeboten wurde. In London könnte ihm das gelingen. Auf Madeira hatte er nur preisgünstige Schleifsteine entdeckt, die mit Industriediamantenpulver beschichtet waren.

Plötzlich fiel ihm etwas ein, er drückte auf die Schnellwahltaste seines Handys und bat seine Sekretärin, ihm auf dem Flughafen Heathrow für halb neun Ortszeit ein Auto mit Chauffeur zu besorgen.

Wrede ließ den bitteren Kaffee stehen und ging durch die Paßkontrolle zum Tor 23. Als einer der letzten traf er eine Viertelstunde vor der angegebenen Abflugzeit an der Maschine ein. Er nahm seinen Paß und die Bordkarte heraus, die bei Flügen nach London am Abflugtor noch einmal kontrolliert wurden. Rautio war zum Glück nicht zu sehen.

In der Maschine heftete Wrede den Blick sofort auf die Stelle, wo Rautio sitzen mußte. Der Mann legte gerade seine Sachen in das Gepäckfach, so konnte er unbemerkt vorbeischlüpfen. Während des Fluges hatte er keine Probleme, sich vor Rautio zu verstecken, denn der saß weit vor ihm. Das glaubte er jedenfalls.

34

Die dramatischen Melodien im ersten Teil des Violinkonzerts von Sibelius erklangen zum vierten Mal hintereinander. Siren spielte im Kaminzimmer Luftgeige im Rhythmus der leidenschaftlichen Violine seines Lieblingssolisten Isaac Stern. Susy, das von Reetta eingestellte thailändische Hausmädchen, hantierte im Flur mit dem Staubsauger. Das Geräusch störte Siren, er konnte sich nicht richtig konzentrieren und schloß deshalb die Tür.

Es war ein hektischer Nachmittag gewesen. Siren hatte die Ebola-Blutröhrchen aus der Aufklärungsabteilung zu sich nach Hause transportieren lassen. Das Gefriergerät, das aussah wie ein Ölfaß und zwei Aluminium-Kühlboxen, so groß wie ein Stück Butter, enthielt, stand in seiner Garage. Seine notwendigsten persönlichen Sachen hatte er in einen Pilotenkoffer aus Leder gepackt.

Auch der neue Laptop war geliefert worden. Seinen alten hatte er sofort nach dem Ausdrucken der Briefe in tausend Stücke zerschlagen. Angeblich konnten Profis aus dem Speicher eines Computers fast alle Dateien herausholen, selbst wenn man sie gelöscht hatte. Sicherheitshalber hatte er die Computerfreaks aus der Abteilung für Informationstechnik beauftragt, ihm ein Gerät zu liefern, das ganz genau dem vorherigen glich. Er wollte sicher sein, daß die Ausführung seines Planes jedenfalls nicht am Computer scheiterte.

Es mußte gewährleistet werden, daß die Viren überlebten. Darüber hätte er fast graue Haare bekommen. Manneraho hat nicht genau gewußt, wie lange man die Blutröhrchen bei Temperaturen, wärmer als einhundertzwanzig Grad minus, aufbewahren konnte, und Siren war kein Weg eingefallen, um das herauszufinden. Also mußte er auf Nummer Sicher gehen. Er hatte zwei Mechanikern aus dem Generalstab befohlen, an dem Gefriergerät eine eigene mobile Energiequelle zu installieren. Das aus mehreren Akkus zusammengebaute Teil konnte die Temperatur auch ohne Netzstrom mindestens für die nächsten achtundvierzig Stunden auf einhundertzwanzig Grad minus halten.

Die Reise nach London würde mühelos und bequem vonstatten gehen. Zu seinem Glück war eine der achtsitzigen Passagiermaschinen vom Typ Learjet 35 der Unterstützungsstaffel der Luftstreitkräfte frei gewesen. Hauptaufgabe der »Fluggesellschaft der Streitkräfte« war es, Menschen und Fracht zu transportieren, aber die Maschinen wurden oft von ranghöheren Militärs als Siren, von Politikern oder Beamten genutzt. Siren hatte die Maschine für neun Uhr bestellt und seine Sekretärin gebeten, die praktischen Vorkehrungen für den Flug von Helsinki-Vantaa nach London zu treffen. Die Reise wäre geheim, allerdings sah sich Siren gezwungen, der Sekretärin des Generalstabschefs Bescheid zu sagen, weil er im Falle einer Krisensituation zu allen Zeiten für seinen Vorgesetzten erreichbar sein mußte. Wenn Vairiala nach ihm fragen würde, sollte seine Sekretärin ihm sagen, er sei für einen Tag zu einer Konferenz gefahren, deren Termin schon seit geraumer Zeit feststand. Er hinterließ bei ihr eine Liste der Personen, deren Anrufe auf sein Handy umgeleitet werden durften.

Siren betrachtete die Familienporträts, die in einer Reihe auf der Fernsehanrichte standen. Er empfand keine Wehmut, obwohl er nun in seinem Leben den letzten Abend in Marjaniemi verbrachte – vielleicht sogar den letzten Abend in Finnland. Als Siiri vor etwa zehn Jahren von zu Hause weggezogen war, wurde das Eigenheim für ihn zu einer trostlosen Nachtherberge. Ihm fiel keine einzige angenehme Erinnerung an die zu zweit mit Reetta verbrachten Jahre ein, sosehr er sich auch mühte. Zum Glück war seine Frau nicht zu Hause. Er freute sich so sehr, sie loszuwerden, daß er sich nicht sicher war, ob er es geschafft hätte, das für sich zu behalten.

Auch Vairiala, diesen Versager, würde er nun seinem Schicksal überlassen. Der vertrödelte die Zeit und hatte Ratamo immer noch nicht gefunden, geschweige denn seine Entführer. Zum Glück lag diese Aufgabe jetzt in kompetenten Händen. Siren hatte Kontakt zu Sergej aufgenommen, dem Chef einer kriminellen Organisation in Moskau. Auf seiner Gehaltsliste standen nach Informationen der Aufklärungsabteilung die härtesten Profikiller der russischen Mafia. Siren hatte am Vormittag dreißigtausend Finnmark auf ein von Sergej angegebenes Konto überwiesen und Fotos von Ratamo in ein Restaurant im Stadtteil Kallio gebracht. Die geringe Honorarsumme amüsierte Siren. Wenn Sergej gewußt hätte, wieviel ihm Ratamos Leben wert war … Viel mehr hätte er allerdings auch nicht zahlen können. Selbst diesen Betrag hatte er teilweise mit der Kreditkarte abheben müssen.

Plötzlich befiel ihn wieder die Angst, gefaßt zu werden. Alles, was nach der Bezahlung der ersten Rate geschehen würde, machte ihm nicht die geringsten Sorgen, weil er nicht die Absicht hatte, dann noch im Lande zu sein und unter den Folgen zu leiden. Ganz anders wäre die Situation, wenn er erwischt wurde, bevor er das Geld in der Hand hatte. Der Besitz der Blutröhrchen und der Formel für das Gegenmittel und deren Ausfuhr ins Ausland wären Beweise, die ihn schwer belasten würden.

Für den Fall hatte sich Siren einen einfachen, aber idiotensicheren Plan ausgedacht. Er hatte eine Kühlbox mit zehn Ebola-Blutröhrchen im Naherholungsgebiet Uutela versteckt. Bei der Kühlbox brauchte er keinen Bombenzünder einzustellen und keine Schlinge zu legen, es genügte, daß er sie in der Nähe eines Naturlehrpfades liegenließ. Wenn jemand die Blutröhrchen fände und sich mit dem Virus infizierte, würde der sich von allein ausbreiten. Er fotografierte die Kühlbox und die Blutröhrchen in der Natur. Falls man ihn faßte, würde er die Fotos zeigen und als Gegenleistung für die Preisgabe des Virusverstecks seine Freiheit verlangen. Und wenn sich der Virus schon ausgebreitet hatte, würde er todsicher im Tausch für die Formel des Gegenmittels freigelassen werden. Hatte Sergejs Killer Ratamo umgebracht, dann wäre er allein im Besitz der Formel.

Siren wollte das Leben seiner Landsleute eigentlich nicht gefährden, aber es war ihm für den Fall seiner Verhaftung keine andere Versicherung eingefallen. Wenn alles gut verliefe, würde er dafür sorgen, daß die Viren in Uutela keine Probleme verursachten.

Trotz der Beruhigungsmittel quälten ihn Schuldgefühle und Selbstverachtung. Er überlegte, was geschehen würde, wenn alles schiefginge. Was passierte, wenn Ratamo getötet wurde und er selbst die Viren dem Käufer übergab, aber umkam, bevor er die Formel für das Gegenmittel schicken konnte? Und wenn man die Formel nie finden würde, wenn die Viren von Uutela sich ausbreiteten und Terroristen mit

den von ihm verkauften Viren einen Anschlag auf eine Groß-
stadt verübten? Werde ich die Hölle auf die Erde bringen,
fragte sich Siren. Er hielt es nicht mehr aus. Verglichen mit
Alkohol waren die Diapamtabletten so wirkungsvoll wie Malz-
bonbons. Er mußte die unüberhörbare Stimme seines Gewis-
sens ertränken.

Der Kognak schmeckte wunderbar. Siren ließ ihn im Mund
kreisen und genoß es, als er spürte, wie das Ethanol brannte.
Es dauerte nicht lange, und eine selige Wärme durchströmte
seinen Körper und entspannte ihn. Wer die stärkste Medizin
hat, lacht am besten, dachte er.

Er hörte, wie Susy im Hauswirtschaftsraum herumpolterte.
Sie sang etwas in einer fremden Sprache vor sich hin. Es war
erst halb acht, er hatte also noch reichlich eine halbe Stunde
Zeit, bevor er zum Flughafen fahren mußte. Er rief die Frau
bei ihrem Namen.

Es dauerte eine Weile, bis das exotisch aussehende junge
Hausmädchen in sein Zimmer kam. Siren saß in seinem Sessel und betrachtete wie von einem Logenplatz den Gang der
Frau, der dem eines Models glich. Das Mädchen wußte, daß es
einen begehrenswerten Körper besaß, und ließ das nicht ungenutzt.

»Hi Susy. Hast du es eilig?« fragte Siren auf englisch.

Das Hausmädchen wußte, was der Hausherr wollte. Er unterhielt sich nie mit ihr über belanglose Dinge. »Für dich habe
ich doch immer Zeit«, sagte sie verführerisch in ihrem Englisch
mit einem starken Akzent.

Die Frau blieb mitten auf dem Parkett des Kaminzimmers
vor Siren stehen und wiegte sich eine Weile anzüglich in den
Hüften. Als Siren keine Anstalten machte aufzustehen, öffnete Susy langsam den Knoten und ließ ihre Schürze zu Bo-

den fallen. Dann zog sie den Reißverschluß ihres schwarzen Kleides auf und ließ es auf ihre Schuhe gleiten. Sie trug weiße Seidenstrümpfe, schwarze Strapse und schwarze, mit Spitze besetzte Slips. Ihre festen Brüste brauchten keinen BH.

Siren stand schon.

35

Das deckellose WC-Becken stank. Erst als er es benutzt hatte, stellte Ratamo fest, daß die Spülung nicht funktionierte. Er schaute auf die Uhr, es war ein paar Minuten nach acht Uhr, er hatte schon stundenlang über sein Leben und Nelli nachgedacht. Das Warten auf den Tod schien einige Dinge auf den Kopf zu stellen. Jetzt sehnte er sich sogar nach den Streitereien und dem Streß im Alltag. Das Wichtigste hatte sich jedoch nicht geändert: die Sorge um Nelli und seine Gefühle für sie. Vielleicht mußte er an diesem Tag sterben, aber zumindest würde er nicht so einfach umzubringen sein wie ein räudiger Hund.

Endlich hörte er Geräusche auf dem Flur. Die Tür des Verhörraums öffnete sich quietschend. Ein junger, breitschultriger Mann schaute vorsichtig herein. Hinter ihm hielt eine ältere, übergewichtige Frau ein Tablett mit einem großen Stapel belegter Brote und einer Kanne Wasser.

Der Gefangene saß mit dem Gesicht zur Tür und geschlossenen Augen in einer seltsamen Stellung am Tisch. Seine Hüfte ruhte auf einem Stuhl, die Beine lagen auf einem anderen Stuhl, und die Arme und der Oberkörper hingen schlaff auf dem Tisch. Seinen Mantel hatte er angezogen, die Tasche auf dem Tisch war leer.

Der junge Mann trat vor den Gefangenen, eine Hand am Griff der Waffe im Schulterhalfter. Es sah so aus, als würde der

Gefangene schlafen. Die Frau setzte das Tablett vorsichtig auf den Tisch, drehte sich um und ging zur Tür, vorbei an dem Wächter, der seine Waffe losließ und dem Finnen den Rücken zuwandte.

Ratamo setzte die Füße auf den Boden und griff mit beiden Händen nach der hölzernen Stuhllehne. Er drehte sich um, machte zwei Schritte auf den Wächter zu, hielt den Stuhl mit ausgestreckten Armen und schlug damit dem Wächter auf den Kopf.

Der Mann fiel lautlos um und lag auf dem Rücken. Ratamo betrachtete den jungen Mann und spürte ein brennendes Schuldgefühl. Er hatte einen Menschen umgebracht. Das würde er nie überwinden. Gezwungenermaßen verdrängte er seine Gefühle – friß oder du wirst gefressen. Er beugte sich über den Toten, um ihm die Waffe aus dem Halfter zu nehmen, doch plötzlich griff der Mann nach seinem Hals. Im Handumdrehen waren die Rollen vertauscht. Als der Wärter versuchte aufzustehen, zog Ratamo ihm die Beine weg, packte ihn an den Haaren und schmetterte seinen Kopf auf den Fußboden. Die Hand an seinem Hals fiel schlaff herunter. Endlich einmal hatten die Prügeleien als Junge in einer Clique einen Nutzen gebracht. Ratamo zitterte, dankte aber seinem Schöpfer, daß der Wächter noch lebte.

Die Frau, die das Tablett gebracht hatte, stand erstarrt da und schaute Ratamo entsetzt an, die Hände vors Gesicht erhoben. Sie hielt ihn vermutlich für einen Psychopathen der schlimmsten Sorte. Ratamo ging mit großen Schritten zur Schwelle und zielte mit der Waffe aus zwanzig Zentimetern Entfernung mitten auf die Stirn der Frau. »Geh zur nächsten Haustür«, sagte er in seinem schärfsten Befehlston.

Sie nickte, ging im Laufschritt den fensterlosen Flur entlang und schaute sich immer wieder nach Ratamo um. Für den Fall, daß der Wächter wieder zu Bewußtsein kommen sollte, schob Ratamo den Metallriegel der Tür zu. Er folgte der Frau und prüfte dabei die Waffe des Wächters. Mit Handfeuerwaffen hatte er nur in der Unteroffiziers- und Reserveoffiziersschule geschossen, und er besaß nicht die geringste Ahnung, ob die Pistole gesichert war oder nicht. Er schob den Hebel in die Stellung, die er für die richtige hielt.

Im Flur sah man in regelmäßigen Abständen die gleichen Metalltüren wie im Verhörraum. Am Ende des Ganges führte eine steile Betontreppe zu einer Tür hinauf. Rechts von ihr befand sich ein elektronisches Lesegerät für Schlüsselkarten. Die Frau blieb vor der Tür stehen und drehte sich zu Ratamo um, der die Waffe auf sie richtete und in Richtung Tür nickte. Die Frau verstand den Befehl und zog die Karte, die an einer Kette um ihren Hals hing, durch das Lesegerät. Man hörte ein elektrisches Surren und ein Knacken, als sich das Schloß öffnete. Ratamo nahm der Frau die Karte ab, ging durch die Tür hinaus und schloß sie hinter sich. Er stellte fest, daß er sich mitten in einem riesigen Foyer befand. Die dicken roten Samtvorhänge an den Fenstern waren alle zugezogen. Ein paar Meter vor ihm stand ein großer eichener Tisch, und dahinter saß eine Frau, die aussah wie eine Gefängniswärterin. Die Frau bemerkte die Waffe, griff schnell unter den Tisch und stand auf. Ratamo war überzeugt, daß sie auf den Alarmknopf gedrückt hatte, obwohl man nichts hörte. Die großgewachsene Frau ging auf Ratamo zu, der die Waffe auf sie richtete und ihr befahl, stehenzubleiben und niederzuknien. Erleichtert sah er, daß sie gehorchte. Was sollte er jetzt tun? Er war auf der Flucht, es ging um Leben und Tod, und er hatte keine Zeit, die Frau zu fesseln. Doch frei zurücklassen konnte er die Amazone auch nicht. Er ging um sie herum und schlug ihr mit dem Griff der Waffe auf den Hinterkopf. Die Frau sackte zusammen und fiel auf die Seite. Ratamo hoffte, daß er nicht zuviel Kraft angewendet hatte. Jemand zu töten wäre das allerletzte gewesen, was er wollte.

Aus Richtung der breiten, imposanten Treppe, die vom Foyer nach oben führte, hörte man Laufschritte, die immer lauter wurden. Das waren mehrere Männer. Ratamo sprintete los und steuerte auf die riesige eichene Doppeltür zu. Das mußte der Ausgang sein. Er stieß die Tür auf, kam in einen kleinen Windfang und schob die nächste Doppeltür auf, die nach draußen ins Freie führte. Verdutzt starrte er auf die Tehtaankatu, er stand im Haupteingang der Botschaft der Russischen Föderation.

»O verdammt, der KGB!«

Ratamo war so verblüfft, daß er auf der Treppe um ein Haar über seine eigenen Beine gestolpert wäre, doch er behielt das Gleichgewicht und beschleunigte sein Tempo. Wie ein künstlicher Hase beim Windhundrennen raste er über den Hof zu dem Eisenzaun, der das Botschaftsgelände umgab. Er griff nach der oberen Querstrebe und zog sich so weit nach oben, daß er den rechten Fuß auf die Stange stellen konnte. Dann stemmte er sich hoch und sprang behende auf den Fußweg. Zum Glück patrouillierte vor der Botschaft keine Polizeistreife mehr wie zu den Zeiten der Sowjetunion.

Ratamo rannte um sein Leben. Er lief in Richtung Westen, durchquerte einen Park und dann noch eine Grünanlage. Die Erben des KGB wären ihm bald auf den Fersen. Der Gedanke ließ ihn das Tempo noch erhöhen. Ziellos jagte er durch die Vuorimiehenkatu, plötzlich hörte er hinter sich quietschende Reifen. Er schaute sich um und erblickte den vertrauten schwarzen Mercedes. Das Auto näherte sich in hohem Tempo, mußte aber an der nächsten Straßenkreuzung kurz die Geschwindigkeit drosseln und war noch weit entfernt. Ratamo wandte sich nach rechts und raste auf der Laivurinkatu in Richtung Viiskulma. Er bekam kaum noch Luft, und das Herz sprengte ihm fast die Brust. Der Mercedes bog in die Laivurinkatu ein und war noch etwa hundertfünfzig Meter entfernt, als Ratamo die nächste Kreuzung erreichte. Im selben Augenblick sah er, wie ein Bus der Linie 14 vor ihm auf die Fredrikinkatu kurvte und an einer Haltestelle stoppte. Er war nur fünfzig Meter entfernt, und der schwarze Mercedes kam immer näher. Ratamo winkte, damit der Bus auf ihn wartete.

Als er durch die Hintertür in den Bus sprang, war der Mercedes nur noch ein paar Meter entfernt. Er beugte sich vor und atmete ein dutzendmal tief durch, danach war er in der Lage, schwankend nach vorn zu gehen und zu bezahlen. Er schaute den jungen Busfahrer an wie einen Messias. Der Mann hörte in der Fahrerkabine ganz konzentriert Musik, die viel zu laut aus dem Radio dröhnte.

Ratamo setzte sich in der Mitte des Busses an den Gang, wo er den Mercedes im Blickfeld hatte, der ihnen folgte. Er überlegte fieberhaft, wie er den Bus verlassen könnte, ohne den Russen in die Hände zu fallen. Die Panik erschwerte das Denken. Er kämpfte um sein Leben.

Ein paar Minuten später hielt der Bus an der Metrostation Kamppi. Ratamo sprang hinaus, gerade als sich die Türen wieder schlossen, rannte in den Bahnhof hinein und weiter in Richtung der Rolltreppen, die zu den Bahnsteigen führten. Die Männer aus dem Mercedes waren noch nicht zu sehen. Er stürmte mit großen Sätzen so schnell wie möglich die Rolltreppe hinunter und betete, daß ein Zug in eine der beiden

Richtungen gerade im richtigen Augenblick einfuhr. Wenn kein Zug kam und der Bahnsteig leer war, wäre er den Russen ausgeliefert. Er spürte die Angst im Bauch.

Noch auf der Rolltreppe hörte Ratamo das Rauschen eines Metrozuges und fluchte innerlich wie ein Bierkutscher, er würde es auf keinen Fall schaffen. Er rannte die letzten Meter, was die Beine hergaben. Kurz vor dem Bahnsteig warf er einen Blick hinauf zum Anfang der Rolltreppe und sah zwei Männer in schwarzen Anzügen, er konnte gerade noch die blonden Haare erkennen.

Der Zug in Richtung Ruoholahti ruckte an und gab ein zischendes Geräusch von sich, als Ratamo den Bahnsteig erreichte. Die Fahrer von U-Bahn-Zügen hielten nie noch einmal an, wenn sie losgefahren waren. Auf dem Bahnsteig herrschte gähnende Leere. An der Anzeigetafel in Richtung Hauptbahnhof blinkte die Ziffer Vier. Die Russen würden jeden Augenblick unten ankommen, und es gab hier nicht einen einzigen Augenzeugen. Ratamo sprang auf das Gleis und rannte im Metrotunnel in Richtung Hauptbahnhof. Er hatte etwa drei Minuten Zeit für die knapp tausend Meter. Wenn die Russen auf den leeren Bahnsteig kamen, mußten sie annehmen, daß er den Zug in Richtung Ruoholahti noch erreicht hatte. Am Hauptbahnhof wäre er in Sicherheit. Falls er es schaffte, bevor der nächste Zug kam …

Ratamo hatte nicht die geringste Ahnung, wo er im Tunnel laufen mußte, um keinen tödlichen Stromschlag zu bekommen. Neben der äußeren Schiene verlief eine gelbe Leiste mit der Aufschrift »LEBENSGEFAHR«. Er glaubte, daß der Strom entweder in der Leiste oder in den Schienen geführt wurde, weil über den Gleisen keine elektrischen Leitungen oder Kabel zu sehen waren. Zwischen den Schienen zu laufen war jedoch nicht einfach, vor allem, als es im Tunnel immer finsterer wurde, je weiter er sich vom Bahnhof entfernte. Er orientierte sich an den Tunnelwänden, die man im Dunkeln schemenhaft erkennen konnte.

Obgleich die Entfernung bis zum Hauptbahnhof fast einen Kilometer betrug, rannte Ratamo, so schnell er nur konnte. Er erinnerte sich noch gut, wie er im Fußballverein als Junior beim Aufbautraining im Sommer mehrmals fünfzehnhundert Meter laufen mußte und ihm wegen der Übersäuerung die Beine steif geworden waren, weil er die Strecke zu schnell angegangen war. Die Vorstellung, von einem Metrozug überrollt zu werden und zusätzlich noch einen Stromschlag zu bekommen, war jedoch so schrecklich, daß er sein Tempo trotzdem nicht verringerte.

Wenig später sah Ratamo einen kleinen Lichtpunkt. Der Hauptbahnhof kam näher. Er durfte keine Zeit für einen Blick auf die Uhr verschwenden, und das hätte auch nichts genützt, denn er lief ohnehin schon, so schnell er konnte. Mit aller Kraft pumpte er Luft in die Lungen. Die Beine wurden immer schwerer. Sein Herz hämmerte wie der Drummer einer Heavy-Metal-Band.

Der Lichtpunkt wurde rasch größer. Jetzt hörte Ratamo schon ein Zischen hinter sich. Der Zug kam. Das Geräusch wurde lauter. Er versuchte das Tempo zu beschleunigen, aber nichts geschah. Seine Beine waren wie Beton, in der Lunge spürte er stechende Schmerzen. Das Zischen wurde noch lauter. Etwa hundert Meter vor ihm war der Bahnhof zu sehen, und hinter ihm dröhnte der Tod. Ratamo schaute über die Schulter zurück. Der Zug war nur wenige hundert Meter entfernt, er näherte sich mit hohem Tempo und leuchtete schon den ganzen Tunnel aus. Der war jedoch so schmal, daß er sich nicht zur Seite werfen konnte.

Ratamo erreichte das Ende des Bahnsteigs, der sich in Brusthöhe befand, doch um sich festhalten zu können, müßte er auf die Schiene treten. Das wollte er aber nicht, weil er nicht wußte, ob sie unter Strom stand. Er nahm, so gut es ging, Anlauf, sprang über die Schiene hinweg und landete mit dem Ellenbogen auf der Bahnsteigkante. Er hing in der Luft, mit angezogenen Beinen, und wagte nicht, die Füße auf den Boden zu setzen, weil er fürchtete, die Schiene zu berühren. Das Dröhnen des Zuges war ohrenbetäubend. Ratamo zog sich hoch, schwang das rechte Bein auf die Kante und rollte sich im selben Augenblick auf den Bahnsteig, als ihn der Luftstrom des vorüberfahrenden Zuges traf.

Ein Dutzend Leute stieg aus. Niemand bemerkte den Mann, der, etwa zehn Meter vom letzten Wagen entfernt, auf dem Bahnsteig lag und nach Luft schnappte. Er war in Sicherheit, aber auf dem Hauptbahnhof konnte er nicht bleiben.

Ratamo stand auf und ging, immer noch keuchend, zur Rolltreppe. Den Sommermantel, den Pirkko Jalava ihm gegeben hatte, zog er aus. Das war die einzige mögliche Änderung seines Äußeren. Das Geld und das Handy schob er in die Hosentasche. Das weite Hemd verdeckte den Griff der Waffe, die er in den Gürtel gesteckt hatte.

Mit kurzen, schnellen Schritten lief Ratamo die Rolltreppe hinauf, sprintete durch die Bahnhofshalle bis zu den großen Holztüren auf der Ostseite und verließ das Gebäude. Draußen warf er einen Blick auf den Bahnhofsplatz und rannte dann zu dem nächsten abfahrbereiten Bus. Ratamo saß in einem Bus der Linie 72, wohin der fuhr, war ihm völlig egal. Er war glücklich, daß er noch lebte. Als er wieder ruhiger atmete und der Adrenalinspiegel sank, wurde ihm klar, was er eben geschafft hatte: Es war ihm gelungen, den geschulten russischen Agenten zu entkommen. Das erfüllte ihn mit Stolz. Dieses Gefühl hielt jedoch nicht lange an. Ratamo begriff, daß seine russischen Kidnapper zu der Organisation gehören mußten, die heutzutage in Rußland die Aufgaben des KGB wahrnahm. Seine Lage schien nun noch hoffnungsloser: Er wurde vom Aufklärungsdienst der Armee, von der finnischen Polizei und einem der berüchtigtsten und effektivsten Nachrichtendienste der Welt gejagt.

Er schreckte aus seinen Gedankengängen auf, als der Bus am Bahnhof Pukinmäki ankam. Jetzt war er sicherlich weit genug vom Zentrum entfernt. Niemand käme auf die Idee, ihn hier zu suchen.

In der Eskolantie stieg er aus und ging ein paar Meter bis zur Säterintie, der Einkaufsstraße von Pukinmäki. Ratamo schaute auf die Uhr. Zwanzig vor neun. Er beschloß, einen kleinen Spaziergang zu machen und seine Schwiegermutter anzurufen, sobald er sich so weit beruhigt hatte, daß er mit ihr reden konnte. Er mußte sich vergewissern, daß Nelli in Sicherheit war. Einen Augenblick überlegte er, ob er Pirkko Jalava anrufen sollte, beschloß dann aber, ihr die Neuigkeiten erst zu erzählen, wenn sie sich in ihrer Wohnung sahen.

36

Oberst Igor Sterligow vom SVR, dem russischen Auslands-
aufklärungsdienst, schob mit der linken Hand eine schnee-
weiße Haarlocke beiseite, die ihm in die Stirn gerutscht war.
Sein gerötetes Gesicht wirkte angespannt und ernst. Er saß im
Dienstzimmer des Chefs der SVR-Filiale in Helsinki, das sich
in der russischen Botschaft befand, und verfluchte Arto
Ratamo. Der Mann war geflohen, während sie den Einbruch
in die EELA vorbereitet hatten. Das war unverzeihlich. Wenn
sich das herumsprach, würde er im ganzen SVR zum Gespött
der Kollegen. Er war gezwungen, Ratamo zu finden, bevor der
die Formel des Antiserums übergeben konnte. Rußland mußte
die Fähigkeit erlangen, sich gegen Ebola-Helsinki zu verteidigen. Er hatte schon den Befehl erteilt, alle denkbaren Maßnahmen zu ergreifen, um den Mann aufzuspüren. Die Kontakte des SVR in Finnland waren aktiviert, sie sollten sich nach
Informationen im Zusammenhang mit Ratamo umhören.
Seine Familienverhältnisse und Beziehungen zu Freunden wurden unter die Lupe genommen.

Anders als viele frühere hohe sowjetische und russische
Geheimdienstoffiziere in Finnland mied Sterligow die Öffentlichkeit. Zur Tarnung trug er den Titel Erster Botschaftsse-
kretär, zuständig für die Unterstützung der in Finnland tätigen
russischen Unternehmen. Die von ihm geleitete Nachrichtendienstfiliale in Helsinki umfaßte sechs Abteilungen für folgende

Bereiche: die Aufklärung auf politischem und politisch-ökonomischem Gebiet sowie in Wissenschaft und Technik, die Gegenspionage, die Signalaufklärung, die operative Technik sowie die Unterstützung der Illegalen. Die letztgenannte Abteilung kümmerte sich um jene, die sich unter falscher Identität im Lande aufhielten.

Sterligow konnte sich ganz der Spionage widmen, weil er dank der Stellung, die er zur Tarnung bekleidete, kaum anderes zu tun hatte. Seine Berichte lieferte er niemandem in Helsinki, sondern nur seinem Vorgesetzten in Moskau, Anatoli Nuikin, dem stellvertretenden Chef des SVR. Der Schwerpunkt in der Arbeit der Nachrichtendienstfiliale in Finnland wie auch des ganzen SVR lag nicht mehr auf der politischen Aufklärung. In den neunziger Jahren war durch Anweisungen der Chefs des Dienstes und auf der Grundlage von Gesetzen und Erlassen des Präsidenten als Aufgabe des SVR die Beschaffung von Informationen festgelegt worden, die dem ökonomischen Wohlergehen Rußlands dienten. Die wissenschaftlich-technische und wirtschaftliche Aufklärung des SVR war in den letzten zehn Jahren erfolgreicher gewesen als die des KGB jemals zuvor. Allein den Vereinigten Staaten waren dadurch nach dortigen Schätzungen Verluste in Höhe von Hunderten Milliarden Dollar entstanden.

Es war kurz vor neun, als Sterligow eine kleine Salzgurke erst in Smetana tunkte und dann in den Mund steckte. Er hatte in der Küche darum bitten müssen, daß man ihm etwas zu essen brachte. Das würde schon die zweite schlaflose Nacht hintereinander werden. Der Entdeckung des Gegenmittels durch Ratamo war der SVR auf die Spur gekommen, als das Tonband transkribiert wurde, auf dem die an diesem Tag in den ausgewählten Objekten abgehörten Gespräche aufgezeichnet waren. Der SVR konnte nicht ohne weiteres wissen, was von dem Inhalt der Gespräche zwischen Siren, Vairiala, Manneraho und Ketonen im Operativen Stab stimmte und was gelogen war, aber er hatte sich sofort an die Arbeit gemacht.

Daß in der EELA das im Mai entdeckte Ebola-Virus aufbewahrt wurde, war dem SVR schon bekannt gewesen. Bei dem Einbruch in das Institut in der Nacht zum Donnerstag stellten die Russen fest, daß sich die Formel für das Gegenmittel weder auf dem Zentralcomputer noch auf Ratamos oder Mannerahos PC befand. Der SVR fand heraus, daß Ratamo keinen Laptop und keinen stationären Computer zu Hause hatte. Auf dem Zentralcomputer der EELA war jedoch unter Nutzung von Ratamos Kennung die Notiz »Gegenmittel gefunden« geschrieben worden. Als Sterligow beim Verhör in der Tehtaankatu sicherheitshalber noch einmal nachgefragt und von Ratamo die vollkommen richtige Antwort erhalten hatte, war er endgültig überzeugt gewesen, daß die Formel für das Gegenmittel existierte. Der SVR hatte sofort intensive Aufklärungsmaßnahmen in Angriff genommen, um zu verhindern, daß andere Nachrichtendienste Wind von der Sache bekamen. Deshalb fütterte er sowohl den Waffenmarkt als auch die Spionageszene mit irreführenden Informationen. Er wollte das Alleinrecht an der Formel für das Gegenmittel. Das Medikament würde Mütterchen Rußland – oder zumindest die wichtigsten Bürger – vor möglichen Anschlägen der kleinen Republiken der Föderation oder der GUS-Staaten mit Ebola-Biowaffen schützen. Die Bewohner anderer Länder waren nicht so wichtig. Das Ebola-Virus brauchte Rußland nicht. Das besaß es selbst.

Sterligow nahm aus der Jackentasche eine kleine Metalldose und klopfte mit dem Finger darauf, so daß zwei weiße Pillen auf seine Hand fielen. Er steckte sie in den Mund, trank ein Glas Wasser, räusperte sich und begann den neuesten Lagebericht zu lesen. Demnach waren die Röhrchen mit dem Ebola-Blut zu Siren nach Hause gebracht worden, und seine Sekretärin hatte Vorbereitungen für eine London-Reise ihres Vorgesetzten getroffen. Sterligow lächelte. Schon am Mittwochabend hatte er sich bei seinem Kontaktmann im FSB, dem für die Inlandaufklärung der russischen Föderation zuständigen Geheimdienst, vergewissert, daß die Geschichte vom Schmuggel mit Waffen der russischen Armee, die Siren Ketonen erzählt hatte, eine Lüge war. Auch die Gespräche Sirens mit Vairiala sowie seine Anrufe hatten darauf hingedeutet, daß der Chef des Operativen Stabs beabsichtigte, die Blutröhrchen und die Formel des Gegenmittels zu verkaufen. Das hatte sich jetzt bestätigt. Aber was könnte Sirens Motiv sein?

Sterligow bekam Appetit auf Tee und rief in der Küche an. Dann dachte er angestrengt darüber nach, ob er Sirens Absichten vereiteln sollte. Wenn er die Finnen in ihrem eigenen Saft schmoren ließe, käme es durch Sirens Verrat zu einem Skandal, der die Arbeit der finnischen Nachrichtendienste erheblich beeinträchtigen würde. Das wiederum wäre aus der Sicht des SVR ganz ausgezeichnet. Er konnte sich nicht entscheiden, ob er Siren verraten sollte oder nicht.

Und er hatte noch ein anderes Problem. Sollte er die Ereignisse in Helsinki Nuikin melden? Laut Dienstvorschrift hätte er die Einzelheiten im Zusammenhang mit der Entdeckung des Gegenmittels schon nach Moskau berichten müssen. Sollte er aber wirklich das Risiko eingehen, daß die Informationen über das Gegenmittel und Ratamos Flucht aus dem SVR in andere Hände gelangten? Nuikin war einer der wenigen, denen Sterligow vertraute, aber die Entdeckung war so bedeutungsvoll,

daß Nuikin möglicherweise seinen eigenen Vorgesetzten, den
Chef des SVR, informierte. Dieser wiederum könnte Vympel,
die berüchtigte Antiterroreinheit des SVR, nach Finnland
schicken, und die würde ihm das Virus vor der Nase weg-
schnappen. Vielleicht würde irgend jemand Verbindung zum
Chef des FSB aufnehmen, oder der FSB würde sich die Information selbst beschaffen. Sterligow vertraute dem Geheimdienst für die Inlandaufklärung nicht. Der wurde auch schon
in der Öffentlichkeit verdächtigt, Attentate, Erpressungen und
andere kriminelle Handlungen zu begehen. Sogar seine eigenen
Agenten hatten öffentlich berichtet, daß man innerhalb der
Organisation große Schwierigkeiten bekommen konnte, wenn
man sich weigerte, gesetzwidrige Aufträge auszuführen. Vielleicht würde der FSB seine Antiterror-Kommandoeinheit Alfa
schicken, um das Virus und die Menschen, die davon wußten,
zu liquidieren. Auch der GRU, der militärische Aufklärungsdienst, wäre möglicherweise daran interessiert, in den Besitz
des Viruspakets zu gelangen. Es gab einfach zu viele Risiken.
Er beschloß, entgegen der Dienstvorschrift darüber nichts
nach Moskau zu berichten.

Der Tee ließ auf sich warten. Das ärgerte ihn. Und wenn er
an den FSB dachte, verschlechterte sich seine Laune noch
mehr. Der FSB war zu mächtig geworden. Die umfangreichen
Vollmachten im Gesetz über die Gegenspionage von 1995 und
das ökonomische und politische Chaos in dem Land, das immer noch eine Großmacht war, gaben dem FSB, dem Nach-
folger der für die Gegenspionage zuständigen Zweiten Hauptverwaltung des KGB, seine alte Machtstellung zurück. Der
Haupterbe der Aufgaben des KGB kümmerte sich um den
Kampf gegen die Kriminalität und um die Gegenaufklärung
und übernahm mit Zustimmung des SVR Aufgaben der Aus-

landsaufklärung. Der FSB hatte auch die berüchtigtsten Institutionen aus der Zeit des KGB, wie das eigene Gefängnis und die Untersuchungsabteilung, zurückerhalten.

Den SVR hingegen liebte Sterligow. Seine Entstehung aus den Trümmern der für die Auslandsaufklärung zuständigen Ersten Hauptverwaltung des KGB am Ende der Gorbatschow-Ära war für den eingeschworenen KGB-Mann die Erfüllung aller Träume gewesen. Er hatte schon geglaubt, sein Arbeitsplatz und seine Zukunft würden mit der Demokratisierung Rußlands und der darauffolgenden Aufsplitterung des KGB zerstört. In seiner Struktur blieb der SVR fast unverändert, und in der Arbeit wurde er im Vergleich mit seinem Vorgänger sogar aktiver. Seine Situation war in vieler Hinsicht anders als zu den Zeiten der Auslandsaufklärung des KGB. Es war leichter, Leute zu rekrutieren, da jetzt als Motiv allein das Geld diente und nicht der Wettstreit zwischen den Ideologien. Die Einstellung zum SVR war in Rußland bedeutend positiver als früher in der Sowjetunion zum KGB. Der SVR wurde offen finanziert, und man lobte seine Bemühungen um eine Beruhigung der Lage in Rußland.

Endlich wurde der im Samowar gekochte russische Tee gebracht. Der Duft war himmlisch. Sterligow löffelte reichlich Zucker in das Glas, rührte und schlürfte die dampfende Flüssigkeit. So einen Nektar bekam man in Finnland nicht.

Seine Gedanken kehrten zu Ratamo zurück. Die Flucht war von glücklichen Umständen begünstigt worden. Der Mann hatte den Eindruck gemacht, als wäre er genau so ein Feigling wie die anderen Finnen auch. Sterligow hatte von seinem weißmeerkarelischen Vater den Haß auf Finnland geerbt. Der war wegen seiner finnischen Herkunft nach dem Krieg von einem Arbeitslager ins nächste gebracht worden, bis er selbst seinem

Leben ein Ende setzte. Die Finnen hatten nicht gewagt, etwas gegen die Behandlung ihrer Stammesbrüder zu unternehmen. Nach Sterligows Auffassung schuldete Finnland seinen ganzen Wohlstand der Sowjetunion, deren Geld das kleine Land mit Hilfe politischer Spiele und des Clearing-Handels in der ganzen Nachkriegszeit ungeniert abgesaugt hatte. Finnland war allzu selbstsicher, zu stolz und zu wohlhabend. Er hätte dem Land schon während des kalten Krieges gern eine Lektion erteilt. Der Mythos von den ausdauernden und willensstarken finnischen Männern war seiner Meinung nach nur noch Angeberei in einem Land, das so amerikanisch war wie kein anderes. Vielleicht könnte er das jetzt, unter dem neuen Regime, beweisen.

37

Ratamo atmete gierig die frische Luft ein und versuchte den stin-
kenden Verhörraum zu vergessen. Schon fast zwanzig Minuten
war er im Licht der Abendsonne auf kleinen Wegen durch Pukinmäki spaziert, um sich zu beruhigen und wieder klar denken zu
können. Er hatte immer noch Angst, war jetzt aber imstande,
mit Marketta und Nelli zu sprechen. Der Akku des Handys
hatte den Geist aufgegeben, deshalb wollte er von der Telefonzelle neben dem Bahnhof anrufen. Pirkko Jalava hatte offensichtlich vergessen, das Telefon aufzuladen, oder die Akkus
älterer Mobiltelefone entluden sich von allein in neun Stunden.

An dem einen Handgriff eines Rollators, der vor der Telefonzelle stand, hing die Leine eines Hundes, am anderen voll-
gepackte Plastiktüten. Eine kleine Oma rief etwas in den Hörer. Ratamo verstand, daß sie sich erkundigte, wie es ihrem
Sohn ginge. Er bückte sich und streichelte den Hund, einen
Mischling mit verschmitztem Gesichtsausdruck. In seinem Fell
war schon viel Grau zu sehen. Ratamo empfand Mitleid. Mußte
die Oma mühselig bis zur Telefonzelle fahren, um ihr Kind anzurufen? Wie konnte jemand seine Mutter so ihrem Schicksal
überlassen? Vielleicht hatte der Sohn nicht das Geld, sich um
seine Mutter zu kümmern. Ratamos Gewissen meldete sich.
Vor lauter Streß hatte er in den letzten drei Wochen keine Zeit
gehabt, seine Oma zu besuchen. Sonst schaute er meist jeden
Sonnabend bei ihr vorbei.

Als die alte Frau ihr Gespräch beendete, half Ratamo ihr aus der Telefonzelle heraus. Die Oma bedankte sich wortreich und machte sich mühsam auf den Weg.

Zwei Minuten nach neun steckte Ratamo zwei Fünfmarkmünzen in den Schlitz des Telefons, wählte die Handynummer seiner Frau und hoffte inständig, daß Nelli in Sicherheit war.

»Hier Arto. Wie geht es Nelli? Wo seid ihr?«

»Es geht uns beiden ganz gut. Ich habe es genauso gemacht, wie du gesagt hast, und wir sind jetzt in der Hütte der Heinonens. Kannst du schon erzählen, worum es bei alldem geht? Im Radio war nichts über diese Morde zu hören. Arto, mein Lieber, ist Kaisa tatsächlich tot, oder war das irgendein schrecklicher Irrtum?« In Marketta Julins zitternder Stimme klang die Hoffnung durch. Sie vermochte einfach nicht zu glauben, daß ihre Tochter tot war.

Ratamo hätte beinahe vor Freude gejubelt, Nelli war also in Sicherheit. Er beherrschte sich jedoch.

»Leider ist Kaisa wirklich tot. Das ist wahr und endgültig. Ich habe gesehen, wie sie erschossen wurde, und die Polizei hat bestätigt, daß sie gestorben ist. Es tut mir leid, aber du betrügst dich selbst, wenn du noch weiter Hoffnungen hegst.« Ratamo versuchte so viel Mitgefühl zu zeigen, wie er es unter diesen Umständen konnte. Markettas einziges Kind war tot. Ihre Trauer mußte furchtbar sein. Ratamo hoffte, daß er ihr irgendwann in der Zukunft eine Stütze sein könnte. Das war er seiner Schwiegermutter schuldig.

Marketta seufzte und schwieg einen Augenblick. Ihr Interesse an weiteren Fragen war verflogen. »Ich habe Nelli gesagt, daß Mutter und Vater später hierherkommen. Sie geht gerade ins Bett, willst du mit ihr sprechen?« fragte Marketta niedergeschlagen.

»Natürlich«, erwiderte Ratamo und hielt den Atem an.

»Vati, ich habe ein Bild für dich gemalt. Wann kommst du?« fragte Nelli fröhlich.

»Dein Vater ist noch in der Stadt und kommt etwas später. Habt ihr es schön da mit Oma?« Ratamo bemühte sich, so normal wie nur irgend möglich zu klingen.

»Oma hat mir Bonbons und Buntstifte gekauft.«

»Na, das ist ja prima. Vergiß nicht, die Zähne zu putzen, bevor du ins Bett gehst.« Ratamo spürte, wie seine Augen feucht wurden.

»Jaja. Kommst du mit Mutti bald hierher?«

»Wir kommen, sobald wir können, aber bis dahin bist du schön artig und lieb zu Oma, ja?«

»Ja. Oma liest mir eine Gutenachtgeschichte vor, weil du nicht da bist.«

Ratamo wollte das Gespräch beenden, damit Nelli nicht bemerkte, wie schwer es ihm fiel, die Fassung zu wahren.

»Mein Schatz, gib Oma noch mal das Telefon.«

»Küßchen, Küßchen, Vati«, sagte Nelli mit ihrer süßesten Kinderstimme. Das hätte Ratamo fast das Herz gebrochen.

»Hallo, Arto?« Marketta klang jetzt schon etwas gefaßter. »Von wo rufst du an? Ist zu Kaisas Mord irgend etwas herausgekommen?«

Ratamo war noch so gerührt, daß er sich auf die Lippe beißen mußte, damit man seiner Stimme nichts anmerkte. Er sagte Marketta, er befinde sich in Helsinki und sei wohlauf. Über den Mord wisse er nichts Neues, aber seine Lage sei etwas besser geworden, denn er habe Kontakt mit einer Journalistin aufgenommen, und die habe versprochen, ihm zu helfen. Ratamo bat um Entschuldigung, daß er am Telefon nicht alles, was passiert war, erzählen konnte, das würde eine Stunde dauern. Er versprach, am nächsten Morgen wieder anzurufen, wiederholte aber zweimal, daß nicht sicher war, ob es möglich sein würde. Er wollte verhindern, daß Marketta etwas Unüberlegtes tat, wenn er aus irgendeinem Grunde doch nicht telefonieren konnte. Auch jetzt war er nur mit viel Glück zum Anrufen gekommen. Am Ende betonte er noch einmal, wie sehr ihm alles leid tat, und dankte Marketta aus ganzem Herzen dafür, daß sie Nelli in ihre Obhut genommen hatte.

Marketta bat Ratamo, er solle auf sich aufpassen, und beendete das Gespräch.

Diese Ermahnung seiner Schwiegermutter hörte er nicht gern. Natürlich war er gezwungen, zu überleben, wegen Nelli. Er war sich schmerzlich bewußt, wieviel der Verlust der Mutter für ein kleines Kind bedeutete, und wollte nicht einmal daran denken, daß seine Tochter mit sechs Jahren zur Waise werden könnte. Er würde alles tun, um diesen Albtraum zu überstehen und sich danach um Nelli kümmern zu können.

Ratamo benutzte in der nahe gelegenen Tankstelle die Toilette und ging dann zum Taxistand in der Säterintie.

Beim Warten auf ein Taxi überlegte er, welche gewaltigen Veränderungen es in seinem Leben nach dem Ende dieses Albtraums gäbe – wenn er dann noch am Leben wäre. Es hinderte ihn nichts mehr daran, seine unfreiwillig gewählte Arbeit mitsamt dem Zwang zum Aufstieg auf der Karriereleiter aufzugeben und etwas völlig Neues anzufangen. Aber was? Er hatte keine Lust, noch einmal lange zu studieren. Hobbys besaß er zwar genug, aber keines von ihnen interessierte ihn so sehr, daß er sich für Jahre an dieses Gebiet binden wollte. Er wußte nur eins, er würde nicht in das stille Kämmerlein des Forschers und in die Tretmühle zurückkehren. Wer sein eigener Herr war, brauchte nicht nach der Pfeife anderer zu tanzen und fünf Tage in der Woche nach der Stechuhr zu leben. Er gab sich selbst das Versprechen, sich die Bedingungen für sein Leben niemals mehr von anderen diktieren zu lassen. Künftig würde er das tun, was er selbst wollte und was ihm Genuß bereitete.

Die Planung für ein Ende des Lebens in fremden Kulissen lud seinen Akku mit positiver Energie auf. Er hatte also neben Nelli noch einen anderen Grund, um sein Leben zu kämpfen. Komisch, daß erst alles zusammenbrechen mußte, damit man wieder Geschmack am Leben fand.

Ratamo stieg in ein Taxi und zuckte zusammen, als er den Fahrer erblickte. Der Mann sah aus wie ein Doppelgänger von Himoaalto. Wenn er doch jetzt auf dem Weg zum Saunaabend mit seinem alten Freund wäre, dafür hätte Ratamo sogar seinen Platz im Himmel hergegeben.

»Zur Viiskulma«, sagte er dem Fahrer. Sicherheitshalber gab er keine Adresse an. Man konnte ja nie wissen …

38

»Wir sind da!«

Ratamo schreckte hoch, als er den Taxifahrer hörte.

Es war halb zehn, und die Sonne ging gerade unter. Ratamo wußte ungefähr, wo sich die Pursimiehenkatu 16 befand. Etwa zweihundert Meter vor dem Haus blieb er stehen und schaute sich in aller Ruhe um. Nirgendwo war etwas Ungewöhnliches zu sehen. Niemand schien ihm zu Fuß oder im Auto zu folgen, und die Straßen waren fast leer. Wer am Abend dieses heißen Tages nicht feierte, starrte vermutlich in die Röhre. Ratamo sah amüsiert zu, wie aus der Kneipe nebenan ein Mann geschwankt kam, der ganz sicher nicht vortäuschte, betrunken zu sein.

Ratamo holte Pirkko Jalavas Schlüssel aus der Tasche, öffnete die Haustür und betrat den dunklen Treppenflur. Auf der Tafel mit den Namen der Mieter sah er, daß Pirkko Jalava ganz oben, in der dritten Etage, wohnte. Das Haus hatte einen Fahrstuhl, aber er ging die Treppe hinauf und spürte, wie Angst in ihm hochkroch, als er sich langsam und lautlos der fremden Wohnung näherte. Woher sollte er wissen, was ihn dort erwartete. Er klingelte. Als nichts zu hören war, schloß er auf und rief den Namen der Hausherrin. In der Wohnung blieb es dunkel. Ratamo hatte das Gefühl, daß irgend etwas nicht stimmte. Sollte er lieber die Flucht ergreifen und wegrennen? Aber wohin? Er brauchte unbedingt Hilfe. Also schaltete er das Licht an und schaute sich vorsichtig um. Es schien niemand in der

Wohnung zu sein. Die Anspannung wich allmählich, er zog die Schuhe aus, warf den Mantel auf einen Stuhl im Flur und versteckte die Pistole darunter. Auf dem Flurtisch lagen mehrere Ladegeräte, eines paßte zu seinem Handy.

Die Dreizimmerwohnung war typisch für einen Singlehaushalt. Ratamo wunderte sich jedoch, wie unpersönlich sie wirkte. Pirkko Jalava hatte auf ihn den Eindruck einer Frau mit ausgeprägter Individualität und großer Ausstrahlung gemacht. Es war jedoch nichts zu sehen, was etwas über die Bewohnerin ausgesagt hätte. Kein Foto, keine Ansichtskarte oder ähnliches. Er war jedoch zu müde und zu hungrig, um weiter darüber nachzudenken. Das letzte Mal hatte er gegen Mittag bei Stockmann etwas gegessen. Und danach hatte er soviel Energie verbraucht wie sonst in einer ganzen Woche nicht.

Der Kühlschrank erwies sich als wahre Schatzkammer. Im Handumdrehen hatte Ratamo die Hälfte des Inhalts verschlungen, vom Hüttenkäse über den Schinken bis zur Preiselbeermarmelade. Der wunderbar sahnige Pilzsalat war eine echte Delikatesse. Zu seiner großen Freude entdeckte er auf einem kleinen Tisch eine geöffnete Flasche Bourgogne. Er konnte es sich doch nicht entgehen lassen, den Rotwein aus seinem Lieblingsanbaugebiet, der Côte de Nuits, zu kosten, obwohl er schon so voll war wie ein Luftballon. Bereits am Bukett erkannte er, daß es sich um einen Qualitätswein handelte.

Ratamo war ein Weinkenner. Er hatte vor Jahren die Rolle des Kellermeisters übernommen, wenn Kaisas Gäste aus der vornehmen Gesellschaft zu Besuch kamen. Angeblich mußte auch er mit irgendeiner Aufgabe beschäftigt sein, während seine Frau ihre minimalistischen Gourmet-Portionen zuberei-

tete. Und dieses Amt brachte auch Vorteile mit sich. Er hatte
für einen Augenblick Ruhe vor den Gästen, und, was am wichtigsten war, er durfte mehr trinken. Der Ärger über Kaisas Bekannte und sein Alkoholspiegel verhielten sich zueinander um-
gekehrt proportional.

Ratamo steckte sich einen Priem unter die Oberlippe und
beschloß, die Spuren dieses schrecklichen Tages wegzuspülen.
Im Spiegel des Badezimmers starrte ihn ein Mann an, der ziemlich heruntergekommen aussah. Die Bartstoppeln wucherten,
die Haare standen zu Berge, und die Augen waren gerötet wie
bei einem korsischen Räuberhauptmann.

Das Wasser plätscherte in die alte Emaillebadewanne, deren
Füße Löwenpranken glichen. In seiner Kindheit hatten sie
eine ähnliche Badewanne gehabt. Sie war für ihn oft Zu-
fluchtsort gewesen, wenn der Vater noch tyrannischer ge-
launt war als gewöhnlich. Ratamo zog sich aus, stieg langsam
in das wohltuende, dampfend heiße Wasser und versank in
Gedanken. Er fühlte sich allein und schutzlos. Sollte er es
wagen, seine Ängste mit jemandem zu teilen? Himoaalto
war ein Mann der Tat und würde möglicherweise irgendeine Dummheit begehen, wenn er hörte, in welcher Lage er
sich befand. Der Versuch, mit Timo über seine Ängste zu
reden, wäre zwecklos. Marketta hatte selbst genug Sorgen,
und er besaß jetzt nicht die Kraft, seine Schwiegermutter zu
trösten. Liisa könnte er vertrauen, aber sollte er sie tiefer in
den Sumpf der Ereignisse hineinziehen? Mehr Wissen könnte
auch in diesem Falle mehr Schmerzen bedeuten, sagte sich
Ratamo. Das Gefühl der Einsamkeit wurde nur noch schlim-
mer, wenn er an seine Verwandten dachte. Der Vater verbrachte
seine Rentnertage in Spanien. Das letzte Mal hatten sie beim
Begräbnis von Kaisas Vater miteinander gesprochen, das war

Jahre her. Zu seiner Oma hatte er ein enges Verhältnis, aber er wollte nicht einmal daran denken, die alte Frau mit seiner Geschichte zu schockieren. Es sah so aus, als gäbe es überhaupt niemanden, an den er sich wenden könnte. Außer Pirkko Jalava.

39

Die Maschine, in der Wrede und Rautio saßen, war zwanzig Uhr fünfundvierzig Ortszeit in London gelandet, also mit fünf Minuten Verspätung. Wredes Fahrer hatte in einem Volkswagen Passat am Terminal 1 von Heathrow in der Nähe des Taxistandes gewartet.

Es bereitete ihm keine Probleme, dem Taxi Rautios zu folgen. Wrede saß bequem auf dem Rücksitz und beobachtete die schwarze kugelförmige Taxineuheit namens TX1, die vor ihnen fuhr. Der Wagen der London Taxis International war eine modernisierte Version des Londoner Markenzeichens, des legendären Fairway-Modells. Es nieselte, was der vom Sonnenbrand geplagte Wrede als sehr wohltuend empfand. Das Taxi hielt in der Orchard Street vor dem Haupteingang des Hotels »The Selfridge Thistle«. Der Passat stoppte ein paar Meter vom Hoteleingang entfernt. Wrede wartete etwa fünf Minuten, dann schob er rasch die Waffe, die er von dem Fahrer erhalten hatte, in seine Ledertasche, gab dem Mann neue Anweisungen und betrat das Hotel.

Als er sich vergewissert hatte, daß Rautio nicht mehr im Foyer stand, fragte er an der Rezeption in seinem ausgezeichneten amerikanischen Englisch, ob es noch ein freies Einbettzimmer gebe. Die etwa achtzehnjährige dunkelhäutige Frau, die jungenhaft wirkte, bat ihn, einen Moment zu warten, und tippte etwas in ihren Computer ein. Einen Augenblick später teilte sie ihm mit, daß noch eine Suite frei wäre, zum Preis von zweihundertzwanzig Pfund pro Nacht.

Wrede nahm die Suite und erkundigte sich, ob sein Kollege Jari Tolsa schon eingetroffen sei. Die junge Frau mit ihren Locken war ein echter Leckerbissen. Wrede schämte sich für sein breites Brillengestell.

Sie bat Wrede, Rautios seltsam klingenden Tarnnamen auf einen Zettel zu schreiben, hantierte eine Weile am Computer und sagte danach, Tolsa habe das Zimmer Nummer 642. Wrede zahlte die Rechnung im voraus und bar und erhielt die Schlüsselkarte für seine Suite.

Im Aufzug nahm Wrede aus seiner Brusttasche ein Etui, das aussah wie ein Portemonnaie. Er holte eine durchsichtige Faser heraus, die etwas dicker als ein Haar war, und steckte sie in den Mund. Sein Spiegelbild verriet, daß die roten Haare unter der Mütze heraushingen. Wrede ärgerte sich, daß er sich nicht besser maskiert hatte. Mit der Mütze auf dem Kopf und ohne Jackett hob er sich in dem Hotel von den Geschäftsleuten in ihren schwarzen Anzügen ab wie eine Gans von einem Schwarm Wildenten.

Der Flur in der fünften Etage war leer. An Rautios Zimmertür nahm Wrede die Faser aus dem Mund und brachte sie so am Türrahmen an, daß sie sich beim Öffnen der Tür bewegen würde.

In seinem eigenen Zimmer zog er den Mantel aus, schaltete einen zigarettenschachtelgroßen Piepser ein, steckte ihn in die Tasche und kehrte ins Foyer zurück. Er wollte nicht in seinem Zimmer im siebenten Stock auf das Piepsignal warten, das der elektronische Sensor an Rautios Tür senden würde. Womöglich wäre Rautio eher unten als er und längst verschwunden, wenn er im Foyer ankam.

230

Wrede setzte sich in einen viktorianischen Ledersessel, von dem aus er sowohl die Türen der Aufzüge als auch den Ausgang des Hotels im Blick hatte. Die Bar und das Restaurant befanden sich direkt vor ihm. Drei Schönheiten in leuchtend roten Uniformen saßen in der Bar und unterhielten sich gutgelaunt. An ihren Uniformen erkannte er sie als Stewardessen der Virgin Airlines. Er musterte die Beine der Frauen und gelangte zu der Überzeugung, daß man sie nicht auf der Grundlage ihrer Zeugnisse eingestellt hatte.

Gerade als er die »Daily Mail« auseinanderfaltete, gab der Piepser zwei kurze Hochfrequenzsignale. Kurz danach verließ Rautio den Aufzug, ging ins Restaurant und schaute sich genau um. Wrede war jedoch sicher, daß er ihn nicht erkannt hatte. Er wartete, bis man Rautio sein Essen servierte.

An Rautios Zimmertür zog Wrede dünne weiße Baumwollhandschuhe an, nahm aus dem Etui einen als Kreditkarte getarnten Codeleser und schob ihn in das elektronische Schloß der Tür, das sofort aufschnappte. Nachdem er systematisch jeden Winkel des Zimmers durchsucht hatte, fand er im Kleiderschrank einen schwarzen Diplomatenkoffer. Er stellte ihn auf den Tisch, nahm aus seinem Etui einen elektronischen Dietrich und untersuchte den Koffer eine Weile. Es war gut möglich, daß er eine Alarmanlage besaß oder einen Sensor, der anzeigte, daß man ihn geöffnet hatte. Das Risiko mußte er jedoch eingehen. Zum Glück ließ sich das Schloß leicht öffnen, und ein Alarmsignal war nicht zu hören. In der Tasche befanden sich drei braune Briefumschläge im Format DIN A 4. Auf jeden war eine Londoner Adresse geschrieben, nicht aber der Name des Empfängers. Wrede war überzeugt, daß er gefunden hatte, was er suchte. Der obenauf liegende Brief zerriß nicht, als er die Klebefläche vorsichtig aufzog. Mit einer Minikamera

231

fotografierte er jede Seite aller drei Briefe. Dann nahm er aus seinem Etui eine kleine Tube, trug Leim auf und klebte die Briefe sorgfältig wieder zu. Er stellte alles wieder an seinen Platz, verließ den Raum unbemerkt und befestigte eine neue Faser am Türrahmen.

In seinem Zimmer cremte Wrede sein brennendes Gesicht ein und setzte sich in den Sessel. Mit einem kleinen Lesegerät, das in die Augenhöhle paßte, las er auf dem Mikrofilm den ersten Brief: »Zum Kauf angeboten werden das Ebola-Helsinki-Virus (= Killervirus) und die Formel für das Gegenmittel. Der Virus tötet etwa 90 % der Infizierten, auch Menschen.« Wrede blieb der Mund offenstehen. Finnen boten den Killervirus zum Kauf an!

Als sich der erste Schock gelegt hatte, wurde Wrede klar, daß er auf eine Goldader gestoßen war, den wahren Albtraum eines Nachrichtendienstes und den Traum eines Ermittlers. In Finnland hatte es vielleicht noch nie einen Betrug dieser Größenordnung gegeben. Das war die Chance seines Lebens. Obwohl die Initiative für die Observierung Vairialas von Ketonen ausging, war er es doch gewesen, der Rautio beschattet und die enthüllenden Schlüsseldokumente beschafft hatte, ohne das Risiko zu scheuen. Auch ihm würde Ruhm gebühren.

Der Piepser gab ein Signal. Rautio war in sein Zimmer zurückgekehrt. Wrede zog den Mantel über, steckte die Mikrofilme und das Lesegerät in die Tasche und ging in Richtung fünfte Etage. Er mußte an Rautios Tür einen neuen Sensor anbringen. Danach würde er Ketonen anrufen, das wollte er jedoch nicht im Hotel tun. Es war praktisch unmöglich, Gespräche aus Telefonzellen zu überwachen oder zurückzuverfolgen, schon allein deswegen, weil es so viele gab.

Eine echte britische rote Telefonzelle fand sich in der nahe

232

gelegenen Oxford Street vor dem Warenhaus Selfridge's. Wrede wählte die Nummer der Überwachungszentrale der SUPO und setzte auf die Sprechmuschel des Hörers einen Mischer, der ein Ultraschallgeräusch aussendete. Der Filter in der Zentrale würde das Störgeräusch in dem ankommenden Gespräch eliminieren.

Er schaute auf seine Uhr, drei Viertel zehn. In Finnland war es kurz vor Mitternacht.

»Hallo, wie kann ich Ihnen helfen?«

»A, zwei, zwei, Origo«, Wrede gab, wie von der Zentrale verlangt, den täglich wechselnden Code und seine eigene Kennung durch.

Im Telefon knackte es.

»Zentrale«, sagte der Diensthabende.

»Hier Wrede. Ist Ketonen im Büro?«

Der Chef war nicht da. Wrede sagte, es handle sich um die Alarmstufe Rot, Ketonen müsse in die Überwachungszentrale gerufen werden. Er würde in zwanzig Minuten wieder anrufen.

Bei Stufe Rot, der allerwichtigsten, würde Ketonen so schnell wie möglich in die Ratakatu kommen. Er wohnte in Kruununhaaka, selbst zu Fuß wäre er in einer Viertelstunde im Gebäude der SUPO, überlegte Wrede. Er wollte seinen Bericht über eine Verbindung der Überwachungszentrale geben, die mit Sicherheit nicht abgehört werden konnte. Wredes Puls lag bei annähernd zweihundert, als in der Oxford Street ein heftiger Regenguß einsetzte.

FREITAG
11. August

40

Nur das leise Plätschern der Wellen am Ufer störte die Stille auf der Insel Bastö. Das fahle Mondlicht sorgte für eine gespenstische Stimmung, und die Sterne leuchteten hell am Himmel. Die Nacht war so kühl, daß über der von der Tageshitze erwärmten Wasseroberfläche ein dünner Nebelschleier schwebte.

Die federleichten Schritte auf den Dielen des Blockhauses waren fast lautlos. Am Bett endeten sie, eine Hand wurde ausgestreckt und zog Marketta Julin am Ärmel ihres Nachthemds.

»Oma. Oma, kann ich zu dir kommen?« fragte Nelli, dem Weinen nahe. »Ich habe Angst.«

Marketta Julin war bereits wach, sie hatte einen leichten Schlaf. »Natürlich, mein Schatz«, sagte sie, während Nelli schon zu ihr unter die Bettdecke kroch.

»Warum kommt Mutti noch nicht?« fragte Nelli und schluchzte.

»Mutti und Vati werden ganz bestimmt schon bald hier sein. Erwachsene haben eben manchmal noch so viel zu tun.« Marketta Julin strich über die langen Haare ihres einzigen Enkelkindes. Es war sehr schwer gewesen, nach der Nachricht vom Tod ihrer Tochter den ganzen Tag die Rolle der gutgelaunten Oma zu spielen. Nelli sollte jedoch die erschütterndste Nachricht ihres Lebens von ihrem Vater erfahren.

Plötzlich sah Marketta ein Bild von Nellis drittem Geburtstag vor sich. Das Mädchen hatte von seinem Vater ein großes

Schaukelpferd geschenkt bekommen und wollte von da an nur noch schlafen, wenn das Holzspielzeug am Fußende ihres Bettes stand. Der Großmutter rollten Tränen über die Wangen.

Nelli schnaufte schon und schlief tief. So einen guten Schlaf müßte man haben, Marketta Julin seufzte. Sie war voller Trauer und machte sich Sorgen um Nelli. Wie würde das Kind den Tod seiner Mutter verkraften. Sie wußte, daß die Erziehung eine große Bedeutung hatte, glaubte aber, daß letztlich jeder Mensch selbst entschied, wie er sein Leben gestaltete. Sie selbst hatte alles getan, um Kaisa beizubringen, daß nicht wichtig ist, was man sehen, sondern was man fühlen kann. Dennoch war Kaisa ein wenig oberflächlich geworden. Aber vielleicht sollte es auch nicht sein, daß man seinem Kind so etwas verständlich machen kann. Dann würden die Menschen ja aus den Fehlern der vorhergehenden Generationen lernen.

Froh war sie darüber, daß sie sich in der letzten Zeit besonders oft mit Kaisa getroffen hatte. Natürlich war ihr nicht entgangen, daß es in der Ehe ihrer Tochter kriselte, und sie hatte Kaisa dazu bewegen wollen, vernünftig zu sein. Arto war anders als Kaisa. Der Junge hatte als Kind Schlimmes durchmachen müssen und wußte deshalb anscheinend die wahren Freuden des Lebens zu schätzen.

Marketta Julin überlegte noch, ob sie ihre Tochter zu sehr verwöhnt hatte, dann versank sie langsam in der Dunkelheit.

41

Wrede war auf der Oxford Street zunächst zehn Minuten in Richtung Oxford Circus gegangen und kehrte nun zurück. Zum Glück war der Regenguß schon wieder vorbei. Mittlerweile hatte er sich von dem Adrenalinschock durch die Briefe erholt und sah nun auch die Kehrseite der Medaille. Die Gefahr des Einsatzes einer Massenvernichtungswaffe mußte verhindert werden, die Verantwortung lag bei der SUPO, und er stand im Zentrum des Geschehens.

Die Oxford Street, eine Einkaufsstraße, in der es tagsüber von Menschen nur so wimmelte, lag am späten Abend fast verlassen. Nur in der Nähe der Restaurants und der Fastfood-Buden sah man noch Leute. Kebab-Duft stieg Wrede in die Nase, als er am Wagen eines Straßenhändlers vorbeiging. Die prächtig dekorierten Schaufenster Dutzender kleiner Geschäfte quollen von Waren über. Alle großen Warenhausketten waren vertreten: BHS, Debenham's, John Lewis, DH Evans, Selfridge's, Marks & Spencer ... Wrede blieb nur einmal stehen, als er ein französisches Deba-Messer von Sabatier im Angebot entdeckte.

Sechs Minuten nach zehn betrat Wrede dieselbe Telefonzelle, von der er die Überwachungszentrale schon einmal angerufen hatte. Er steckte wieder den Mischer auf die Sprechmuschel.

Wrede nannte dem Diensthabenden seine Kennung und den

Code für den Freitag, der in Finnland wegen des Zeitunterschieds von zwei Stunden schon begonnen hatte. In der Leitung war zunächst nur das vertraute Knacken zu hören, aber Wrede wußte, daß sich nur einen Moment später Ketonen melden würde.

»Hier Jussi. Was ist los?«

»Möglicherweise sehr viel. Ich habe drei Briefe aus dem Koffer von Vairialas Agenten filmen können, die alle denselben Inhalt, aber eine andere Adresse haben. Soll ich einen vorlesen?«

»Leg los.«

Wrede setzte das Lesegerät wie ein Monokel in seine linke Augenhöhle und las vom Mikrofilm einen der Briefe vor.

In der Leitung herrschte für einen Augenblick totale Stille.

»Hattest du gesagt, daß sich die Briefe im Koffer des Agenten befinden, den Vairiala geschickt hat?«

»Ja. Im Koffer deines Namensvetters Jussi Rautio.«

»Sind sie schon überbracht worden?«

»Noch nicht. Rautio ist noch in seinem Zimmer. An der Tür habe ich eine Sonde angebracht.«

»Lies die Adressen vor«, sagte Ketonen, und Wrede tat, wie ihm geheißen.

Eine Weile hörte man nur, wie Ketonen seine Zigarette paffte. »Folge Rautio jetzt unter allen Umständen. Wenn es sich nicht um irgendeinen krankhaften Scherz oder eine Übung handelt, dann führt Vairiala alle an der Nase herum und treibt ein verdammt gefährliches Spiel. Der Mann bietet ja eine Massenvernichtungswaffe zum Kauf an.« Ketonen überlegte wieder eine Weile, bevor er fortfuhr. »Wir sind gezwungen zu warten und zu sehen, ob die Briefe überbracht werden. Wir werden die Angelegenheit hier ab jetzt als Fall Rot behandeln. Ruf mich über die Zentrale sofort an, wenn irgend etwas passiert.

Eher verlasse ich das Büro nicht. Und faxe die Briefe an die Zentrale.« Ketonens Stimme hörte man an, daß er mit Eifer bei der Sache war. Die lange Zeit der Untätigkeit war endlich vorbei.

Ketonen beschloß, den Fahrstuhl nicht zu benutzen, und stieg die Treppen hinauf. So hatte er wenigstens etwas Bewegung. Die Etagen unterschieden sich durch die verschiedenen hellen Farbtöne: bläulich, rötlich, grünlich, gelblich. Er kannte die schönen Wandmalereien schon so gut, daß er sie nicht mehr beachtete.

Für Ketonen war es ungewohnt, daß Musti ihn nicht an der Tür empfing, als er sein Arbeitszimmer betrat. Sie war von dem nächtlichen Spaziergang völlig erschöpft gewesen. Er hingegen war gern ins Büro gekommen. Endlich passierte etwas, zu Hause starrte er nur in die Röhre. In der letzten Zeit war das Gefühl der Einsamkeit wieder erdrückend gewesen. Er hatte in seinem Leben viele falsche Entscheidungen getroffen, aber nur eine schmerzte immer noch: Als sich herausgestellt hatte, daß er und Hilkka niemals Kinder bekommen würden, war er gegen eine Adoption gewesen. Damals wäre er nie auf den Gedanken gekommen, daß er vor seinem sechzigsten Lebensjahr Witwer werden könnte.

42

»Ratamo. Ratamo, wach auf.«

Arto Ratamo schreckte aus dem Schlaf hoch und knallte mit dem Hinterkopf auf den Emaillerand der Badewanne. Er verzog das Gesicht zu einem Grinsen und rieb sich das Genick. Es dauerte einen Augenblick, bis er begriff, wo er war, und bemerkte, daß Pirkko Jalava vor ihm stand. »Entschuldige. Anscheinend war ich eingeschlafen«, stammelte er.

»Wann bist du in die Wanne gestiegen? Es ist gleich um eins. Du wirst ja so trocken wie ein Zwieback. Komm raus, hier ist ein Handtuch.« Jalava ging in den Flur, bevor Ratamo aus der Wanne stieg.

Ratamo trocknete sich ab und band sich das Handtuch um die Hüften. Dann nahm er den alten Priem, der unter seiner Oberlippe klebte, warf ihn in den Mülleimer und machte sich seine goldene Uhr um, eine Patek Philippe. Die hatte er von seinem Vater nach dem Tod der Mutter erhalten. Er fragte die Hausherrin, ob sie ihm etwas Sauberes anzuziehen geben könnte.

Pirkko Jalava holte aus ihrem Kleiderschrank Tennissocken, ihre größten Trainingshosen und ein T-Shirt der Größe XL. Ratamo stand nackt mitten im Bad und machte keine Anstalten, sich zu bedecken, als sie zurückkehrte. Ihre Blicke trafen sich für einen Moment. Dann kehrte sie ihm den Rücken zu, und Ratamo zog sich blitzschnell an.

»Was hast du denn die ganze Zeit gemacht? Ich war gegen neun hier, und von dir war keine Spur zu sehen. Ich habe vorhin auch versucht anzurufen«, sagte Jalava so zornig, daß Ratamo zusammenzuckte.

»Na ja, ich bin von Stockmann direkt hierhergekommen, wenn man davon absieht, daß russische Agenten mich gekidnappt und in die Tehtaankatu zum Verhör gebracht haben, da konnte ich aber entkommen und bin von Kamppi durch den Metro-Tunnel bis zum Hauptbahnhof gerannt und dann mit dem Bus nach Pukinmäki gefahren.« Ratamo fiel wieder der Kellerraum in der Tehtaankatu ein, er spürte den bitteren Geschmack der Todesangst im Mund und kehrte in die Wirklichkeit zurück. Die schöne Zeit der Flucht in die Traumwelt war zu Ende.

Pirkko Jalava starrte Ratamo an, als hätte der ihr erzählt, er wäre übers Wasser gegangen.

»Das kann doch nicht dein Ernst sein. Was hat man mit dir gemacht?«

Ratamo war müde und berichtete, was passiert war, die Details kürzte er jedoch ab. Und obwohl ihr Gast gerade erzählte, daß er entführt worden war, wirkte Pirkko Jalava erstaunlich ruhig. Das gab Ratamo ein Gefühl der Sicherheit.

»Man hat dir doch nicht irgendwelche Mittel gespritzt?«

»Nein.«

»Und du hast die Formel des Gegenmittels nicht verraten?«

»Natürlich nicht.«

Jalava entspannte sich etwas. »Wahrscheinlich brauchst du jetzt einen Drink«, sagte sie leise und ging zum Barschrank.

»Hast du Calvados?«

»Boulard oder Père Magloire?«

»Père Magloire. Da ist keine Birne drin.« Ratamo kämmte sich.

Jalava schaltete die Stereoanlage ein und goß die Drinks in Kristallgläser.

»Hörst du auch gern J. J. Cale!« rief Ratamo, als die CD »Naturally« seines Lieblingsmusikers im Wohnzimmer erklang.

»Den höre ich seit meinem fünfzehnten Lebensjahr.«

Jalava setzte sich mit angezogenen Beinen auf das grüne Stoffsofa. Ratamo ließ sich in den Sessel gegenüber fallen und griff nach dem Glas Calvados auf dem Couchtisch.

»Vielleicht sollte ich dann mal erzählen, was ich erreichen konnte«, sagte Jalava. Es stellte sich heraus, daß sie mit all ihren Kontaktpersonen gesprochen und viel herausgefunden hatte. Jetzt glaubte sie Ratamo, daß er tatsächlich die Formel eines Gegenmittels entdeckt hatte und daß die Aufklärungsabteilung etwas mit den Ereignissen an diesem Morgen zu tun hatte.

»Ich habe doch gesagt, daß Manneraho der Aufklärungsabteilung über die Entdeckung des Gegenmittels Bericht erstattet hat, so wie es die Vorschriften der EELA verlangen. Aber woher hat Kaisas Mörder von dem Gegenmittel Wind bekommen?« fragte Ratamo mit heiserer Stimme. Der Calvados brannte im Hals.

»Tja, das wissen wir nicht …«

»Wer ist wir?« fragte Ratamo.

»Ich und meine Informationsquellen.«

Ratamo wunderte sich, was für gute Kontakte die Frau hatte. Es war eigenartig, daß sie so schnell Dinge herausgefunden hatte, die in den Augen eines Laien äußerst geheim zu sein schienen. Andererseits war sie ein Profi, und er konnte nicht behaupten, Ahnung vom investigativen Journalismus zu haben. »Du hast ja wirklich unglaubliche Kontakte.«

»Du würdest staunen, wenn du wüßtest, wie bereitwillig die Leute viel erzählen, sobald ein Journalist sie anruft. Die an der Macht sind, wollen ein gutes Verhältnis zu jenen haben, die sie fürchten, und einen guten Reporter fürchtet jeder. Er kann einen Menschen, der einen Fehler begeht, zugrunde richten. Viele Leute verraten gern Geheimnisse der Machthaber, um einen Beitrag zu ihrer Demontage zu leisten. Dann wird die Macht ja neu verteilt und kann beispielsweise dem Denunzianten in die Hände fallen. Hast du die Waffe noch?« fragte Jalava plötzlich.

Ratamo war von der Frage überrascht, holte die Pistole aber aus dem Flur und reichte sie ihr.

»Nicht so herum. Eine Waffe muß man immer mit dem Griff nach vorn übergeben. Die ist ja entsichert. Jeden Moment hätte sich ein Schuß lösen können!« Sie schaute Ratamo streng an.

»Oh, diese Technik, staunte der Russe, als er die Türangel sah«, witzelte Ratamo.

Pirkko Jalavas Handbewegungen beim Umgang mit der Waffe wirkten routiniert. »Die Entführer sind tatsächlich Russen gewesen. Das ist eine halbautomatische Makarow PM-Pistole. Typisch für den ehemaligen KGB und den jetzigen SVR.«

»Für wen?« fragte Ratamo verblüfft. Seine Verwunderung über Pirkko Jalavas Sachkenntnis wuchs von Minute zu Minute.

Die Hausherrin änderte ihre Sitzhaltung, trank einen Schluck Calvados und erzählte Ratamo von der Spionage der Russen in Finnland. Die Geschichte der Aktivitäten des KGB in Finnland war unglaublich. Es hatte hier mehr sowjetische

Aufklärungsoffiziere gegeben als irgendwo anders in der Welt. Die Gesamtstärke des KGB und des GRU, des Aufklärungsdienstes der Armee, wurde in Abhängigkeit von der Quelle auf etwas über oder unter hundert Mitarbeiter geschätzt. Außerdem spionierten in Finnland zahlreiche andere russische Agenten in verschiedenen Organisationen und Einrichtungen. Zusätzlich arbeiteten in dem Land noch ein paar hundert finnische Spione. Ein Teil von ihnen waren echte Agenten, ein anderer Teil Personen mit vertraulichen Kontakten, und schließlich gab es noch Sympathisanten, die das Ziel von Anwerbungsversuchen waren und bei der Sicherheitspolizei angeblich »Spion Jedermann« genannt wurden. Durch die wohlwollende Einstellung der politischen Parteien Finnlands gegenüber Sowjetspionen war diese Arbeit ungefährlich. Selbst die SUPO und die Aufklärungsabteilung zeigten mehr oder weniger Verständnis für die Aktivitäten des KGB in Finnland, bis zum Zusammenbruch der Sowjetunion.

Ratamo hörte mit konzentriertem Gesichtsausdruck zu, dachte aber in Wirklichkeit über Pirkko Jalava nach. Sein Leben lag in den Händen dieser Frau. Der edle Ritter auf seinem Schimmel, der ihm das Leben retten sollte, war also eine Frau. So ist das eben heutzutage, dachte er amüsiert.

Nach Jalavas Auffassung bewirkten mehrere Faktoren, daß Finnland nach dem Ende des Zweiten Weltkriegs zum Paradies der sowjetischen Spionage wurde. In Finnland fand man leicht Identitäten, die gar nicht existierten, weil es jede Menge gefallene, vermißte und auf sowjetischer Seite verbliebene Finnen gab. Die Agenten des KGB benutzten die Identität dieser Personen und erhielten so echte finnische Pässe. In der Sowjetunion lebte außerdem eine große Zahl von finnischsprachigen Kareliern und Ingermanländern, die gute KGB-Agenten wurden. Das Operieren des KGB auf finnischem Territorium wurde auch dadurch entscheidend erleichtert, daß die Sowjetunion bereits 1944, unmittelbar nach Ende des Krieges mit Finnland, in dem Nachbarland eine strenge Kontrolle ausüben konnte, ganz anders als in jenen Staaten Ost- und Mitteleuropas, die erst 1948 in ihren Einflußbereich gelangten.

»Das war damals. Aber die werden doch heutzutage nicht mehr in ganz Finnland herumschnüffeln?« fragte Ratamo.

Pirkko Jalava erzählte, daß der SVR in Finnland weitestgehend so wie früher der KGB in großem Umfang Einfluß auf die verschiedenen Bereiche der Gesellschaft nahm. Wenn es darum ging, die EU zu beeinflussen und die NATO-Erweiterung zu verhindern, wurde Finnland als vorgeschobener Posten genutzt. Der Schwerpunkt lag jetzt jedoch auf der Wirtschaft. Deren Unterwanderung hatte man schon zu Zeiten des KGB begonnen. Mit Hilfe Moskaus versuchte der KGB damals, seine Leute auf einflußreiche oder als Informationsquelle wertvolle Posten in staatlichen finnischen Unternehmen, in Banken, Ministerien und den in Rußland aktiven Konzernen einzuschleusen. Die Finnen machten es ihnen leicht. Man ließ zu, daß Politiker mit KGB-Kontakten in den Verwaltungsgremien wichtiger Unternehmen saßen. Die Besetzung von Ämtern nach parteipolitischen Gesichtspunkten brachte zahlreiche Vertreter des KGB in Ministerien und Behörden, also in Positionen, die natürlich aus Sicht der Wirtschaftsaufklärung eine strategische Bedeutung besaßen.

Der Übergang Rußlands zur Marktwirtschaft sorgte dafür, daß die Wirtschaftsspionage explosionsartig zunahm. Zugleich lag der Schwerpunkt der Spionage gegen Finnland auf der Spitzentechnologie. Der SVR profitierte von alten Beziehungen, und so fiel es ihm in Finnland bedeutend leichter als in an-

deren westlichen Ländern, seine Leute in Unternehmen einzuschleusen, die auf dem Gebiet der Hochtechnologie und der
Computersysteme tätig waren.

»Wie kann es sein, daß du so viel über das Spionagegeschäft
der Russen weißt?« fragte Ratamo verblüfft, als sie ihren Vortrag beendet hatte.

Jalava lachte ganz locker und entspannt. »Na ja, ich mußte
wegen einer Artikelserie in diesen Sachen herumkramen.
Außerdem gibt es dazu heute schon reichlich Literatur, weil so
viele ehemalige KGB-Agenten ihre Memoiren veröffentlicht
haben. Interessiert dich Spionage nicht?«

»Doch, natürlich. Gewissermaßen auf allgemeiner Ebene.
Übrigens, in welchen Zeitungen kannst du meine Geschichte
unterbringen?« Ratamo fiel wieder ein, was jetzt am wichtigsten war, und er schaute Jalava an, die ihren Calvados trank.
Die Frau sah eher aus wie eine spanische Schauspielerin und
nicht wie eine finnische Journalistin.

»Entweder in den Abendzeitungen am Wochenende oder
spätestens in der Sonntagsnummer von ›Helsingin Sanomat‹«,
antwortete Pirkko Jalava und stellte ihr Glas auf den Tisch. Ihr
Blick kreuzte sich mit dem Ratamos, der ungeniert auf ihre
Brüste starrte, die sich deutlich sichtbar unter dem dünnen Sei-
denhemd wölbten.

Ratamo spürte das vertraute Gefühl in der Leistengegend
und schraubte sich aus dem Sessel hoch. »Ich bin total kaputt.
Könnten wir nicht schlafen gehen und das Politikstudium morgen früh fortsetzen?« schlug er vor und gähnte dabei.

»Gut, dann machen wir jetzt dein Bett«, erwiderte sie und
ging zum Arbeitszimmer. »Diese Bude ist doch relativ klein,
deshalb muß man das Arbeitszimmer gleichzeitig als Gäste-
zimmer nutzen.«

248

Pirkko Jalava blieb unvermittelt stehen, so daß Ratamo, der hinter ihr herlief, leicht gegen sie stieß. Sie drehte sich um, fast berührten sich ihre Nasenspitzen. Ratamo spürte ihr Verlangen und konnte sich nicht mehr zurückhalten. Sie küßten sich erst vorsichtig, dann immer leidenschaftlicher. Keiner von beiden hatte Angst.

43

Das imposante Hotel »Park Lane Hilton« lag zwischen dem Green Park und dem Hydepark im Norden der Londoner City, genau wie der Flughafen von Heathrow. Vom »Hilton« fuhr man bis zum Bahnhof von Paddington weniger als eine halbe Stunde, das galt auch für die drei Adressen, an die Sirens Briefe überbracht worden waren.

Siren hatte den Sessel an die großen Fenster der Präsidentensuite geschoben und die Gardinen aufgezogen, um ungehindert aus der vierundzwanzigsten Etage hinausschauen zu können. Vor ihm erstreckte sich der Hyde Park in seiner abendlichen Beleuchtung. Sirens Blick war etwas getrübt, er hatte eine ideale Kombination von Medikamenten und Alkohol gefunden. Eine geringe Menge von beiden zusammen eingenommen, betäubte die Angst, aber nicht das Gehirn. Gesellschaft leistete ihm der Fernseher, egal, was auf dem Bildschirm zu sehen war.

Vairiala hatte immer noch nicht gemeldet, daß Ratamo gefaßt worden war. Wer hatte den Mann nur gekidnappt, überlegte Siren. Höchstwahrscheinlich die Russen. Sie hatten stets zu den aktivsten Aufklärern in Finnland gehört. Im Bereich der Nachrichtendienste herrschte in Rußland heute so ein Durcheinander, daß ihre Überwachung zu Sirens großem Ärger fast unmöglich war. Nach dem Entstehen der Russischen Föderation zerbröckelte die einst klare Trennung in KGB und GRU, den militärischen Aufklärungsdienst. Der KGB wurde aufgespalten, und daraus entwickelte sich ein verworrenes Knäuel vieler spezieller Dienste, deren Anzahl ständig wuchs. Zu allem Überfluß stellten die meisten von ihnen dann noch mit großem Eifer ihre eigenen Sondereinheiten auf. Die Gesamtzahl der Mitarbeiter der speziellen Dienste Rußlands betrug schon fast wieder siebenhunderttausend Mann wie beim KGB im Jahre 1991.

Und wenn der GRU Ratamo gekidnappt hatte? Der unterstand immer noch dem Verteidigungsministerium und nicht direkt dem Präsidenten wie die anderen Aufklärungsdienste. Siren kannte den Tatendrang der russischen Generale sehr gut und hatte Angst. Er wußte, daß er sterben würde, wenn der GRU ihm auf der Spur wäre.

Schon bald hatte er genug auf die Landschaft gestarrt. Siren ging in das Arbeitszimmer, das mit repräsentativen Mahagonimöbeln ausgestattet war. Jetzt mußte er sicherstellen, daß die Nutzung des Internets nicht zu Problemen führte. Ihm war kein anderer Weg eingefallen, wie man die Information über die Angebote genauso schnell und gefahrlos erhalten konnte. Ein Spezialist der Abteilung für Informationstechnik hatte ihm die Eigenschaften des Internets erklärt, aber er bemerkte schnell, daß die letzten Feinheiten bei der Überwachung der Kommunikation im Netz viel zu technisch waren, als daß er sie verstanden hätte. Deshalb hatte er keine Gewißheit erlangt, ob man die Angebote der Käufer zurückverfolgen könnte oder nicht, das Risiko mußte er jedoch eingehen. Er konnte nur hoffen, daß die Terroristen Fachleute waren. Ihn selbst könnte man jedenfalls mit Hilfe des Internets nicht lokalisieren, dafür würde er jetzt sorgen.

Siren griff mit seinen Fingern, die so groß waren wie Grillwürste, in die Brusttasche seines schwarzen Anzugs, holte

einen Taschenkalender heraus und suchte Matti Pekkanens
Telefonnummer. Pekkanen war der einzige Mensch, den er als
seinen Freund bezeichnen konnte. Sie waren in ihrer Kindheit
immer in die gleiche Schule gegangen und hatten in den Got-
tesdiensten der Laestadianer-Gemeinde nebeneinander gesessen und die Predigten von Mattis Vater gehört. Das son-
nengebräunte Gesicht des Gemeindepfarrers Sakari Pekkanen
tauchte vor ihm auf. Der gestrenge Mann war das Rückgrat und
der leidenschaftliche Prediger der Gemeinde gewesen. Im Kir-
chensaal hatte eine gottesfürchtige Stille geherrscht, wenn Sakari Pekkanen seine Predigt immer mit denselben Worten beendete: »Der Tod ist der Sünde Sold.«

Als Siren die Gemeinde verlassen hatte, war Matti Pekkanen
in Himanka der einzige gewesen, der die Verbindung zu ihm
nicht abgebrochen hatte. Jetzt brauchte Siren verläßliche Hilfe.

Die Telefonnummer der finnischen Botschaft in Argentinien fand sich. In Buenos Aires war es jetzt abends halb sechs,
und Siren vermutete, daß sich Pekkanen noch im Dienst befand. Er zögerte einen Augenblick, wählte dann aber die Nummer seiner eigenen Sekretärin in Helsinki, die sich auch nachts
um halb zwölf schon nach dem ersten Ruf meldete. Siren stellte
sich betrunken und bat sie, ihn mit der Nummer zu verbinden,
die er ihr nannte. Er wußte nicht, ob Pekkanen solch ein digi-
tales Telefon besaß, auf dem die englische Nummer angezeigt
würde, wenn er von London aus telefonierte. Pekkanen sollte
aber unbedingt glauben, er rufe aus Finnland an.

In der vierten Etage des Bürogebäudes in der Avenida Santa
Fé in Buenos Aires meldete sich der Erste Botschaftssekre-
tär. Es dauerte eine Weile, bis er Pekkanen ans Telefon geholt
hatte.

»Gott zum Gruß, Raimo. Entschuldige, daß du warten mußtest«, sagte Pekkanen lebhaft, und dann tauschten sie Neuigkeiten aus.

Es stellte sich heraus, daß ein heftiger Schneeschauer den Verkehr in Buenos Aires völlig zum Erliegen gebracht hatte. Siren freute sich, die Stimme seines Freundes zu hören.

»Du, Matti, ich würde dich um einen kleinen Gefallen bitten.«

»Und was wäre das?«

Siren bat Pekkanen, um zehn Uhr abends argentinischer Zeit eine bestimmte Adresse im Internet aufzusuchen, die er ihm ganz ruhig vorlas. Dort müßten bis elf Uhr drei Angebote eingehen, in denen die Anzahl von Rosen angegeben wurde. Siren erklärte ihm, daß er die Nachrichten mit den Angeboten eine halbe Minute vor elf ausdrucken sollte, weil man die Seiten bei Tageswechsel in den Vereinigten Staaten aktualisieren würde, und er wußte nicht, nach welcher Zeitzone das erfolgte. Pekkanen könnte die Angebote, die während der letzten halben Minute eingingen, aufschreiben. Schließlich bat er seinen Freund, die Angaben per Fax an seine Mitarbeiter in London zu schicken, und nannte ihm die Faxnummer seines Hotelzimmers. Selbst wenn nicht alle drei Angebote bis elf Uhr eingegangen wären, sollte er alles, was bis dahin vorlag, sofort faxen.

Zunächst war in der Leitung ein Kratzen zu hören, während Pekkanen die Anweisungen aufschrieb, und dann nur noch ein Rauschen.

Siren wußte, wie er seinen Freund, der gerade über die Sache nachdachte, überreden könnte. »Ich weiß, daß meine Bitte merkwürdig erscheint. Aber sie hängt mit einer großen Operation zusammen. Ich dachte, es wäre angenehmer, wenn ich dich anrufe und nicht die Aufklärungsabteilung«, sagte er.

253

»Die Stunde kann ich mich hier schon noch bereithalten, ich habe heute abend frei. Aber warum müssen die Angebote aus Argentinien geschickt werden?« erkundigte sich Pekkanen verwundert.

»Aus bestimmten Gründen müssen wir zu verstehen geben, daß wir einen argentinischen Kontakt haben. Und das wird ganz unauffällig bewiesen, wenn auf deinem Fax Argentinien als Absenderland zu erkennen ist. Beim nächsten Mittsommerfest in Karjalohja kann ich dir in der Rauchsauna ausführlicher erzählen, worum es hier geht.«

»Ja, oder beim großen Sommerfest der Gemeinde. Es wäre langsam Zeit, daß auch du wieder in den Schoß der Gemeinde zurückfindest.«

Die Worte des Freundes schmerzten irgendwo tief drinnen in Siren. Für einen Augenblick fürchtete er schon, daß die Bedrängnis den Chemikalienpanzer durchbrechen würde. »Na, mal sehen. Die Arbeit muß jedenfalls gemacht werden«, sagte er leise und fuhr dann eindringlich fort: »Und, Matti, du redest doch mit niemandem über diese Sache. Wenn möglicherweise irgend jemand Fragen stellt, dann sag, daß du später auf die Sache zurückkommen wirst, und ruf mich an. Können wir so verbleiben?«

»Aber natürlich«, versicherte Pekkanen, und sie verabschiedeten sich voneinander.

Das soeben beendete Gespräch sollte das letzte sein, das Siren mit Pekkanen führte. Er hatte seinen einzigen Freund betrogen. Seine Ehre kann man nur einmal verlieren, hatte Carl von Clausewitz gesagt. Das erste Mal vertrat Siren eine andere Meinung als der größte Militärtheoretiker der Geschichte. Jetzt hatte er niemanden mehr. Außer vielleicht Siiri. Die Mixtur, die seine Bedrängnis betäubte, mußte verstärkt werden.

44

Es war Freitagnacht kurz vor halb zwei, Ketonen wurde allmählich müde. Nach Wredes letzter Kontaktaufnahme hatte
er schon weit über eine Stunde in seinem Zimmer gewartet. Er
nahm ein Stück von der Pizza, die auf seinem Tisch duftete,
aber bereits kalt geworden war, und ließ die Hosenträger auf
seinen Bauch knallen.

Das laute Schrillen des Telefons, das einem das Blut in den
Adern gefrieren ließ, unterbrach sein lustloses Kauen. Die Zentrale teilte mit, daß der »Küchenmessermann« aus London anrief.

Ketonen legte den Rest des feuchten, zähen dreieckigen Piz-
zastücks wieder in den Pappkarton und schloß seine Zimmertür, bevor Musti auf den Flur laufen konnte. Er stieg die Treppe
zur Zentrale hinunter und nahm ungeduldig den Hörer, ohne
sich erst hinzusetzen. »Sind die Briefe übergeben worden?«

»Ja. An die Adressen, die ich dir beim letzten Mal vorgele-
sen habe. Mir scheint, daß wir ein verdammt großes Problem
haben«, antwortete Wrede. Und das hoffte er auch von ganzem
Herzen, weil er es war, der sich um das Problem kümmern
würde, und weil es seine Fahrkarte zum Ruhm war. »Du hast
mir das Wort aus dem Mund genommen. Die Jungs haben herausgefunden, daß es sich um die Adressen von Büros der Tamilen-Tiger, des Jihad und einer tschetschenischen Guerilla-
Organisation handelt.«

»Oh, oh. Ziemlich harte Burschen«, sagte Wrede.

»Und du bist sicher, daß Rautio keine Röhrchen mit Ebola-Blut hat.«

»Ja.«

Ketonens Blick wanderte einen Augenblick über das Meer von Hunderten LED-Leuchten in dem mit Elektronik vollgestopften Raum. Dann befahl er Wrede, Rautio überallhin zu folgen. Falls Rautio nach Finnland zurückkehrte, sollte Wrede ein Ticket für denselben Flug kaufen. Wenn er gesehen hatte, daß Rautio in die Maschine eingestiegen war, sollte er in sein Hotel zurückkehren und auf weitere Anweisungen warten. Ketonen würde jemanden auf den Flughafen Seutula schicken, der Rautio in Helsinki übernahm. Wrede sollte alles, was passierte, der Zentrale melden. Er mußte auch jemanden beauftragen, die Internetadresse zu überwachen, unter der die Angebote eingehen würden. Ketonen gab seine Befehle mit ruhiger und sicherer Stimme.

»Weshalb soll ich in London bleiben? Hier gibt es doch niemanden zu überwachen, wenn Rautio nach Finnland zurückfliegt?« erwiderte Wrede verärgert. Er fürchtete, daß er in London nur Zaungast des Geschehens sein würde, gerade wenn es richtig losging.

Ketonen war als Aufklärer erfahren genug, um zu wissen, was Wrede grämte. »Immer mit der Ruhe. Der letzte Akt dieses Schauspiels wird vielleicht in London aufgeführt. Wenn Rautio nun mal keine Blutröhrchen mithat und Vairiala in Finnland ist, dann muß irgend jemand das Ebola-Blut dorthin bringen und einen Rucksack voll Bargeld abholen. Diese Person kann gut der Drahtzieher der ganzen Operation, der Erzteufel, sein. Rautio ist nur ein Laufbursche.«

Die Überlegungen Ketonens erschienen Wrede, kaum daß er

256

sie gehört hatte, logisch und selbstverständlich. Nun kam er sich wie ein dummer Anfänger vor, der von einem alten Hasen belehrt wurde. Er bestätigte, daß er die Anweisungen verstanden hatte, und ging in Richtung Drogeriemarkt, um sich Haarfarbe zu kaufen. Seine flache Mütze zog gefährlich viele Blicke auf sich.

In seinem Zimmer wurde Ketonen freudig von Musti begrüßt. Er setzte sich hin, legte die Füße auf den Schreibtisch, schaute an die Decke und öffnete den obersten Hosenknopf, der ihn einschnürte. Die Pizza war in seinem Magen aufgequollen.

Er würde erfahren, wem die Blutröhrchen übergeben werden sollten, wenn er die Büros aller drei Terrororganisationen überwachen ließ. Der Überbringer der Blutröhrchen dürfte jedoch nicht festgenommen werden. Denn falls er nur ein Bote war, würde sich der Haupttäter aus dem Staube machen. Ließ man den Überbringer hingegen unbehelligt, führte er seine Beschatter möglicherweise zu seinen Komplizen.

Die Röhrchen mit dem Blut könnten Ketonens Helfer in London den Terroristen sofort wieder abnehmen. Dabei würden sie in Erfahrung bringen, wo die erste Rate ausgezahlt werden sollte, und könnten anstelle der Terroristen dort erscheinen. So würde man einen Teil der Täter erwischen.

Wenn der Hauptschuldige aber nicht am Ort der Geldübergabe auftauchte? Ketonen mußte erfahren, wer der Kopf der Operation war. Wenn jemand wußte, wer den Plan für den Verkauf der Viren und des Gegenmittels ausgearbeitet hatte, dann war es Vairiala. Ketonen beschloß, ihn anzurufen, auch mitten in der Nacht.

Das Gespräch war kurz und verworren. Vairiala sprach undeutlich, und im Hintergrund hörte man Stimmengewirr. Als

Ketonen das Ebola-Helsinki-Virus erwähnte, entgegnete Vairiala schroff, daß er darüber kein Wort sagen könnte, und brach das Gespräch ab. Ketonen versuchte noch einmal anzurufen, aber es meldete sich niemand mehr.

Ketonen wurde nervös und zündete sich eine Zigarette an. Jetzt war er gezwungen, zu harten Mitteln zu greifen. Es gab einen Weg, den Haupttäter schon vor der Übergabe der Blutröhrchen zu fassen. Das würde jedoch bedeuten, daß er einen groben Verstoß gegen die Dienstvorschriften begehen mußte. Was war wichtiger: seinen Chefsessel zu behalten oder das Leben zahlloser Menschen zu retten? Er hatte ja nicht viel zu verlieren, überlegte er, um sich Mut zu machen. Und wenn man in einer staatlichen Behörde gefeuert wurde, verlor man in Finnland nicht einmal seine Pensionsansprüche wie in einigen anderen Ländern. Er wußte natürlich, was eine Entlassung für ihn, einen einsamen Workaholic kurz vor dem Rentenalter, bedeuten würde.

Ketonen traf seine Entscheidung. Er starrte einen Augenblick vor sich hin, nahm den Telefonhörer und drückte die Schnellwahltaste.

»Zentrale«, sagte eine energische Männerstimme.

»Hier Ketonen. Wer gehört zu der Gruppe, die Bereitschaft hat?«

»Pekonen und Lindström und als Fahrer Somerto.«

»Hat Tissari Bereitschaft?«

»Er ist gerade von einem Einsatz gekommen und dürfte noch im Haus sein. Auf jeden Fall kann er nicht weit weg sein«, antwortete der Diensthabende prompt.

»Gib Tissari, Somerto und Lindström den Befehl hierherzukommen. Der Code ist Rot«, sagte Ketonen ganz ruhig und beendete das Gespräch. Zum Glück gab es heutzutage die

Möglichkeit, rund um die Uhr ein bewaffnetes Kommando in Bereitschaft zu halten. Durch die Mitgliedschaft in der EG war auch in Finnland die Terrorabwehr eine gesetzlich begründete Verpflichtung geworden, was in der Praxis bedeutete, daß die SUPO mehr Mittel erhielt.

Ketonen ging gemächlich in den schallisolierten Beratungsraum A 310 und wartete auf seine Männer. Mit Oberinspektor Risto Tissari arbeitete er seit etwa zwanzig Jahren zusammen. Jetzt war er Chef der Sicherheitsabteilung und verfügte über mehr Erfahrungen bei Einsätzen in der Praxis als jeder andere in der SUPO. Somerto und Lindström waren jünger als Tissari, aber dennoch gestandene Ermittler, die ihre Zuverlässigkeit schon oft genug unter Beweis gestellt hatten.

Als die Männer eintrafen, erzählte ihnen Ketonen so viel, wie er für richtig hielt. Sie durften die Gründe für den Auftrag nicht erfahren, bevor der Abteilungsleiter Polizei im Ministerium, der Innenminister oder der Präsident die Operation im nachhinein genehmigt hatte. Er wollte die Zukunft seiner Mitarbeiter nicht gefährden und gab ihnen sein Wort, daß die Operation absolut begründet war und keine nachteiligen Folgen für sie haben würde.

Ketonen versuchte beruhigend auf seine Männer zu wirken, obwohl er dazu nicht verpflichtet gewesen wäre. Er wußte, wie aufreibend es für die Psyche war, oft völlig widersinnige Dinge tun zu müssen, ohne die größeren Zusammenhänge zu kennen, in die sich die einzelnen Aktionen einordneten. Eines der Grundprinzipien der Aufklärung war es aber eben, daß jeder nur genau so viel wußte, wie für seine Aufgabe erforderlich war. Er hoffte auch, daß seine Männer ihren Auftrag besser bewältigten, wenn sie sich keine Sorgen zu machen brauchten, ob sie zu alldem überhaupt befugt waren. Zum Schluß schaute er abwechselnd die drei Männer, die vor ihm saßen, bedeutungsvoll an. Über die Wichtigkeit des Auftrags durfte es bei keinem Unklarheiten geben.

Das Einsatzkommando stand auf und verließ den Raum, Tissari ging als letzter. In der Tür drehte er sich um und schaute seinem Vorgesetzten in die Augen. Ketonen stand da, erwiderte den Blick und nickte dabei fast unmerklich. Tissari schloß die Tür hinter sich.

Jetzt geschah schon so viel an mehreren Fronten, daß Ketonen allmählich den Streß spürte. Warum gab es immer entweder zuwenig oder zuviel Arbeit? Er legte wieder die Füße auf den Tisch. Er hatte nur einen Mann in London, den er brauchte, um den Haupttäter festzunehmen und vielleicht auch die Geldübergabe zu verhindern. Irgendwo mußte er zur Überwachung der Terroristen und der Biowaffenverkäufer und für unvorhersehbare Fälle Unterstützung bekommen. Ketonen wollte aber die ganze Geschichte nicht irgendeinem fremden Nachrichtendienst erklären. Der Ruf der finnischen Aufklärung wäre dahin, wenn diese Informationen verbreitet würden. Beziehungen zu nutzen war nicht gerade seine starke Seite, doch jetzt mußte es sein.

Die innere Sicherheit und Aufklärung in Großbritannien gehörten zum Aufgabenbereich des MI 5, doch dort hatte Ketonen nicht genügend persönliche Kontakte. Den Kommandeur der Eliteeinheit der britischen Armee, des Special Air Service SAS, Brigadegeneral Sir George Howell, kannte Ketonen hingegen gut. Wiederholt hatte er dem Briten bei Problemen geholfen, die mit Rußland zusammenhingen. Howell könnte er vertraulich um Unterstützung bitten, genauso wie der es zuweilen getan hatte.

Der SAS war auf Kommandounternehmen hinter den feindlichen Linien und auf Antiterroroperationen spezialisiert. Ketonen war sicher, daß die Überwachung von drei Adressen in London dem SAS keine Probleme bereiten würde. Er kämmte seine grauen Haare, zündete sich eine Zigarette an und griff zum Telefon.

45

Die Männer des Einsatzkommandos gingen in der zweiten unterirdischen Etage des Hauptgebäudes der Sicherheitspolizei an den Garagen, am Schießstand und Fitneßraum vorbei. Als sie den Bereitschaftsraum erreichten, klingelte das Telefon. Die Zentrale teilte mit, daß sich die Zielperson im Ständehaus auf der Jahresfeier des Lions Club befand. Was sie anschließend vorhatte, war nicht bekannt. Die Adresse der Zielperson lautete: Kielotie 20, Iivisniemi. Es handelte sich um ein Eigenheim auf einem kleineren Grundstück, keine Überwachungskameras. Küche, Wohnzimmer und Kinderzimmer im Obergeschoß, Kaminzimmer, Sauna, Hauswirtschaftsraum und Schlafzimmer der Eltern im Untergeschoß. Das Haus lag am Hang und hatte deshalb auf der Vorderseite nur ein Stockwerk. Bewohnt wurde es von der Zielperson, deren Ehefrau, zwei Kindern im Alter von drei und fünf Jahren sowie einem ausgewachsenen Dobermannrüden.

Tissari notierte die Angaben. Dann legte er den Hörer auf, setzte seine Vorbereitungen fort und gab die Informationen an seine Kollegen weiter. Als alle fertig waren, besprachen sie noch kurz ihre Taktik und stiegen schließlich in ihren Wagen.

Der schwarze Opel Omega glitt leise bis zur Ecke von Rauhankatu und Snellmaninkatu und hielt an. Lindström beobachtete mit dem Fernglas den Ausgang des Ständehauses, durch den dann und wann jemand herauskam. Das Warten

schien eine Ewigkeit zu dauern, und die Stimmung im Auto
war angespannt.

Das Aufheulen eines Porsche durchbrach die Stille.

»Eine Penisprothese wäre billiger«, knurrte Somerto, als er
den Fahrer des Sportwagens erblickte. Um zwei Uhr zwanzig
ließ Lindström endlich das Fernglas sinken: »Die Zielperson
kommt die Treppe herunter.« Somerto startete den Wagen. Die
Zielperson blieb vor dem Ständehaus stehen. Auf der Straße
befanden sich einige Fußgänger, so daß Tissari nicht wagte, den
Einsatzbefehl zu erteilen. Ein schwarzer Saab hielt vor dem
Gebäude, und die Zielperson stieg hinten ein.

»Scheiße, der hat einen Fahrer«, fluchte Tissari und schnaufte.

»Und Helfer«, ergänzte Lindström.

»Habt ihr etwa geglaubt, jemand feiert bis halb drei, wenn
er dann noch fahren muß«, entgegnete Somerto giftig.

Sie folgten dem Wagen durch das Zentrum bis zum Anfang
des Länsiväylä. Als sie in Richtung Iivisniemi abbogen, schaute
Lindström von der Karte auf: »Die Straße, in der die Zielperson wohnt, ist eine Sackgasse. Bieg gleich rechts ab in Richtung der Station für die technische Kfz-Überprüfung in Espoo. Von dort gehen wir durch das Wäldchen zum Kielotie.«

Der Opel hielt, ungefähr zweihundert Meter von der Wohnung der Zielperson entfernt, auf einem Parkplatz. Tissari blieb
im Auto, während Lindström und Somerto zu dem Haus gingen und die Alarmanlage abschalteten. Nach ihrer Rückkehr
warteten sie im Wagen, bis die Zielperson ihrer Ansicht nach
ins Bett gegangen war.

Sie trugen von Kopf bis Fuß schwarze Kleidung. Die Nacht
war Anfang August schon so dunkel, daß sie die an der Jacke
befestigten Lampen brauchten. Die vollständige Kommandoausrüstung hatten sie nicht angelegt, weil sie keinen starken

Widerstand erwarteten und möglichst wenig Aufsehen erregen wollten.

Die Männer rannten gebückt durch den lichten Wald. Fünfzig Meter vor dem Haus trennten sie sich. Tissari hatte den weitesten Weg, er nahm Kurs auf die Hinterseite des Hauses, wo man die Fenster des Kaminzimmers und aller Schlafzimmer sah. Lindström blieb am Rande des Waldes vor dem Haus, zwischen ihm und dem Grundstück lag nur ein schwach beleuchteter Weg. Er konnte ungehindert durch das Küchenfenster hineinschauen. Somerto rannte zunächst hinter Tissari her, blieb aber dann an der Seite des Hauses stehen, wo sich ihm eine gute Sicht auf die großen Wohnzimmerfenster und das Küchenfenster bot.

Im Obergeschoß brannte noch Licht. Eine Frau mittleren Alters ging im Morgenmantel in der Küche umher. Lindström beobachtete sie mit dem Fernglas und fand, daß sie wahrlich keine Schönheit war. Sie stellte ein Glas und ein belegtes Brot auf den Tisch und setzte sich hin. Lindström berichtete seine Beobachtungen in ein kleines Mikrofon an seinem Jackenrevers, das mit den Knopfhörern im rechten Ohr seiner Kollegen verbunden war.

Somerto meldete, daß sich im Wohnzimmer nichts rührte.

Tissari betrachtete prüfend die Rückseite des Hauses. Im Obergeschoß war es dunkel. Die Kinder schliefen. In dem Flur vor dem Schlafzimmer der Eltern brannte ein mattes Licht, aber ansonsten war auch das Untergeschoß dunkel. Tissari befahl Lindström, zu ihm hinter das Haus zu kommen. Somerto sollte sowohl die Vorderseite als auch die Flanke des Gebäudes im Auge behalten.

Als Lindström eintraf, flüsterte Tissari ihm etwas ins Ohr und rannte dann zum Badfenster. Lindström blieb im Gebüsch und beobachtete das Untergeschoß, während Tissari aus einer Seitentasche seiner Hose einen Glasschneider herausholte, rasch ein Stück aus der Scheibe herausschnitt und den Griff von innen öffnete. Er kletterte durch das enge Fenster hinein und ließ sich vorsichtig auf den Fußboden hinab. In dem Raum war es dunkler als draußen, er wartete einen Augenblick, bis er die Umrisse erkennen konnte. Lindström teilte Somerto mit, er werde jetzt auch einsteigen, und zwängte sich durch das Fenster hinein. Als sich auch seine Augen an die Dunkelheit gewöhnt hatten, holten beide aus den Vordertaschen ihrer Jacken Waffen heraus, die ungewöhnlich aussahen. Tissari öffnete die Badezimmertür langsam einen Spalt. Links hinter dem Kaminzimmer mußte sich der Hauswirtschaftsraum befinden und daneben das Schlafzimmer der Eltern. Rechts gegenüber vom Hauswirtschaftsraum führte die Treppe hinauf ins Obergeschoß. Auf einer Kommode zwischen Schlafzimmer und Hauswirtschaftsraum stand eine Lampe, die ein mattes Licht gab. Die Zielperson mußte bereits schlafen.

Als Tissari die Badezimmertür aufschob, war ein kurzes, lautes Geräusch zu hören. Daß es sich um das Bellen eines Hundes handelte, begriff er erst, als er einen höllischen Schmerz im Bein spürte. Ein Dobermann von der Größe eines Kalbes schlug all seine scharfen Zähne in Tissaris rechten Schenkel. Der verzog das Gesicht vor Schmerz, schreien durfte er nicht. Er richtete seine Waffe auf den Köter, ohne lange zu zielen, und schoß. Der Pfeil mit einem Betäubungsmittel auf Ketaminbasis traf das linke Auge des Hundes.

Er fluchte lautlos und biß sich in die Hand, als der große Hund zu Boden sackte. Vor Schmerz schossen ihm Tränen in die Augen, als er mit dem Fuß auf die Luftröhre der Bestie drückte, bis sie endlich einschlief. Tissari spürte, wie ihm das

Blut am Bein hinunterlief, es fühlte sich warm an und durchnäßte den Strumpf.

Somertos Stimme erklang im Kopfhörer. »Die Frau steht auf, schaut nach unten, bewegt sich noch nicht.«

Tissari humpelte zum Schlafzimmer, und Lindström folgte ihm. Die Zielperson stand neben ihrem Bett und starrte völlig verdutzt auf die schwarzgekleidete Gestalt, die hereinstürmte. Tissari gelang es, Vairiala mit der linken Handkante hinter das rechte Ohr zu schlagen, bevor der sich verteidigen oder schreien konnte. Er legte den bewußtlosen Mann aufs Bett, drehte ihn auf die Seite und schoß ihm einen Betäubungspfeil in den Hintern. Tissari hätte lieber einen Ätherspray benutzt, der wirkte schneller, funktionierte aber nur aus unmittelbarer Nähe zuverlässig.

»Die Frau kommt ins Untergeschoß«, meldete Somerto. Tissari versteckte sich hinter der Tür des Schlafzimmers. Lindström drückte sich an die Wand des Kaminzimmers, die an die Treppe grenzte. Er konnte die Frau nicht sehen, hörte aber am Stoffrascheln, daß Frau Vairiala die Treppe herunterstieg. Sie schaute sich in dem kaum beleuchteten Kaminzimmer um und sah den Hund vor der Badezimmertür liegen.

»Otto. Na, was hast du denn, mein Guter?« sagte die Frau leise, um ihren Mann nicht zu wecken.

Verdammter Otto, dieser verfluchte einäugige Köter. Das wird ein Reinfall, dachte Lindström. Die Frau würde auf alle Fälle den Betäubungspfeil sehen, der aus dem Auge der Töle herausragte. Er schlich aus dem Kaminzimmer in den türlosen Hauswirtschaftsraum.

Die Frau beugte sich über den Hund und tätschelte ihn zärtlich. Den Betäubungspfeil bemerkte sie nicht, weil Otto darauflag.

266

Das Licht der Lampe auf der Kommode erlosch, und Frau Vairiala zog an der Tür zum Schlafzimmer ihren Morgenmantel aus.

In aller Ruhe wartete Tissari ab, bis sie sich auf ihre Seite des Doppelbettes gelegt und eine bequeme Stellung gefunden hatte. Dann schoß er ihr einen Pfeil mit einem vier Stunden wirkenden Betäubungsmittel in die Schulter, die unter der Decke hervorschaute. Vairialas Frau drehte sich auf die Seite und schaute sich verblüfft um, fiel aber dann wieder auf den Bauch. Sie würde rechtzeitig wach werden, um Tochter und Sohn in den Kindergarten zu bringen. Beim Aufwachen würde sie sich nicht mehr erinnern, wie sie eingeschlafen war.

Rasch entfernte Tissari den Pfeil aus ihrer Schulter und humpelte zu dem Köter. Er zog den Pfeil aus dem Auge und ersetzte ihn durch einen Zahnstocher, den er aus der Toilette holte. Wenn man den Betäubungspfeil gefunden hätte, dann wäre mit absoluter Sicherheit klar gewesen, daß er von der SUPO stammte, denn außer ihr verwendete nur die Aufklärungsabteilung Betäubungspfeile des gleichen finnischen Typs.

Tissari vergewisserte sich, daß er keine Blutspuren hinterlassen hatte. Dann trugen die Männer Vairiala durch die Außentür des Hauswirtschaftsraums hinaus. Tissari befahl Somerto, die Alarmanlage einzuschalten, nachdem Lindström das Stück Glas wieder in die Scheibe des Badezimmerfensters geklebt hatte.

Im benachbarten Haus ging das Licht an, als Lindström und der humpelnde Tissari Vairiala zum Auto schleppten.

Ketonen erfuhr um drei Uhr zwanzig von der geglückten Entführung. Er seufzte vor Erleichterung, als er hörte, daß außer dem Biß ins Bein alles planmäßig verlaufen war. Er hatte seinen Männern eingeschärft, die Taktik nach dem Motto »Mit Schwung hinein und auf der Bahre heraus« dürfe nicht angewendet werden.

Vairiala könnte verraten, wer den Verkauf des Viruspakets geplant hatte. Die Zeit war jedoch knapp, bis zur Übergabe der Röhrchen mit dem Blut verblieben nur reichlich zweieinhalb Stunden.

Ketonen besaß seiner Ansicht nach ausreichend Beweise dafür, daß Vairiala etwas Ungesetzliches trieb. Dennoch wären Konsultationen mit dem Abteilungsleiter für Polizei oder letztendlich mit dem Präsidenten erforderlich gewesen, wenn er den Chef der Aufklärungsabteilung zum Verhör holen wollte. Er wußte aber um die Verbindungen seines Vorgesetzten und Sirens als Freimaurer und war sich sicher, daß über den Abteilungsleiter für Polizei und Siren auch Vairiala von dem Verhör erfahren hätte. Und wenn er Dreck am Stecken hatte, wäre er sofort geflohen. Ketonen wollte auch nicht, daß Siren von der Festnahme Vairialas wußte. Der Chef des Operativen Stabs mußte irgendeine Rolle in dem Schauspiel haben. Möglicherweise hatte Vairiala seinem Chef eine Geschichte erzählt, oder vielleicht hatte Siren Vairiala direkt die Vollmacht erteilt, die Virusangelegenheit zu erledigen, und der hatte dann angefangen, im Alleingang illegale Dinge zu treiben. Sirens Verhalten war dennoch merkwürdig. Ketonen begriff immer noch nicht, warum der Generalmajor sich die Mühe gemacht hatte, ihn anzurufen und sich nach einem russischen Waffenhändler zu erkundigen. Er glaubte nicht einen Augenblick lang, daß Vairiala außerstande gewesen wäre, die von Siren gewünschten Informationen zu liefern. Vielleicht versuchten Siren und Vairiala mit vereinten Kräften, ihn lächerlich zu machen, indem sie ihn mit Lügen fütterten und dazu aufhetzten, gegen Windmühlen anzukämpfen. Ohne Vairiala besaß er nicht ausreichend Fakten, die erforderlich waren, um sich eine fundierte Meinung zu bilden. Dennoch brachte der Verstoß gegen die Vorschriften zusätzlichen Streß mit sich.

46

Um drei Uhr fünfunddreißig betraten Ketonen und Tissari den Hauptverhörraum der SUPO, eine schallisolierte, fensterlose und etwa vierzig Quadratmeter große Zelle mit nackten Betonwänden. Sie setzten sich an einen langen Tisch. Ihnen gegenüber saß der noch immer bewußtlose Vairiala im Schlafanzug. Er war an den Hand- und Fußgelenken mit Lederriemen an einen stabilen Metallstuhl gefesselt. Ein Hauptwachtmeister, der ihn bewachte, saß neben der Tür. Auf einem Tisch an der Wand mit einer weißen Tischdecke waren fein säuberlich ärztliche Utensilien aufgereiht: Spritzen, Ampullen, Gummihandschuhe, eine Sauerstoffflasche, Gefäße und zwei Kannen mit Wasser. Eine Ärztin in einem weißen Kittel stand neben dem Tisch. Das Meer von Leuchtstoffröhren an der Decke strahlte Licht und Wärme aus.

»Jetzt müßten wir soweit sein. Gib ihm Adrenalin, damit er wieder zu sich kommt«, sagte Ketonen zu der Ärztin. Er vermied es, ihr in die Augen zu schauen, weil er nicht mehr wußte, welches von beiden ein Glasauge war.

»Er hat noch Alkohol im Blut. Das Adrenalin macht ihn nur munter, aber davon wird er nicht schneller nüchtern«, erwiderte die stark übergewichtige und fortwährend schwitzende Ärztin der SUPO.

»Fang nicht an zu erklären, sondern führ meine Befehle aus«, fuhr Ketonen sie an. Er sah müde und nervös aus. Die Zigarette brannte. Sein Tageskontingent interessierte ihn jetzt nicht.

Die Ärztin zog die Gummihandschuhe an, füllte die Spitze aus der Ampulle und leerte sie in Vairialas Armbeuge. Es dauerte eine Weile, bis der Mann sich bewegte und die Augen öffnete. Schon bald irrte sein Blick durch das Zimmer, und ein paar Minuten später war er bei vollem Bewußtsein.

»Willkommen in der SUPO, Pekka. Wir hielten es für das beste, dich hierherzuholen, weil du anscheinend ein paar Dummheiten gemacht hast«, sagte Ketonen in väterlichem Ton zu dem Brigadegeneral, der deutlich jünger war als er. Vairiala begriff, daß er an den Stuhl gefesselt war. Verdutzt betrachtete er zunächst die Fesseln und dann die schemenhaften Gestalten vor ihm, er vermißte seine Brille. Ketonen erkannte er an der Stimme, und daraus schloß er, daß der andere mit dem Bürstenhaarschnitt Tissari war. Was zum Teufel sollte das? Er hatte vom Ständehaus aus Siren angerufen und einmal auch mit Parola gesprochen. Dann hatte sich Ketonen telefonisch bei ihm gemeldet und wollte mit ihm über Ebola-Helsinki reden. Später war er leicht beschwipst nach Hause gefahren. Die SUPO mußte ihn betäubt und entführt haben. Er fühlte sich völlig hilflos. Irgend etwas Umwälzendes mußte geschehen sein.

»Bist du jetzt verrückt geworden?« stammelte Vairiala. Trotz seiner Benommenheit begriff er, daß dieses Verhör nur mit der laufenden Virusgeschichte zusammenhängen konnte. Siren hatte von einem Gespräch mit Ketonen erzählt. Aber warum sollte Ketonen etwas derart Unfaßbares tun, wie es die Entführung des Chefs der Aufklärungsabteilung unzweifelhaft war.

Vairiala verdrehte den Kopf und die Augen wie jemand, dem schlecht war, er wollte Zeit zum Nachdenken gewinnen. Trieb

Ketonen hier irgendein Spiel zu seinem eigenen Vorteil? Siren hatte ihm von Ratamos Versuch erzählt, das Viruspaket zu verkaufen. Vielleicht hatte Ketonen den Versuch, die Verkaufsabsichten zu verhindern, bewußt scheitern lassen. Damit er so das Virus und die Formel für das Gegenmittel in seinen Besitz bringen konnte. Vielleicht machte er jetzt Jagd auf die Viren und die Formel? Zum Glück war Ratamo noch nicht gefaßt. Dann hätte Siren Ketonen die Blutröhrchen und die Formel auf dem Tablett serviert. Ketonen unterbrach Vairialas Gedankengänge: »Anscheinend hat sich bei dir in den letzten Tagen die Grenze zwischen Wirklichkeit und Phantasie verwischt.«

»Was redest du da für Unsinn? Ich habe nur meine Arbeit getan und sonst nichts. Und wo ist meine Brille?« erwiderte Vairiala. Er mußte immerfort die Augen zusammenkneifen, um überhaupt etwas zu erkennen.

»Hör auf mit dem Scheiß! Hier geht es um so wichtige Dinge, daß ich bereit bin, dich mit Thiopental vollzupumpen! Dann singst du wie ein Vögelchen, und du weißt, daß das keine Vergnügungsreise ist!« brüllte Ketonen.

»Meinetwegen kannst du mich mit Pferdepisse vollpumpen, aber erzähle mir erst mal, warum ich hier bin und was du von mir willst!?« Vairialas Arroganz schien grenzenlos zu sein.

Mit wutverzerrter Miene stand Ketonen plötzlich auf und schlug Vairiala mit der flachen Hand so heftig ins Gesicht, daß es klatschte. Er starrte ihn einen Augenblick an, die Hand zum Schlag erhoben, wandte sich dann aber ab. »Verdammter Grünschnabel«, murmelte er, »wenn dir das Fell gegerbt wird, bleibt dir deine Überheblichkeit im Halse stecken.«

Tissari schaute seinen Vorgesetzten irritiert an, blieb aber still. Seiner Meinung nach sah Variala so elend aus, daß es leicht wäre, ihn auszuquetschen.

Vairiala hatte Angst, seine Wange brannte. Er drehte den Kopf hin und her und spielte den Benommenen. Ihm war bekannt, daß man ein in der Praxis bewährtes »Wahrheitsserum« erhielt, wenn das Betäubungsmittel Thiopental mit Amobarbital und anderen Chemikalien gemischt wurde. Wenn es nur darum gegangen wäre, Ketonen die Sache mit dem Virus und mit Ratamo zu verschweigen, hätte ihm das wesentlich weniger Sorgen bereitet. Er konnte es sich aber keinesfalls leisten, alle seine Geheimnisse auszuplaudern. Im stillen Konkurrenzkampf mit der SUPO wäre er völlig wehrlos, wenn Ketonen die geheimen Abkommen, die Befugnisüberschreitungen und die Namen der Kontaktpersonen seiner Aufklärungsabteilung kennen würde. Die Gefahr, daß er seine ganz persönlichen Geheimnisse verraten könnte, machte die Aussicht, betäubt zu werden, auch nicht gerade verlockender. Seit der Zeit in der Kadettenschule hatte er einen Liebhaber, einen Mann also. Ihm wurde klar, daß er bis zum Hals in der Scheiße steckte.

»Ich will wissen, woher du die Idee hast, die Killerviren und die Formel für das Gegenmittel auf dem internationalen Waffenmarkt zu verkaufen. Und wer sind deine Helfer. Und wer hat Eero Manneraho und Kaisa Ratamo ermordet. Nur das will ich wissen, verdammt noch mal!« brüllte Ketonen. Er bedauerte schon, daß er zugeschlagen hatte, konnte sich aber einfach nicht beruhigen.

»Ich habe nicht versucht, irgend etwas zu verkaufen. Im Gegenteil, ich bemühe mich, den Versuch eines Verkaufs, der im Gange ist, zu verhindern. Und daß Arto Ratamo wegen zweier Morde gesucht wird, weißt du selber.« Vairiala begriff sofort, daß er möglicherweise schon zuviel gesagt hatte. Falls Ketonen versuchte, in den Besitz der Viren und der Formel zu gelangen, würde er darüber möglichst viel von ihm in Erfahrung bringen wollen. Vairiala nahm an, daß Ketonen das Serum nur ungern anwenden würde. Erst wenn er dazu gezwungen war, würde er das Leben seines Gefangenen riskieren. Das Wahrheitsserum war sehr wirksam, hatte aber zuweilen bedenkliche Nebenwirkungen. Manchmal sackte der Blutdruck gefährlich ab, und anderen wurde so übel, daß man eine Magenspülung durchführen mußte. Im schlimmsten Fall wurde der Herzmuskel gelähmt, und der Verhörte starb. Vairiala glaubte, daß es vorläufig am besten wäre, auf Zeit zu spielen.

Ketonen war mit Vairialas Antwort zufrieden, denn in dem Moment, als er zugegeben hatte, daß er in die Virusangelegenheit verwickelt war, hatte er seine Karten aufgedeckt. Der SUPO-Chef entspannte sich ein wenig.

»Du willst uns die Sache also nicht leichter machen, Pekka. Wir wissen schon den größten Teil von dem, was du angestellt hast. Deine Briefe mit den Bitten um Angebote haben wir gelesen. Mein Ermittler hat sie in London bei deinem Agenten kopiert. Wir wissen, daß du versuchst, die Röhrchen mit Ebola-Blut und die Formel des Gegenmittels zu verkaufen.« Ketonen schaute Vairiala an und wartete auf dessen Reaktion. Er wußte, daß es für Vairiala das beste war, zu schweigen, denn wenn er seine Gefängnisstrafe abgesessen hätte, wäre er verdammt reich, gesetzt den Fall, er hatte seine Komplizen sorgfältig ausgewählt.

Vairiala überlegte fieberhaft, soweit es seine zunehmenden Kopfschmerzen zuließen. In was war er da eigentlich hineingeraten? Würde sein Ruf befleckt werden? Ketonen behauptete, er würde versuchen, den Killervirus und die Formel für das Gegenmittel zu verkaufen. Er wiederum hatte von Siren gehört, daß Ketonen die Briefe verfaßt hatte. Hatte sich Ketonen diese Geschichte ausgedacht, um ihn hinters Licht zu führen und von ihm zu erfahren, wo die Viren und die Formel waren? Oder hatte jemand die Briefe ohne Sirens Wissen ausgetauscht und versuchte nun das Viruspaket zu verkaufen? Oder vielleicht hatte Siren die Briefe von Ketonen bekommen und dann ausgetauscht und versuchte nun selbst, die Viren und die Formel zu verkaufen? Es konnte nur so sein, daß Ketonen log. Siren, Rautio oder der Ermittler der SUPO, der die Briefe kopiert hatte, hätten die Operation zum Verkauf einer Massenvernichtungswaffe nicht planen können, das war einfach unmöglich. Niemand hätte dafür genug Zeit oder Hintergrundwissen gehabt. Außer vielleicht Siren. War das die Ursache für seinen Wutausbruch? Warum zum Teufel hatte er Parolas und Leppäs Einsatz nicht abgebrochen oder zumindest den Generalstabschef über die Operation Ratamo informiert ...

»Du versuchst bloß, Fakten aus mir herauszupumpen«, erwiderte Vairiala wütend und brauchte sich nicht zu verstellen, als er Ketonen anfuhr: »Ich weiß zufällig, daß du selbst diese Briefe geschrieben hast.« Er hätte sich gern den Schweiß von der Glatze gewischt, konnte es aber wegen der Fesseln nicht. Die Leuchtstoffröhren strahlten Wärme ab wie ein Grill.

Über den Raum senkte sich Schweigen. Ketonen stand auf und ging um den Tisch herum. Vairialas Behauptung war merkwürdig. Und wenn der Mann nun gar nicht log? Wenn er gar nicht wußte, was in den Briefen stand. Wer zum Teufel hatte sie dann geschrieben? Und von wem hatte Vairiala sie erhalten? Beim besten Willen fiel Ketonen nicht ein, wer sonst hinter der Operation stecken könnte. Rautio hatte erst von den Briefen erfahren, als Vairiala sie ihm gegeben hatte. Von dem Augenblick an bis zum Kopieren der Briefe durch Wrede hätte Rautio als Observierter nicht einmal theoretisch Zeit gehabt, neue Briefe zu verfassen. Und Wrede? Er hätte die Briefe schreiben und in Rautios Hotelzimmer gegen die Originale austauschen können, aber dann hätte er schon vorher den Hintergrund und die Einzelheiten des Falles kennen müssen. Doch das war, wie Ketonen wußte, unmöglich. Siren wiederum war nach seiner Kenntnis in keiner Weise in die Virusangelegenheit verwickelt, obwohl er sich in den letzten Tagen merkwürdig verhalten hatte. Und wenn nun jemand ganz anders hinter dem Schwindel steckte? Ketonen wurde noch nervöser. Das Kombinieren brachte einen auch nicht weiter. Vairiala konnte nicht so blöd sein, daß er seinen Agenten Briefe überbringen ließ, deren Inhalt er nicht kannte. Am wahrscheinlichsten war, daß Vairiala log, aber es überraschte Ketonen, wie echt er den Unwissenden spielte. Möglicherweise war er noch zu betrunken. Vielleicht würde er in nüchternem Zustand den Ernst seiner Lage besser verstehen und wäre dann bereit, die Wahrheit zu sagen. Ketonen hatte den Verdacht, daß seine Fähigkeiten eingerostet waren. Allmählich schwand seine Selbstsicherheit.

Im Verhörraum herrschte eine bedrückende Atmosphäre. Der Schweißgeruch wurde stärker, und die Temperatur näherte sich schon den Werten einer schwedischen Sauna. Beide Chefs waren völlig konsterniert. Die Ärztin und der Wächter saßen schweigend da. Tissari starrte Vairiala stumm an. Er trug seine Smith & Wesson im ledernen Schulterhalfter.

Vairiala erkannte die Umrisse von Tissaris Waffe. Er wußte nur zu gut, wer Tissari war und warum er sich in dem Raum befand. Er galt als härtester Mann der SUPO, und Ketonen hatte ihn für den Fall mitgebracht, daß die Befragung, die Drohungen oder das Wahrheitsserum nicht wirkten. Tissari wäre der Vollstrecker der letzten und aus Vairialas Sicht unangenehmsten Phase des Verhörs.

»Gut, Pekka. Du redest Unsinn, aber lassen wir das. In den Briefen steht, daß die Frist für die Abgabe von Angeboten um fünf, also in einer reichlichen Stunde, abläuft, und die Röhrchen mit dem Blut werden eine Stunde später übergeben. Da wir die Kaufkandidaten und ihre Adresse nun kennen, ist das Ebola-Blut nicht mehr das Problem. Aber die erste Rate wird um zwölf Uhr bezahlt, und bis dahin will ich dich dazu bringen, daß du mir erzählst, wer alles an diesem Verrat beteiligt ist, wer die Formel für das Gegenmittel hat und wer das Geld abholen wird. Erst darfst du das Serum kosten, und wenn das nicht hilft, ist Tissari dran. Auf eins kannst du dich aber verlassen, du wirst reden, bevor du hier rauskommst, oder du wirst in einem Plastiksack hinausgetragen«, brüllte Ketonen.

Vairiala lächelte. Er hatte recht gehabt. Letztendlich wollte Ketonen nur die Ebola-Viren und die Formel für das Antiserum. Vielleicht war er gezwungen gewesen, sich die ganze Geschichte, die er eben erzählt hatte, auszudenken, damit seine Mitarbeiter gesetzwidrige Anweisungen ausführten. So mußte es sein. Ketonens Spiel war zu Ende. Sein schlimmster Konkurrent hatte den Fehler seines Lebens begangen.

»Du kannst jedes gewünschte Risiko eingehen oder auch nicht, du kannst mir drohen, womit du willst. Ich sage nichts, damit du es weißt.« Vairiala gewann seine Selbstsicherheit zurück, weil er erkannt hatte, daß Ketonen ein Verräter war.

»Überlege dir das noch mal, Pekka. Du hast Zeit, bis du ausgenüchtert bist. Danach fängt der Tanz erst richtig an, und ich garantiere dir, daß du derjenige bist, der geführt wird«, sagte Ketonen mürrisch, und die ganze Mannschaft der Sicherheitspolizei verließ den Raum. Tissari hinkte als letzter hinaus.

Ketonen fragte die Ärztin, wann Vairiala wieder nüchtern

wäre. Jetzt bemerkte er, daß sich das linke Auge der Frau normal bewegte.

Die Ärztin vermutete, daß der Alkohol im Blut gegen zehn Uhr dreißig verbrannt sein würde. Die Frau wirkte unsicher und wischte sich den Schweiß vom Gesicht. Ihre Wimperntusche war ausgelaufen und hatte schwarze Streifen hinterlassen. Die Wirkungen des Thiopental machten ihr immer Angst, und der Mann, der jetzt verhört wurde, war nicht irgendwer, sondern der Chef der Aufklärungsabteilung.

Ketonen befahl dem Hauptwachtmeister, Vairiala in seine Zelle zu bringen. Für den Mann mußten eine Brille und Bekleidung besorgt werden. Genau um zehn Uhr dreißig würden sie sich wieder im Verhörraum treffen.

»Wir anderen sind auch um halb elf wieder hier. Bis dahin bleiben knapp sechseinhalb Stunden. Das wird ein langer Freitag«, sagte Ketonen zu Tissari und der Ärztin.

Die Röhrchen mit dem Blut würden in einer reichlichen Stunde übergeben werden. Dann mußten sie Vairialas Komplizen auf die Spur kommen.

47

Der nackte, bläulich verfärbte Eero Manneraho und Kaisa Ratamo ohne Kopf jagten Siren über die Dorfstraße vom Himanka. Die Leichen kamen ihm immer näher, und hinter ihnen predigte Sakari Pekkanen: »Der Tod ist der Sünde Sold!« Siren preßte eine große Ikone gegen seine Brust und floh vor seinen höllischen Verfolgern. Rundum waren überall Menschen zu sehen, aber niemand beachtete ihn. Siren spürte schon den heißen Atem von Manneraho im Nacken und eine Hand, die ihn an der Schulter packte ...

Siren erwachte von seinem eigenen Schrei, er lag schweißgebadet in seinem Bett im Schlafzimmer der Präsidentensuite des »Hilton«. Hastig tastete er nach dem Lichtschalter. Es war halb drei. Gott sei Dank hatte er nicht verschlafen.

Ab zwei Uhr sechsundfünfzig starrte Raimo Siren unablässig auf das Telefaxgerät im Arbeitszimmer. Er spülte das Diapam mit Kognak hinunter, das Glas war aus venezianischem Kristall. Der Albtraum geisterte ihm immer noch durch den Kopf. Er suchte im Radio einen Kanal mit klassischer Musik.

Eben hatte er aus dem Gefriergerät im Kofferraum eines Transporters, der im Parkhaus stand, eine Kühlbox geholt. Auf dem Deckel der kleinen Aluminiumdose klebte ein gelber Zettel, auf den jemand offensichtlich in großer Eile geschrieben hatte: »EELA, Arto Ratamo, 20 Expl. Ebola-Helsinki-Blut,

4. Sicherheitsstufe«. Die andere Kühlbox mit zehn Blutröhrchen hatte Siren im Gefriergerät gelassen für den Fall, daß der Käufer die Viren an sich nahm und verschwand. Die Möglichkeit, so hintergangen zu werden, bestand seiner Ansicht nach nicht, weil er nur Kandidaten ausgewählt hatte, die laut Ketonens Einschätzung äußerst zuverlässig waren. Wenn man ihn trotzdem betrügen würde und dann noch Zeit bliebe, könnte er versuchen, die Röhrchen mit dem Blut an einen der beiden anderen Anbieter zu verkaufen, gegen die er sich zunächst entschieden hatte.

Siren versuchte die Zeit totzuschlagen und wartete auf das Fax von Pekkanen. Nach Vairialas Anruf wußte er, daß man die Briefe mit der Bitte um Angebote überbracht hatte. Trotzdem starb er fast vor Angst, es könnte gar kein Angebot vorliegen.

Die Zeiger seiner Armbanduhr zeigten drei Uhr nachts, als das Fax ein Pfeifen von sich gab und das grüne Licht blinkte. Siren griff nach dem ausgegebenen Papier und mußte seine ganze Willenskraft aufbieten, um es nicht mit Gewalt aus dem Gerät herauszureißen.

Es gab nur zwei Angebote. Siren las zuerst die Anzahl der Rosen. Das Angebot der Neuen Befreiungsfront Tschetscheniens lag bei hundertzehn Millionen Dollar und das der Tamilen-Tiger bei vierzig Millionen Dollar. Warum hatte Jihad überhaupt kein Angebot abgegeben? Das Angebot der Tschetschenen war geradezu eine Beleidigung. Die Massenvernichtungswaffe war sehr viel mehr als eine reichliche halbe Milliarde Finnmark wert. Die erste Rate von fünf Prozent würde jedoch immerhin dreißig Millionen Finnmark betragen. Das reichte, um seine Minimalforderungen zu befriedigen – gerade so.

Nachdem er eine Antwort auf die wichtigste Frage erhalten hatte, las Siren das Fax genauer. Zu seiner Überraschung befand

sich in dem Angebot der Tschetschenen noch mehr Text als
nur die Anzahl der Rosen: »Kaufbedingung: Übergabe des Killervirus auf dem Trafalgar Square, 03.30 Uhr (GMT) vor dem
Nelson-Denkmal.«

Siren starrte das Fax entgeistert an. Warum zum Teufel wollten die Tschetschenen die Blutröhrchen auf dem Platz, auf dem
es vor Menschen nur so wimmelte? Hatten sie den Verdacht,
daß man ihr Büro überwachte? Er mußte sich sofort entscheiden, ob er die Bedingung annahm. Das Angebot der Tamilen
war so gering, daß die erste Rate nur etwa zehn Millionen Finnmark brächte. Das würde nicht für die Flucht rund um die Welt
und ein lebenslanges Dolce Vita reichen. Und was interessierte
es ihn schon, wo diese verdammten Viren übergeben wurden.
Er beschloß, auf die Bedingungen einzugehen.

Es klingelte. Siren nahm die Kühlbox vom Schreibtisch und
den Briefumschlag mit der Annahme des Angebots und den
Anweisungen für die Zahlung der ersten Rate. Vor der Tür
stand ein stämmiger Inder, der sich in die Uniform eines
Chauffeurs gezwängt hatte.

»Sie sind vier Minuten zu spät da«, sagte Siren mit ernster
Miene. Abends hatte er an der Rezeption einen Fahrer für drei
Uhr nachts bestellt. Es war ein Risiko, einen unpünktlichen
Mann mit solch einer wichtigen Aufgabe zu betrauen.

Der junge Mann war wegen Sirens Pedanterie verwirrt,
lächelte aber höflich und entschuldigte sich dann wortreich in
seinem Englisch mit indischem Akzent.

Siren bot ihm eine Prämie von fünfhundert Pfund, wenn er
den Briefumschlag und die Kühlbox bis halb vier überbrachte.

Der Chauffeur überlegte kurz. Sein Mund verzog sich zu
einem fröhlichen Lächeln: Er wollte versuchen, sich das Hono-
rar zu verdienen, und sagte, er werde es rechtzeitig schaffen,

dann bedankte er sich und machte kehrt, um zu gehen, aber Siren rief ihn zurück. Der Fahrer mußte genau zuhören, als Siren ihm seine Anweisungen gab und ihm befahl, die Kühlbox so zu halten, daß man sie sehen konnte, und sie mit dem Brief der Person zu übergeben, die darum bitten würde. Nach der Übergabe sollte er eine Nummer anrufen, die Siren auf einen Zettel geschrieben hatte.

Als der Inder verschwunden war, ging Siren ins Schlafzimmer und warf sich auf das riesige Doppelbett. Unter dem Gewicht des massigen Mannes wurden die Federn ganz nach unten gedrückt.

Die Angst ließ ihn nicht mehr los. Würde es ihm gelingen, die erste Rate zu erhalten? Er hatte sich den Kopf zerbrochen, welche Möglichkeiten es gab, das Geld abzuholen, aber ihm war nur ein idiotensicherer Weg eingefallen, bei dem er sich selbst nicht gefährdete: Er mußte jemand anders damit beauftragen. Doch dazu war er nicht bereit. Er wollte nicht, daß seine Millionen auch nur einen Augenblick lang in fremden Händen waren. Am liebsten hätte er die erste Rate auf ein Konto überweisen lassen und den Kontakt mit dem Käufer vermieden, aber das wagte er nicht. Wenn die Polizei ihm auf der Spur war, würde sie die Banken auffordern, sofort zu melden, sobald jemand große Summen in bar abhob. Die englischen Nachrichtendienste hatten ohnehin ihre Mittel zur Überwachung des Zahlungsverkehrs der Banken. Er hätte natürlich den Käufer bitten können, die erste Rate auf mehrere Konten einzuzahlen, die er bei verschiedenen Banken eröffnen müßte, und zwar in kleinen Summen, die beim Abheben nicht auffallen würden. Doch dann hätte er eine Woche gebraucht, um die Konten zu eröffnen und eine zweite, um das Geld bei verschiedenen Banken abzuheben. Deswegen mußte die erste

Rate von Hand zu Hand und bar übergeben werden. Er fragte sich voller Unruhe, ob diese Entscheidung richtig war.

Was geschah, wenn der Käufer die zweite Rate nicht zahlte, obwohl er sich vergewissert hatte, daß nur er über das Gegenmittel verfügte? Durfte er Terroristen vertrauen? Laut Ketonen hatten die Kaufkandidaten bisher ihre Verträge über Waffengeschäfte eingehalten, und das Geld, um den ganzen Preis zu bezahlen, besaßen sie. Ein Betrug käme den Waffenhändlern zu Ohren und würde künftige Waffenkäufe verhindern. Und wenn Ketonen nun schon beim Aufstellen der Liste von seinem Plan gewußt und ihn absichtlich in die Irre geführt hatte?

Und warum hatte Vairiala Ratamo immer noch nicht gefunden? Lag das daran, daß er unfähig war, oder hatte der Mann ihn verraten.

Würde Sergej selbst die Formel für das Gegenmittel aus Ratamo herauspressen?

Vielleicht hatten sich alle gegen ihn verschworen. Dann würde jeder die Wahrheit erfahren, die er schon kannte: Raimo Siren ist ein Landesverräter. Ein finnischer General hat eine Massenvernichtungswaffe an die Tschetschenen verkauft. Schlimmstenfalls würden die Tschetschenen in Rußland ein völliges Chaos anrichten. Vielleicht müßte Finnland Truppen an die Grenze verlegen. Er würde der meistverachtete Finne der Geschichte werden, der seine Seele für Geld verkauft hatte …

Angst, Verzweiflung und Wahnvorstellungen explodierten in Sirens Kopf wie eine Granate. Er stürzte zu der Dose mit dem Diapam und stopfte einige Pillen in den Mund. Noch knapp sieben Stunden. Dann würde er das Geld bekommen, sich in Sicherheit bringen, keinen Alkohol mehr trinken und keine Medikamente mehr nehmen und seine Tochter anrufen, überlegte Siren, ehe er in die Dunkelheit hinabstürzte.

48

Jussi Ketonen war eingenickt und schreckte hoch, als ihm der Kopf ins Genick fiel. Sein Rücken schmerzte, und er beschloß, aufzustehen und sich die Beine zu vertreten. Musti lag in ihrem Korb und rührte sich nicht.

Vairialas Überheblichkeit beim Verhör brachte ihn immer noch in Rage. Und es machte ihn nervös, herumzusitzen und darauf zu warten, daß das Telefon klingelte und Vairiala nüchtern wurde, während irgendwo ein Doppelmörder mit dem Killervirus frei herumlief.

Der kleine Spaziergang sorgte dafür, daß er sich ein wenig beruhigte. Früh um fünf Uhr herrschte auf dem Flur im vierten Geschoß eine gespenstische Stille. Angesichts der feierlichen Würde des alten Gebäudes sah er sich und auch die Sicherheitspolizei immer noch als Bestandteil einer langjährigen Tradition. Er hatte den Status der SUPO von Anfang an genossen. Bis zum Ende der Kekkonen-Ära war sie als die Präsidentenpolizei bekannt. Auch heute noch besaß sie eine Sonderstellung, da sie direkt dem Präsidenten und dem Leiter der Abteilung Polizei im Innenministerium unterstellt war, ohne aktive Kontrolle von außen. Gerade das gefiel Ketonen, der die Macht genoß, die ihm sein Amt als Chef verlieh.

Ketonen kehrte in sein Zimmer zurück und zündete sich eine Zigarette an. Er betrachtete die Fotos seiner Vorgänger, die in chronologischer Reihenfolge an der Wand hingen. Bald würde auch von seinem Lebenswerk nichts anderes übrig sein als ein Schwarzweißfoto an der Wand im Chefzimmer. Wie würde man seine Zeit als Chef der SUPO im nachhinein beurteilen? Jedenfalls kaum als die schlechteste, überlegte er. Diese Ehre gebührte Arvo Pentti. Er war von 1972 bis 1978 Chef der SUPO. Am Anfang seiner Zeit wurde zwischen dem KGB und der SUPO ein mündliches Gentlemen's Agreement über Informationsaustausch und sonstige Zusammenarbeit abgeschlossen. Damit sollten alle Fragen im Zusammenhang mit der Ausweisung entlarvter Agenten den Außenministerien übertragen werden. Das Abkommen hatte der Glaubwürdigkeit der SUPO einen schweren Schlag versetzt. Das einzige, was er Arvo Pentti als Verdienst anrechnete, war, daß seit dessen Amtszeit der Chef der SUPO dem Präsidenten direkt Bericht erstattete. Das gab der SUPO, verglichen mit der sonstigen Polizei, eine beträchtliche Handlungsfreiheit. Ab 1978 war Seppo Tiitinen Chef gewesen, in der Zeit war die Verbrüderung mit der Sowjetunion glücklicherweise zu Ende gegangen, als sich das politische Klima allmählich geändert hatte. Nach dem Zusammenbruch der Sowjetunion war endlich die Zeit der Öffnung gekommen, zunächst unter Leitung von Eero Kekomäki und dann unter seiner Führung.

Der rechte Mann am rechten Platz, das traf nach Ketonens Auffassung für seine Vorgänger zu. Unabhängig davon, wer ihr Chef war, hatte die SUPO immer effizient gearbeitet. Obwohl man die gewaltige Aufklärungstätigkeit der Sowjetunion nie ganz hatte verhindern können, wurden deren vom Standpunkt der Sicherheit Finnlands wesentliche Maßnahmen doch vereitelt. In den siebziger und achtziger Jahren hatte die SUPO mehr Sowjetagenten auf frischer Tat ertappt als irgendeine andere Sicherheitspolizei in Europa.

Manchmal ärgerte es Ketonen, daß man von den Heldentaten der SUPO in der Öffentlichkeit nichts wußte. Wie viele hätten denn geglaubt, daß der gegenwärtige Siegeszug der Informationstechnik zum Teil das Verdienst der SUPO war. In den achtziger Jahren hatte sie auf Drängen der USA verhindert, daß die Sowjetunion über finnische Hochtechnologieunternehmen in den Besitz von Technologie gelangte, die in den westlichen Ländern entwickelt worden war. Deshalb erlaubten die USA den finnischen Firmen auch danach, neueste westliche Technologie zu nutzen, was die Grundlage schuf für die gegenwärtige Blüte dieser Branche.

Ketonen begann mit gymnastischen Übungen, um seinen Rücken zu entspannen, aber Musti glaubte, daß ihr Herrchen spielen wollte, und verhinderte so seine Absicht. Ketonen betrachtete die schlaffen Gesangsmuskeln an seinen Hüften und beschloß einmal mehr, regelmäßig Sport zu treiben. Er war der Bequemlichkeit und der Schlemmerei verfallen, und das schon zu lange. Aber in Helsinki konnte man nun mal nur selten in die Loipe gehen. Und zum Joggen war er nicht bereit. Er würde sich jedenfalls keine Sachen anziehen, in denen man sich lächerlich machte.

Das Telefon klingelte wieder ohrenbetäubend. Die Anruferin war die für das Internet zuständige junge Frau aus der Abteilung für Informationsmanagement.

»Erik Wrede hat mir befohlen, dich gleich nach fünf wegen dieser Angebote im Internet anzurufen«, sagte die Frau unsicher.

»Und wie ist die Lage? Ist das Geschäft zustande gekommen?« fragte Ketonen ungeduldig.

»Es liegen zwei Angebote vor: Sokrates bietet hundertzehn Millionen und Aristoteles vierzig Millionen.«

»Finnmark?«

»Dollar.«

»Donnerwetter!« rief Ketonen. Musti sprang wieder auf und zog ihr Herrchen am Hosenbein. »Die erste Rate für das höhere Angebot, wieviel ist das in Finnmark?«

»Nach dem derzeitigen Dollarkurs reichlich dreißig Millionen Finnmark«, stellte die Expertin gelassen fest.

Ketonen fiel etwas ein: »Sollten es nicht drei Angebote sein?«

»Es sieht so aus, als hätte Platon kein Angebot gemacht.«

»Gute Arbeit. Sieht man da irgendeine Antwort an einen der beiden Bieter?«

»Nein.«

Ketonen fragte noch, ob sie in der Lage wäre herauszufinden, wer innerhalb der letzten Stunde die Internetadresse besucht hatte, auf der die Angebote abgegeben wurden.

Die Frau gab erst eine längere technische Erläuterung, die sich für Ketonen wie Fachchinesisch anhörte, und sagte dann als Zusammenfassung, sie sei sich da nicht sicher. Es konnte sein, daß alle Besucher dieser Adresse den Briefkasten benutzt oder andere Vorsichtsmaßnahmen getroffen hatten. Dann würde es Stunden, Tage oder eine Ewigkeit dauern, um ihnen auf die Spur zu kommen.

Ketonen stellte keine Fragen zu den Details, weil er keine neue Vorlesung über die Informationstechnik hören wollte, von der er nicht das geringste verstand. Es war jedoch so wichtig, zu klären, wer die Angebote gelesen hatte, daß die Spezialistin ihr Bestes geben mußte, und zwar so schnell wie möglich. Dieser Befehl verstärkte ihre Neugier noch, die schon Wredes Geheimniskrämerei angestachelt hatte. Ketonen war jedoch nicht bereit, über den Auftrag zu diskutieren, er betonte nur, die Sache sei äußerst geheim und er werde, wenn möglich, später erzählen, worum es ging. Er glaubte jetzt, die Situation im Griff zu haben. Nun würde man zumindest einen Helfer des Verkäufers der Viren erwischen.

»Dieses Angebot von Sokrates enthält aber noch eine Bedingung«, sagte die Internet-Verantwortliche, gerade als Ketonen das Gespräch schon beenden wollte.

»Was für eine Bedingung. Lies vor, verdammt noch mal«, schnauzte Ketonen sie an, und sie las den Text vor.

Ketonen ließ sich trotz seines schmerzenden Rückens auf den Stuhl fallen und fuhr sich durch die grauen Haare. Nun ging plötzlich alles gegen den Baum. Wenn es den Tschetschenen gelang, die Röhrchen mit dem Blut und die Anweisungen für die Zahlung der ersten Rate zu bekommen, bevor der SAS eingreifen konnte, dann wäre eine absolute Katastrophe möglich. Er wüßte nicht, wo die Röhrchen mit dem Ebola-Blut waren, wo die Übergabe von ein paar Dutzend Millionen erfolgen sollte oder wer das Geld abholen würde.

Ketonen teilte Brigadegeneral Howell vom SAS mit, daß man die Killerviren jeden Augenblick auf dem Trafalgar Square übergeben würde. Er ahnte schon das Schlimmste.

49

Der frisch geduschte Miik Vuks stand dem kleinen, fensterlosen Zimmer der Pension »Mekka« in der Vuorikatu, hielt sich
einen Taschenspiegel vors Gesicht und schnitt mit der Nagel-
schere die Haare ab, die aus seiner Nase herausragten. Dann
zupfte er mit einer Pinzette die Haare zwischen den Augenbrauen aus, feilte seine Fingernägel und setzte die blonde
Perücke sorgfältig auf seine dunklen, kurzgeschnittenen Haare.
Rasiert hatte er sich schon unter der Dusche. Er mußte genauso sauber und gepflegt aussehen wie die finnischen Männer.

Der Auftrag, den er auf Sergejs Befehl übernommen hatte,
schien leicht zu sein. Er sollte einen finnischen Wissenschaftler hinrichten, der vor der Polizei auf der Flucht war. Vuks
selbst war mit seiner Braut in Pärnu gewesen, um ein paar Tage
Urlaub zu machen, als Sergej angerufen hatte und unbedingt
gerade ihm diesen Auftrag geben wollte. Als Este brauchte
Vuks kein Visum für die Reise nach Finnland. Und Sergejs Befehle verweigerte man auch im Urlaub nicht. Er war der Chef
der Organisation, »Wor w zakonje«.

Voller Abscheu dachte Vuks an seine erste Begegnung mit
Sergej. Das war in der »Matroskaja Tischina« gewesen – der
Hölle auf Erden. Die Zellen des Moskauer Untersuchungs-
gefängnisses, das »Matrosenruh« genannt wurde, waren mit
Menschen vollgestopft. Es gab ein Bett für vier Gefangene,
und vom ständigen Stehen schliefen einem die Beine ein. Er

erinnerte sich noch sehr gut an die Hitze, an den Sauerstoff-
mangel, an den Gestank von Schweiß und Kot, an die Krankheiten und Hautausschläge. Viele hielten nicht bis zu ihrem
Prozeß durch. Damals hatte Vuks den schmächtigen Sergej vor
den anderen Gefangenen geschützt. Verglichen mit dieser
Hölle, war die Pension ein Palast.

Vuks hatte nicht ein paar hundert Finnmark für ein Hotelzimmer ausgeben wollen. Er sparte alles verfügbare Geld, um
in Tallinn einen Nachtklub zu kaufen und sich niederzulassen.
Es war Zeit, eine Familie zu gründen. Die Hälfte der erforderlichen Summe hatte er schon zusammen.

Er wußte, wo er die Suche nach Ratamo beginnen würde. Sergej hatte ihm den Namen eines Informanten gegeben, der in der
russischen Botschaft arbeitete. Der Mann hatte von dem Fall
Ratamo gehört, wußte aber nur, daß der SVR den Wissenschaftler suchte. Vuks wollte ein Auto mieten, die russische Botschaft
beobachten und so versuchen, Ratamo auf die Spur zu kommen.
Möglicherweise wußte der Informant heute schon mehr. Er hatte
den Mann herzlich gebeten, sich mit der Sache zu beschäftigen.

Vuks zog einen Trainingsanzug und Laufschuhe an. Wenn er
in der Stadt zu Fuß fliehen müßte, könnte das von Nutzen sein.
Er befestigte das Halfter an der Hüfte und griff nach der halb-
automatischen 9-mm-Beretta 92 FS. Die aus mattiertem Stahl
hergestellte Pistole reflektierte das Licht nicht. Vuks hielt die
Beretta für die beste Handfeuerwaffe aller Zeiten. Auch die
US-Armee verwendete sie. Er schraubte einen Rave-Schall-
dämpfer aus Titan auf die Waffe und überlegte kurz, ob er auch
das Lasergrip-Visier auf dem Lauf befestigen sollte. Dann entschloß er sich jedoch, es in den Rucksack zu packen.

Am Freitagmorgen um sechs Uhr zweiundfünfzig schaute
sich Miik Vuks das Foto von Arto Ratamo genau an.

50

Ratamo wachte auf, öffnete aber die Augen nicht und bewegte sich nicht. Er hatte Gewissensbisse. Wie hatte er mit Pirkko schlafen können, obwohl Kaisa gerade brutal ermordet worden war. Das mußte an der Trauer liegen. Er hatte irgendwo gelesen, daß viele Menschen als Reaktion auf den Verlust einer ihnen nahestehenden Person beim ersten, der ihnen über den Weg lief, Trost suchten. Aber warum fühlte er sich dann so zu Pirkko hingezogen, wie er es mit Kaisa nie erlebt hatte. Warum hatte er überhaupt eine Frau geheiratet, die er nicht liebte. Er wußte es nicht und hatte auch keine Lust, jetzt über sein Liebesleben zu grübeln. Er mußte über wichtigere Dinge nachdenken, schließlich kämpfte er immer noch um sein Leben.

Nach allem, was geschehen war, erschien es ihm unwirklich, in Pirkkos Bett mit dem Kopf auf ihrer Schulter zu liegen. Sie benutzte kein Parfüm, und der Duft ihrer Haut wirkte angenehm und erregend. Pirkkos dichte nußbraune Haare bedeckten die Kissen.

Was würde Pirkko wohl über die gemeinsam verbrachte Nacht denken, wenn sie aufwachte? Vielleicht hielt sie es für einen Fehler. Ratamo räkelte sich vorsichtig. Seine Muskeln waren steif, zum Teil sogar eingeschlafen. So erging es ihm immer, wenn er todmüde war und sich beim Schlafen nicht hin und her drehte.

»Guten Morgen, du Wilder«, sagte Pirkko scherzhaft. »Du

warst ja heute nacht mit so viel Eifer bei der Sache wie ein Teenager.«

»Freude ohne Schnaps ist Sex«, erwiderte Ratamo und küßte
sie zärtlich. Die Frau widersetzte sich nicht – im Gegenteil.
Nur zögernd löste sich Ratamo von Pirkkos Mund.

»Vielleicht ist es besser, wenn wir nicht noch weiter gehen,
bevor bei dir alles in Ordnung ist«, entgegnete Pirkko.

Ihr plötzlicher Stimmungswandel überraschte Ratamo. »Na,
also viel weiter kann man wohl nicht mehr gehen. Aber meine
Angelegenheiten müssen geklärt werden, und zwar bald, in der
Frage bin ich der gleichen Meinung.« Er überlegte, ob er erzählen sollte, daß seine Ehe nur noch reine Fassade gewesen
war. Doch er entschloß sich, erst darüber zu reden, wenn er
seine Bedrängnis überwunden hatte und sich auf Pirkko konzentrieren konnte. Er wollte einfach glauben, daß auch dieser
Augenblick käme und wieder ein normales Leben beginnen
würde.

Pirkko schaute kurz auf den Wecker und sprang aus dem
Bett: »O nein. Ich habe in einer Viertelstunde ein Treffen. Nun
komme ich wieder zu spät. Mach dir was zum Frühstück.«

Ratamo suchte eine Weile in den Küchenschränken herum,
schaltete die Kaffeemaschine ein, steckte zwei Weißbrotscheiben in den Toaster und schlug drei Eier in die Pfanne. Er breitete die Zeitung vom Freitag auf dem Küchentisch aus und verschlang das Rührei im Handumdrehen. Ganz gegen seine
sonstigen Gewohnheiten war er schon früh hungrig, vermutlich wegen der wilden Nacht. Da entdeckte er eine Werbung für
Kinderbekleidung und hielt inne. Das kleine Mädchen auf dem
Foto sah aus wie das leibhaftige Ebenbild von Nelli. Er beschloß, seine Schwiegermutter anzurufen, während Pirkko
noch ihr Haar fönte.

Mit dem Handy von Pirkko, das jetzt aufgeladen war, hatte er noch nicht angerufen, deshalb wollte er jetzt testen, ob es im Ernstfall funktionierte.

Marketta Julin meldete sich sofort. »Hat sich schon etwas geklärt? Hast du von dem Mord an Kaisa etwas Neues gehört? Wo bist du?« fragte seine Schwiegermutter besorgt.

Da Ratamo nun ausgeruht war, hörte er sich optimistischer an. Er sagte, die Lage sähe jetzt schon besser aus. Die Reporterin habe bereits etliches herausbekommen, und er glaube, daß er sich keine Sorgen mehr zu machen brauchte, wenn die Zeitungen die Sache veröffentlichten. Zumindest hoffe er, mit Nelli zusammen sein zu können, bis das ganze Durcheinander öffentlich geklärt wäre.

»Und wann wird der Artikel veröffentlicht?«

»Sobald wie möglich. Die Reporterin muß für meinen Bericht nur ausreichend Beweise finden, damit die Abendzeitungen es wagen, ihn zu drucken.«

Als Ratamo im Hintergrund Nellis Stimme hörte, fragte er ungeduldig, ob er mit ihr reden könne.

»Hallo Vati. Wo bist du?« sagte Nelli so fröhlich und unbekümmert, daß ihr Vater die Augen schließen mußte.

Ratamo freute sich, daß Nelli glücklicherweise von all dem Schlimmen, das geschehen war, nichts wußte. »Vati ist noch in der Stadt, aber wir sehen uns bald. Vielleicht schon morgen.«

»Kommt Mutti auch?«

»Mal sehen.« Ratamo spürte einen stechenden Schmerz im Bauch. »Was hast du mit Oma zusammen gemacht?«

»Beeren gesammelt. Hier gibt es unheimlich viele Blaubeeren. Ich backe mit Oma zusammen Blaubeerkuchen«, antwortete Nelli und juchzte.

Ratamo sehnte sich so sehr nach seiner Tochter, daß es weh

tat. Er wollte nicht länger reden, damit Nelli nicht bemerkte, daß ihr Vater sich Sorgen machte. Er wußte aus seiner eigenen Kindheit, wie leicht sich die Angst der Eltern auf das Kind überträgt.

»Viel Spaß mit Oma, mein Schatz. Ja?«

»Jaja. Küßchen, Küßchen«, rief Nelli ins Telefon.

Ratamo antwortete und mußte dabei die Zähne zusammenbeißen, er hörte, wie seine Schwiegermutter das Telefon nahm. Er hatte Marketta nichts mehr zu erzählen und versprach ihr, daß er am Abend wieder versuchen würde anzurufen.

War er seiner Schwiegermutter gegenüber zu optimistisch gewesen? In Wirklichkeit hatte er keinen Grund, hoffnungsvoll zu sein. Wahrscheinlich wurde er von zwei Nachrichtendiensten und der Polizei gejagt, und er hatte nur eine Journalistin auf seiner Seite.

Ratamo holte die Weißbrotscheiben, die schon kalt geworden waren, aus dem Toaster und wollte gerade den Rest seines Frühstücks essen, als Pirkko fertig angezogen in die Küche trat.

»Ich gehe jetzt zur Arbeit und komme irgendwann nachmittags zurück. Du darfst die Wohnung unter keinen Umständen verlassen. Außer wenn ich es dir sage. Ist das klar?«

»Völlig klar.«

»Laß das Handy eingeschaltet, aber rufe nirgendwo an. Der SVR kann das abhören«, sagte Pirkko und warf ihm eine Kußhand zu.

Ratamo ging in den Flur und küßte Pirkko jetzt schon leidenschaftlicher als bei dem Guten-Morgen-Kuß.

Pirkko mußte sich halb mit Gewalt aus seiner Umarmung befreien und betrachtete ihn mit einem Lächeln. »Ich gehe jetzt, bevor du wieder so wild wirst wie gestern. Halt, die Gardinen müssen noch aufgezogen werden. Hier ist es ja stockfinster.«

Pirkko lief ins Schlafzimmer und dann ins Wohnzimmer, sie hatte es so eilig, daß ihre Absätze auf dem Fußboden knallten. Sie zog die weißen Jalousien hoch. Das Sonnenlicht flutete herein. Dann ging sie weiter bis zur Wohnungstür und winkte ihm noch einmal zu. Ratamo kehrte in die Küche zurück, um die Reste seines Frühstücks zu essen. Der Bissen Toastbrot blieb ihm fast im Halse stecken, als ihm plötzlich klar wurde, daß er eben gerade Marketta mit dem Handy angerufen hatte. Hätte er das Pirkko sagen müssen? Wohl kaum. Schließlich hatte er nichts gesagt, was dem SVR von Nutzen sein könnte.

Nach dem Frühstück schob sich Ratamo seinen vorletzten Priem unter die Lippe und ging unruhig in der Wohnung auf und ab. Er wollte sich nicht zu genau umsehen, denn er empfand sich schon deswegen als Eindringling, weil er allein in der Wohnung eines anderen war.

Im Wohnzimmer blieb er stehen, weil er etwas Weiches unter seinem Fuß spürte. Er stand mit dem Rücken zu den großen Erkerfenstern und bückte sich, um Pirkkos Strumpf aufzuheben. Als er den Kopf hob, sah er vor sich an der Wand einen kleinen roten Fleck, der ein paar Sekunden später nach unten wanderte. Sein Gehirn gab ihm den Befehl, sich zur Seite zu werfen. Im gleichen Augenblick hörte er hinter sich das Klirren der zersplitternden Scheibe. Er kroch an die Wand unter den Fenstern neben den Heizkörper.

Ein Laservisier. Warum zum Teufel hatte er das nicht sofort kapiert. Die Hundertstelsekunden, in denen er sich über den kleinen roten Punkt gewundert hatte, hätten ihn fast das Leben gekostet.

Sie hatten ihn gefunden. Jetzt fing das wieder an! Die Angst nahm ihm den Atem wie ein enger eiserner Harnisch.

Ratamo lag auf dem Fußboden und wagte nicht, sich zu

bewegen. Er durfte aber auch nicht hier liegenbleiben, weil es möglicherweise mehrere Schützen waren und einer von ihnen in die Wohnung kommen könnte. Da sie Schalldämpfer benutzten, würde sie niemand bemerken. Auch er hatte keinen Schuß gehört.

Es gab nur einen Weg hinaus: Er mußte quer durch das Wohnzimmer in den Flur gelangen. Dann wäre er jedoch für die Schützen so leicht zu treffen wie ein Pappkamerad. Plötzlich fiel ihm die schußsichere Weste ein. Er robbte an der Fensterwand entlang ins Schlafzimmer, aber die Schränke standen weit entfernt auf der gegenüberliegenden Seite. Ratamo schaute sich um. Das Bett war so nahe am Fenster, daß er unbemerkt darunterkriechen könnte. Er legte sich auf den Bauch, streckte die Beine aus und glitt unter das Bett.

Da nichts zu hören war, kroch Ratamo bis zum Rand des Bettes und so weit darüber hinaus, daß man ihn aus den Fenstern des gegenüberliegenden Hauses noch nicht sehen konnte. Gleich würde er eine lebende Zielscheibe sein. Er spürte, wie die Muskeln vor Entsetzen zuckten, aber es wäre Selbstmord gewesen, in der Wohnung zu bleiben.

Ratamo riß die Schranktür auf, sprang hoch, stieß die Hand im oberen Fach bis ganz nach hinten und zog alles heraus. Als die Sachen auf das Parkett knallten, lag er schon wieder auf dem Bauch und kroch unter dem Bett an die Wand, wo er in Sicherheit war. Die Killer hatten zu wenig Zeit gehabt, um zu schießen.

Die Weste lag weit von ihm entfernt halb unter dem Bett. Von draußen konnte man sie ganz sicherlich nicht sehen. Er wagte es jedoch nicht, hinzukriechen, weil er fürchtete, daß die Killer durch das Bett hindurch schossen, wenn sie bemerkten, daß sich der Kleiderhaufen bewegte. Ratamo griff nach der

Stehlampe, die neben ihm stand, benutzte sie wie einen Stock und zog die Weste zu sich hin.

Mit Weste kroch er auf demselben Weg, den er gekommen war, zurück ins Wohnzimmer. Die Schützen konnten nicht wissen, wo er sich befand, also hatte er vielleicht ein paar Sekunden Zeit, quer durch das Wohnzimmer zu rennen. Er mußte den Kopf einziehen und den Killern vor allem seinen durch die Weste geschützten Oberkörper anbieten. Die schon einmal überwundene Angst war wieder da und ließ kein bißchen nach. In seinen Ohren rauschte es.

Ratamo bewegte sich in einer Haltung wie ein Kassatschoktänzer mit möglichst großen Sätzen in Richtung Flur. Nach zwei Schritten traf ihn im Rücken ein Hammerschlag. Er fiel auf den Bauch und rutschte weiter. Ihm stockte der Atem. Er spürte im Mund den Geschmack von Magensäure. Würde er jetzt sterben? Er zog sich am Türrahmen weiter und landete gerade auf dem Fußboden im Flur, als ihn ein neuer Schlag zwischen den Schulterblättern traf. Die Weste hielt die Kugeln sehr wirksam auf, aber sie bremste deren Schlagkraft nicht. Ratamo rollte sich zur Seite und war hinter der Wand außer Sichtweite. Mit angstverzerrtem Gesicht schnappte er nach Luft, und staunte, daß er noch lebte.

Als er wieder richtig atmen konnte, zog er die Laufschuhe an und warf sich den Mantel über. Das Handy steckte er in die Brusttasche und die Waffe in den Gürtel, jetzt aber gesichert.

Im Treppenflur war nichts zu hören. Auch durch den Spion sah er niemanden. Es gab zwei Fluchtwege. In dieser Helsinkier Gegend waren die Häuser miteinander verbunden, so daß man über das Dach in die nächsten Gebäude gelangen konnte. Die Alternative bestand darin, den Weg über den Innenhof zu nehmen und zu fliehen, bevor der Schütze oder die Schützen im Treppenflur auftauchten. Er war so in Panik, daß er sich nicht imstande sah, die Vor- und Nachteile der verschiedenen Alternativen abzuwägen. Und wenn nun jemand hinter der Tür lauerte? Ratamo entschied sich aus dem Bauch heraus, er zog die Waffe, öffnete die Tür und machte einen Satz hinaus, so daß er auf dem Rücken landete, bereit zu schießen. Der Flur war jedoch leer, und er rannte die Treppe hinunter.

Als er in der zweiten Etage ankam, hörte er, wie unten die Haustür geöffnet wurde. Auf der rechten Seite im Treppenflur befand sich die Tür zu einem kleinen Balkon, auf dem in der Regel Teppiche gelüftet wurden. Ratamo ging auf den Balkon hinaus und schloß die Tür hinter sich.

»Oh, verdammt. Nicht schon wieder.« Er zog die schwere Weste aus, warf sie in den Innenhof und sprang. Der Hof war groß und grenzte auf allen Seiten an Häuser. Ratamo schnappte sich die Weste, rannte zum nächstgelegenen Haus und stieß mit Gewalt ein Fenster ganz auf, dessen Haken eingehängt war. Er stieg auf das Fensterbrett und sprang hinein. Als er mit langen Schritten durch die kleine Wohnung hastete, war ein schriller Schrei zu hören. Eine Frau, deren Gesicht von einer grünen Nachtmaske bedeckt war, stand, in eine Decke gewickelt, an der Schlafzimmertür und schaute Ratamo mit offenem Mund vor Angst zitternd an.

»Polizeieinsatz. Wir sind auf der Jagd nach einem Mörder«, sagte Ratamo, hielt den Zeigefinger an die Lippen und zischte leise.

Die Miene der Frau hellte sich auf, und auch sie hob den Zeigefinger an den Mund.

51

Leppä schaute sich völlig verdutzt im Wohnzimmer von Pirkko Jalava um. Das konnte doch nicht wahr sein! Ratamo mußte sich aus dem Schlafzimmerschrank eine kugelsichere Weste geholt haben. Die zwei sauberen Treffer hätten selbst einen Elefanten gelähmt. Leppä hatte ein Scharfschützengewehr der Spitzenklasse verwendet, ein L96A1 mit eingebautem Schalldämpfer und einem Laservisier von Schmidt & Bender. Bei der Munition handelte es sich um spezielle Gummigeschosse, die härtesten, die es gab. Aus der Nähe abgefeuert, verursachten sie Knochenbrüche, aus größerer Entfernung aber nur Muskelzerrungen. Sie sollten das Ziel bewegungsunfähig machen. Er hatte diese Ausrüstung für den Fall bei sich gehabt, daß Ratamo gefunden würde. Bei der Verhaftung eines Doppelmörders konnte man kein Risiko eingehen. Der Mißerfolg der Aktion quälte Leppä. Wie sollte er das Bierernst erklären?

Zum Glück wurden das Telefon und auch Handygespräche in der Wohnung überwacht. Leppä beschloß, die operative Zentrale anzurufen und zu fragen, ob jemand in der Wohnung telefoniert hatte. Doch erst mußte er mit Parola telefonieren, der über Nacht nach Hause gegangen war und versprochen hatte, im Morgengrauen wieder dazusein. Leppä fluchte bei dem Gedanken, daß Ratamo vielleicht nicht hätte fliehen können, wenn Parola rechtzeitig zurückgekommen wäre.

Die Gruppe, die sich als Reserve bereithielt, hatte am Vortag und in der Nacht gute Arbeit geleistet. Ihr Auftrag bestand darin, die Frau zu finden, die mit Ratamo bei Stockmann gewesen war. Zunächst hatte sie in verschiedenen Datenbanken die Frau auf dem Foto gesucht, das Leppä gemacht hatte. Schließlich war die Schönheit im Paßregister unter dem Namen Riitta Kuurma gefunden worden. Mit Hilfe des Namens stellte die Gruppe dann im Verzeichnis der Studenten der Universität Helsinki fest, daß sie bis 1997 Staatswissenschaften studiert hatte. Aus irgendeinem Grund schien Kuurma danach spurlos verschwunden zu sein, und die Gruppe hatte bis in die Nacht versucht, ehemalige Kommilitonen von ihr aufzutreiben. Gegen ein Uhr nachts hatten sie dann schließlich einen Mann am Telefon, der behauptete, Riitta Kuurma würde ihm oft im Valinta-Supermarkt in der Perämiehenkatu über den Weg laufen. Er habe auch gesehen, wie sie aus der Pursimiehenkatu 16A herauskam. Der Hausverwalter bestätigte, daß die Wohnung 43 an Riitta Kuurma vermietet war.

Am Freitag um ein Uhr einundzwanzig hatte man Leppä und Parola den Namen und die Adresse der Frau mitgeteilt. Die beiden hatten die Observierung der Frau übernommen, weil sie zu dem Zeitpunkt nichts tun konnten, um Ratamo zu finden. Der Mann war verschwunden wie ein Hering im Meer. Um ein Uhr siebenunddreißig hatten sie Vairiala über die Lage informiert.

Leppä und Parola hatten lange überlegt, was sie mit Kuurma anstellen sollten. Wegen ihres Verhaltens am Vortag und der Unklarheiten im Zusammenhang mit ihrer Identität war Vorsicht geboten. Da sie zu Hause war, hatten sie beschlossen, auf Nummer Sicher zu gehen. Leppä hatte Kuurmas Wohnung vom Dachboden des gegenüberliegenden Hauses beobachtet, von dem aus er auch freie Sicht auf die Haustür besaß. Möglicherweise hatte sie mit Ratamo telefoniert und vielleicht sogar ein neues Treffen vereinbart. Dann wäre man ihr bis zu Ratamo gefolgt. Falls sie keinen Kontakt zu Ratamo aufnahm, sollte sie früh verhaftet werden, wenn sie ihre Wohnung verließ.

Nach der nächtlichen Warterei bis zum Morgen war Leppä völlig entgeistert gewesen, als Riitta Kuurma früh die Jalousien hochzog und Ratamo hinter ihr stand.

Am Freitag um zehn Uhr zwölf rollte ein dunkelblauer Saab 900 leise auf den Parkplatz vor einem ockerfarbenen Holzgebäude an der Küste in West-Uusimaa. Parola hatte sich von Leppä einiges anhören müssen, als er endlich zur Arbeit erschienen war. Er parkte den Wagen rückwärts ein, trat aufs Gaspedal, daß der Sand aufgewirbelt wurde, und ließ auf dem Weg hierher schon den dritten lauten Furz fahren. Er wunderte sich, daß der Rückstoß der Erbsensuppe vom Vortag erst jetzt zu hören war.

Leppä konnte nicht mehr darüber lachen: »Du hast wirklich einen Klappenfehler, aber das ist nicht die Herzklappe.«

Die Männer stiegen in aller Ruhe aus und holten ihre Rucksäcke aus dem Kofferraum. Sie trugen enganliegende langärmlige schwarze Hemden, schwarze Hosen und Schuhe aus Gummi ohne Sohlenprofil. Die richtige Kommandoausrüstung war nicht erforderlich gewesen, da sie keinen Widerstand erwarteten. In der Hitze kamen sie schnell ins Schwitzen.

Parola ging voran und betrat den Bootsanlegesteg, an dem ein stromlinienförmiges Schnellboot schaukelte. Er begrüßte den jungen Offizier, der am Steg wartete und das Boot als Amtshilfe aus der Garnison von Dragsvik hergefahren hatte.

»Wir bringen das Boot spätestens in zwei Stunden zurück. Kommen Sie nicht vor zwölf Uhr wieder«, sagte er zu dem Oberleutnant.

Parola überprüfte den Benzintank. Er legte den Gang ein und startete den Motor, gerade als Leppä an Bord ging. Die beiden Männer schauten sich kurz an, und Parola gab Gas. Leppä holte aus seiner Tasche eine Seekarte und übernahm die Aufgabe des Kartenlesers. Parola drosselte die Geschwindigkeit, nachdem das Boot das offene Meer verlassen hatte und sich auf dem Kurs zu seinem Ziel durch enge Wasserstraßen schlängelte.

Leppä genoß den Anblick der Schärenlandschaft, obwohl er etliche Schmetterlinge im Bauch hatte. Die ersten Schwäne tauchten ein paar Minuten später auf.

Nach einer Fahrt von reichlich zehn Minuten ortete Leppä das Ziel, und die Männer zogen sich ihre Kommandomützen über.

Parola lenkte das Boot an das unbewohnte Nordostufer der Insel. Hier war es unwahrscheinlich, daß ihnen die Zielpersonen über den Weg liefen. Sie zogen das leichte Glasfaserboot so weit auf das steinige Ufer, daß sie es nicht festbinden mußten.

Auf der Insel, die einen Durchmesser von einem halben Kilometer hatte, gab es nur ein Ferienhaus. Zwischen den Felsen wuchsen hier und da verkrüppelte Kiefern und niedrige Wacholderbüsche.

Nach einem Lauf von einer Minute erreichten sie den Südwestteil der Insel. Der übergewichtige Parola hatte Mühe, das Tempo seines durchtrainierten Kollegen zu halten. Im Schutz der Rückwand des großen Blockhauses blieben sie stehen. Als Parola endlich nicht mehr schnaufte, lauschten sie aufmerksam.

»He. Wer seid ihr denn? Freunde von Vati?« Plötzlich war völlig überraschend eine zarte Mädchenstimme genau hinter ihnen zu hören.

Parola war mit einem Satz bei dem Kind und hielt ihm den Mund zu. Er drückte ihm ein Stück Universalklebeband, das er aus einer Seitentasche seiner Hose holte, auf den Mund. Dann fesselte er das Mädchen an den Händen und Fußgelenken und setzte es auf den Fußboden. Parola bedeutete Leppä mit Handzeichen, er wolle das Haus durchsuchen, und befahl seinem Kollegen, bei dem Kind zu warten.

Parola ging an der Hauswand entlang in Richtung Haustür, am Fenster bückte er sich. Zum Glück bestand die obere Hälfte der Tür aus Glas. Er stellte sich neben die Haustür an die Wand und spähte schnell hinein. Es war niemand zu sehen. Bei dem erfahrenen Agenten läuteten die Alarmglocken. Hatte jemand das Mädchen absichtlich hinter das Haus geschickt? Jetzt betrat er allein den einzigen geschlossenen Raum auf der Insel.

Parola öffnete die Tür langsam und schlich durch das Wohnzimmer in Richtung Küche, seine Waffe hielt er schußbereit in der Hand. Doch auch die Küche war leer. Die andere Zielperson mußte draußen sein. Plötzlich hörte er etwas und blieb stehen. Kam das Stoffrascheln von seinen eigenen Sachen? Doch da war das Geräusch wieder zu hören. Parola schaute hinauf und sah, wie sich oben auf der Empore eine Frau mit der Bratpfanne in der ausgestreckten Hand vorbeugte.

Parolas Waffe zeigte direkt auf das Herz der Frau. »Guten Morgen. Und gute Nacht«, sagte er und verzog sein Gesicht zu einem fröhlichen Grinsen.

Die Luftpistole wurde abgefeuert, es hörte sich an wie ein trockenes Husten. Marketta Julin starrte mit der Betäubungsnadel in der Brust den Schützen an. Sie schrie nicht, sondern setzte sich hin, schwankte einen Augenblick und fiel dann auf den Rücken. Parola stieg hinauf, vergewisserte sich, daß die Frau in einer guten Position lag, und deckte sie sorgfältig zu. Sie würde jetzt zumindest die nächsten zehn Stunden fest schlafen.

Leppä nahm das Kind auf den Arm, als Parola ihm den Befehl gab, zum Boot zu gehen.

Auf dem Meer setzte Leppä das Mädchen möglichst bequem hin und entspannte sich das erste Mal so richtig seit vierundzwanzig Stunden. Gott sei Dank war es ihnen nun endlich gelungen, wenigstens einen Befehl von Bierernst auszuführen. Nach der neuerlichen Flucht Ratamos hatte er schon ernsthaft Angst vor der Wut seines Vorgesetzten gehabt. Zum Glück war es der operativen Zentrale schnell gelungen, Marketta Julins Handy zu orten, und sie hatten in Richtung Sandnäsudd und Bastö aufbrechen können, ohne Vairiala vorher zu treffen. Noch unterwegs hatte er versucht, seinen Chef anzurufen, aber der war nicht erreichbar, und niemand wußte, wo er sich befand. Also war er gezwungen gewesen, Kari Metso, Vairialas Stellvertreter, über die Situation zu informieren.

Jetzt hatten sie das Mädchen, jetzt konnten sie es wagen, zum Rapport bei Bierernst anzutreten.

52

In der Hütte war es heiß wie in einem Walzwerk. Auf dem mit Reisig bedeckten Fußboden der aus Brettern, Müllsäcken und anderem Material errichteten Behausung lag überall Abfall herum: leere Schnapsflaschen, Fertigkostverpackungen und aus dem nahe gelegenen Schrebergarten geklautes, verschrumpeltes Gemüse.

Ein Mann mit einer Pudelmütze und einem langen Frotteeponcho schob die Kiefernzweige in der Tür beiseite, steckte den Kopf hinaus und reckte sich so, daß er bis aufs Meer sehen konnte. »He, Rillo. Es ist wieder so heiß. Wahrscheinlich haben wir schon Mittag. Wann war denn gestern Zapfenstreich und Nachtruhe?« fragte er seinen Kumpel, der gerade aufwachte.

»Denkst du etwa, ich kann mich noch an irgendwas erinnern«, antwortete Rillo, der nur Jeansshorts trug und ziemlich klein geraten war. Er wischte sich den Schweiß von den Fettpolstern an seinem Bauch und griff neben sich. »Nimmt der Herr Magister einen Schluck?« fragte er und hielt eine Flasche Vogelbeerwein in der Hand.

»Ein Frühstück sollte man ja immer zu sich nehmen«, antwortete der Magister. Er drehte sich gerade mit Aromaknaster mühselig eine Zigarette.

Die Männer steckten sich ihre Glimmstengel an und nahmen zwischendurch genüßlich einen Schluck aus Rillos Flasche, in der man schon bald den Boden sehen konnte. Wegen der Hitze dauerte ihre ansonsten ein paar Wochen anhaltende Sommersauftour länger als üblich. Die beiden hatten sich entschlossen, die warme Jahreszeit in aller Ruhe zu genießen und sich erst im Herbst wieder Arbeit auf dem Bau zu suchen. Bei diesem Wetter war es am besten, unter freiem Himmel zu übernachten und das Geld für eine Herberge zu sparen.

Schließlich stand Magister auf: «Ich werde mal eine Stange Wasser in die Ecke stellen. Rillo, halt das mal solange», sagte er und reichte seinem Kumpel die Selbstgedrehte, die bis zur Hälfte aufgeraucht war.

Rillo schwankte hin und her, hielt in beiden Händen eine qualmende Zigarette und murmelte: »Stereo.«

Der Magister gewöhnte seine Augen vor der Hütte an das Sonnenlicht und räkelte sich wie ein Kater. Dann schlängelte er sich ein Stück durch den Wald und öffnete schließlich den Hosenstall. Es fehlte nicht viel, und er hätte auf ein Behältnis aus Metall gepinkelt.

Die Hütte wäre fast zusammengefallen, als Magister hereingestürmt kam. »Menschenskind, Rillo, sieh dir das mal an. Ich habe im Wald dieses Metallkästchen gefunden. Wenn das eine Kamera ist, dann schwimmen wir bald im Rotwein.«

Rillo stachelte seinen Freund dazu an, das Behältnis sofort zu öffnen.

Mit hängenden Mundwinkeln sahen sie, was sich darin befand. »Das sind ja vereiste Blutröhrchen. Wollen wir mit dem Blut Plinsen braten«, kicherte Rillo.

Magister untersuchte den Inhalt in aller Ruhe. »Hier ist auch ein Zettel. ›EELA, Arto Ratamo, 20 Expl. Ebola-Helsinki-Blut, Sicherheitsstufe 4‹. Vielleicht fehlen die irgend jemandem. Wer weiß, womöglich sind sie sogar wichtig«, sagte er.

»Wir bringen sie zur Polizei und verlangen Finderlohn«, sagte Rillo mit ernster Miene und fand seine Idee sehr gut.

»Die Polizei wird uns was scheißen. Jetzt halten wir ein Gipfeltreffen ab und denken über die Sache nach«, erwiderte Magister und zauberte unter seinem Poncho eine Flasche roten Carillo hervor.

»Ka Rillo, Ka Rillo«, lallte Rillo. »Eh, der Kerl hat ja noch eine Notreserve unter seinem Zauberumhang.«

Die Zigaretten qualmten, der Alkohol floß, und die Zeit blieb im Park von Uutela stehen.

53

Ketonen ging in Richtung Verhörraum und schaute auf seine Uhr. Es war schon zehn Uhr neunundzwanzig. Der SAS war nicht rechtzeitig auf dem Trafalgar Square gewesen, um die Übergabe der Blutröhrchen zu verhindern. Er wußte nicht, wer die Komplizen von Vairiala in London waren, wo die erste Rate um zwölf bezahlt werden sollte oder wer sie in Empfang nehmen würde. Je näher der Zeitpunkt der Geldübergabe rückte, um so unwahrscheinlicher wurde es, daß man die Katastrophe noch verhindern könnte. Vairiala mußte unbedingt zum Sprechen gebracht werden – und zwar sofort. Die lange Untätigkeit war von einem Streß abgelöst worden, wie ihn Ketonen seit Ewigkeiten nicht mehr erlebt hatte.

Tissari und der junge Wachtmeister warteten an der Tür des Verhörraums. Kurz zuvor hatte Tissari von der Ärztin wegen des Bisses eine Spritze gegen Wundstarrkrampf erhalten. »Du siehst ja furchtbar aus. Hast du etwas zum Frühstück bekommen?« erkundigte er sich, nachdem er seinen Vorgesetzten erblickt hatte. Der machte einen Eindruck, als hätte er vor eine Woche das letzte Mal geschlafen.

Ketonen schlürfte seinen Kaffee und holte die Zigarettenschachtel aus der Tasche. »Eine ›North‹ und ein Kaffee zusammen sind doch ein Frühstück. So. Nach Aussage der Ärztin müßte Vairiala jetzt nüchtern sein. Gibt es noch Fragen?« Ketonen schaute Tissari an. Der schüttelte den Kopf.

Die Männer betraten den lichtüberfluteten Verhörraum, in dem Vairiala, an den Stuhl gefesselt, wartete. Er trug einen Trainingsanzug der Polizei und eine Brille aus dem Fundbüro, die der Wachtmeister besorgt hatte. Die Ärztin befand sich auch in dem Raum, der durch die Leuchtstoffröhren schon aufgeheizt war.

»So, Pekka. Nach Meinung unserer Quacksalberin dürftest du keinen Alkohol mehr im Blut haben, vielleicht verstehst du jetzt, was für dich am besten ist. Erzähle uns, was du in den letzten Tagen getrieben hast, mit wem und weshalb, dann können wir diese Sache erledigen und von der Tagesordnung streichen.«

Vairiala sah müde aus und noch mitgenommener als sonst. Seine schweißbedeckte Glatze glänzte. Die Gläser der Brille hatten nicht die richtige Stärke, aber wenigstens konnte er nun etwas erkennen. Er war müde und hatte Angst. Die einzige Wahrheit, die er kannte, hatte er schon erzählt. Würde Ketonen jetzt das Thiopental einsetzen?

Auch seiner niedergeschlagenen Stimme hörte man die Erschöpfung an. »Wir wissen beide, daß du deine Befugnisse weit überschritten hast. Außerdem, was kannst du mit mir schon machen. Irgendwann mußt du mich sowieso freilassen, und danach ist deine Karriere vorbei.«

Ohne chemische Nachhilfe würde der junge Brigadegeneral anscheinend nicht reden, das wurde Ketonen nun klar. Er hatte nicht nur einmal Verhöre erlebt, bei denen das Wahrheitsserum nicht gewirkt oder bei den Verhörten zu einem Gesundheitsrisiko geführt hatte. Obwohl er Vairiala nicht besonders mochte, wollte er doch nur ungern das Leben seines Kollegen gefährden. Diese Verantwortung mußte er übernehmen, und das ließ ihn einen Augenblick zögern. Er besaß jedoch zuwenig

Informationen, in dem Gesamtbild fehlten noch zu viele Teile. Und die Zeit lief ab. Wenn Vairiala nicht redete, wäre er, Ketonen, womöglich für den Tod von Millionen Menschen verantwortlich.

Ketonen nickte der Ärztin zu und wandte sich dann an Vairiala: »Na gut, Pekka. Du weißt, wie die Show jetzt weitergeht.« Die Ärztin zog das Wahrheitsserum aus der Ampulle in die Injektionsnadel. Sie spritzte ein wenig Flüssigkeit in die Luft und klopfte mit dem Zeigefinger zweimal auf die Spritze, um sicherzugehen, daß keine Luftblasen darin geblieben waren. Dann spritzte sie das Mittel an Vairialas rechtem Unterarm in die Vene und klebte sorgfältig ein Pflaster auf den Einstich. Anschließend wischte sie sich mit einem Taschentuch den Schweiß von der Stirn und beugte sich vor, um Vairialas Gesicht zu beobachten.

Vairiala sagte kein Wort und machte keine Bewegung, um die Arbeit der Ärztin zu erschweren. Es wäre sinnlos gewesen. Er konzentrierte sich und bemühte sich mit aller Willenskraft, die Kontrolle über sein Denken nicht zu verlieren, aber nach und nach entglitt ihm alles.

Die anderen im Verhörraum saßen schweigend da und warteten auf die Wirkung des Serums.

Wenig später öffneten und schlossen sich Vairialas Augenlider anormal langsam. Er hatte das Gefühl, in der Sonne zu liegen und sanft auf einer Luftmatratze zu schaukeln. Alle Sinne funktionierten jedoch überraschend präzise. Er murmelte etwas vor sich hin.

Ketonen warf einen fragenden Blick zur Ärztin, diesmal schaute er ihr in das linke, das gesunde Auge.

»Noch einen Augenblick«, antwortete sie auf die unausgesprochene Frage.

Vairiala nickte ein paarmal, und sein Murmeln wurde lauter. »Verdammter Ketonen, ich bin immerhin der Chef der Aufklärungsabteilung, verflucht noch mal ...« Als er lauter sprach, waren die Worte deutlicher zu verstehen.

Die Ärztin nickte, und Ketonen stand auf, ging einmal um Vairiala herum und begann das Verhör. »Pekka, hier spricht Jussi Ketonen. Erkennst du mich?«

»Natürlich. In meinem Alter warst du noch nichts weiter als ein Kofferträger, und deswegen bist du so verdammt neidisch. Und dann noch so ein Zwerg. Selbst mit Feder am Hut kaum eins siebzig.«

Um Vairiala richtig in Fahrt zu bringen, stellte Ketonen noch ein paar leichte Fragen.

Vairialas Antworten stimmten, aber er schwätzte wie eine Marktfrau.

Ketonen fand, daß Vairiala nun ganz offensichtlich ausreichend berauscht war. Der erfahrenen Ärztin war es wieder gelungen, das Wahrheitsserum genau richtig zu dosieren. Jetzt mußte er zur Sache kommen: «Pekka. Hast du Jussi Rautio Briefe gegeben, die er nach London bringen sollte?«

»Habe ich. Ich bin ja schließlich nicht so ein Hüpfer, daß ich selber den Postillion spiele, wenn ...«

»Wie viele Briefe waren es?«

»Drei Kontakte. Rate mal, wie viele Briefe es dann waren.«

»Was stand in den Briefen?«

Plötzlich zuckte Vairialas Kopf, weil ein Muskel an seinem Hals verkrampfte.

Die Ärztin schaute nervös zu Ketonen, der mit versteinerter Miene dastand.

Vairiala schwieg einen Augenblick mit geschlossenen Augen, bevor er antwortete.

»Du hast doch die Briefe selbst verfaßt. Du hast geschrieben, daß eigentlich gar keine Massenvernichtungswaffe mit dem Virus existiert. Der Zweck war es, die Käufer loszuwerden. Irgendein Idiot hatte angeblich ...«

Ketonen war bestürzt. Vairiala hatte also doch die ganze Zeit die Wahrheit gesagt und glaubte wirklich, er, Ketonen, habe die Briefe geschrieben. Das bedeutete, er mußte die Briefe von jemandem erhalten haben. Oder hatte jemand die ihm übergebenen Briefe ausgetauscht? »Wann hast du die Briefe das letzte Mal gelesen?« Ketonen versuchte den Zeitpunkt des Austauschs der Briefe einzugrenzen.

»Na, Mensch, die habe ich ja wohl nicht gelesen. Wenn der Chef des Operativen Stabes mir Wort für Wort den Inhalt der Briefe nennt und sagt, daß er sie vom Chef der SUPO erhalten hat, dann ist für mich die Sache damit gebongt. Also verdammt noch mal ...«

»Wer hat die Blutröhrchen, und wer hat die Formel für das Gegenmittel?«

»Na, also, Siren wollte, daß das Blut in die Schlapphutabteilung gebracht wird, und er hat ja die Formel, er hat sie die ganze Zeit gehabt. Wenn ich auch den Rest der Geschichte noch in Ordnung gebracht habe, dann sitzt du ganz schön in der Scheiße. Siren will weitersagen, daß du ...«

Mit Ausnahme Vairialas, der vor sich hin plapperte, starrten sich alle anderen im Zimmer erstaunt an. Die fehlenden Teile waren nun gefunden und ergaben für Ketonen ein Gesamtbild. Er ließ seine Hosenträger los, so daß es knallte.

Siren! Siren besaß die Formel für das Gegenmittel. Siren hatte die Röhrchen mit dem Blut übergeben. Siren hatte Vairiala die Briefe überbringen lassen und ihm, was deren Inhalt anging, etwas vorgelogen. Siren mußte die Briefe auch verfaßt haben. Es war Siren, der hinter allem steckte. Siren hatte Vairiala und ihn hin und her geschoben wie einen Wischmop. Ketonen mußte sich hinsetzen. So etwas war in der gesamten Nachkriegszeit nicht passiert. Ein General der finnischen Armee hatte sich eines ungeheuerlichen Verrats schuldig gemacht. Was war nur sein Motiv?

»Hat Siren noch andere Helfer?« fragte Ketonen.

»Kaum. Hör mal, ich erledige das ...«

»Wo ist Siren?«

»Ich weiß nicht. Das letzte Mal habe ich ihn nachts über seine Sekretärin angerufen, und die hat nicht gesagt ...« Vairiala erstarrte auf seinem Stuhl, das Geplapper brach ab. Mit weit aufgerissenen Augen sagte er: »Gebt mir Wasser, ich habe Durst. Mir ist übel.« Ungehemmt übergab er sich und erbrach den ganzen Mageninhalt auf den Fußboden.

Die Ärztin wischte Vairialas Gesicht ab und gab ihm Wasser zu trinken. Der Verhörte sah krank aus und wirkte lethargisch.

»Ich muß den Blutdruck messen. Der Mann sieht ganz blaß aus«, erklärte die Ärztin. Ihr Hemd war vorn völlig durchgeschwitzt, und ihre Hände zitterten.

»Es dauert nicht mehr lange«, sagte Ketonen. Er sah, daß er Vairialas Leben gefährdete, aber er war gezwungen weiterzumachen.

»Wer hat Manneraho und Ratamos Frau umgebracht?« fragte er.

»Als wüßtest du nicht, daß es Arto Ratamo war. Der Mann ist ja ...«

»Welche Befehle haben deine Männer in bezug auf Ratamo?«

»Hoffentlich haben sie den Gangster schon gefaßt. Wenn er Schwierigkeiten macht, könnte es ihn das Leben kosten. Ich

313

habe schon stundenlang keinen Rapport bekommen. Ich muß anrufen ...«

»Du hast also den Befehl gegeben, Ratamo zu verhaften?« fragte Ketonen sicherheitshalber nach. Auch er fühlte sich nicht gerade bestens. Der Gestank des Erbrochenen und der Schweißgeruch hingen in dem aufgeheizten Raum. Er spürte auch schon den Flüssigkeitsverlust.

»Dieser Idiot hat mit Manneraho zusammen versucht, die verdammten Viren zu verkaufen. Er ist uns schon zweimal entwischt, und deshalb habe ich den Jungs gestern gesagt, wenn die Sache noch mal schiefgeht, dann holen wir das Mädchen von der Insel ...«

Ketonen schrieb schnell etwas auf einen Zettel und gab ihn Tissari. »Ruf diese Nummer an und frag, wo das Mädchen ist«, sagte er, und Tissari rief mit seinem Handy irgendwo an.

»Pekka. Hast du noch irgend ein anderes Geheimnis, das ich unbedingt wissen muß?«

Vairiala stierte Ketonen eine Weile mit seinem glasigen Blick an. »Das geht verdammt noch mal niemanden etwas an, ob ich ein Homo bin. In meiner Freizeit kann ich machen ...«

Die Anwesenden schauten sich verblüfft an.

»Puppe«, sagte der Hauptwachtmeister, der die ganze Zeit schweigend dagesessen hatte.

Vairiala laberte weiter, seine Glatze glänzte vor Schweiß, und die geliehene Brille war bis auf die Nasenspitze gerutscht.

Ketonen lief mit großen Schritten die Treppe hinauf, und Tissari folgte ihm. Die normale Raumluft fühlte sich auf der Haut wunderbar kühl an. Ketonens Gehirn arbeitete auf Hochtouren. Der Chef des Operativen Stabs versuchte auf dem internationalen Waffenmarkt eine Massenvernichtungswaffe zu verkaufen. Siren, die Viren und die Formel des Gegenmittels waren verschwunden. Der Begriff Katastrophe war zu harmlos, um die Situation zu beschreiben. Wenn Sirens Verrat in seinem ganzen schrecklichen Ausmaß gelang, dann wären die Verläß-lichkeit und Glaubhaftigkeit der Armee und der Nachrichten-dienste Finnlands verloren. Und dazu kamen dann noch die Reaktionen der Bürger. Ganz zu schweigen von der Ebola-Krankheit mit ihren entsetzlichen Folgen. Die Situation mußte bereinigt werden, ohne daß die Öffentlichkeit davon erfuhr. Ansonsten würde man ihn sofort in den Ruhestand versetzen, wo er dann Däumchen drehen konnte.

Ketonen schaute auf seine Uhr: Es war elf Uhr siebzehn. Die erste Rate würde in einer Dreiviertelstunde übergeben, und möglicherweise tauchte Siren dann schon unter. Der Befehl zur Verhaftung Ratamos mußte aufgehoben werden. Wenn Siren es so inszeniert hatte, daß Ratamo als der Schuldige an den Morden und am Verkauf des Virus-Pakets dastand, dann mußte er gute Gründe dafür haben. Ketonen ahnte, daß Ra-tamo nicht in Sicherheit wäre, wenn die Aufklärungsabteilung ihn verhaftete. Selbst der Versuch, einen Befehl der Aufklä-rungsabteilung aufzuheben, wäre jedoch für Außenstehende vergeblich gewesen, das konnte nur Vairiala. Er mußte warten, bis Vairiala wieder klar genug denken konnte, um seine Män-ner anzurufen.

Im Laufen befahl Ketonen Tissari, die junge Computer-Zau-berin zu bitten, sie solle ihn anrufen. Tissari holte wieder sein Handy aus der Gürteltasche.

An der Tür seines Zimmers wäre Ketonen fast mit seiner Se-kretärin zusammengestoßen. Er bat sie, eine Verbindung zu Wrede herzustellen. Das Telefon klingelte, gerade als sich Ke-tonen setzte.

»Wo bist du?«

»Im Hotelzimmer. Ich habe mich nicht getraut wegzugehen ...«

Ketonen unterbrach ihn: »Hör mir jetzt zu, Erik, und zwar ganz genau. Du mußt Generalmajor Raimo Siren verhaften.«

»Den Chef des Operativen Stabs Raimo Siren?« fragte Wrede. Er hatte sich gewünscht, bei einer großen Sache im Mittelpunkt zu stehen, aber bei dem, was jetzt geschah, lief es ihm kalt den Rücken hinunter.

»Na hallo, Mensch. Gibt es mehrere?«

Wrede zögerte immer noch. Er fragte, ob es sicher wäre, daß er Sirens Verhaftung später nicht bereuen müßte.

Ketonen wurde wütend: »Paß mal auf, das ist jetzt nicht der richtige Augenblick, um Befehle in Frage zu stellen. Die erste Rate wechselt in zweiundvierzig Minuten ihren Besitzer, und es ist verdammt noch mal am besten, wenn du dann dort bist, wo Siren ist. Und denk daran, deine Zielperson ist Siren. Ich werde dafür sorgen, daß am Ort der Geldübergabe auch andere Leute sind, aber in erster Linie bist du es, der sich um Siren kümmert. Hast du das verstanden?« Ketonens Sicherungen wurden allmählich heiß, brannten aber noch nicht durch. Er zündete sich eine Zigarette an.

»Wo ist der Mann?« fragte Wrede.

»Das wird man dir mitteilen, sobald wir es wissen.«

Ketonen erkundigte sich, ob Rautio noch in London war. Wrede bestätigte, daß er mit der Maschine um sieben Uhr dreißig nach Finnland geflogen war. Er hatte sich vergewissert, daß Rautio in die Maschine gestiegen war, und es dann der Überwachungszentrale gemeldet.

Tissari schaute zur Tür herein, als Ketonen das Gespräch beendete. »Dieser Computerfreak ist hier«, sagte er.

»Warum ruft sie nicht an? Verflixt noch mal, daß die aber

auch so neugierig sein muß«, schimpfte er, rief: »Herein, herein!« und ging in das Vorzimmer, um die Internet-Verantwortliche hereinzuholen. Musti war von dem Trubel so begeistert, daß Ketonen sie am Halsband zu ihrem Korb führen mußte.

Die Frau rümpfte an der Tür die Nase, denn sie war gegen Zigarettenrauch und Hunde allergisch. Sie berichtete, daß die Internetadresse, die man für die Übermittlung der Angebote genutzt hatte, nur zweimal besucht worden war: Einmal von der SUPO aus und einmal von der finnischen Botschaft in Argentinien.

Ketonen bedankte sich für die Informationen und bat die Spezialistin, wieder zu gehen. Ihr liefen die Tränen über die Wangen, als sie sich mit einem Inhalator ein Medikament in den Mund sprühte.

Tissari erhielt den Befehl, in Buenos Aires anzurufen. Dann bat Ketonen seine Sekretärin, ihn mit dem Chef des Operativen Stabs zu verbinden. Er glaubte nicht, daß Siren hinterlassen hatte, wo er sich befand, aber er wollte das zumindest überprüfen.

Das Telefon klingelte eine ganze Weile, die ihm wie eine Ewigkeit vorkam. Schließlich meldete sich die Sekretärin, und Ketonen bat sie mürrisch, ihn mit Siren zu verbinden.

»Der General ist momentan auf einer Dienstreise. Kann Ihnen jemand anders helfen?« fragte die Frau in sehr resolutem Ton, der Ketonen nur noch mehr reizte.

»Es kann niemand anders helfen. Geben Sie mir die Nummer, unter der ich Siren erreiche.«

»Ja, es ist nun allerdings so, daß General Siren ausdrückliche Anweisungen getroffen hat, Auskunft über seinen Aufenthaltsort nur im Ausnahmefall und nur bestimmten Personen zu geben«, entgegnete die Sekretärin. Jetzt reichte es Ketonen.

»Nun hör mir mal sehr genau zu, meine Liebe, ich sage das nicht noch mal. Ich bin der Chef der Sicherheitspolizei, und meine Aufgabe besteht darin, solche Verbrechen zu bekämpfen, die die Sicherheit des Landes gefährden könnten. Jetzt ist etwas passiert, worüber ich sofort mit dem Chef des Operativen Stabs reden muß. Wenn du mir nicht augenblicklich oder noch schneller sagst, wo Siren ist, werden dich zwei meiner Männer hierherbringen, und dann wird diese Information aus dir herausgeholt, und die Zunge reißen sie dir auch noch raus. Hast du das kapiert!« brüllte Ketonen mit weit aufgerissenen Augen.

»Ja. Aber auch ich habe meine Vorschriften. Entschuldigung«, stammelte die Frau. Dann berichtete sie brav wie ein kleines Mädchen, daß Siren am vorhergehenden Abend nach London geflogen sei. Er wohne im »Park Lane Hilton«. Mit der Maschine seien außer ihm noch weitere Personen gereist.

Ketonen bedankte sich und wandte sich Tissari zu. »Schicke Wrede ins ‹Park Lane Hilton›. Sag ihm, er soll sich melden, wenn er Siren im Blickfeld hat.«

Ketonen überlegte, wie lange er diesen Druck aushalten würde, und tippte schon die Nummer von Brigadegeneral George Howell ein.

54

Fünf vor elf legte das Schnellboot vor dem Dorfladen von Sandnäsudd an. Parola hatte für die Rückfahrt weniger Zeit gebraucht, weil er die Strecke nun schon kannte.

Während Parola die Umgebung beobachtete, befestigte Leppä das Boot mit Seilen am Steg und nahm das Mädchen auf den Arm. Das Kind hatte die ganze Zeit fast bewegungslos im Boot gelegen und nicht einmal versucht, unter dem Klebeband auf seinem Mund etwas zu sagen. Leppä lief schnell zum Auto, er wollte dem Mädchen die Fesseln möglichst rasch abnehmen, damit das Kind nicht noch vor Angst einen Schock erlitt.

Parola öffnete die Türen des Saab mit der Fernbedienung, und Leppä setzte das Kind auf den Rücksitz und legte ihm den Sicherheitsgurt an. Gerade als er dem Mädchen vorsichtig das Klebeband vom Mund entfernte, hielt ein bis zum Verdeck mit Urlaubsutensilien beladener alter Ford Taunus mit einem deutschen Kennzeichen etwa zehn Meter entfernt von dem Saab.

Das bereitete Leppä überhaupt keine Sorgen. Er und Parola sahen wie ganz gewöhnliche finnische Männer mittleren Alters aus, obwohl sie bei der drückenden Hitze schwarze Kleidung trugen.

Aus dem Ford stieg ein Ehepaar aus: ein mittelgroßer, stämmiger Mann mit gerötetem Gesicht und dichtem Schnurrbart und eine kleine, kräftig gebaute Frau. Beide trugen ein T-Shirt mit der Aufschrift »OKTOBERFEST 1997, MÜNCHEN«.

Dem Mann hing eine Kamera auf dem Bauch, und die Frau trug eine Gürteltasche und hielt eine große Autokarte in den Händen. Sie schauten sich eine Weile verwundert um, stritten dann miteinander und zeigten zwischendurch mit dem Finger auf die Karte. Nach einem kurzen Disput ging der Mann in aller Ruhe auf den Saab zu, und die Frau folgte ihm.

Parola und Leppä legten gerade ihre Rucksäcke in den Kofferraum, als sie sahen, wie das Paar auf sie zukam, offensichtlich um nach dem Weg zu fragen.

»Das wäre eine echte arische Amazone für dich«, flüsterte Leppä.

»Mir ist alles recht. Und alle, die bei Bewußtsein geblieben sind, haben sich hinterher bedankt«, sagte Parola stolz.

Der Tourist war noch ein paar Meter vom Saab entfernt und räusperte sich.

»Entschuldigen Sie ...«

Parola und Leppä wandten sich dem Mann zu und erblickten den Lauf einer Pistole, die auf sie gerichtet war.

Der Mann befahl ihnen, sich auf den Boden zu legen, und die Frau fesselte sie straff. Man hörte, wie irgendwo ein Motor gestartet wurde, und kurz darauf hielt ein großer Citroën Jumper neben dem Saab. Parola und Leppä wurden in den Laderaum des Transporters getragen, der sofort losfuhr.

Die Frau ging zu dem Saab und schnallte das Mädchen ab. Sie trug das Kind zu dem uralten Diesel-Taunus und setzte sich mit ihm auf den Rücksitz. Der Mann gab Gas, so daß der Sand zur Seite flog, und fuhr in Richtung Fernverkehrsstraße 53. Von Westen näherte sich eine dunkle Wolkenfront.

55

Ratamo saß schon zweieinhalb Stunden in dem kleinen Kebab-Kiosk der Kaufhalle von Hietalahti und wagte nicht, sein Versteck zu verlassen. Sein Hemd paßte ihm auch über der kugelsicheren Weste, aber er sah jetzt zehn Kilo dicker aus und schwitzte darunter. Er hatte jedoch nicht die Absicht, auf die Weste zu verzichten, bevor er sich in völliger Sicherheit befand.

Es war Freitag und Mittagszeit, in der Halle wimmelte es also von Menschen, die ihre Wochenendeinkäufe erledigten. Seine Angst hatte so weit nachgelassen, daß er wieder klar denken konnte. Aber sie war immer noch da wie ein ungebetener Gast. Er wußte nicht, wie lange er noch bei Verstand bleiben würde.

In wessen Auftrag handelten die Killer, die in Jalavas Wohnung zugeschlagen hatten? Ratamo dachte nach und strich sich über seine schwarzen Bartstoppeln. Steckten die Finnen dahinter, die Russen oder jemand anders? Niemand war imstande gewesen, ihm bei seiner Flucht von der Tehtaankatu bis nach Pukinmäki zu folgen. Hatte der SVR Pirkko aufgespürt und dann ihre Wohnung überwacht? Andererseits hatte der SVR schon einmal versucht, ihn zu kidnappen, um an die Formel für das Gegenmittel zu kommen. Warum hätte er ihn jetzt umbringen sollen? Ratamo hatte das alles satt. Das Ganze war einfach zu kompliziert. Der Versuch, es zu verstehen, war sinnlos.

Er mußte die Stadt verlassen und irgendein sicheres Versteck finden, aber wo? Nicht einmal Pirkko wagte er anzurufen, denn sein Telefon wurde abgehört und vielleicht auch schon das von Pirkko. Er fühlte sich noch schlechter, als ihm klar wurde, daß er auch Pirkko in Lebensgefahr gebracht hatte. Und er konnte es ihr nicht einmal sagen.

Ratamo trank einen Schluck Kaffee und schaute auf die Uhr. Vier vor elf. Er steckte sich seinen letzten Priem in den Mund und warf die leere Dose in den Mülleimer. Nachschub an Vellus Kiosk zu holen, traute er sich nicht. Der Verkauf von Kautabak war seit dem Beitritt zur EU verboten, dennoch bekam man ihn unter dem Ladentisch an vielen Kiosken und noch dazu billiger als vor dem Beitritt. Auf den Fähren nach Schweden und Estland erhielt man ihn jetzt zu einem Spottpreis, und zwar so viel, wie man tragen konnte. Bürokratie ist die höchste Form des Humors, dachte Ratamo.

Das Handy schrillte in seiner Brusttasche. Er überlegte eine Weile, ob er rangehen sollte oder nicht, doch dann wurde ihm klar, daß er dazu gezwungen war, wenn er seine Lage verbessern wollte.

»Hier spricht Ihr Freund, dessen Gastfreundschaft Sie gestern nicht zu schätzen wußten.«

Es war die Stimme des weißhaarigen Mannes vom SVR, der ihn verhört hatte. Ratamo schwieg einen Augenblick und versuchte sich zu konzentrieren. Wußte der SVR, wo er war?

»Du hast zehn Sekunden Zeit, zu sagen, was du willst, bevor ich das Gespräch abbreche.« Ratamo war sich nicht sicher, ob er das Gespräch fortsetzen sollte. Er stand auf und ging los in Richtung des Marktes von Hietalahti.

»Sie wissen genau, was mein Arbeitgeber von Ihnen will. Es war vielleicht vermessen, Sie um etwas so Schönes zu bitten, ohne ein Gegengeschenk anzubieten. Deswegen haben wir uns entschlossen, für Sie etwas *Kleines* zu besorgen.«

Ratamo war gelähmt wie ein Reh im Scheinwerferkegel. Er stand schweigend da, ohne zu atmen, und spürte den Geschmack von Galle im Mund.

»Vati, komm hierher!« Man hörte, daß Nelli dem Weinen nahe war. Ratamos Kopf schien blutleer zu sein.

Mehr ließ man Nelli nicht sagen.

»Ist Ihnen ein Treffen um zwölf Uhr an der Spitze der Hernesaari recht? Da, wo der Schnee abgeladen wird, gleich hinter dem Hubschrauberlandeplatz. Sie bringen die Formel für das Gegenmittel mit und wir Ihre Tochter«, sagte Sterligow höhnisch.

»Meinetwegen. Dir ist sicher eines klar: Wenn Nelli irgend etwas passiert, dann müßt ihr auch mich umbringen. Denn ich werde dann nur noch eins im Sinn haben, dich zu suchen und zu finden«, erwiderte Ratamo leise und meinte das auch so, wie er es sagte, obwohl er nicht wußte, wo diese Drohung herkam.

»Wir werden Ihrer Tochter kein Härchen krümmen, wenn Sie uns die Formel geben. Aus Sicht Ihrer eigenen Gesundheit dürfte es am besten sein, wenn Sie mir glauben, daß Ihre Möglichkeiten gegen unsere Organisation ungefähr dieselben sind wie die einer Mücke in der Hölle.«

Ratamo stand auf dem Markt von Hietalahti, schaute hinauf zum dunklen Himmel und holte tief Luft. Alles in seinem Leben brach zusammen.

Sterligow rieb sich die Hände. Die Lage hatte schon besorgniserregend ausgesehen. Zu seiner Überraschung war Ratamo so spurlos verschwunden, daß selbst das gewaltige Kontaktnetz des SVR keine Hinweise zu dem Mann liefern konnte. Nicht einmal FAPSI, der Dienst der Regierung für die Telekommunikation, hatte Informationen über den Mann gefunden. Er hatte Kontakt zu FAPSI aufgenommen, weil der Dienst die Kommunikationsverbindungen in Finnland mit Hilfe von Satelliten und leistungsstarken Bodenstationen besser abhören konnte als die Abteilung für Signalaufklärung oder die Abteilung für Operative Aufklärung der Nachrichtendienstfiliale des SVR in Helsinki. Sterligow war sicher gewesen, daß ein Amateur über kurz oder lang einen Fehler begehen würde. Dennoch hatte er nicht angenommen, daß Ratamo so dumm wäre, sein Handy zu benutzen.

Sterligow legte die Füße auf den Tisch und rief in der Küche an. Es war Zeit für einen Wodka.

Für eine Weile hatte er schon befürchtet, daß durch Ratamos Flucht sein Arbeitsplatz gefährdet würde. Das wäre sein Ende gewesen. Seit er nach dem Tod seines Vaters als Waise zurückgeblieben war, hatte er das Komitet Gosudarstwennoi Bezopasnosti als seine Familie angesehen. Sein Studium hatte ihn zunächst ins Moskauer Institut für Internationale Beziehungen geführt und dann in die legendäre Schule Nummer 101 des KGB, die heutige Akademie für die Nachrichtendienste. Seine erste Arbeitsstelle hatte er in der achten Abteilung des Dienstes für die Auslandsaufklärung erhalten, das heißt in der sogenannten Abteilung V, deren ehemaliger Name – Abteilung für Bluttaten – sehr gut auch ihre heutigen Aufgaben beschrieb. Doch bald erkannte er, daß die Einsätze in der Praxis allein seinen Ehrgeiz nicht befriedigen konnten. Er stellte den Antrag auf Versetzung in die dritte Abteilung der Hauptverwaltung für Auslandsaufklärung. Deren Aufgabe war die Spionage gegen Großbritannien, Finnland, die skandinavischen Länder, Neuseeland und Australien. Er hatte sich bereits Verdienste erworben und ging ganz in seiner Arbeit auf, also bekam er die Stelle. Da er blond war, skandinavisch aussah und Finnisch sprach, wurde er einer kleinen, auch als Suomi-Mafia bezeichneten Gruppe zugeteilt. Die Zugehörigkeit zu ihr war sogar im Rahmen des KGB ein Privileg. Finnland diente ja zu der Zeit als Labor der Auslandsaufklärung des KGB.

Der Wodka wurde gebracht, und Sterligow schreckte aus seinen Erinnerungen hoch. Er öffnete das unterste Schubfach in seinem Schreibtisch und nahm aus einer hölzernen Schachtel eine Aluminiumröhre mit einer vakuumverpackten kubanischen Partagas-Zigarre. Sorgfältig vollzog er das Ritual beim Anzünden. Er schmeckte eine Weile das Mandelaroma des weichen Rauches und blies ihn langsam durch die Nase aus. Ein Tropfen vom Stolitschnaja fiel auf den Teppich, als er das Glas erhob: auf den SVR, auf sich selbst und auf das Gegenmittel von Arto Ratamo, der schon fast ein toter Mann war.

56

Auf der Kontrolltafel in der operativen Zentrale blinkte ein rotes Lämpchen. Der Diensthabende steckte seine Kopfhörer ein, so daß er Arto Ratamos Handy abhören konnte. Die Aufzeichnung mußte er nicht extra starten, weil alle zu überwachenden Gespräche automatisch gespeichert wurden. Man hatte ihm die Wichtigkeit der Leitung 23 eingeschärft, also hörte er äußerst konzentriert zu. Unmittelbar nach Ende des Gesprächs rief er seinen Anweisungen entsprechend Parola an.

Die Sekretärin teilte ihm mit, daß Parola nicht da sei, und verband ihn mit Oberst Kari Metso.

»Wo ist Ratamo?« fragte Metso.

»Die Peilung hat ergeben, daß er sich in der Kaufhalle von Hietalahti befindet.«

»Wer hat gesprochen und was?«

»Namen wurden nicht erwähnt, aber wenn der Mann am Telefon Ratamo war, dann hat die Organisation des Anrufers seine Tochter gekidnappt. Sie haben für zwölf Uhr ein Treffen in Hernesaari, an der Spitze der Insel, vereinbart. Ratamo will hingehen und die Formel für das Gegenmittel übergeben.«

»Schick eine Streife hin, die prüfen soll, ob er noch in der Kaufhalle ist. Hat man sonst noch etwas Wichtiges besprochen?«

»Nein«, sagte der Diensthabende und hörte, wie Metso das Gespräch beendete.

Kari Metso hatte in ein Wespennest gegriffen, als Parola früh angerufen und von der laufenden Operation Ratamo berichtet hatte. Als Vizechef der Aufklärungsabteilung war Metso der Vertreter des verschollenen Vairiala. Allerdings hielt der alle Fäden in der Abteilung so straff in der Hand, daß Metsos Aufgaben seit einigen Jahren nur in reiner Verwaltungsroutine bestanden. Er hatte von ganzem Herzen gehofft, daß Vairiala wieder auftauchen und die Operation zu Ende führen würde. Es kam jedoch ganz anders. Vor ein paar Minuten hatte man das verlassene Auto von Parola und Leppä auf dem Parkplatz des Dorfladens in Sandnäsudd gefunden. Die beiden Männer waren spurlos verschwunden, sie hatten überraschend mitten im Einsatz den Kontakt zur operativen Zentrale abgebrochen. Metso hatte die Reservegruppe mit dem Hubschrauber hingeschickt. Auch Vairiala war immer noch verschwunden, und ausgerechnet jetzt tauchte nach wie vor Ratamo auf. Metso hatte bei der Sekretärin Sirens dreimal eine Bitte um einen Rückruf hinterlassen, aber vom Chef des Operativen Stabs war bisher nichts zu hören. Jetzt mußte er selbst Verantwortung tragen. Eine Krankschreibung wäre eine verlockende Alternative.

Der Wind frischte auf und wirbelte die Gardinen so durcheinander, daß Metso das Fenster schloß. Was sollte er mit Ratamo machen? Laut Parola hatte der Mann zwei Menschen ermordet und vielleicht auch Leppä und Parola umgebracht. Was geschah, wenn eine Weiterführung der Operation zu weiteren Todesopfern führte? Wie sollte er die Situation so klären, daß danach niemand seinen Kopf fordern würde? Metso dachte angestrengt nach. Er hatte nur zwei Alternativen. Entweder er ließ die Operation abblasen oder weiterlaufen. Wenn er die Operation abbrach, trug er die Verantwortung für die

Entscheidung. Wenn die Aktion nach Vairialas Anweisungen weiterlief, läge die Verantwortung wie bisher bei Vairiala.

Metso zündete sich zum Kaffee eine Zigarre an und wählte die Nummer der operativen Zentrale.

»Hier Metso. Ordne an, daß sich ein Kommando mit zwei Mann fertigmacht. Volle Ausrüstung für einen Zugriff. Ich komme sofort in den Bereitschaftsraum. Ist Rautio im Hause?«

»Ja, doch er gehört nicht zum Kommando.«

»Aber jetzt. Befiehl ihm, in den Keller zu kommen«, sagte Metso zum Diensthabenden und ging mit der Zigarre im Mund in Richtung erste unterirdische Etage des Generalstabs.

Ein großgewachsener Mann mit Bürstenhaarschnitt zog sich gerade die Kampfstiefel an, als Metso den Bereitschaftsraum betrat. Er fragte sofort, welchen Auftrag die Gruppe hatte.

Bevor Metso antworten konnte, ging die Tür auf und krachte gegen seine Fersen. Rautio betrat das Zimmer.

Metso hüpfte auf einem Bein wie ein Voodoo-Priester und schnauzte Rautio an: »Verdammt, du hast mir die Tür an die Füße geknallt.« Die Zigarre war auf den Boden gefallen, und Metso trat sie versehentlich aus.

»Was stehst du auch genau hinter der Tür. Außerdem habe ich den Befehl, daß ich jetzt gleich oder sofort hier sein soll.« Rautio machte einen übereifrigen Eindruck. Er wollte wissen, ob der Auftrag mit seiner Reise nach London zusammenhing.

Der Oberst informierte seine Männer, während Rautio den schwarzen, feuerfesten Nomex-Overall und die mit keramischen Platten verstärkte Bristol-Panzerweste überzog. Sie sollten sofort nach Hernesaari aufbrechen. An der Spitze der Insel, hinter dem Hubschrauberlandeplatz, fand um zwölf Uhr ein Treffen statt, an dem ein finnischer Mann um die Dreißig, ein sechsjähriges Mädchen und ein oder mehrere Vertreter der

Organisation, die das Kind gekidnappt hatte, teilnehmen würden. Der Auftrag des Kommandos bestand darin, den finnischen Mann zu verhaften. Ein Feuergefecht mußte vermieden werden. Metso ließ seine Männer das Foto von Ratamo so lange betrachten, daß sie die Zielperson garantiert erkennen würden. Dann steckte er es wieder in die Brusttasche seiner Uniformjacke.

Die Männer wollten noch mehr über den Hintergrund des Auftrags wissen. Als Metso ihnen sagte, daß Parola und Leppä während dieses Einsatzes verschwunden waren, verstummten sie.

Selbstsicher beteuerte Metso, daß es sich um einen für die nationale Sicherheit absolut unumgänglichen Auftrag handelte. Er betonte, Vairiala habe den ursprünglichen Befehl schon vor geraumer Zeit gegeben, und auch Siren sei genau über die Operation informiert und habe sie genehmigt.

Die Soldaten stellten keine Fragen mehr. Jetzt wurde es ernst.

Metso wünschte ihnen viel Erfolg und verließ den Raum.

Die Männer zogen sich die vor Feuer schützenden Kommandomasken übers Gesicht und setzten die kugelsicheren Kevlar-Helme auf. Sie nahmen die kurzläufigen 9-mm-Maschinenpistolen MP5 von Heckler & Koch und gingen zu den Garagen, bereit, ihren Auftrag auszuführen. Es war Freitag, elf Uhr siebzehn.

57

Zwei große Krähen raubten einem kleinen Vogel auf dem Fußweg ein Stück Fleischpastete. Der lebhafte Spatz begriff nicht, daß es für ihn besser war wegzufliegen, sondern wollte auch etwas abhaben. Mit gezielten Schnabelhieben zerhackten die Krähen den Spatz in Stücke und fraßen den blutigen Brei. Voller Ekel verfolgte Ratamo das Schauspiel von seinem Platz am Fenster im »Salve« und überlegte, ob ihn wohl in Hernesaari das Schicksal des armen Spatzen erwartete.

Die Zeiger der Uhr auf einer Bierwerbung an der Wand näherten sich halb zwölf. Nach dem Anruf des SVR war Ratamo eine Weile in Hietalahti herumgelaufen und hatte versucht, sich von dem Schock zu erholen. Es war ihm nicht gelungen. Er empfand eine ganz neue Dimension der Angst und versank in einer dunklen Welt des Entsetzens, das er überall im Körper als brennenden Schmerz spürte. Es verwirrte ihn noch zusätzlich, daß er den Tod seines Kindes mehr fürchtete als seinen eigenen.

Es schien keinen Ausweg aus der Sackgasse zu geben. Er war sicher, daß der SVR ihn umbringen würde, sobald er die Formel für das Gegenmittel bekommen hatte. Und er hatte Angst, daß man auch Nelli töten würde. Der SVR ließe wohl kaum einen Augenzeugen der Liquidierung frei, selbst wenn es sich nur um ein sechsjähriges Mädchen handelte. Er mußte jedoch zu dem Treffen gehen, sonst bekäme er nicht einmal die theoretische Chance, Nelli in Sicherheit zu bringen. Gerade als Ratamo den Rest seines Bieres aus der Flasche trank, setzte sich an den Tisch gegenüber eine junge Frau, die eingeschüchtert wirkte. An den Ärmeln ihres schmutzigen Jogginganzugs waren mit Sicherheitsnadeln Handschuhe befestigt. Sie holte aus ihrer verschossenen Stofftasche ein Schokoladenbonbon heraus, es sah aus, als hätte sie Angst, jemand könnte es bemerken. Sie wickelte das Bonbon aus, steckte es verstohlen in den Mund und trank von ihrem Kaffee.

Voller Mitleid beobachtete Ratamo, wie verunsichert sich die Frau umschaute. Es schien so, als suchte sie Gesellschaft. Ratamo hätte der einsamen Frau gern irgendwie geholfen. Warum mußte ein Teil der Menschen immer isoliert wie Leprakranke leben. Vielleicht war es so, daß die Menschen unter sich eine geringe Anzahl Geächteter brauchten, um sich zu beweisen, wie erfolgreich sie selbst waren und wie gut es ihnen ging.

Ratamo schreckte aus seinen Gedanken auf, als das Handy schrillte. Wer war das? Der SVR hatte schon mitgeteilt, was er zu sagen hatte, und die Aufklärungsabteilung kannte seine Nummer nicht. Es mußte also Pirkko sein. Er beschloß, sich zu melden, und glaubte nicht, daß noch etwas Schlimmeres passieren könnte.

»Gute Nachrichten. Ich habe ...«

Ratamo unterbrach sie: »Sag bloß nichts Wichtiges. Dieses Telefon wird abgehört. Der SVR hat Nelli gekidnappt. Wir haben ein Treffen auf der Spitze von Hernesaari um zwölf Uhr vereinbart.« Ratamo staunte selbst, wie ruhig und sicher seine Stimme klang. Für einen Augenblick schoß ihm der Gedanke durch den Kopf, wie seltsam es doch war, daß der SVR ihn entführt hatte, kurz nachdem er Pirkko im Café bei Stockmann getroffen hatte, und daß der Mordversuch am Morgen geschehen war, kurz nachdem Pirkko die Wohnung verlassen hatte. Er wollte diesen Gedanken aber nicht weiterführen. Auf irgend etwas mußte er sich einfach verlassen können.

»Geh nicht dahin. Du stirbst ganz bestimmt!« sagte Pirkko erregt.

»Ich habe keine Alternative. Ich ertrage den Gedanken nicht, daß Nelli auch nur eine Sekunde länger in den Händen dieser Leute ist.«

»Der SVR kann Nelli nicht töten. Womit soll er dich danach erpressen?«

Pirkko hörte sich besorgt an. Trotz seiner schrecklichen Lage fand Ratamo Trost bei dem Gedanken, daß sich jemand um ihn Sorgen machte. »Vielleicht lassen sie uns gehen, wenn ich ihnen die Formel des Gegenmittels überlasse und sage, daß ich sie auch der Polizei gegeben habe. Dann nützt es dem SVR nichts, wenn er mich umbringt.« Ratamo begründete so seine Entscheidung gegenüber Pirkko und gewissermaßen auch vor sich selbst.

»Das ist Unfug. Glaub mir. Der SVR will dich hinrichten. Solange du lebst, kannst du die Formel für das Gegenmittel immer auch anderen geben.«

Ratamo begriff plötzlich, daß Pirkko gar nichts von den Ereignissen am Morgen wußte. Er erzählte es ihr kurz.

Pirkko dachte einen Augenblick nach.

»Vielleicht hört dich auch die Aufklärungsabteilung ab. Geh los, Arto. Man kann dich während deiner Telefongespräche anpeilen und weiß, wo du bist. Glaub mir, ich habe die Möglichkeit, das alles in Ordnung zu bringen. Wir reden …«

»Du kannst das nicht in Ordnung bringen, und ich will nicht,

332

daß du in Lebensgefahr gerätst. Ich hole jetzt Nelli nach Hause.«

Ratamo beendete das Gespräch und schaltete das Handy aus. Er schwitzte so, daß die Weste auf seiner Haut klebte, aber tief in ihm lag ein eiskalter Stein.

Ihn plagte ein quälendes Verlangen nach Kautabak.

58

Es war kurz vor zwölf. Ketonen hatte eine Zigarette nach der anderen geraucht und das schon so lange, daß sein Zimmer an eine Rauchsauna erinnerte. Musti lief unruhig und mit hängendem Kopf umher. Ketonen öffnete das Fenster und stellte überrascht fest, daß dunkle Wolken den Himmel bedeckten und Wind aufgekommen war. Ein Gewitter mußte schon sehr nahe sein.

Er machte sich Vorwürfe, weil er Vairiala so spät zum Verhör hatte holen lassen. Jetzt war es unwahrscheinlich, daß Wrede Siren rechtzeitig fand. Der Spruch »Wer sucht, der findet« dürfte diesmal nicht zutreffen. War er schon zu alt, um harte Entscheidungen zu treffen oder diesen höllischen Streß auszuhalten?

Plötzlich hinkte Tissari herein, ohne anzuklopfen. Er sah aus, als hätte er den Verstand verloren.

Als Ketonen hörte, was der Mann zu berichten hatte, sah er genauso bestürzt und fassungslos aus. Zwei Säufer hatten mitten im Freizeitpark von Uutela Ebola-Helsinki-Blut gefunden. In der Hoffnung auf einen Finderlohn hatten sie die Kühlbox ins Krankenhaus von Herttoniemi gebracht. Was für ein Ungeheuer war dieser Siren eigentlich? Der Mann hatte Minen mit Killerviren in Finnland ausgelegt. Gab es noch mehr? Ketonen erstarrte, als ihm klar wurde, daß man Siren kein Haar krümmen durfte, bevor er nicht gesagt hatte, wo überall Blutröhrchen lagen.

Das Telefon klingelte. Ketonen meldete sich gereizt, beruhigte sich aber, als er wie auf Bestellung Wredes Stimme hörte. Siren war gefunden. Er hatte gerade das Hotel verlassen. Ketonen schaute instinktiv auf seine Uhr, es war elf Uhr neunundvierzig. Sie hatten Siren tatsächlich kurz vor Toresschluß entdeckt. Er befahl Tissari ans Telefon und sagte ihm, er solle alles, was er von Wrede hörte, auf einer anderen Leitung an Howell vcm SAS weitergeben. Tissari sollte auch klarstellen, daß Siren auf keinen Fall getötet werden durfte.

Warum passierte immer alles zur gleichen Zeit, stöhnte Ketonen. Außerdem mußte er noch Arto Ratamo retten. Er bat seine Sekretärin, ihn mit der Ärztin zu verbinden.

Die berichtete, das Gegenmittel gegen die Thiopental-Mixtur wirke gut, aber Vairiala habe während der letzten zwölf Stunden so viele Arten von Gift erhalten, daß sein Organismus völlig durcheinandergeraten sei.

Die Ärztin war in der Regel übervorsichtig, also vermutete Ketonen, daß Vairiala bei vollem Bewußtsein war. Er bat die Ärztin, mit dem Wachposten in Vairialas Zelle zu kommen.

Vairiala lag im Trainingsanzug auf der Pritsche. Er war kreidebleich und erinnerte sich von dem Augenblick an, als die Ärztin ihm das Wahrheitsserum gespritzt hatte, an nichts. Hatte er alle seine Geheimnisse verraten? War seine Karriere zu Ende? Und was geschah wohl inzwischen an der Börse? Warum hatte er nicht wenigstens einen Teil seiner Aktien schon gestern verkauft? Wenn die Börsenkurse jetzt einbrachen, dann stünde er vor dem Nichts. Er fühlte sich wie ein Alkoholiker bei einer Entziehungskur.

Die Ärztin und der Wachposten blieben an der Tür stehen, als Ketonen in der Zelle erschien und Vairialas trübsinnige Gedankengänge unterbrach. Er stellte einen Stuhl an das Fußende

335

des Bettes, so daß sie sich in die Augen schauen konnten. Vairiala setzte die Brille auf.

»Wie fühlst du dich, Pekka?«

»Was glaubst du wohl? Ich habe literweise gespuckt. Verglichen damit, ist ein Kater ein euphorischer Zustand. Na, hast du mich zum Singen gebracht?« fragte Vairiala verbittert.

»Ja. Und ich glaube dir jetzt. Aber du mußt mir auch glauben«, sagte Ketonen. Er versuchte so aufrichtig wie möglich zu wirken, obgleich der Streß und der Zeitmangel schon so drückend waren, daß er Vairiala am liebsten einfach ohne große Umwege gezwungen hätte, seine Männer anzurufen.

Er erklärte ihm in Kurzfassung Sirens Plan und Vairialas Rolle in dem Netz, das Siren geknüpft hatte. Schließlich zog er aus der Brusttasche seines Hemdes eine Kopie von einem der Briefe Sirens.

Vairialas Gesichtsausdruck wurde immer gequälter, je mehr er las. Sein Instinkt sagte ihm, daß Ketonen die Wahrheit sagte, aber sicher konnte er sich nicht sein. Wenn er doch nur imstande wäre, klar zu denken. »Woher soll ich wissen, wer das geschrieben hat. Möglicherweise hast du die ganze Sache geplant«, sagte er mürrisch.

»Glaubst du ernsthaft, daß die ganze Sicherheitspolizei an irgendeinem Komplott beteiligt ist? Wenn du jetzt nicht bereit bist zu helfen, dann stirbt womöglich noch ein unschuldiger Mensch. Du mußt den Befehl zur Verhaftung Ratamos sofort aufheben. Ansonsten kann es sein, daß Sirens Pläne bis zum Ende aufgehen.«

Ketonen hatte ihn also tatsächlich zum Reden gebracht, überlegte Vairiala. »Was ist wirklich los? Willst du Ratamo in die Finger bekommen, um ihn auszuquetschen und die Formel für das Gegenmittel aus ihm herauszuholen, weil ich sie

336

nicht habe?« spottete er und dachte angestrengt nach. Möglicherweise wäre es eine kluge Entscheidung, den Befehl zur
Verhaftung Ratamos zurückzunehmen. Aber die SUPO dürfte
sich den Mann auch nicht schnappen. Er beschloß, einzuwil-
ligen und den Befehl aufzuheben und zugleich zu testen, ob
Ketonens Sorge um Ratamos Sicherheit echt war oder ob er
den Wissenschaftler nur haben wollte, um ihn zu verhören.

Ketonen biß sich auf die Zunge und beschloß, Vairiala noch
einmal freundlich zu bitten, aber der kam ihm zuvor.

»Ich kann den Befehl aufheben, wenn die Fahndung nach
Ratamo der Kriminalpolizei übertragen wird.«

»Gut. Das reicht. Der Mann hat nichts Unrechtes getan«,
sagte Ketonen erleichtert und zündete sich eine Zigarette
an. Was auch immer sich Siren für Ratamo ausgedacht haben mochte, er hatte nicht damit rechnen können, daß sich
der Wissenschaftler in der Gewalt der Kriminalpolizei befand. Ketonen atmete auf, weil er nun keine härteren Mittel gegen den Chef der Aufklärungsabteilung anzuwenden
brauchte.

Vairiala war so verwirrt, daß er die Angelegenheit einfach
nur noch schnell erledigen wollte, um sich dann in aller Ruhe
zu erholen. Er wischte sich den Schweiß von der Glatze und
vom Gesicht und bat Ketonen um das Telefon.

Unter Parolas Nummer meldete sich Kari Metso.

Ketonen drehte das Telefon so, daß er hören konnte, was
Metso sagte.

»Hier Vairiala. Wo ist Parola?«

»Wo zum Teufel steckst du? Hier ist alles mögliche passiert.
Kannst du sprechen?« fragte Metso beunruhigt.

Die Sicherheitsvorschriften interessierten Vairiala jetzt
nicht. »Ja.«

Metso berichtete vom Schicksal Parolas und Leppäs, was dazu führte, daß sich Vairiala noch schlechter fühlte.

»Wer ist für die Ereignisse von Sandnäsudd verantwortlich?« fragte er Metso.

»Dieselben Leute, die Ratamos Kind gekidnappt haben. Der Entführer will die Formel für das Gegenmittel gegen Ratamos Tochter eintauschen.«

Ketonen sprang auf. Um ein Haar hätte er Vairiala das Telefon aus der Hand gerissen, aber im letzten Moment fiel ihm ein, daß der seinen Befehl noch nicht aufgehoben hatte.

Endlich bekam Vairiala einen echten Beweis dafür, daß Ketonens Geschichten stimmten. Er hätte ihn nicht seine Dienststelle anrufen lassen, wenn die SUPO hinter der Entführung von Ratamos Kind stecken würde. Jetzt hielt er es wirklich für das klügste, Ketonens Bitte zu folgen.

Vairiala teilte Metso mit, aufgrund neuer Wendungen in dem Fall müsse die Fahndung nach Ratamo an die Kriminalpolizei übertragen werden.

»Das ist vielleicht nicht mehr möglich. Ratamo sollte die Entführer seines Kindes vor zwei Minuten, genau um zwölf, treffen. Unsere Männer liegen auf dem Schneeabladeplatz in Hernesaari auf der Lauer. Jetzt könnte es zu spät sein, den Einsatz noch abzu…«

»Konntest du das nicht gleich sagen! Gib ihnen sofort den Befehl, die Sache abzubrechen!« schrie Vairiala, und Metso bestätigte, er habe verstanden.

Ketonen raste vor Wut. »Was zum Teufel soll das! Meine Organisation muß doch davon wissen. Verflucht noch mal, warum hat man mir das nicht gemeldet. So ein verdammter Mist, Ratamo trifft Sterligow!«

59

Von Wredes Hotel bis zum »Hilton« waren es nur etwa zwei Kilometer, aber während der späten Londoner Rushhour dauerte die Fahrt über die Oxford Street und die Park Lane quälend lange.

In der Nähe des »Hilton« sagte Wrede dem Fahrer, er solle seinen Wagen so auf dem Fußweg parken, daß sie die Fahrt leicht in jede beliebige Richtung fortsetzen könnten. Wrede stieg aus und ging zum Hotel. Er hatte seine Haare schwarz gefärbt und glaubte nun in der Masse nicht mehr aufzufallen. Gerade als er an dem Hotelportier in der traditionellen Londoner Uniform dieses Berufsstandes mit Zylinder und sonstigem Zubehör, die an einen Weihnachtsbaum erinnerte, vorbeiging, schloß der die Hintertür eines großen Mercedes und wünschte dem Gast noch einen guten Tag.

Wrede drehte instinktiv den Kopf in die Richtung und sah für einen Augenblick Sirens kantige Gesichtszüge in dem Mercedes, bevor sich die Tür schloß. Er machte auf den Fersen kehrt, rannte zu seinem Wagen und befahl dem Fahrer, dem Mercedes zu folgen. Dann meldete er Ketonen über das Autotelefon, daß er Siren, der in einem Auto unterwegs war, um elf Uhr neunundvierzig geortet hatte. Der Chef gab den Hörer Tissari, der am Telefon blieb, um Wrede Anweisungen zu erteilen.

Wrede fühlte, wie der Streß zunahm. Wenn er Siren jetzt aus

den Augen verlor, hätte er keine Möglichkeit, ihn wieder aufzuspüren, bevor er ins Hotel zurückkehrte – falls er überhaupt zurückkam. Er folgte dem Chef des Operativen Stabs der finnischen Armee, der auf dem Weg zum Treffen mit einem Vertreter einer ausländischen Terrororganisation war, um dort Dutzende Millionen Finnmark in Empfang zu nehmen. Und er selbst würde unsterblichen Ruhm ernten, entweder als der Ermittler, der den Chef des Operativen Stabs verhaftet hatte, oder als der große Verlierer, der einen Schwerverbrecher entkommen ließ. Wesentlich sicherer hätte er sich mit wenigstens einem kompetenten Helfer an seiner Seite gefühlt. Vielleicht gab es den ja auch. Ketonen hatte doch zugesagt, zusätzliche Kräfte zu besorgen. Wrede versuchte sich zu beruhigen, um nicht in Panikstimmung zu geraten. Er hatte sich schließlich selbst gewünscht, im Mittelpunkt der Ereignisse zu stehen. Jetzt bekam er, was er bestellt hatte.

Der Mercedes bog am Ende der Oxford Street nach Westen ab, wo die Straße zur Bayswater Road wurde. Der Passat folgte ihm in etwa zwanzig Meter Entfernung. Der Hyde Park mit seinem Speaker's Corner lag links von ihnen in der Hitze des Augustvormittags und machte einen friedlichen Eindruck.

Der Chauffeur nannte Tissari die Straßennamen über das an der Decke angebrachte Mikrofon des Autotelefons.

Wenn in dem Mercedes außer Siren nur der Fahrer saß, glaubte Wrede, daß er den General ohne große Schwierigkeiten aus dem Auto heraus in den Passat holen könnte. Befanden sich in dem Mercedes aber noch andere Personen, wäre es unmöglich, ihn zu verhaften. Das gleiche galt für den Fall, daß Siren auf dem Weg zu irgendeinem öffentlichen Ort war. Dann würde Wrede einen Tumult provozieren, damit die Polizei sie beide festnahm und Siren aus dem Spiel wäre.

Der Mercedes bog auf die Lancester Terrace ab und ein paar hundert Meter weiter nach links auf die Westbourne Terrace. Als er dann wenig später in die Bishop's Bridge Road fuhr und sich dem Bahnhof Paddington näherte, fluchte Wrede. Der Ort für das Treffen war aus seiner Sicht von allen möglichen der schlechteste. Er würde sich Siren nie und nimmer unbemerkt schnappen können, selbst wenn der allein sein sollte.

»Siren ist auf dem Weg zum Bahnhof Paddington!« brüllte Wrede in das Mikrofon. Er rieb sein Kinn so heftig, daß sich Schuppen von der Haut lösten, die sich schälte.

Der Mercedes schaffte es gerade noch über die Kreuzung von Bishop's Bridge Road und Eastbourne Terrace, als die Ampel von Gelb auf Rot schaltete. Er beschleunigte und fuhr in Richtung der etwa zweihundert Meter langen Rampe, die zum Bahnhof führte. Das Taxi vor dem Passat stoppte an der Ampel.

»Verflucht, bleib nicht hier stehen! Siren entkommt uns! Fahr trotz Rot weiter!« schrie Wrede aus vollem Halse.

»Diese Rampe ist nur für Taxis«, antwortete der Fahrer.

»Gottverdammter Idiot. Wenn du jetzt nicht sofort losfährst, dann schieße ich!«

Die Reifen kreischten, als der Fahrer eine Lücke im Fahrzeugstrom entdeckte und den Passat beschleunigte.

Wrede mußte unbedingt sehen, was Siren anhatte, bevor er im Menschenmeer auf dem Bahnhof untertauchte. Sein Herz schlug immer heftiger.

Der Passat näherte sich dem Mercedes in vollem Tempo und war noch etwa hundert Meter von ihm entfernt, als Sirens Wagen anhielt und die Hintertür aufging. Die Gestalt des Generalmajors war Wrede so vertraut, daß er ihn sofort von hinten erkannte. Ein langer brauner Popelinemantel verdeckte die

341

anderen Kleidungsstücke. Seine blauen Segeltuchschuhe paß-
ten nicht zu dem Mantel.

Siren betrat den Bahnhof, während der Fahrer in das Mikrofon sprach und die Erkennungszeichen aufzählte. Wrede
schnappte sich das Autotelefon, stieg aus und rannte los. Die
schwere Brille hüpfte auf seiner Nase. Er stürmte durch die offene Tür hinein und blieb in der Halle stehen. Auf dem Bahnhof waren im Berufsverkehr höllisch viele Leute unterwegs. In
der Mitte der Bahnhofshalle befanden sich die Gleise und
ringsum überall Cafés, Restaurants, Geschäfte und vor allem
Menschen. Wrede schaute sich um, Siren konnte noch nicht
weit weg sein. Sein Puls hämmerte wie ein Asphaltbohrer. Jetzt
durfte er nicht in Panik geraten. Es mußte einfach gelingen,
Siren zu finden.

Gerade als Wrede glaubte, die Nerven zu verlieren, sah er
Siren etwa fünfzig Meter entfernt am Infoschalter vorbei zum
Ende des Gleisbereichs gehen.

Das Gedränge war so dicht, daß Wrede nicht rennen konnte.
Er kam nur ruckweise voran, mußte zwischendurch zur Seite
treten und schob manchmal die Menschen beiseite, bis er den
Infoschalter erreichte. Er schaute auf das wogende Menschenmeer vor ihm und die Gleise hinter ihm und entdeckte einen
blonden Haarschopf. Siren war schon weit weg und lief trotz
des Gewühls rasch auf einen Mann zu, der einen schwarzen
Anzug und ein schwarzes Basecap trug und vor John Menzies
Zeitungsladen stand. Wrede sprintete los, den Blick auf Siren
geheftet. Jetzt würde er sich den General schnappen.

Siren stand hinter dem Mann mit dem Basecap, nahm aus
der Innentasche seines Mantels einen Briefumschlag, schob ihn
dem Mann unter die linke Achsel und nahm aus dessen rech-
ter Hand einen Pilotenkoffer. Er schaute kurz in den Koffer

342

hinein und rannte dann los. Der dunkel gekleidete Mann drehte sich nicht um.

Siren nahm Kurs auf die Treppe zur U-Bahn, Wrede war noch etwa dreißig Meter von ihm entfernt. Für einen Augenblick hatte er freie Sicht auf den General und fluchte, daß er nicht schießen konnte.

Am Anfang der Rolltreppe wäre Wrede fast mit einem dunkelhaarigen, bärtigen Mann zusammengestoßen, der ihn kraftvoll beiseite stieß, mit großen Schritten die Treppe hinunterlief und dabei die Leute wegschob. Wrede folgte in seinem Fahrwasser. An den Ticketschaltern für die U-Bahn blieb Wrede stehen. Siren war nirgendwo zu sehen und Unterstützung auch nicht. Wrede schaute auf die Metrokarten an der Wand. In Paddington verkehrten vier verschiedene U-Bahn-Linien, jede in zwei Richtungen. Das waren acht Gleise. Acht Alternativen. Siren war verschwunden. Wredes Schultern sanken nach vorn, als ihm klar wurde, daß er versagt hatte. Wie viele Menschen würden seinetwegen leiden müssen.

Wrede riß sich zusammen und unterrichtete über sein Handy Tissari, der versprach, die Informationen an Howell und Ketonen weiterzuleiten. Plötzlich hörte er oben auf dem Bahnhof einen undefinierbaren Lärm, so als würden Frauen kreischen. Er schaute hinauf und sah den Mann im Hawaihemd und in hellen Jeans nicht, der etwa zwanzig Meter links von ihm an der Fahrscheinkontrolle vorbeiging, zum Bahnsteig der Circle-Linie lief und ein Basecap trug, einen Rucksack und blaue Segeltuchschuhe.

60

In der Ferne war ein dumpfes Donnergrollen zu hören, und die Windböen kündigten einen Sturm an. Das Wetter interessierte Ratamo jedoch nicht, er lief mit hängendem Kopf in Richtung Hernesaari. Auf dem ganzen Weg von Hietalahti bis hierher hatte er krampfhaft nachgedacht, damit ihm irgend etwas einfiel, um zu verhindern, daß der SVR mit ihm und Nelli machte, was er wollte. Ihm standen jedoch keine anderen Waffen zur Verfügung als die Formel des Gegenmittels und die Makarow-Pistole, und er war sich nicht sicher, ob er eine von beiden zu seinem Nutzen einsetzen könnte. Falls der SVR ihn mit der Drohung erpreßte, Nelli zu töten, wenn er die Formel nicht herausrückte, dann würde er sie ohne einen Mucks übergeben. Er war überzeugt, daß der SVR ihn nicht noch einmal entwischen lassen würde, ohne die Formel zu bekommen. Möglicherweise hatte Pirkko recht mit der Annahme, daß man ihn auf jeden Fall umbringen würde. Aber er hatte keine Alternative. Er konnte nicht zulassen, daß seine Tochter auch nur eine Sekunde länger Gefangene des SVR war.

Ratamo schien schon abgestumpft zu sein gegen die Angst. Er war zum Spielball von Kräften geworden, die er nicht verstehen, geschweige denn beherrschen konnte.

Kurz vor zwölf näherte er sich dem Treffpunkt. Als das Schild des Hubschrauberlandeplatzes auftauchte, sah er zu seiner Überraschung, wie Pirkko auf ihn zugerannt kam. Erst freute er sich, aber dann wurde ihm klar, daß jetzt auch sie in Gefahr geriet.

»Arto. Du darfst nicht zu diesem Treffen gehen! Ich kann dir helfen«, sagte Pirkko ganz außer Atem.

»Geh hier weg, Pirkko. Wenn es uns beide erwischt, dann kann niemand berichten, was passiert ist.«

»Alles, was ich weiß, wissen auch andere. Ich habe Erfahrung mit solchen Dingen. Warte wenigstens einen Augenblick, dann telefoniere ich und sorge dafür, daß die Spezialisten für solche Fälle herkommen.«

Während Pirkko noch redete, sah Ratamo, wie eine vertraute Gestalt aus dem Mercedes des SVR stieg, der auf dem Schneeabladeplatz parkte.

»Jetzt gibt es nichts mehr zu telefonieren«, sagte Ratamo leise und schaute auf den weißhaarigen Mann, der auf ihn zuging.

»Arto, wir verschwinden, los, komm! Arto, um Gottes willen, laß dich nicht umbringen!« rief Pirkko und packte Ratamo am Ärmel.

Sterligow hielt in der rechten Hand eine Maschinenpistole, die er zur Hälfte unter seiner linken Achsel versteckt hatte. Sein Blick war auf Ratamo geheftet. »Danke für Ihre Pünktlichkeit. Es ist genau zwölf Uhr, wie vereinbart. Es dürfte angebracht sein, zu erwähnen, daß ich unter meiner Achsel eine Maschinenpistole vom Typ AKR mit einem PBS-Schalldämpfer halte.«

Ratamo hatte die Hände in den Taschen. Die rechte preßte er so fest um den Griff seiner Waffe, daß die Knöchel ganz weiß waren. Er spürte das brennende Verlangen, den Mann auf der Stelle zu erschießen.

Sterligow starrte auf Ratamos Bauch. »Anscheinend haben Sie über Nacht etwas zugenommen.«

Der Russe trat vor Ratamo hin und versetzte ihm mit der Armstütze seiner Waffe einen Stoß in den Bauch. »Die kugelsichere Weste nützt Ihnen gar nichts. Wenn Sie einen Fehler machen, schieße ich Ihnen in den Kopf.«

Ratamo schaute den Russen an und spürte, wie der Haß in ihm hochstieg.

»Ihre Tochter ist in unserem Auto. Wenn Sie dorthin kommen und mir die Formel für das Gegenmittel geben, können Sie beide gehen«, sagte Sterligow mit ausdrucksloser Miene.

»Du wirst sicher verstehen, daß ich von der Formel für das Gegenmittel, vom SVR und diesem Treffen genügend Leuten berichtet habe. Wenn man mich und meine Tochter tötet, würde das an die Öffentlichkeit gelangen.« Ratamo versuchte überzeugend zu klingen.

»Wir wollen die Formel für das Gegenmittel. Sonst nichts«, sagte Sterligow kühl und ging in Richtung Mercedes.

Der Schneeabladeplatz war ein asphaltiertes, ebenes Gelände, das auf drei Seiten vom Meer umgeben wurde. Auf der Seite in Richtung Kaivopuisto endete die Ebene am Maschendrahtzaun des Hubschrauberlandeplatzes. Der Seewind wehte über den Platz und ließ den Sand wie wild tanzen.

Ratamo folgte Sterligow wie ein Zombie. Es kam ihm so vor, als würde er eine Rolle in einem Zeitlupenfilm spielen, den er selbst als Außenstehender betrachtete. Es fiel ihm nichts ein, wie er mit Nelli dem SVR entfliehen könnte. Ihm kam der Gedanke, daß Nelli diese entsetzlichen Augenblicke nie hätte erleben müssen, wenn er schon vorher umgebracht worden wäre.

Doch dann erwachten in Ratamo der Selbstbehauptungswille und der Kampfgeist. Er durfte sich nicht unterkriegen lassen, jetzt mußte er kämpfen. So wie einst General Foch: Mein

Zentrum gibt nach, meine rechte Flanke zieht sich zurück, die Lage ist glänzend, ich greife an.

Sterligow war noch zwanzig Meter von dem Mercedes entfernt, als dessen hintere Tür aufging und einer der Männer, die Ratamo am Tag vorher gekidnappt hatten, mit Nelli auf dem Arm ausstieg. Ratamo fühlte, wie die Sehnsucht schmerzte.

Plötzlich blieb Sterligow stehen, hob die Hand und befahl den anderen, einen Augenblick zu verharren. Ein erschöpft aussehender Jogger lief auf sie zu. Sterligow wartete, bis er an ihnen vorbeigerannt war, ließ die Hand sinken und ging weiter.

»Arto Ratamo!« rief der Jogger, und Ratamo drehte sich um.

Es zischte zweimal, als Vuks aus fünf Metern Entfernung auf Ratamo schoß, der umfiel, als hätte ihn ein Pferd getreten, und unbeweglich liegenblieb.

Das Mündungsfeuer von Sterligows Maschinenpistole blitzte auf, und der Mechanismus ratterte metallisch. Vuks zitterte und wurde fast in zwei Hälften zerschnitten, als Sterligows Salve seinen Brustkorb traf. Vuks schwankte, ballte die Faust, und seine Waffe feuerte in die Umgebung, bis das Magazin leer war.

Der Boden erzitterte, als der Benzintank des Mercedes von einem Irrläufer getroffen wurde und explodierte. Das Auto flog fast einen Meter in die Luft.

Die Druckwelle zerriß ihm fast das Trommelfell. Es dauerte einen Augenblick, bis Ratamo sich so weit erholt hatte, daß er wieder knien konnte. Er spürte einen schneidenden Schmerz in der Brust, und das Atmen tat weh. Der Mercedes brannte wie eine Fackel, meterhohe Flammen stiegen auf. Rauch und Ruß breiteten sich aus und beeinträchtigten die Sicht.

Nelli! Der Schmerz durchbohrte Ratamo wie ein Bajonett, und ihm entfuhr ein tierischer Klageschrei. Er stand auf und taumelte mit der Waffe in der Hand auf das brennende Auto zu. Jemand drehte ihm schmerzhaft den Arm auf den Rücken, nahm die Waffe weg und zwang ihn, sich hinzuknien.

Pirkko Jalava sagte irgend etwas, aber ihre Worte erreichten Ratamo nicht. Tränen flossen aus seinen Augen, das erste Mal seit vielen Jahren. Erinnerungen schossen ihm durch den Kopf. Er sah vor sich, wie er Nelli in der Entbindungsklinik das erste Mal auf den Arm nahm, wie er ihr das erste Mal die Windeln wechselte, wie sie den ersten Schritt machte und das erste Wort sagte. Er erinnerte sich an Nellis strohblondes Haar und an ihren Duft, wenn sie im Nachthemd auf seiner Brust lag. Ratamo wurde klar, daß sein Kind tot war. Sein einziges Kind. Er spürte die stärksten menschlichen Empfindungen gleichzeitig und in voller Wucht: Haß, Liebe, Trauer und Angst. Ratamo beugte sich vor und mußte sich übergeben.

Ein dunkler Saab 9000 bremste heftig und blieb auf dem Asphalt des Schneeabladeplatzes stehen. Ihm folgte ein Transporter, aus dem vier Männer in Kommandoausrüstung heraussprangen. Neben dem Transporter hielten zwei Krankenwagen, dahinter ein Polizeiauto und eine Grüne Minna.

Ketonen und Vairiala stiegen aus dem Saab aus. Sie schauten auf den Mercedes, der in Flammen stand, bemerkten dann aber die Männer, die aus Richtung des Hubschrauberlandeplatzes auf sie zukamen. Die Männer vom Einsatzkommando der Aufklärungsabteilung hatten ihre Helme und Masken abgesetzt und gingen langsam auf Vairiala zu.

Rautio betrachtete Vairiala einen Augenblick verblüfft. Er traute sich nicht zu fragen, warum sein Vorgesetzter einen Trainingsanzug trug. Schließlich brachte er doch noch einen Satz heraus: »Wie kommt es, daß du hier bist, mit Ketonen zusammen?«

»Oh, das ist eine lange Geschichte. Metso hat anscheinend in den letzten Minuten keine Verbindung zu euch gehabt.«

Der Leiter des Einsatzkommandos der SUPO trat an Ketonen heran. »Es sieht so aus, als wäre der dritte Russe entkommen. Er kann nur ins Meer gekrochen sein. Ich alarmiere sofort die Wasserschutzpolizei und die Grenzwacht.«

Der Notarzt rannte zu dem Saab.

»Wie viele Tote?« rief Ketonen.

»Zwei Männer: Der Jogger und der Fahrer des Mercedes. Ein Mann und das kleine Mädchen waren im Augenblick der Explosion ziemlich nahe an dem Auto. Nach dem Blutverlust zu urteilen, sind ihre Trommelfelle geplatzt«, berichtete der Arzt.

Ratamo, der auf dem Bauch lag, kehrte ins Leben zurück. Er sprang auf und packte den Arzt mit beiden Händen am Kragen. Seine Augen glänzten.

»Lebt Nelli! Wo ist sie?«

»Der Krankenwagen hat sie schon in die Notaufnahme gebracht. Sie wird das sicher überstehen«, sagte der Arzt ganz ruhig.

»Du kannst mit dem Polizeiauto ins Krankenhaus fahren«, sagte jemand zu Ratamo, dessen Augen wieder feucht wurden, diesmal vor Erleichterung.

»Warum zum Teufel hast du stundenlang keinen Bericht geliefert? Du bist ja in den letzten Stunden nicht mal ans Telefon gegangen, verdammt noch mal!« schimpfte Ketonen und starrte Pirkko Jalava aus kaum zwanzig Zentimetern Entfernung an.

Pirkko Jalava sagte, sie habe nur versucht, Ratamo und das Kind zu schützen, wie es Ketonen befohlen hatte. Alle anderen hätten nur an die Viren und an die Formel des Gegenmittels gedacht.

349

»Schau dich mal um, meine Liebe. Glaubst du, man hätte die Situation besser klären können?« Ketonen wies mit der Hand auf das brennende Auto.

Ratamos erstarrte Miene verzog sich nicht, als er aufstand und die dunklen Augen der Frau suchte, die seinem Blick auswich. Ratamo zuckte zusammen, als Feuerwehrautos vorfuhren und die Feuerwehrmänner losrannten, um das immer noch brennende Auto zu löschen.

Ketonens Handy schrillte, und er meldete sich blitzschnell. »O nein, verdammt. Wie ist das möglich!« schrie er ins Telefon und stöhnte. »Sag Howell, daß er, wenn es sein muß, die ganze britische Armee nach Siren suchen lassen soll. Aber töten darf man ihn nicht. Er ist der einzige, der sagen kann, ob in Finnland noch Virusminen liegen!« Tissaris Anruf machte klar, wie brisant und explosiv die Situation weiterhin war. Ketonen zündete sich eine Zigarette an.

Der Ort des Geschehens war von der Polizei mit einem gelben Band abgesperrt worden, dahinter hatten sich schon Dutzende Schaulustige eingefunden, die sich nun, nachdem keine Schüsse mehr zu hören waren, näher herantrauten. In den weiter entfernten Geschäftshäusern und Industriegebäuden sah man neugierige Gesichter in den Fenstern.

»Kommen Sie mit. Wir bringen Sie zu Ihrer Tochter«, sagte eine freundliche Polizistin zu Ratamo. Ein erster Regentropfen fiel ihm auf die Nase, gerade als er nickte.

61

Der überfüllte Metrozug ratterte durch den dunklen Tunnel. Siren schwankte auf seinem Sitz hin und her und hielt den Griff des Pilotenkoffers fest in der Hand. Es fiel ihm schwer, ein Lachen zu unterdrücken. Sein Plan war aufgegangen, niemand hatte es geschafft, ihm zu folgen.

Nach der Karte an der Wand des Wagens würde die Metro noch siebenmal halten, bis sie den Victoria-Bahnhof erreichte. Von dort wollte er mit dem Victoria-Expreß zum Flughafen von Gatwick fahren und dann nach Kolumbien verschwinden.

Der Lärm verstummte, als der Zug an der Station Bayswater hielt. Ein paar Fahrgäste schlängelten sich durch die Menge hinaus und ein junges Paar zwängte sich herein. Die Türen wurden jedoch nicht geschlossen. Siren schreckte aus seinen Träumen auf und fragte sich, was der Grund für die Verzögerung sein könnte. Eine Durchsage aus dem Lautsprecher sorgte für Ruhe, das Stimmengewirr erstarb: »Achtung, liebe Fahrgäste. Aus Sicherheitsgründen sind wir leider gezwungen, die Station Bayswater zu räumen. Wir bitten alle Fahrgäste, den Bahnhof auf dem kürzesten Weg unverzüglich zu verlassen. Bitte rennen Sie nicht. Eine unmittelbare Gefahr besteht nicht.«

Siren konnte einfach nicht glauben, was er da hörte. Handelte es sich um eine Bombendrohung, oder wurde er jetzt gefaßt? Der Zug leerte sich schnell, und die Durchsage wurde mehrmals verlesen. Jemand rannte voller Angst durch den

Wagen, und Siren half einem alten Mann, den man zu Boden gestoßen hatte, wieder auf die Beine.

Als der Zug leer war, blieb Siren auf seinem Platz sitzen und schaute durch das Fenster hinaus auf den Bahnsteig. Er stopfte sich fünf Diapam in den Mund, holte aus seinem Rucksack eine Flasche Malt-Whisky Glenmorangie und spülte die Tabletten hinunter. Der Versuch zu fliehen wäre sinnlos. Wenn die Station wegen ihm geräumt wurde, dann würde man alle Fahrgäste an den Ausgängen kontrollieren. Danach würden die Soldaten des Einsatzkommandos jeden Winkel der Station durchsuchen. Genau wie auf allen anderen Stationen, die er erreicht haben könnte. Siren wußte, wie die Profis arbeiteten. Er würde mit Sicherheit gefaßt werden. Es war klüger, im Zug zu warten. Wenn er einen Trupp für die Bombenentschärfung sah, wäre er in Sicherheit.

Die Wirkung des Medikaments setzte schnell ein, und Siren entspannte sich. Er war überzeugt, daß es sich nicht um eine Bombendrohung handelte. Es wäre unsinnig, sich in den letzten Minuten seines Lebens selbst zu betrügen. Wer hatte ihn bloß verraten? Oder war Ketonen schlauer gewesen als er und dahintergekommen, was er plante? Auf jeden Fall war er im allerletzten Augenblick entlarvt worden, sonst hätte man ihn bereits auf dem Bahnhof Paddington verhaftet. Er war der Freiheit schon sehr nahe gewesen und hätte den Rest seines Lebens in einem Tropenparadies verbringen können. Golfstunden, Segeln auf dem Pazifischen Ozean und Expeditionen ins Amazonasgebiet – alles das würde er nun nicht erleben.

Er holte aus dem Rucksack eine Pillendose heraus und legte sie neben sich auf den Sitz. Dann nahm er aus seiner Brieftasche das Foto von Siiri. Die großen Hände zitterten, als der Generalmajor seine Tochter betrachtete. Zu dem Telefongespräch war es nicht gekommen. Auch für seine Tochter wäre er ein Ungeheuer.

Auf dem Bahnsteig waren Stimmen zu hören. Siren zählte die Soldaten in schwerer Kommandoausrüstung, es waren sechs Mann. Der erste von ihnen, wahrscheinlich der Leiter der Gruppe, entdeckte ihn. Der Mann betrachtete durch das getönte Visier seines Helms ein Foto und dann ihn. Dann gab er mit der Hand ein paar Zeichen, und die Soldaten nahmen ihre Ausgangspositionen ein, um den Wagen zu stürmen.

Siren wußte, daß alles vorbei war. Sakari Pekkanen hatte recht gehabt – Der Tod ist der Sünde Sold. Komisch war nur, daß er plötzlich gar keine Angst mehr vor dem Sterben hatte. Endlich würden die Bedrängnis und die Albträume aufhören. Er schüttete aus der Dose Pillen auf die Hand, schaute Siiris Foto an und schloß seine Augen zum letzten Mal. Als er eine Handvoll Kaliumchlorid- und Amphetamintabletten in den Mund steckte, wünschte er sich, er hätte den »Schwan von Tuonela« hören können.

62

Die totenblasse Nelli schlief tief und schnaufte leise. Nachdem man sie versorgt hatte, war sie durch die Wirkung starker Medikamente schon bald eingeschlafen. Dicke Verbände bedeckten ihre Ohren, und im Gesicht hatte sie viele kleine Schnittwunden.

Ratamo strich ihr übers Haar und dankte seinem Schöpfer, daß sein Kind am Leben war. Es schien ihm so, als wäre auch sein eigenes Leben gerettet worden. Er fühlte eine Leere, die alles erfaßte. Im Moment hatte nichts von dem, was geschehen war oder künftig geschehen würde, irgendeine Bedeutung. Dieser Augenblick neben Nelli war sein ganzes Leben.

»Ich soll Sie ins Gebäude der SUPO zum Verhör bringen, wenn Sie Ihre Tochter gesehen haben. Wäre das jetzt der passende Augenblick, da sie schläft?« fragte die Polizistin, die in der Tür wartete. »Sie können dann später wieder hierherkommen.«

Ratamo küßte Nelli auf beiden Wangen und sagte, er sei bereit.

Der heftige Regen prasselte auf das Polizeiauto, und das Dröhnen des Donners überdeckte hin und wieder das Motorengeräusch. Es hatte sich so abgekühlt, daß der Fahrer die Heizung einschalten mußte. Anscheinend war der Sommer vorbei.

Ketonen sprach am Telefon und drückte gerade eine Zigarette aus, als Ratamo ins Zimmer gebracht wurde. Musti erhob sich aus ihrem Korb, um den Gast zu begrüßen.

Die Luft war von dem Zigarettenrauch so dick, daß Ratamo husten mußte. Er bückte sich, um den zottligen Hund zu kraulen, und wunderte sich, warum der in dem Büro herumlief. Dann nahm er unaufgefordert Platz. Sein Kopf war so leer wie die Staatskasse von Angola. Am liebsten wäre er ins Marien-Krankenhaus zurückgekehrt und hätte neben Nelli eine ganze Woche ohne Unterbrechung geschlafen.

Ketonen kam um seinen Schreibtisch herum und reichte Ratamo die Hand. »Ich bin Jussi Ketonen, der Chef der Sicherheitspolizei. Alles, was passiert ist, tut mir wirklich sehr leid. Schaffst du es, dich eine Weile mit mir zu unterhalten? Das wäre sehr wichtig.«

Ratamo nickte. Er hatte sowieso keine Lust und keine Energie, irgend etwas anderes zu tun.

Als Ratamo weder Kaffee noch Erfrischungsgetränke wollte, schob Ketonen die Hände unter die Hosenträger und begann: »Ich muß dir erst etwas über die Hintergründe erzählen. Nach allem, was du in den letzten Tagen erlebt hast, steht dir das Recht zu, zumindest die grundlegenden Dinge zu erfahren, obgleich sie geheim sind und auch bleiben. Wie du vielleicht schon bemerkt hast, ist Pirkko Jalava eine Ermittlerin der SUPO. Ihr richtiger Name ist Riitta Kuurma.«

Ketonen erzählte von seiner Angewohnheit, einen neuen Ermittler in irgendeinem Regionalbüro versteckt zu halten für den Fall, daß bei einer Operation im Inland ein unbekanntes Gesicht gebraucht wurde. Deshalb hatten die Aufklärungsabteilung und der SVR die Frau nicht zuordnen können.

Es stellte sich heraus, daß die SUPO Ratamo am Donnerstagmorgen in der Nähe der Wohnung von Manneraho erkannt hatte. Ein Ermittler der SUPO war Ratamo bis zum Hotel »Torni« gefolgt und hatte der Überwachungszentrale mitgeteilt, daß er dort telefonieren wollte. Der Diensthabende hatte sofort das Telefonunternehmen angerufen, das verpflichtet war, die Verbindung vom Hotel »Torni« in die Überwachungszentrale umzuleiten, da die SUPO die gerichtliche Genehmigung zum Abhören von Ratamos Gesprächen eingeholt hatte. Als der Diensthabende vom Telefonunternehmen erfuhr, daß Ratamo die Zeitschrift »Suomen Kuvalehti« anrief, meldete er sich als Zentrale der Zeitschrift und ließ Ratamo so lange warten, bis Kuurma-Jalava am Telefon war. Ketonen hatte angeordnet, daß sich sowohl ein Ermittler als auch Kuurma bereithalten sollten, da er nicht wußte, ob Ratamo einen Mann oder eine Frau anrufen würde. Kuurma hatte bei sich zu Hause auf den Anruf gewartet, weil in den Räumen der SUPO ihre Identität herausgekommen wäre. Die Umleitung des Gesprächs war innerhalb der knappen Minute geschehen, in der Ratamo darauf gewartet hatte, daß sich zuerst die Zentrale von »Suomen Kuvalehti« und dann Pirkko Jalava meldete.

Die Verantwortung für Ratamo hatte man ganz und gar Riitta Kuurma übertragen, nicht einmal sein Telefon war abgehört worden. Ketonen hatte von ihr erfahren, daß Ratamo nichts Ungesetzliches getan hatte und auch nicht versuchte, die Viren zu verkaufen. Riitta Kuurma sollte dafür sorgen, daß Ratamo in ihrer Wohnung blieb, wo er in Sicherheit wäre, bis die Gefahr vorbei war. Ketonen gab zu, er hätte Parola und Leppä und den SVR überwachen lassen müssen. Und er hätte Ratamo mitsamt seiner Tochter bei der SUPO in Sicherheit bringen müssen, obwohl dadurch herausgekommen wäre, daß sie in der Virusangelegenheit ermittelten. Auch die Entführung des Mädchens hatte er nicht verhindern können. Ketonen war sichtlich wütend auf sich selbst.

Jede Menge Fragen schossen Ratamo durch den Kopf. Er

war so durcheinander von all dem, was geschehen war und was er gehört hatte, daß er nur ein Wort herausbrachte: »Warum?«

Das Telefon klingelte mit ohrenbetäubendem Lärm, und Ketonen antwortete rasch und energisch. Er schaute auf seine Uhr und versprach, in einer halben Stunde irgendwo zu sein. Dann erfuhr Ratamo in Kurzform alles Wesentliche von dem, was Siren und Vairiala getan hatten. Über die Rolle des SVR wußte auch Ketonen nicht viel.

Ratamo hörte bis zum Ende der Zusammenfassung schweigend zu. Er war zu müde, um irgend etwas zu verstehen oder irgend jemandem Vorwürfe zu machen. Die Geschichten, die Ketonen erzählte, gehörten nicht in seine Welt. Er wußte nur, daß der Albtraum vorbei war und Nelli lebte.

Seine Antworten kamen langsam und undeutlich, als Ketonen nach der Formel für das Gegenmittel und nach dem Mord an Kaisa fragte. Sein Blick irrte durch den Raum, es sah so aus, als würde er jeden Moment zusammenbrechen.

Ketonen sah, daß der Mann am Ende war. »Du brauchst jetzt Schlaf und Ruhe. Es ist besser, wenn wir das in der nächsten Woche fortsetzen«, sagte er und kritzelte etwas auf einen Zettel. »Hier ist eine Nummer, wenn du mit jemandem reden willst, der dafür ausgebildet ist, in solchen Situationen zu helfer. Und sprich mit den dir nahestehenden Menschen über das, was geschehen ist, sobald du dazu in der Lage bist. Es erleichtert einen, wenn man solche Erfahrungen mit jemandem teilen kann.«

Ratamo überlegte, ob er direkt zu Nelli fahren oder erst einmal ein paar Stunden schlafen sollte. Anscheinend war er frei und konnte gehen, er stand auf und verließ den Raum, ohne sich zu verabschieden. Ketonen telefonierte schon wieder.

Epilog

Ratamo lenkte seinen Käfer und ahmte das Motorengeräusch nach. Das Lenkrad wurde von vier Händen gehalten, auch Nelli, die bei ihrem Vater auf dem Schoß saß, steuerte den Wagen. J.J. Cale sang von einem Hund namens Clyde, der Elektrobaßgitarre spielte.

Die kurze gemeinsame Fahrt endete, als Ratamo sein Schmuckstück am Rande von Tamminiemi parkte. Die bunte Färbung der Laubbäume schimmerte im Licht der Oktobersonne. Nach dem warmen Sommer wirkte der Herbst noch frischer und kühler als sonst.

»Vati, hier sind Enten«, rief Nelli auf der Holzbrücke zur Insel Seurasaari. Ratamo ging zu ihr hin, um sich die Enten anzuschauen, und nahm seine Tochter an der Hand. Die fast zahmen Enten schwammen ihnen in der Hoffnung auf ein paar Leckerbissen hinterher, als sie weitergingen.

Ratamo, der abgenommen hatte und einen Bart trug, war stolz auf seine Tochter. Nelli hatte sich gut von den schockierenden Ereignissen im August erholt. Am schwierigsten war es für sie gewesen, den Tod der Mutter zu akzeptieren. Nelli hatte so lange geweint, bis keine Tränen mehr kamen, und war dann wochenlang niedergeschlagen und bedrückt gewesen. Ratamo hoffte von ganzem Herzen, daß die schrecklichen Erfahrungen und der Tod der Mutter keine unheilbaren Wunden in ihrer Psyche hinterlassen hatten. Nach Auffassung des

Psychologen, den der Bereitschaftsdienst für Opfer von Verbrechen empfohlen hatte, war das Mädchen so stabil, daß sie das alles überstehen würde, wenn sie von ihrer Familie Sicherheit, Liebe und Unterstützung erhielt. Ratamo war bereit, ihr all das zu geben. Als er ein Gejagter gewesen war, hatte er sich geschworen, daß er sich nicht in seinen Panzer zurückziehen würde, sondern für Nelli sowohl Vater als auch Mutter sein wollte.

Ratamo war auch selbst ein paarmal bei einer Therapie gewesen, ohne das Gefühl zu haben, daß es ihm half. Die Frau hatte immer nur wiederholt, daß er die Tatsachen akzeptieren und seine Trauer ausleben müsse. Das hatte er seiner Auffassung nach schon getan. Schwieriger war es, zu entscheiden, was er mit seinem Leben anfangen sollte. Als er damals in Todesgefahr schwebte, schien die Zukunft klar zu sein, aber die Praxis war etwas ganz anderes. Er hatte jedoch seinen Entschluß vom Sommer umgesetzt und die Arbeit aufgegeben. Offiziell war er allerdings lediglich für ein Jahr freigestellt, doch er empfand die Tatsache, daß die Stelle ihm so erhalten blieb, nur als eine Art Notbehelf.

Die Ereignisse des Sommers hatten auch ihren Nutzen gehabt. Ratamo wurde klar, daß er sich von der Welt isoliert hatte, und beschloß deshalb, seine Freundschaften wiederzubeleben. Vor allem mit Himoaalto und Liisa hatte er viel Zeit verbracht. Und überraschenderweise auch mit Marketta, die ihm psychisch eine große Hilfe gewesen war, obwohl er doch angenommen hatte, er müßte seine Schwiegermutter trösten und unterstützen. Markettas Lebenserfahrung hatte Ratamo überrascht. Seine eigene Großmutter besuchte er jeden Sonnabend, und er hatte sogar überlegt, ob er seinen Vater anrufen sollte.

Nelli riß sich los und rannte zu einem hellen Hund, der auf

dem Rasen Reviermarkierungen beschnupperte. Ratamo sah, daß es sich bei dem Tier um einen sanftmütigen Labrador handelte, und ließ Nelli den Hund streicheln, der eifrig weiter schnupperte.

»Ein wunderschöner Hund!« rief Nelli. Sie lag ihm schon seit Wochen wegen eines Hundes in den Ohren. Ratamo hatte nicht die geringste Ahnung, wie das Kind auf diese Idee gekommen war. Er mochte Tiere auch und hätte Nellis Wunsch gern erfüllt, fürchtete aber, daß letztlich niemand Zeit hätte, sich um den armen Hund zu kümmern.

»Sie heißt Musti!« rief jemand hinter Ratamo. Er drehte sich um und erschrak, als er Jussi Ketonen erblickte. War dieses Treffen organisiert? Sie hatten sich seit August nicht mehr gesehen. Die SUPO beobachtete ihn doch nicht etwa?

»Tag. Ist das dein Hund?« sagte er schließlich.

»Musti ist meine Familie«, antwortete Ketonen.

Ketonen fragte, ob er sich ihnen anschließen dürfte. Ratamo nickte, und Ketonen rief Musti mit einem Pfiff zu sich und legte sie an die Leine. Nelli nahm ihren Vater an der Hand. Es wurde langsam Abend, und die Sonne färbte den Horizont orangerot. Von Ketonens Zigarettenrauch bekam Ratamo Appetit auf Kautabak, und er schob sich einen Etta-Priem unter die Oberlippe.

Die beiden unterhielten sich zunächst über dies und das, aber dann lenkte Ketonen das Gespräch überraschenderweise auf ein ganz anderes Gebiet. Er redete lange über die Aufgaben bei der SUPO und sagte, er sei sehr zufrieden gewesen, daß sich Ratamo so einfallsreich und nervenstark verhalten habe.

Sie blieben stehen, als Musti sich mitten auf den Weg setzte. Die Leine hatte sich um ein Hinterbein gewickelt, und Ketonen beugte sich vor, um ihr zu helfen. »Nach Hundejahren ist

Musti schon siebzig. So gesehen, ist sie noch in einem glän-
zenden Zustand«, sagte er stolz.

Nelli durfte den Hund bis zum Parkplatz an der Leine
führen. »So einen Hund schaffen wir uns auch an«, entschied
sie.

Ratamo wollte gerade irgend etwas Unbestimmtes versprechen, aber Ketonen kam ihm zuvor. »Du könntest ja mit Musti trainieren, wie man sich um einen Hund kümmert. Ich kann
sie mal zu euch bringen, wenn ich eine Dienstreise habe«, erklärte er Nelli.

Ihre Augen glänzten, und sie brachte kein Wort heraus.
Ratamo vermutete, daß Ketonen ihm gerade einen Bärendienst
erwiesen hatte. Jetzt würde Nelli ganz sicherlich nicht aufhören, um einen Hund zu betteln.

»Melde dich mal, wenn du dich genug ausgeruht hast. Ich
hätte möglicherweise Verwendung für einen Mann wie dich«,
sagte Ketonen an der Tür seines Autos.

Ratamo antwortete nicht, er betrachtete das letzte Auf-
leuchten des Abendrots. Vermutlich würde Ketonen irgendeine Art von Zusammenarbeit mit der SUPO vorschlagen. Der
Gedanke amüsierte ihn, aber er mußte zugeben, daß so etwas
sicher interessant wäre. Und wer weiß, vielleicht kreuzten sich
seine und Sterligows Wege noch einmal.

»Man muß sich die
Kunden des Aufbau-
Verlages als glückliche
Menschen vorstellen.«
SÜDDEUTSCHE ZEITUNG

Das Kundenmagazin der Aufbau Verlagsgruppe erhalten
Sie kostenlos in Ihrer Buchhandlung und als Download
unter www.aufbauverlagsgruppe.de. Abonnieren Sie
auch online unseren kostenlosen Newsletter.

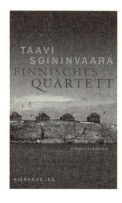

Taavi Soininvaara
Finnisches Quartett
Kriminalroman
Aus dem Finnischen
von Peter Uhlmann
379 Seiten. Gebunden
ISBN 3-378-00677-3

Sein Name ist Arto. Arto Ratamo!

Immer mehr Leser lieben den Ermittler der finnischen SUPO. Sein neuer Fall führt ihn bis nach Washington. Er muß all seinen Spürsinn aufbieten, um einen kaltblütigen Killer zu überführen. In Helsinki wird ein namhafter Kernphysiker ermordet. Der Killer tötet perfekt. Er nennt sich Ezrael und sieht sich als gottgesandter Todesengel. Noch tappt Arto Ratamo im dunkeln, doch bald stößt er auf eine heiße Fährte: Der Sohn der finnischen Verteidigungsministerin, ein radikaler Umweltaktivist, schwebt in Lebensgefahr. Auch ihn hat Ezrael bereits im Visier. Zu seinem Schutz wird Ratamo nach Den Haag geschickt. Doch die Spur des Killers führt nach Washington. Dort, im Herzen der Weltpolitik, taucht ein zweiter Mörder auf.

Mehr von Taavi Soininvaara:
Finnisches Roulette. Kriminalroman. ISBN 3-378-00668-4
Finnisches Requiem. Kriminalroman. AtV 2190
Finnisches Blut. Kriminalroman. AtV 2282-4

Mehr Informationen erhalten Sie unter
www.aufbau-verlag.de oder in Ihrer Buchhandlung

Camilla Läckberg
Der Prediger von Fjällbacka
Roman
Aus dem Schwedischen
von Gisela Kosubek
407 Seiten. Gebunden
ISBN 3-378-00669-2

»Camilla Läckberg ist die Krimi-Queen.«

Bild am Sonntag

Im mondänen Badeort Fjällbacka wird eine Urlauberin tot aufgefunden. In ihrer Nähe tauchen die Skelette zweier vor Jahrzehnten verschwundener Frauen auf. In ihrem zweiten Fall kämpfen Erica Falck und Patrik Hedström mit sommerlicher Hitze und religiösem Fanatismus. Ins Visier rückt schon bald die zerrüttete Familie des freikirchlichen Predigers Ephraim Hult, dessen Söhne Johannes und Gabriel in der Vergangenheit blutige Schuld auf sich geladen haben. Es ist nicht der Gott der Versöhnung, dem die Hults dienen – es ist der Gott der Rache.
»Der Prediger von Fjällbacka« eroberte die Bestsellerlisten im Sturm und wurde als bester schwedischer Krimi nominiert.

Mehr Informationen erhalten Sie unter
www.aufbau-verlag.de oder in Ihrer Buchhandlung

Eiskalte Spannung: Skandinavische Krimis

Taavi Soininvaara
Finnisches Requiem
Kaltblütig wird der deutsche EU-Kommissar Walter Reinhart in Helsinki erschossen. Die finnische Sicherheitspolizei aktiviert ihre besten Köpfe, um das brutale Attentat aufzuklären, dem in schneller Abfolge weitere folgen. An vorderster Front kämpfen Arto Ratamo und Riita Kuurma, privat wie beruflich ein Paar. Der alleinerziehende Vater und Ex-Wissenschaftler hat Mut und einen siebten Sinn; Riita verfügt über die nötige Beharrlichkeit, um die Mörder ausfindig zu machen. Doch es sind die Hintermänner, die sich dem Zugriff entziehen – bis sie selbst zuschlagen.
Roman. Aus dem Finnischen von Peter Uhlmann. 372 Seiten. AtV 2190

Kjell Eriksson
Der Tote im Schnee
Kommissarin Ann Lindell steckt mitten in den Weihnachtsvorbereitungen, als Ola Haver vorbeischaut. Er leitet die Untersuchungen im Mordfall Jonsson und hofft auf den Rat der erfahrenen Kollegin. Lindell, die ihre Arbeit ebenso vermißt wie ihre Kollegen, mischt sich wider besseres Wissen ein und ermittelt auf eigene Faust. »Kjell Eriksson schlägt Henning Mankell. Sein neuer Roman kommt düster daher, nebelverhangen und mit einem klirrend kalten Ton.«
DARMSTÄDTER ECHO
Roman. Aus dem Schwedischen von Paul Berf. 336 Seiten. AtV 2155

Camilla Läckberg
Die Eisprinzessin schläft
Die Schönen und Reichen haben den verschneiten Badeort Fjällbacka längst verlassen. Doch die winterliche Idylle trügt. Im gefrorenen Wasser einer Badewanne wird eine Tote entdeckt. Erica Falck kannte sie gut. Eigentlich hat die junge Autorin genug eigene Sorgen. Doch der Mord läßt ihr keine Ruhe. Sie muß herausfinden, warum die Eisprinzessin in einen tödlichen Schlaf fiel. Camilla Läckberg ist Schwedens neue Bestsellerautorin und eine Meisterin der Spannung.
Kriminalroman. Aus dem Schwedischen von Gisela Kosubek. 396 Seiten. AtV 2299

Barbara Voors
Savannas Geheimnis
Savanna Brandt schläft nicht mehr. Seit 64 Nächten erhält sie E-Mails, deren anonymer Absender beängstigende Details aus ihrem Leben kennt. Die junge Wissenschaftlerin fühlt sich bedroht – doch von wem und warum? Nachdem sie im Keller ihres Hauses überfallen wird, bekommt Savanna Hilfe von dem charmanten Polizisten Jack Fawlkner. Die Nachforschungen der beiden führen zurück in eine Sommernacht vor 25 Jahren.
Roman. Aus dem Schwedischen von Gisela Kosubek. 363 Seiten. AtV 1963

Mehr Informationen unter
www.aufbauverlagsgruppe.de
oder bei Ihrem Buchhändler